Kingsley Stevens

Liebe mich

Kingsley Stevens

Liebe mich

Erotischer Liebesroman

édition el!es

Internet: www.elles.de

E-Mail: info@elles.de

Umschlaggestaltung und Satz: graphik.text Antje Küchler, Ferrette

Druck: Nørhaven Paperback A/S, Dänemark

ISBN 3-932499-48-4

Sie können heute um vierzehn Uhr vorbeikommen«, verkündete die unbeteiligte Stimme der Sekretärin am Telefon.

»Oh. Okay. Danke.« Amy war etwas überrascht von dem plötzlichen Anruf. Sie hatte kaum mehr damit gerechnet. Schon seit Monaten bemühte sie sich um einen Termin bei Morgan Holdsworth, der Chefin von *Holdsworth Cosmetics*, des Kosmetikkonzerns, von dem sie einen Auftrag für ihre Werbeagentur ergattern wollte. Bislang immer ohne Erfolg.

So hatte sie gestern ihrer Freundin Janet ihr Leid geklagt, und sie vermutete wohl nicht zu Unrecht, daß der heutige Anruf mit diesem Gespräch zusammenhing, denn Janet besaß eine Menge Aktien, darunter auch viele des Kosmetikkonzerns, um den es Amy ging.

Amy arbeitete schon einige Zeit sehr erfolgreich als Werbemanagerin für eine große Agentur, und bis zu diesem Zeitpunkt hatte sie wenig Probleme gehabt, Aufträge hereinzuholen. So war dieser permanente Mißerfolg mit Morgan Holdsworth ein ständiger Stein des Anstoßes für sie gewesen – bis heute.

Sie erschien pünktlich zu dem nachmittäglichen Termin und wurde in Morgan Holdsworths Büro gebeten, die sie nicht sehr freundlich empfing.

»Wenn Janet nicht eine der Hauptaktionärinnen meines Konzerns wäre, hätte ich Ihnen keine Sekunde gewidmet«, sagte sie. »Ich habe bereits eine Werbeagentur, mit der ich sehr zufrieden bin. Ich hatte nicht die Absicht zu wechseln.«

»Wir können Ihnen mehr bieten«, sagte Amy zuversichtlich lächelnd und betrachtete die schöne, streng wirkende Frau hinter dem

Schreibtisch interessiert. »Wir haben unkonventionelle Kreative mit viel mehr Flexibilität und jungen, neuen Ideen.« Sie lehnte sich auf dem Sofa zurück, das gegenüber dem Schreibtisch der Konzernchefin stand, und schlug die Beine übereinander. Sie trug wie immer, wenn sie arbeitete, einen kurzen Rock. »Und Sie bekommen mich noch frei Haus dazu.« Sie lächelte selbstbewußt.

»Wie ... wie meinen Sie das?« Morgan Holdsworth wirkte etwas verwirrt, eine leichte Röte huschte über ihr Gesicht und schien das perfekte Make-up für einen Moment zu überdecken, sie faßte sich an den Kragen ihrer Bluse, als ob er ihr zu eng würde, und ordnete dann etwas konfus ihre Halskette, bevor sie auch noch nach ihrem Ohrring griff.

Du bist ja süß, schmunzelte Amy innerlich. *Wer hätte das gedacht? Das kann interessant werden.* »Probieren Sie's aus«, erwiderte sie verführerisch lächelnd.

Morgan Holdsworth betrachtete sie eine Weile mit unergründlichem Gesichtsausdruck. Der Anflug von Verlegenheit, der Amy so überrascht hatte, war verschwunden. »Wie wäre es mit einem Essen heute abend?« fragte sie dann. »Haben Sie Zeit?« Ihre Stimme klang kühl, aber ihre Augen wirkten auf eine beherrschte Art neugierig.

»Sicher.« Amy erhob sich und kam zu ihr herüber. Der Schreibtisch befand sich zwischen ihnen. Amy beugte sich vor, so daß Morgan Holdsworth in ihr Dekolleté blicken konnte. »Wo immer Sie wollen.«

»*Duke's*?« fragte Morgan Holdsworth etwas atemlos, während sie versuchte, nicht in Amys Ausschnitt zu starren, aber anscheinend immer wieder davon angezogen wurde.

»Wann?« fragte Amy.

»Um halb neun«, sagte Morgan Holdsworth. Sie versuchte wieder ihre kühle Miene aufzusetzen.

»Gut.« Amy verließ lächelnd das Zimmer.

»In einem haben Sie recht«, sagte Morgan, als sie dann abends beim Essen saßen. »Die Methoden Ihrer Kreativen sind unkonventionell.« Sie lächelte.

»Das habe ich Ihnen ja versprochen«, sagte Amy.

»Ja«, antwortete Morgan gedehnt. »Es ist nett, wenn man auch einmal das bekommt, was einem versprochen wird.«

»Bekommen Sie das nicht immer?« Amy lachte leicht.

»Meistens«, sagte Morgan, »aber durchaus nicht immer. Die Geschäftswelt ist hart, das wissen Sie ja selbst.«

»O ja, das weiß ich«, seufzte Amy. Sie blickte sich in dem luxuriösen Lokal um.

Das *Duke's* war das teuerste Restaurant in Malibu, vielleicht in ganz Los Angeles, in dem es weniger darauf ankam, was auf der Speisekarte stand – obwohl der Hummer berühmt war –, als darauf, wer auch noch da war. Schauspieler, Geschäftsleute, einiges versammelte sich hier.

Das Lokal versuchte den Eindruck von lässiger Eleganz zu vermitteln, was ihm auch gelang, allerdings mit der Betonung auf Eleganz. Der Blick durch die endlos lange Fensterfront, angeblich der längsten hier am Strand, war atemberaubend, insbesondere bei Sonnenuntergang.

Man konnte auch draußen auf der Terrasse direkt am Pazifik sitzen, worauf Morgan und Amy angesichts des Windes und ihrer schulterfreien Abendkleider verzichtet hatten.

Amy sah einige bekannte Gesichter, die meisten ihr allerdings nur bekannt aus der Lektüre jener Zeitungen, die über die *bessere Gesellschaft* berichteten. Hier waren sie unter sich. Kein lästiger Fan oder penetranter Fotograf wurde von Louis, dem Besitzer und strengen Kontrolleur am Eingang, hereingelassen.

»War es Ihre Idee, zu mir zu kommen?« fragte Morgan. »Oder ein Auftrag von der Geschäftsleitung?«

Amy wandte ihren Blick wieder zu ihr. Sie räusperte sich. »Es war meine Idee. Sie wissen ja, daß ich mich seit Wochen um einen Termin bei Ihnen bemüht habe.«

»Um einen Termin, ja.« Wieder klang Morgans Stimme gedehnt,

als ob sie noch etwas hinzufügen wollte, ohne Worte. »Janet ist eine alte Freundin von Ihnen?«

Amy lachte. »Das ›alt‹ würde sie nicht gern hören!«

»Wer schon?« lächelte Morgan. Sie durchbohrte Amy fast mit ihren Blicken.

Sie ist absolut hinreißend, dachte Amy. *Dieser Blick, diese Augen ...* »Ja«, beantwortete sie die Frage. »Janet und ich kennen uns schon lange.« Ihr Blick wanderte über die nackten Schultern ihres Gegenübers ungewollt in das Dekolleté des sündhaft teuren Abendkleides. Sie mußte an sich halten, nicht zu schlucken. *Reiß dich zusammen, verdammt!*

Morgan sah aus, als wollte sie etwas fragen, aber dann schien sie es sich anders zu überlegen. »Das Essen war gut«, sagte sie. »Nehmen wir noch einen Kaffee? Bei mir?«

Oha! dachte Amy. *Du gehst ja ran! Vielleicht ist meine Zurückhaltung gar nicht angebracht.* »Gern«, sagte sie.

Sie folgte Morgan zur Garderobe, Louis schnippte mit den Fingern, und ein Kellner im Frack sprang herbei und half ihnen in die Mäntel, bevor er vor die Tür trat und den Türsteher anwies, einem Taxi zu winken.

Während der Taxifahrt schien es, als ob weder Morgan Amys Blicke noch Amy Morgans Interesse bemerkt hätte. Sie unterhielten sich über Geschäftliches.

Als sie Morgans Haus in Santa Monica betraten, fragte Morgan: »Kaffee? Oder lieber Champagner?« Sie drückte auf einen Knopf. Ein Butler erschien.

»Was trinken Sie?« fragte Amy.

»Champagner. Kaffee schlägt mir auf den Magen«, sagte Morgan.

»Dann schließe ich mich an«, sagte Amy.

»Champagner«, befahl Morgan dem Butler mit einem kurzen Blick.

Amy sah sich beeindruckt um. Morgans Haus war groß, wie nicht anders zu erwarten, man konnte auch sagen: gigantisch. Es hatte eine riesige Eingangshalle, die sie durchquert hatten, bevor sie in diesen Salon gekommen waren, in dem sie jetzt standen. Der Salon selbst war auch nicht gerade klein. Ein großer Kamin zierte die Wand, zwei antike Sofas standen davor. Überall im Raum waren Antiquitäten verteilt, Spiegel, Möbel, Teppiche. Aus der Eingangshalle, die man vom Salon aus noch sehen konnte, schwang sich eine gewaltige Treppe nach oben, auf der ein ganzes Regiment gleichzeitig hätte marschieren können.

Das ist schon eine Klasse für sich, dachte Amy. Und sie meinte damit sowohl das Haus als auch Morgan.

Der Butler kam mit dem Champagner und öffnete ihn, schenkte zwei Gläser ein, ließ die Flasche in den Sektkühler gleiten und zog sich diskret zurück.

Morgan nahm die beiden Gläser, ging mit verführerisch schwingenden Hüften auf Amy zu und bot ihr eins an. »Auf einen schönen Abend«, sagte sie lächelnd.

Amy war ihren Bewegungen gefolgt, als sie auf sie zukam, und hatte fast den Atem angehalten. Morgan war eine selten erotische Frau. Sie nahm das Glas und versank in Morgans Augen. *Paß auf!* rief sie sich innerlich zur Ordnung. *Du willst dich doch nicht in sie verlieben.* Sie versuchte sich zu beruhigen, stieß mit Morgan an und sagte ebenfalls: »Auf einen schönen Abend.«

Sie tranken, wobei ihre Augen sich nicht voneinander lösten, dann nahm Morgan Amy das Glas wieder ab und stellte es zusammen mit ihrem eigenen auf einen antiken Sekretär. Sie legte eine Hand an Amys Wange. »Du bist schön«, sagte sie. »Es war ein Vergnügen, mit dir im *Duke's* anzugeben.« Sie lachte leicht.

»Bist du deshalb mit mir dorthin gegangen?« fragte Amy leise.

»Natürlich. Nur deshalb.« Morgan strich mit einem Finger über Amys Wange zu Amys Mund hin. Ihr Blick schien Amy zu verschlingen. Sie beugte sich vor und berührte Amys Lippen mit ihren eigenen, nur ganz sanft.

Amy fühlte das Verlangen in sich hochsteigen, ihre Arme legten sich wie von selbst um Morgans Nacken, und als Morgan ihre Bereitschaft spürte, drang sie mit ihrer Zunge in Amys Mund ein, tief und leidenschaftlich.

Amy seufzte auf. Sie fühlte sich von Morgans Begierde angestachelt und spürte, wie ihre Brustwarzen auf Morgans Kuß reagierten.

»Komm«, stöhnte Morgan an ihrem Mund, »komm . . .« Sie drückte Amy hinunter, und sie sanken auf den weichen Teppich.

Amy lag unter ihr, und Morgan zog sie hastig aus. Das war kein großes Kunststück, denn das Abendkleid erlaubte keinen BH, und der weiche Stoff glitt wie von selbst über Amys Hüften, als Morgan ihn hinunterschob. Der String-Tanga war das einzige Kleidungsstück, das Amy noch trug.

»Du bist wirklich schön«, flüsterte Morgan und sah sie mit flakkernden Augen an. Sie beugte sich hinunter, und ihre Lippen bedeckten Amys Brustwarze mit einem langen Kuß.

Amy seufzte erneut. Sie fühlte die Hitze und sie fühlte Morgans Zunge, die ihre Brustwarze verwöhnte, dann zur anderen wechselte und Amy sich unter Morgans Liebkosungen winden ließ.

Amys Hände griffen nach Morgans nackten Schultern, streichelten sie, glitten hinab und versuchten Morgan auszuziehen.

»Warte«, sagte Morgan. »Das mache ich selbst.« Sie stand schnell auf und schlüpfte aus dem Kleid. Sie trug noch nicht einmal einen Tanga darunter wie Amy.

Amy hatte kaum Zeit es zu bemerken, bevor Morgan sich nackt wieder auf sie legte.

»Das ist schön«, seufzte Morgan.

Amy ließ ihre Hände erneut an Morgan hinabwandern, bis hinunter auf ihren Po, zog die Backen auseinander und entlockte ihr ein Stöhnen. »Ich will auch, daß es schön ist«, flüsterte sie in Morgans Ohr. »So schön wie noch nie.«

Morgan richtete sich erstaunt über ihr auf und blickte auf sie hinunter. »Noch nie?« Sie schmunzelte leicht. »Da hast du dir aber viel vorgenommen.«

»Ich weiß«, sagte Amy. Sie lachte ein wenig. »Wieviel Konkurrenz muß ich aus dem Feld schlagen?«

»Wie meinst du das: Konkurrenz?« fragte Morgan stirnrunzelnd.

»Sag einfach eine Zahl«, meinte Amy. »Dutzende, Hunderte?«

»Oh.« Morgan ließ sich wieder auf Amy hinuntersinken. »Zahlen sagen doch nichts aus.«

»So viele?« grinste Amy.

»Wie ich schon sagte«, entgegnete Morgan, »du hast dir eine ganze Menge vorgenommen.«

Amy rollte sich mit Morgan herum, so daß Morgan unter ihr lag. »Du bist die Kundin«, sagte sie verheißungsvoll. »Unsere Kunden müssen nie etwas tun. Das tun alles wir für sie.«

»Alles?« fragte Morgan.

Amy streichelte Morgans Brustwarze mit ihrer Zunge. Morgan schloß die Augen, und ihre Brustwarze schwoll in Amys Mund noch mehr an. »Alles«, wiederholte Amy, als sie kurz Luft holte. »Kompletter Service.«

Morgan lachte leicht, obwohl sie bereits begann, sich unruhig unter Amy zu bewegen. »Da werde ich meine jetzige Werbeagentur wohl auch einmal fragen müssen, was sie unter komplettem Service verstehen«, sagte sie.

»Tu das«, erwiderte Amy. »Ich bin gespannt auf die Antwort.« Sie beugte sich erneut hinunter, knabberte an Morgans Brustwarzen, bis sie stöhnte, und glitt dann an ihr hinab.

Morgans Haut war wie Samt. Kurz fragte Amy sich, ob das ein Erfolg von Morgans eigenen Pflegeprodukten war. Ob sie alles ausprobierte, was ihr Konzern herstellte? Aber dann vergaß sie ihre Fragen, denn die Berührung ihrer Lippen auf Morgans warmer Haut erregte sie zunehmend, und Morgan seufzte und stöhnte abwechselnd unter ihr.

Amy glitt zwischen Morgans Beine und öffnete sie. Es war berauschend, was sich vor ihr auftat. Die Innenseite von Morgans Schenkeln schien fast noch samtiger als der Rest ihrer Haut. Amy fuhr mit einem Finger darüber und streichelte jeden Millimeter mit Ehrfurcht. Morgan war eine so schöne Frau, verführerisch, gepflegt und elegant, und trotzdem wand sie sich jetzt unter Amy, wollte nichts als sich hingeben. Amy konnte es kaum glauben, obwohl sie es selbst heraufbeschworen hatte.

Sie streichelte an Morgans Innenschenkel weiter nach oben.

»Ja . . .!« stöhnte Morgan über ihr. »Komm . . .«

»Ich komme schon, meine Süße«, flüsterte Amy. Sie beugte sich hinunter und legte ihren Mund über Morgans Mitte, streichelte mit ihrer Zunge zwischen den Schamlippen hindurch, die ihr naß und geschwollen entgegenkamen, sich öffneten, sie aufnehmen wollten.

Morgan stöhnte noch tiefer auf. »Ja . . . ja . . . komm . . . komm . . . ja . . .« Sie warf ihren Kopf hin und her und krallte ihre Finger in Amys Haare, preßte ihren Kopf auf ihre Mitte.

Amy ließ ihre Zunge in Morgan hineingleiten, Morgan schrie spitz auf, Amy zog ihre Zunge wieder heraus und glitt mit der Zungenspitze über Morgans Klit, spielte mit ihr wie mit einer Murmel.

Morgans Hände rissen an Amys Haaren, versuchten überall gleichzeitig zu sein und Amy an sich heranzuziehen, sie in sich hineinzudrücken.

»Langsam!« Amy lachte und versuchte Morgans Hände festzuhalten. »Ich will nachher keine Glatze haben!«

»Sorry«, murmelte Morgan. Sie keuchte. »Tut mir leid.« Ihre Hüften hoben sich Amy entgegen. »Komm jetzt …«, wisperte sie atemlos. »Komm … schnell …«

Es hatte wohl keinen Sinn, noch länger zu warten, dachte Amy. Morgan brachte sich schon fast selbst um den Verstand. Amy drang mit einem Finger in Morgan ein, und Morgan hob laut stöhnend ihren Oberkörper an, bis sie fast saß. »Mehr …!« stöhnte sie. »Tiefer …!« Sie ließ sich zurückfallen.

Amy drang mit mehreren Fingern in Morgans weit offene Höhle ein und saugte ihre groß angeschwollene Klit in sich hinein, leckte mit ihrer Zunge so schnell sie konnte darüber.

Morgan stöhnte und schrie. Sie wand sich wild unter Amy, zuckte, erstarrte, stöhnte wie gequält, stieg in die Luft, erstarrte erneut und wiederholte das Ganze mindestens ein halbes Dutzend Mal, bevor sie keuchend in die Laken sank und nur noch um Luft rang.

Amy spürte, wie es um ihre Finger pochte, wie das Fleisch sich immer noch zuckend um ihre Hand verkrampfte, bevor es langsam nachließ und sie ihre Finger herausziehen konnte.

Sie glitt an Morgan nach oben und betrachtete ihr Gesicht. Jetzt sah sie gar nicht mehr so streng aus wie heute nachmittag in ihrem Büro, super gestylt und geschminkt, perfekte Frisur, perfekte Kleidung. Jetzt war sie nur eine Frau, die sich von ihrem Orgasmus erholte, eine schöne Frau mit wild zerzausten Haaren.

Amy strich ihr die Haare aus der schweißnassen Stirn. Morgan hatte sich wirklich sehr angestrengt, das sah man. »Wenn Sie mit unserem Kundendienst zufrieden waren, schreiben Sie bitte einen Dankesbrief an die Geschäftsleitung«, sagte Amy lächelnd.

Morgan atmete noch einmal tief durch und schlug die Augen auf. »Das mache ich bestimmt … nicht«, sagte sie. Sie schmunzelte. »Ich möchte meinen Dank jetzt lieber gleich hier ausdrücken.« Und schon hatte sie sich umgedreht und Amy unter sich begraben. »Ich werde dich ficken, bis du nicht mehr stehen kannst.«

Oh. Ja, dachte Amy. *So kann man es auch ausdrücken.* Sie war etwas schockiert, aber das zeigte sie nicht.

Morgan wartete nicht lange, sie leckte Amys Brustwarzen und drang gleichzeitig in sie ein, stieß in sie und reizte ihre Klit mit dem

Daumen, daß Amy hochzuckte, weil es sie wie ein Stromschlag traf, ohne Vorbereitung. *Sie ist nicht der liebevolle Typ*, dachte Amy. *Das hätte ich mir denken können.*

Dennoch erfaßte die Erregung sie schnell, als Morgan sie küßte, tief in ihren Mund eindrang und sie oben und unten gleichzeitig nahm. Es war wie eine Naturgewalt, die Amy überrollte. Obwohl sie kaum mehr atmen konnte mit Morgans Zunge in ihrem Mund, keuchte sie vor Leidenschaft, stöhnte unter ihren harten Stößen und schrie, als sie kam.

Aber Morgan ließ sie nicht in Ruhe. Sie löste ihr Versprechen, das Amy im ersten Moment so schockiert hatte, ein. Eigentlich hatte Amy ja auch nicht die Ankündigung schockiert, sondern nur die Ausdrucksweise. Mit der Sache an sich war sie durchaus einverstanden. Morgan war eine großartige Liebhaberin, wenn man einmal von den Worten absah.

Amy fühlte, wie ihr ganzer Körper erzitterte, während Morgan an ihr auf und ab glitt, in sie eindrang, sie verließ, an allen Orten gleichzeitig zu sein schien und ihre Haut zum Glühen brachte. »O Morgan ... Morgan ...«, flüsterte sie.

»So schnell entkommst du mir nicht«, lachte Morgan. »Ich habe noch einiges mit dir vor.«

»**D**u bist eine dumme, *dumme* Pute, Amy!« schimpfte Amy über sich selbst, als sie morgens unter der Dusche stand.

Die Nacht war lang gewesen – oder kurz, je nachdem, wie man es betrachtete –, und sie war erst drei Stunden, bevor sie wieder aufstehen mußte, nach Hause gekommen.

Wenn sie die drei Stunden wenigstens hätte schlafen können ... Aber das hatte nicht geklappt. Sie dachte an Morgan, und sie sehnte sich nach ihr. Morgans Hände, Morgans Mund, Morgans Schenkel, die sich um ihre Hüften schlangen – Morgans Schreie, die das Haus erzittern ließen. Morgans Gesicht, das so schön aussah nach der Entspannung, das so friedlich zu ihr aufblickte. Morgans tiefe, funkelnde Augen.

Sie hatte es nicht gewollt, aber sie hatte sich ein wenig verliebt. Wirklich nur ein wenig, hoffte sie, und daß sie es wieder rückgängig machen konnte. Sie hörte Morgans Seufzen und schloß unter der Dusche die Augen. *Frommer Wunsch, das mit dem Rückgängigmachen.* Sie drehte das Wasser ab und atmete tief durch. *Wird schon gehen. Es muß.*

Morgan war keine Frau zum Verlieben, sie war eine potentielle Kundin. Und sie hatten beide gewußt, daß das, was sie heute nacht getan hatten, nichts mit Liebe zu tun hatte.

Es war Vergnügen gewesen ... großes Vergnügen – für sie beide. Aber mehr auch nicht.

Amy ging in ihr Schlafzimmer hinüber und zog sich an. Sie schminkte sich und betrachtete dabei im Spiegel die dunklen Ringe unter ihren Augen. *Na ja, nicht so schlimm.* Mit einer entschlossenen Bewegung puderte sie ihr Gesicht, bis der dunkle Eindruck verschwunden war. Als sie ihre Ohrringe anlegen wollte, merkte sie, daß einer fehlte. Einer von denen, die sie gestern getragen hatte.

Sie versuchte sich zu erinnern. Ja, richtig, Morgan hatte ihn ihr abgenommen und beiseite gelegt. Sie biß sich auf die Lippen. Sie dachte daran, wie Morgans Hand dabei sanft ihre Wange gestreichelt hatte. Den anderen hatte Amy schon davor in ihre Tasche gesteckt, aber dieser ... der mußte noch irgendwo bei Morgan liegen.

Sie seufzte. Es war einer ihrer Lieblingsohrringe, sie hoffte, er war nicht verlorengegangen. Entschlossen nahm sie den übriggebliebenen Ohrring wieder ab und suchte ein anderes Paar aus. Die würden es auch tun.

Amy saß schon eine Weile im Büro über neuen Entwürfen und Ideen für die heutige Präsentation, als das Telefon klingelte.

»Wie geht es dir, mein Schatz?« fragte Morgans Stimme fröhlich.

»Oh, gut ... gut«, stammelte Amy ein wenig verblüfft. *Mein Schatz? Was sollte das denn? Hatte sie da irgend etwas falsch verstanden heute nacht?* Sie horchte in den Hörer. »Das klingt wie Wasser da bei dir. Liegst du am Strand?«

»Ich bin im Bad, du Dummchen«, sagte Morgan. »Ich nehme immer ein ausgiebiges Bad, bevor ich meinen Tag beginne. Duschen ist so proletarisch. Und außerdem hatte ich es nötig, mich richtig zu entspannen – nach dieser Nacht.« Sie säuselte ins Telefon.

»Hm, ja«, sagte Amy. Sie wollte die Erinnerung nicht wieder aufkommen lassen. Dann konnte sie nicht weiterarbeiten. Sie räusperte sich. »Du ... ich – Hast du zufällig einen meiner Ohrringe bei dir gefunden? Ich vermisse einen.«

Morgan lachte ein wenig. »Ich habe noch nicht einmal eine Ahnung, wo meine sind«, sagte sie. »Aber die werden sich schon anfinden, wenn das Personal nachher das Haus aufräumt. Und deiner auch.«

Amy stellte sich vor, wie ein grinsendes Zimmermädchen den einzelnen Ohrring auf Morgans Bett legte. Aber so war es vermutlich gar nicht. Bei dem, was Morgan zahlenmäßig angedeutet hatte, kam ähnliches wahrscheinlich öfter vor, und es gab schon einen speziellen Platz für die Hinterlassenschaften der diversen nächtlichen Besucherinnen, wo sie sie wieder abholen konnten.

»Gut, dann –«, sie hüstelte angestrengt, »kannst du ihn ja vielleicht für mich aufheben«, sagte sie.

»Wenn ich dran denke«, sagte Morgan lässig.

Das wäre ja auch wirklich zuviel verlangt, dachte Amy, *bei dem vielen Wechsel.* »Ich mag den Ohrring«, sagte sie. »Es wäre schön, wenn er nicht verlorenginge.«

»Wird er schon nicht«, sagte Morgan uninteressiert. »Ein Liebespfand?« Ihr Grinsen schien die Leitung zu sprengen.

Amy atmete tief durch. »Nein«, sagte sie. »Ich trage die Ohrringe nur sehr gern.«

»Sie stehen dir auch gut«, sagte Morgan. Sie gurrte. »Wie ist es? Gehst du heute abend wieder mit mir essen?« Sie lachte ein wenig. »Vielleicht bringe ich den Ohrring dann mit.« Sie machte eine bedeutungsvolle Pause. »Oder du holst ihn bei mir ab.«

Amy räusperte sich. Ihr wäre es lieber gewesen, wenn das Gespräch eine andere Richtung genommen hätte. »Hast du – hast du über den Auftrag nachgedacht?« fragte sie. »Wirst du ihn uns geben?«

Morgan seufzte. »Denkst du denn nie an etwas anderes? Ich überlege noch.« Sie schien tatsächlich zu überlegen, dann fuhr sie fort: »Wie ist es mit dem Essen heute abend?«

»Ist das der Preis?« fragte Amy etwas scherzend.

»Wie war das mit dem kompletten Service?« scherzte Morgan zurück. »Nach einem Mal kann ich kaum beurteilen, ob das die Ausnahme oder die Regel ist. Und das muß ich ja wissen, bevor ich den

Auftrag erteile.«

»Es ist nicht die Ausnahme«, sagte Amy, »allerdings nur für spezielle Kundinnen.«

»Ich wußte, du machst das öfter«, sagte Morgan. »Aber ich werde nicht fragen, wie oft. Im Gegensatz zu dir.«

Du bist wirklich ungeheuer taktvoll, wie man gerade wieder sieht, dachte Amy. »Du hast die Frage nicht beantwortet«, sagte sie.

»Das würdest du auch nicht tun«, sagte Morgan.

Ich habe noch den Überblick – im Gegensatz zu dir. »Ja«, sagte Amy. »Das würde ich auch nicht tun.« Obwohl sie Morgan nicht kannte, hatte sie den Eindruck, es hatte wenig Sinn, sich mit ihr über so etwas zu unterhalten. Sie lachte leicht. »Also – wo willst du hingehen? Ins *Duke's*? Wieder mit mir angeben?«

»Natürlich.« Morgan lachte auch.

»Ich würde lieber irgendwo hingehen, wo es etwas gemütlicher ist«, sagte Amy.

»Mach einen Vorschlag.« Morgan dehnte sich genüßlich im warmen Badewasser.

»Ich kenne eine kleine Bar, in der ich mich gern aufhalte«, sagte Amy.

»Dein Stammlokal?«

»So etwas Ähnliches. Hast du Lust?«

»Hm, und wie . . .«, seufzte Morgan in den Hörer.

»Nicht jetzt, ich meinte, heute abend«, flüsterte Amy. Obwohl sie es nicht wollte, wurde ihr heiß. »Jetzt habe ich eine Besprechung. Ich muß gleich weg.«

»Wie schade«, sagte Morgan enttäuscht. »Ich hatte gehofft, daß du heute morgen noch da bist, wenn ich aufwache, und daß wir –«

»Ich bin leider gezwungen, zu duschen, nicht zu baden«, sagte Amy.

Morgan lachte fröhlich. »Du meinst, du gehörst zum eher proletarischen Teil der Bevölkerung? Das wage ich zu bezweifeln.«

»Das kannst du gern, aber dennoch verdiene ich mein Geld hauptsächlich mit der Anwesenheit an diesem Schreibtisch, und deshalb –«

»Und deshalb ist mein Auftrag für dich so wichtig.« Morgan schien etwas ernüchtert.

»Ein Auftrag von einem großen Konzern wie deinem wäre für jede Werbeagentur wichtig«, sagte Amy.

»Natürlich.« Morgan machte eine kleine Pause. »Wo treffen wir uns heute abend?«

Nachdem sie sich verabredet hatten, legte Amy nachdenklich den Hörer auf.

An ihrer offenen Bürotür ging ein Kollege vorbei. »Kommst du? Die Besprechung . . .«

»Ja, ich komme.« Amy raffte ihre Unterlagen zusammen, stand auf und verließ ihr Büro.

»Hey, Süße!«

»Du sollst mich nicht immer so nennen, Charlie.« Amy grinste.

»Ich weiß«, sagte Charlie, der Barmann, von hinter seinem Tresen, »deshalb tu' ich es ja.« Er grinste auch. »Warst lange nich' hier. Viel Arbeit gehabt?« Amy nickte. Er zapfte ein Bier und stellte es vor sie hin. »Lady?« Er sah Morgan fragend an. Als sie nicht reagierte, wandte er sich wieder an Amy. »Was trinkt deine Freundin?«

Freundin ist vielleicht etwas zuviel gesagt, dachte Amy. »Ähm . . . Champagner, glaube ich«, erwiderte sie.

»Champ- . . . was?« Charlie prustete los. »Da seid ihr hier aber im falschen Laden!«

»Ein Scotch tut's auch«, sagte Morgan und schob sich auf einen Barhocker. »Zwei Fingerbreit, ohne Eis.«

»Ich dachte schon, Sie wär'n stumm, Lady«, sagte Charlie. »Schön, daß Sie's nich' sind.«

»Ich bemühe mich«, sagte Morgan.

Amy beobachtete sie etwas erstaunt.

Charlie goß den Scotch ein und schob Morgan das Glas hin. »Darauf hätt' ich Sie nich' geschätzt, Lady«, sagte er, »obwohl ich sonst in so was ganz gut bin.«

Morgan hob ihr Glas und prostete Amy zu. »Also dann – auf falsche Einschätzungen.« Sie trank.

Amy überlegte, was Morgan wohl mit ihrem Toast gemeint haben konnte, während sie einen Schluck von ihrem Bier nahm. »Dein Bier ist immer noch das beste«, sagte sie lächelnd zu Charlie. »Das habe ich wirklich vermißt.«

»Mußt einfach öfter kommen«, grinste Charlie.

»Tja, wenn das so einfach wäre«, sagte Amy seufzend. »Ich komme kaum noch zum Schlafen.«

Morgan setzte ihr Scotchglas laut auf dem Tresen ab.

Amy sah sie an und lächelte leicht. *So habe ich das nicht gemeint,* dachte sie, *aber gut, daß du zuhörst.*

»Hat deine Freundin auch'n Nam'n?« fragte Charlie.

»Morgan«, sagte Morgan. »Nennen Sie mich Morgan.«

Amy grinste in sich hinein. Morgan war sauer, weil Charlie Amy nach ihrem Namen gefragt hatte und nicht sie selbst.

»Freut mich, Morgan«, sagte Charlie, wischte sich die nasse Hand kurz an seiner Hose ab und hielt sie dann über den Tresen Morgan hin.

Morgan starrte einen Moment darauf, und Amy dachte, sie würde ausrasten, aber dann streckte Morgan ihre Hand ebenfalls aus und schüttelte die von Charlie. »Freut mich auch«, sagte sie.

Ein Gast vom anderen Ende des Tresens rief Charlie, und er ging hinüber, um ihn zu bedienen.

»Tut mir leid«, sagte Amy zu Morgan. »Ich war schon so lange nicht mehr hier ... und Charlie ist ein einfacher Bursche. Wie in der Kosmetikherstellung riecht es hier auch nicht.«

»Nicht gerade«, sagte Morgan. Sie sah sich um.

»Und vielleicht hätte ich dir sagen sollen, daß du keinen Rock anziehen sollst«, ergänzte Amy hüstelnd.

»Das wäre nützlich gewesen«, sagte Morgan. Ein paar der anwesenden Männer starrten ziemlich ungeniert auf ihre nackten Beine.

»So was sehen die hier nicht oft«, sagte Amy entschuldigend.

»Wir können ja tauschen«, sagte Morgan. »Du nimmst meinen Rock, und ich nehme deine Jeans.«

»Ähm ... ja ... da es meine Schuld war –« Amy wand sich ein bißchen.

»Schon gut«, sagte Morgan. »War nicht ernst gemeint. So schlimm ist es auch wieder nicht.«

»Du tust auf jeden Fall ein gutes Werk«, sagte Amy grinsend. »Davon werden sie noch ihren Enkeln erzählen.«

»Von meinen Beinen?« Morgan lachte. »Du übertreibst. So toll sind die nun auch wieder nicht.«

»Ich finde sie ganz schön ... toll«, sagte Amy verlegen. Eigentlich hatte sie gar nichts sagen wollen, aber es war ihr so herausgerutscht.

»Danke«, sagte Morgan und sah Amy etwas merkwürdig an. Sie trank ihren Scotch aus und winkte mit dem Glas zu Charlie hinüber. »Charlie? Kann ich noch einen haben?«

Charlie kam herüber. »Klar«, sagte er und goß ein.

Morgan trank den halben Scotch auf einen Sitz. Amy sah, wie Charlie die Augenbrauen hob. Morgan trank auch noch die zweite Hälfte des Glases aus. Sie stellte das Glas auf den Tresen. »Lassen Sie noch mal die Luft raus, Charlie«, sagte sie.

Charlie goß erneut ein und warf einen Blick zu Amy. Amy schüttelte hinter Morgans Rücken leicht den Kopf.

Charlie zuckte die Schultern und verdrückte sich zu seinen Kumpels am anderen Ende der Theke.

Morgan drehte sich wieder zu Amy um und blickte sie mit etwas angesäuselten Augen an. »Wenn wir jetzt nicht hier wären, würde ich dich sofort flachlegen«, sagte sie mit leicht schwerer Zunge. »Du bist ein geiles Ding.«

Schade, es begann eben, nett zu werden, dachte Amy. *Gut, daß Liebe kein Thema zwischen uns ist. Sie ist nicht gerade der zartfühlende Typ.* »Wir können ja zu dir gehen«, schlug sie vor.

»O ja, zu mir.« Morgans Zunge klang weiterhin schwer. »Ich möchte es dir im Whirlpool besorgen. Das hätte ich am liebsten heute morgen schon getan.«

»Ich weiß«, sagte Amy. *Hätte sie's doch getan,* dachte sie, *dann hätte ich mir meine Überlegungen unter der Dusche später sparen können. Diese Gefühle wären gar nicht erst aufgekommen. Gott sei Dank ist das jetzt endgültig vorbei.*

»Aber du mußtest ja duschen«, fügte Morgan etwas beleidigt hinzu, als ob Amy gar nichts gesagt hätte.

»Ich mußte arbeiten, richtig«, sagte Amy. Sie fragte sich, ob sie nicht eigentlich immer noch im Dienst war. Im Gegensatz zu Morgan, die nur ihr Vergnügen suchte.

Sie drehte sich um. »Kannst du uns ein Taxi rufen, Charlie?« rief sie hinüber.

Charlie nickte und ging zum Telefon. »Kommt gleich!« rief er zurück.

»Komm, wir gehen schon mal an die frische Luft«, sagte Amy zu

Morgan. »Ich glaube, die kannst du jetzt ganz gut gebrauchen.«

Morgan starrte sie an. »Denkst du etwa, ich bin betrunken?« Sie lallte etwas.

»Nein, gar nicht«, sagte Amy. »Aber das Taxi kommt gleich. Also laß uns rausgehen.« *Bevor sie auf den Gedanken kommt, noch einen doppelstöckigen Scotch zu bestellen ...*

»Das Taxi ...«, murmelte Morgan undeutlich.

»Ja, genau, das Taxi.« Amy half ihr beim Verlassen des Barhokkers, was ein Pfeifen von der anderen Seite des Lokals verursachte, weil Morgans Rock hochrutschte.

Amy sah hinüber, und Charlie rief die Männer an der Bar pflichtschuldig mit einem »Laßt das, Jungs« zur Ordnung, während er selbst einen Blick auf Morgans Beine riskierte.

Amy schüttelte tadelnd den Kopf, und Charlie grinste und zuckte die Schultern. »Alles okay?« fragte er, als Amy und Morgan bei ihm vorbeikamen.

»Ja, alles okay«, sagte Amy. »Ich zahle das nächste Mal, in Ordnung, Charlie?«

»Ihr wart eingeladen.« Charlie grinste noch mehr. »Wenn sich das mit ihren Beinen herumspricht, kann ich mich in nächster Zeit vor Kundschaft nicht retten.«

»Charlie!« Amy grinste allerdings auch.

»Tut doch keinem weh«, sagte Charlie. »Und ihr –«, er nickte in Morgans Richtung, »ist es im Moment sowieso egal.«

»Das ist vermutlich wahr«, sagte Amy.

Morgan hing etwas unmotiviert auf ihrer Schulter. Plötzlich richtete sie sich jedoch auf und stakste allein hinaus.

Amy hob die Hand. »Mach's gut, Charlie.«

Charlie nickte. »Mach's gut, Mädchen. Und laß uns nicht wieder so lange auf deinen Besuch warten. Wir vermissen dich.«

Amy lächelte gerührt. »Das ist nett von dir, Charlie«, sagte sie. »So etwas habe ich schon lange nicht mehr gehört.« Sie verließ schnell das Lokal.

Auf der Straße fand sie Morgan an die Wand gelehnt vor. Gerade kam das Taxi um die Ecke. Sie half Morgan einzusteigen, setzte sich neben sie auf den Rücksitz und nannte dem Fahrer die Adresse.

Morgan beugte sich zu ihr und begann sie zu küssen und gleichzeitig auszuziehen.

»Morgan!« flüsterte Amy und versuchte sie aufzuhalten. »Doch nicht hier! Warte!«

»Ich will aber nicht warten«, murmelte Morgan.

»Ich weiß«, sagte Amy, »aber das ist ein öffentliches Taxi. Bitte ...«

»Weißt du, an wem das alles liegt, der ganze Mist?« fragte Morgan unvermittelt. Sie richtete sich auf und starrte Amy mit wütend funkelnden Augen an.

»Was ... was meinst du?« Amy hatte die schlimmsten Befürchtungen, worauf Morgan eventuell kommen konnte in ihrem angetrunkenen Zustand. Vielleicht fand sie, daß Amy schuld war. Und daß sie deshalb den Auftrag nicht verdient hatte – trotz ihres Einsatzes.

Würde mich das stören? fragte Amy sich. *Will ich den Auftrag überhaupt noch?* Sie dachte darüber nach. *Ja, ich will ihn. Aber nicht um jeden Preis. Wenn sie so weitermacht ...*

»An meinem Chauffeur«, sagte Morgan laut. »Er hat gekündigt, der Dreckskerl!«

»Pscht!« Amy legte Morgan einen Finger auf die Lippen. Morgan biß leicht hinein und lachte erregt. »Sie hat nicht Sie gemeint!« rief Amy nach vorn zu dem Taxifahrer, der bei Morgans Bemerkung streng in den Spiegel geschaut hatte. Gleichzeitig lutschte Morgan bereits an ihrem Finger herum. »Morgan, bitte ...«, flüsterte Amy, »laß das ...«

»Hmmm«, machte Morgan und umkreiste Amys Finger mit ihrer Zunge. Sie wollte es nicht lassen – offensichtlich.

»Morgan ...«, flüsterte Amy und versuchte ihr ihren Finger zu entziehen.

Morgan hielt ihren Arm fest und saugte ihren Finger ganz in sich hinein, so weit sie konnte.

»Morgan«, wiederholte Amy leise, »ich flehe dich an ... wenn wir bei dir sind, mache ich alles, was du willst, aber hör jetzt bitte damit auf.«

Morgan entließ Amys Finger aus ihrem Mund. »Du machst alles, was ich will?«

Dafür ist sie noch klar genug. Amy seufzte. »In gewissen Grenzen«, sagte sie. »Ja.«

»Was für Grenzen?« fragte Morgan.

»Das siehst du dann schon.« Amy streichelte Morgans Gesicht. »Sei einfach lieb jetzt, ja?«

»Lieb?« Morgan lachte und lehnte sich zurück. »Wie kommst du denn darauf?«

»Mit viel Phantasie«, sagte Amy. Die brauchte sie allerdings auch. Denn nur mit äußerster Anstrengung ihrer Phantasie konnte sie sich Morgan lieb vorstellen. »Was war mit deinem Chauffeur?« fragte sie, um das Thema zu wechseln. »Warum bist du so böse auf ihn?«

»Pft! Der!« Morgan starrte ärgerlich in die Luft. »Meinst du, ich fahre freiwillig Taxi? So was habe ich doch gar nicht nötig.«

Amy sah wieder, wie der Taxifahrer in den Rückspiegel starrte und Morgan fixierte. Hoffentlich setzte er sie nicht gleich hier auf die Straße. »Er hat gekündigt?« fragte sie und blickte Morgan von der Seite an.

»Ja. Einfach so. Von jetzt auf gleich.« Morgan schlug mit der Hand durch die Luft. »Undankbares Pack!«

»Bitte, Morgan ... nicht so laut«, flüsterte Amy.

»Ich kann so laut sein, wie ich will!« Morgan benahm sich störrisch wie ein Kind – oder wie ein Mensch, der so reich ist, daß er sich alles leisten kann und deshalb auf niemand Rücksicht nehmen muß.

»Warum hast du keinen neuen eingestellt?« fragte Amy.

»Weißt du, wie schwer das ist?« Morgan starrte sie an. »Jemand Zuverlässigen zu finden? Das Personal heutzutage ...«

»Damit habe ich nicht so viel Erfahrung«, sagte Amy. »Aber du hast doch noch mehr Angestellte. Könnten die dich nicht fahren, wenigstens vorübergehend?«

»Mein Butler hat keinen Führerschein«, sagte Morgan, »wie ich erst durch diese Geschichte erfahren habe. Er soll einen neuen Chauffeur suchen, aber das geht eben nicht so schnell.«

»Und du selbst ...?«

»Ich habe auch keinen Führerschein. Ich brauchte nie einen«, sagte Morgan.

Amy seufzte. »Dann bleibt immer noch der Limousinen-Service«, sagte sie.

Morgan drehte sich ruckartig zu ihr um. »Du bist genial!« sagte sie.

Amy mußte lachen. »Das halte ich für übertrieben. Aber mitunter habe ich ganz gute Ideen, das stimmt.«

»Das ist überhaupt die *beste* Idee«, sagte Morgan. »Warum ist mein Butler nicht darauf gekommen?«

»Manchmal denkt man an das Naheliegendste zuletzt«, sagte Amy.

»Das Naheliegendste«, wiederholte Morgan und starrte sie begehrlich an. »Daran denke ich jetzt auf jeden Fall.« Sie beugte sich vor und küßte Amy erneut. Als sie wiederum beginnen wollte sie auszuziehen, hielt das Taxi an.

»Wir sind da«, sagte der Fahrer.

Amy öffnete die Tür auf ihrer Seite und wand sich unter Morgan hinaus, da die nicht aufhörte, sie zu küssen. Morgan krabbelte ihr hinterher und ging sofort auf die Haustür zu.

»Hey, mein Geld!« rief der Fahrer und sprang aus seinem Taxi.

In diesem Moment öffnete sich die Haustür von innen, und der Butler trat heraus. »Madam?« sagte er und hielt Morgan die Tür auf.

Morgan kümmerte sich nicht um ihn und ging einfach an ihm vorbei hinein.

Amy stand etwas ratlos da und öffnete ihre Handtasche.

»Ich mache das schon, Madam«, sagte der Butler und kam von der Tür auf sie zu. »Gehen Sie nur hinein.«

Wie praktisch, dachte Amy. Sie nickte dem Butler zu. Als sie hineingehen wollte, blieb sie an der Haustür stehen und wartete auf ihn. Der Butler kam ihr nach, nachdem er bezahlt hatte.

»Kann ich noch etwas für Sie tun, Madam?« fragte er aufmerksam.

»Eigentlich nicht«, sagte Amy. »Aber könnten Sie mir sagen, wie Sie heißen? Damit ich Sie ansprechen kann?«

»Treadwell«, sagte der Butler.

»Freut mich, Mr. Treadwell«, sagte Amy und streckte ihm die Hand hin. »Amy Flanagan.«

Der Butler starrte auf ihre Hand, nahm sie aber nicht. »Sehr erfreut, Madam«, sagte er auch, schien aber verwirrt. »Und es ist einfach nur Treadwell, nicht Mister.«

»Das klingt nach guter alter englischer Butlertradition«, sagte Amy lächelnd. Sie zog ihre Hand zurück. Er würde sie nicht nehmen.

»Sehr richtig, Madam«, sagte Treadwell. »Schon mein Ur-Ur-Urgroßvater hat diese Tradition begründet.« Er ließ Amy ins Haus eintreten und schloß die Tür hinter ihr. »Madam ist auf die Terrasse gegangen, wie ich gesehen habe«, fügte er dann hinzu.

Wie er das noch gesehen hatte, fragte Amy sich. Morgan war an ihm vorbeigerauscht, ohne ihn eines Blickes zu würdigen und ohne etwas zu sagen, und Treadwell hatte sich um die Bezahlung des Taxis gekümmert. Bei dieser langen Butlertradition hatten sich wahrscheinlich Chamäleonaugen in seiner Familie entwickelt, mit denen er gleichzeitig in alle Richtungen schauen konnte.

»Vielen Dank, Treadwell«, sagte sie lächelnd. Sie kam sich ganz komisch dabei vor.

»Gern geschehen, Madam«, erwiderte Treadwell mit unbewegter Miene. Kein Mensch hätte sagen können, was er dachte. Er machte eine zuvorkommende Handbewegung. »Würden Sie mir bitte folgen, Madam?« Amy nickte stumm. Die Worte waren ihr ausgegangen. Treadwell führte sie auf die Terrasse.

Amy hielt die Luft an, als sie sah, daß sich ein Whirlpool an der Grenze zwischen Terrasse und Garten befand und daß Morgan bereits nackt darin saß. Ihre Kleider lagen verstreut am Rand.

Treadwell hingegen zeigte keinerlei Überraschung. Wahrscheinlich war er das gewöhnt. »Haben Sie noch einen Wunsch, Madam?« fragte er Morgan, ohne sie direkt anzusehen. Er ignorierte ihre Nacktheit diskret.

»Champagner«, sagte Morgan. »Wie immer.«

»Sehr wohl, Madam.« Treadwell zog sich mit einer leichten Verbeugung zurück.

»Komm ins Wasser«, sagte Morgan und sah Amy von unten herauf mit glänzenden Augen an.

»Ich würde lieber warten«, erwiderte Amy und schaute zur Terrassentür, durch die Treadwell verschwunden war.

»Nun komm schon!« forderte Morgan sie ungeduldig auf. »Sei nicht so langweilig. Er guckt dir doch nichts ab.«

»Es ist ein wenig ungewohnt für mich«, sagte Amy. »Einen Butler hat schließlich nicht jeder.«

»Ich habe jede Menge Personal«, sagte Morgan. »Die meisten kenne ich gar nicht.« Sie lachte spöttisch. »Wahrscheinlich räumst du deine Slips weg, bevor deine Putzfrau kommt, oder?«

»Ja«, sagte Amy etwas verstimmt, »das tue ich.«

»Braves Mädchen«, sagte Morgan heiter, weil sie sich über Amy lustigmachen konnte.

In diesem Moment kam Treadwell zurück, stellte den Sektkühler an den Whirlpool, wobei er so nah an Morgan herankam, daß er sie hätte berühren können, aber er tat weiterhin so, als bemerke er nicht, daß sie nackt war, und goß zwei Gläser ein.

Er richtete sich auf und verließ die Terrasse.

Amy war die ganze Angelegenheit fürchterlich peinlich. Treadwell wußte genau, was gleich hier geschehen würde, weshalb Amy hier war, aber er würde nie ein Wort darüber verlieren und er würde sie weiterhin gleichbleibend zuvorkommend und höflich behandeln. Was er jedoch innerlich über Amy dachte, würde sie nie erfahren.

»Wie lange willst du noch da rumstehen?« fragte Morgan. »Kommst du nun endlich, oder muß ich es mir selbst machen?« Ihre Stimme klang ziemlich ärgerlich.

Ich habe es ihr im Taxi versprochen, jetzt muß ich auch da durch, dachte Amy. *Was immer es mich kostet.* Auf jeden Fall kostete es sie Überwindung, denn Morgans direkte Ausdrucksweise lag ihr gar nicht. Sie ging nah an den Whirlpool heran, zog sich schnell aus und glitt ins Wasser. Es umschloß sie für einen Moment warm, sanft und beruhigend. Sie schaute Morgan an.

Morgan glitt zu ihr heran, beugte sich über sie und küßte sie. Ihre Hand glitt dabei bereits zwischen Amys Beine. »Ist das nicht geil?« flüsterte sie an Amys Mund. »Hier im warmen Wasser?«

Amy spürte das Sprudeln des Wassers, und Morgans Kuß erregte sie. *Sie kann reden, wie sie will, sie macht mich einfach an,* dachte Amy. *Es ist peinlich, wie ausgeliefert ich mich ihr fühle, sobald sie mich berührt.*

Morgan drang schnell in sie ein und begann in sie zu stoßen. Ihr Daumen rotierte auf Amys Klit, bis sie kam, dann zog sie ihre Finger aus Amy heraus und glitt im Wasser mit gespreizten Beinen über Amys Schoß. »Jetzt ich«, stöhnte sie, »mach schnell!«

Amy hielt mit einer Hand Morgans Po fest, damit sie im Wasser nicht wegglitt, und stieß mit der anderen von unten zwischen ihre gespreizten Schenkel.

Morgan stöhnte auf. »Ja ... ja ... ja ... komm ... ja ... ja ...!«

Morgan fiel auf Amy zusammen, aber da sie im Wasser waren, glitt sie nur sanft in ihre Arme. Amy hielt sie fest, weil Morgan sonst keuchend untergegangen wäre.

»Du bist gut«, keuchte Morgan, »du bist richtig gut.«

Du bist betrunken, dachte Amy, *wie willst du da noch unterscheiden, was gut und was schlecht ist?*

Morgan richtete sich auf und schaute Amy an. »Heute nacht will ich dich richtig durchficken, bis du nicht mehr kannst.«

»Hast du das nicht schon letzte Nacht getan?« fragte Amy seufzend. *Warum hört sie nicht auf damit?* dachte sie. *Sie hat mich doch schon.*

Denkt sie, dieses Gerede geilt mich auf? – Ja, wahrscheinlich denkt sie das, weil es sie selbst aufgeilt. Sie seufzte erneut.

»Diese Nacht, letzte Nacht – es gibt keinen Unterschied«, sagte Morgan. »Ich will es jede Nacht.«

»Alles, was du willst«, sagte Amy. Sie unterdrückte ein drittes Seufzen. »Das habe ich dir ja versprochen.«

»Das ist gut.« Morgan grinste. »Und noch besser ist, daß du dich daran hältst.«

»Das tue ich immer«, sagte Amy resigniert. *Leider,* dachte sie.

Die Entspannung, die Morgan ihr mit dem Turbo-Orgasmus am Anfang verschafft hatte, war schon wieder verflogen. Morgan hatte sie so schnell hochgereizt, daß Amy ihren eigenen Orgasmus kaum mitbekommen hatte. So etwas hatte sie noch nie erlebt. Daß sie so schnell reagierte, kam, es sogar schön fand und es dann schon fast wieder vergessen hatte. Morgans ungeduldige Leidenschaft rief eigenartige Reaktionen in ihr hervor.

»Kommst du?« Morgan erhob sich aus dem Wasser und blickte auf Amy hinunter. »Oder willst du es noch mal im Pool treiben?«

Amy ersparte sich ein weiteres Seufzen und atmete tief durch. »Nein, will ich nicht«, sagte sie.

Morgan trat aus dem Whirlpool hinaus und ging nackt aufs Haus zu.

Sie wird doch nicht etwa –? Aber natürlich tat sie das. Sie zog sich nicht an. Sie ging einfach nackt hinein. *Und wenn Treadwell noch irgendwo ist?* fragte sich Amy. *Das interessiert sie nicht,* gab sie sich selbst die Antwort. *Es interessiert sie einfach nicht, was andere denken. Weder er noch ich noch sonstwer. Der einzige Mensch auf der Welt, der sie interessiert, ist sie selbst.*

Amy hob ihre Kleidung auf und zog ihr Hemd über. Da sie sich für die Bar angezogen hatte, war es ein Männerhemd, und es reichte ihr bis über die Schenkel. Das würde auch für den Weg ins Schlafzimmer reichen. Obwohl sie hoffte, daß sie Treadwell in diesem Aufzug nicht begegnen würde. Aber wenn sie noch länger trödelte, würde Morgan sie umbringen.

Na ja, nicht direkt, aber vielleicht fielen ihr noch andere Worte ein als die, die sie ohnehin schon die ganze Zeit benutzte. Das wollte sich Amy lieber ersparen. Sie ging im Hemd und mit den Kleidern im Arm schnell Morgan hinterher die Treppe hinauf.

Ein paar Tage später traf sich Amy mit Janet zum Mittagessen. »Was ist übrigens bei deinem Termin mit Morgan herausgekommen?« fragte sie.

»Bis jetzt noch gar nichts.« Amy seufzte. »Wir treffen uns jeden Tag, aber sie – hat sich noch nicht entschieden.«

»Ihr trefft euch nicht nur tags, sondern auch nachts, ist es nicht so?« fragte Janet. Sie lächelte wissend.

»Ja«, sagte Amy, »meistens abends.«

Janet betrachtete Amy kurz. »Dann will sie das vielleicht noch ein bißchen genießen«, sagte sie.

»Ich habe einen Fehler gemacht«, sagte Amy.

»Einen Fehler?« Janet lehnte sich zurück, um dem Kellner die Gelegenheit zu geben, die Suppe vor sie hinzustellen. »Was für einen?«

Amy lehnte sich ebenfalls zurück. »Sie denkt genauso wie du«, sagte sie. »Sie denkt, daß sie mich einfach so haben kann, weil ich den Auftrag will.«

»Und?« Janet hob die Augenbrauen. »Ist es nicht so?«

Amy sah sie an. »Denkst du wirklich, daß das meine normale Vorgehensweise ist?«

»Ich weiß es nicht«, sagte Janet. »Wir haben noch nie darüber gesprochen.«

»Du hältst ja viel von mir«, entgegnete Amy etwas enttäuscht.

»Das tue ich. Das tue ich wirklich.« Janet nahm ihren Löffel auf. »Wollen wir nicht essen? Die Suppe wird kalt.«

»Ich habe keinen Hunger.« Amy schob den Teller ein wenig von sich.

»So schlimm ist es?« fragte Janet. Sie lächelte Amy an. »Komm, iß mit mir. Über Morgan sprechen wir später, ja? Du siehst etwas mitgenommen aus, da ist essen wichtiger als reden.« Sie widmete sich ihrer Suppe.

Amy seufzte. »Na gut«, sagte sie. »Ich versuche es.«

Janet war ein Reisefreak. Sie war fast nie zu Hause, immer unterwegs. Gerade war sie auf dem Wege nach Afrika. Sie erzählte Amy während des ganzen Essens sehr plastisch von ihrem letzten Besuch dort, bis Amy nicht mehr anders konnte als zu lachen.

»So gefällst du mir wieder«, sagte Janet zufrieden. »Dieser griesgrämige Gesichtsausdruck paßt gar nicht zu dir.«

»Griesgrämig? Wirklich?« Amy war erschrocken.

»Ja, ein bißchen. Für deine Verhältnisse schon. Du bist doch eigentlich ein fröhlicher Mensch. Ich kenne dich nur optimistisch und gutgelaunt.«

»Und das bin ich jetzt nicht?«

»Nein, so würde ich das nicht bezeichnen, den Eindruck, den du bis eben auf mich gemacht hast.« Janet schmunzelte. »Ich weiß, daß Morgan anstrengend sein kann, aber *so* anstrengend ...«

»Wahrscheinlich liegt es an mir«, sagte Amy seufzend. »Ich hätte gleich von Anfang an eine Grenze ziehen sollen zwischen Geschäft und Privatem. Sie tut das anscheinend nicht.«

»Das wundert mich«, sagte Janet. »Bisher hatte es für mich immer den Anschein, als hielte sie das strikt auseinander.«

»Dann ist sie ihrem Prinzip vielleicht untreu geworden«, sagte Amy. »Obwohl ich nicht weiß, warum ausgerechnet mit mir.«

»Oh, da könnte ich mir schon einige Gründe vorstellen«, sagte Janet und lächelte breit.

Amy hob die Augenbrauen, äußerte sich aber nicht dazu. »Wie gesagt, es war vermutlich mein Fehler.«

»Du hast ihr das Angebot gemacht?« fragte Janet.

Amy atmete tief durch. »Irgendwie schon. Sie war so ... ich weiß auch nicht ... es kam ganz spontan.«

»Sie ist eine schöne Frau«, sagte Janet. »Attraktiv, elegant, reizvoll. Das hat sicher zu deinem spontanen Entschluß beigetragen.« Sie grinste ein wenig.

»Ja.« Amy seufzte.

»Du fühlst dich von ihr angezogen«, sagte Janet, »das ist verständlich.«

»Ja«, sagte Amy wieder, »aber ich hätte das nicht mit einem Geschäft koppeln sollen. Und wenn ich gewußt hätte, wie sie wirklich ist –«

Janet legte den Kopf schief. »Wie ist sie denn?«

Amy sah sie etwas zerknittert an. »Darüber möchte ich lieber nicht sprechen.«

»Oh«, sagte Janet. Sie lehnte sich zurück und zündete sich eine Zigarette an. »Das hätte ich jetzt nicht erwartet.«

»So schlimm ist sie auch wieder nicht«, seufzte Amy. »Es sind nur gewisse ... Eigenheiten, die mich an ihr stören. Deshalb würde ich den Vertrag gern möglichst schnell zum Abschluß bringen.« Sie stützte ihre Ellbogen auf den Tisch. »Aber das ist schon wieder der falsche Weg. Ich muß einfach aufhören, mich mit ihr zu treffen, und es rein auf das Geschäftliche beschränken.«

»Ich weiß zwar nicht, was du eben gemeint hast«, sagte Janet, »aber ich glaube, daß sie sich mit dir trifft, obwohl sie geschäftlich mit dir zu tun hat, ist ein gutes Zeichen. Wie gesagt, sie mischt das sonst nicht.« Janet runzelte ein wenig die Stirn. »Du solltest diese Chance eher nutzen als sie vergeben.«

»Wenn das so einfach wäre ...!« seufzte Amy. »Das versuche ich ja schon die ganze Zeit.«

Janet runzelte ihre Stirn noch mehr. »Welches Parfüm trägst du, wenn du zu ihr gehst?« fragte sie. »Eins von ihren?«

»Nein, eins von meinen«, sagte Amy irritiert.

»Und da ist keins aus ihrem Sortiment dabei?«

»Ich glaube – nein, ich glaube nicht.« Amy runzelte angestrengt die Stirn.

»Nimm SEVEN von Morgan. Es ist ihr Lieblingsparfüm. Sie ist wild darauf«, sagte Janet.

»Sie ist auch ohne das wild«, sagte Amy und verdrehte die Augen.

Janet verzog schmunzelnd die Lippen. »Aber mit SEVEN hat es eine besondere Bewandtnis. Caroline hat es getragen. Morgan war längere Zeit mit ihr zusammen. Ich glaube, Morgan hat SEVEN ausschließlich für Caro entwickelt. Seit Caro sie verlassen hat, glaubt Morgan nicht mehr an die Liebe und vögelt nur noch rum. Sie hat es nie verwunden.«

»Deshalb?« Amy schüttelte verwundert den Kopf.

»Ja, deshalb. Morgan ist eine romantische Natur, auch wenn man ihr das nicht so direkt ansieht. SEVEN wird sie an Caro erinnern, das wird sie schwach machen, und dann hast du deine Chance. Die mußt du nur nutzen. Sie wird dich unwiderstehlich finden und alles für dich tun.«

»Unwiderstehlich scheint sie mich momentan auch ohne SEVEN zu finden!« Amy lachte ein wenig. »Aber daß sie etwas für mich tun würde, das sie nicht will – den Eindruck hatte ich nicht.«

»Sie will ja. Sie will sich nur nicht ausnutzen lassen. Also los, nimm

SEVEN und versuch es. Oder willst du lieber auf den Auftrag verzichten?«

Amy überlegte eine Weile. »Nein, das will ich nicht«, sagte sie dann, »wenn es sich vermeiden läßt.«

»Na also«, sagte Janet.

Amy folgte Janets Rat und trug am Abend SEVEN, als sie sich mit Morgan traf.

Morgan küßte sie, hielt dann irritiert inne und trat einen Schritt zurück. »Was ist das?« fragte sie.

»Ich glaube, du kennst den Duft«, sagte Amy lächelnd. »Es ist eins von deinen.«

»Ja, ich kenne den Duft.« Morgan schaute sie merkwürdig an.

»Gefällt es dir nicht?« fragte Amy. »Ich dachte, da es eins von deinen eigenen Parfüms ist – aber wenn es dir nicht gefällt, trage ich es nicht mehr.«

»Nein, du kannst es ruhig ... tragen«, sagte Morgan mühsam. »Es ... es paßt gut zu dir.«

Amy lächelte ein wenig mehr. »Man kann nur für Produkte Werbung machen, von denen man auch selbst überzeugt ist«, sagte sie.

Morgan starrte sie eine Weile an. »Ach ja, der Auftrag ...«, murmelte sie dann.

»Ich könnte mit einer Kampagne für SEVEN starten«, sagte Amy, »als Remake sozusagen. Eines der klassischsten Parfüms in neuem Gewand.«

»Ich möchte nicht –«, Morgan schluckte, »ich möchte nicht, daß du für SEVEN Werbung machst. Das ... gibt es schon zu lange. Wir werden mit etwas Neuem anfangen.«

Amy durchfuhr es heiß. »Also gibst du mir den Auftrag?«

»Von wem weißt du es?« fragte Morgan. »Janet?«

»Was soll ich wissen? Wovon sprichst du?«

»Caro. Sie hat dir von Caro erzählt.«

Amy senkte etwas schuldbewußt den Kopf. »Ja, hat sie.«

»SEVEN steht dir gut, wirklich.« Morgan ging zu einem kleinen

Tischchen hinüber, auf dem der Champagner wieder im Sektkühler stand. Sie goß sich etwas ein und trank. »Fast so gut wie ihr damals.«

Amy kam sich nun doch etwas schäbig vor. Sie hätte nicht gedacht, daß Morgan irgend etwas so treffen könnte. Bisher hatte sie nicht den Eindruck gemacht. Im Gegenteil – bei allem, was sie von sich gab, hätte Amy angenommen, daß nichts sie berührte, daß ihr alles egal war. Es tat Amy leid. Hätte sie doch bloß nicht auf Janet gehört! Sie ging zu Morgan hinüber.

»Morgan ...« Sie berührte sie an der Schulter und wollte sie in den Arm nehmen.

»Nein, geh«, sagte Morgan und wehrte sie mit einer entschiedenen Bewegung ab. »Ich werde die Auftragsbestätigung morgen früh in deine Agentur faxen lassen. Du kannst ein Meeting mit dem Rest eurer Mannschaft festsetzen. Ich werde da sein. Dann können wir das Konzept besprechen.« Sie trank ihren Champagner in einem Zug aus, stellte das Glas ab und ging die Treppe hinauf in ihr Schlafzimmer.

Amy blickte ihr nach. *Verdammter Mist!* Das hatte sie nicht gewollt. Sie hatte sich zwar oft genug über Morgans Unsensibilität aufgeregt, seit sie sie kannte, aber nun war sie es, die unsensibel gewesen war. Und das war eigentlich nicht ihre Art. Janet dampfte nach Afrika ab und hinterließ ihr diesen Scherbenhaufen. Ganz toll.

»Soll ich Ihnen Ihren Mantel bringen, Madam?«

Treadwell war lautlos herangetreten und riß sie aus ihren Gedanken, daß sie zusammenzuckte.

»Ja. Ja, danke, Treadwell«, erwiderte sie immer noch geistesabwesend.

Treadwell verbeugte sich leicht, verschwand kurz und kehrte zurück. Er hielt Amy den Mantel hin, so daß sie bequem hineinschlüpfen konnte. Dann begleitete er sie zur Tür und hielt sie ihr auf.

»Ich möchte mich von Ihnen verabschieden, Treadwell«, sagte Amy mit einem leicht schmerzlichen Lächeln. »Ich glaube nicht, daß ich noch einmal wiederkomme.«

»Das ist schade, Madam«, bemerkte Treadwell. »Wenn Sie mir erlauben, das zu sagen.«

Amy hob die Augenbrauen. »Sie finden es schade? Das hätte ich nicht gedacht.«

»Es ist nicht immer alles so, wie es scheint«, sagte Treadwell. »Ich hätte Madam gewünscht, daß sie eine neue Gefährtin findet, daß sie nicht immer so allein ist. Und Sie wären – verzeihen Sie, ich weiß, das steht mir nicht zu – eine wunderbare Gefährtin für sie.«

»Das –« Amy brach ab und räusperte sich heftig. »Danke, Treadwell«, sagte sie dann. »Und Sie sind ein wunderbarer Butler. Ich bin froh, daß sie Sie hat.«

»Ich tue, was ich kann«, sagte Treadwell, »aber ich kann ihr den Menschen, den sie eigentlich braucht, nicht ersetzen.«

»Sie sind ein Philosoph, Treadwell«, sagte Amy lächelnd. Sie sah Treadwell einen Augenblick nachdenklich an. »Würden Sie mir einen großen Gefallen tun?«

»Jeden, Madam«, sagte Treadwell.

»Würden Sie mir zum Abschied die Hand geben?« Amy lachte etwas verlegen. »Ich weiß, Sie tun das nicht als Butler, aber ich möchte Ihnen gern die Hand drücken, um Ihnen zu danken, daß Sie so besorgt um Ms. Holdsworth sind.«

»Die Familie Holdsworth ist meine Bestimmung, seit ich geboren wurde«, sagte Treadwell. »Schon mein Vater hat Madams Vater gedient und ich auch noch eine Zeitlang. Ich habe Madam auf meinen Knien geschaukelt. Wenn es nicht vermessen wäre, würde ich sagen, sie ist wie meine eigene Tochter. Deshalb hätte ich mir gewünscht, daß Sie und Madam –« Er brach ab und sah Amy an. Man hätte meinen können, eine Träne schimmere in seinem Auge.

Amy hielt ihm ihre Hand hin. »Bitte, Treadwell«, sagte sie.

Treadwell betrachtete ihre Hand eine Weile, dann hob er seine und legte sie in Amys.

Amy legte ihre zweite Hand darüber. »Passen Sie gut auf sie auf«, sagte sie leise. Ihr saß so ein Kloß im Hals, daß sie kaum sprechen konnte.

»Das werde ich, Madam«, sagte Treadwell.

Amy ließ seine Hand los, drehte sich schnell um und ging in die Nacht hinaus.

»Du hast den Auftrag von Morgan Holdsworth?« wurde sie am nächsten Morgen begrüßt, als sie in die Agentur kam.

»Woher weißt du das denn schon wieder, Billy?« Sie sah ihren Kollegen streng an.

»Das Fax kam heute ganz früh, gleich als erstes«, sagte Billy Rollins etwas beleidigt. »Also ist es wohl kaum ein Geheimnis. Ich weiß nicht, warum du dich so hast.«

Nein, das kannst du nicht wissen, dachte Amy. »Ist schon gut«, sagte sie. »Du hast recht. Es ist kein Geheimnis.«

»Wie hast du das geschafft?« fragte Billy neugierig. »Bisher hat sie keiner von ihrer alten Agentur loseisen können. Die besten Leute haben das versucht.«

Wahrscheinlich alles Männer, dachte Amy sarkastisch. »Ich habe sie wohl überzeugt, daß wir besser sind als die anderen«, sagte sie.

»Scheint so«, sagte Billy. Er sah sie etwas neidisch an. Seine Erfolgsquote war bei weitem nicht so gut wie Amys. »Da wird Lawrence dich ja wieder mal auf Händen tragen, weil du der Agentur so viel einbringst.«

Amy ging weiter zu ihrem Büro. »Es schlägt sich nicht alles in Dollar und Cent nieder, Billy«, sagte sie.

»Mußt du gerade sagen«, erwiderte Billy schnippisch. »Wer verdient denn hier am meisten?«

»Lawrence«, sagte Amy. »Immer nur Lawrence.«

»Und gleich dahinter du«, sagte Billy. »Das weiß doch jeder. Manche vermuten deshalb schon, du hast was mit ihm.«

»Lawrence ist über sechzig!« sagte Amy empört.

»Viele junge Frauen stehen auf alte Männer«, sagte Billy schulterzuckend. »Die haben einfach mehr Geld. Das erhöht ihren Sex-Appeal erheblich. Und wir jungen stehen dann da und können zusehen.«

»Ach, du Armer«, sagte Amy. »Ich bedauere dich zutiefst.« Sie ging in ihr Büro hinein und stellte ihren Aktenkoffer ab. Billy lehnte in der Tür. »Ist dir schon einmal der Gedanke gekommen, daß es auch an etwas anderem liegen könnte als an deinem jugendlichen Alter, daß du keine Freundin hast?« Sie grinste Billy etwas an.

»An was soll es denn sonst liegen?« fragte Billy ahnungslos.

»Denk mal drüber nach«, sagte Amy. »Die meisten Frauen sind nicht begeistert davon, wenn man ihnen aus Tittenmagazinen vorliest.«

»Ich stehe halt auf Titten«, sagte Billy und zog einen Flunsch. »Was haben die Weiber dagegen? Ihre Titten mag ich ja auch.«

»Das wird jede Frau sicherlich gern bei der ersten Verabredung hören«, sagte Amy seufzend.

»Du auch?« grinste Billy.

»Untersteh dich!« Amy warf einen Bleistift nach ihm. Er wich aus, und der Bleistift landete im Flur. »Laß mich in Ruhe. Ich habe zu tun.«

»Gehst du mal mit mir aus, Amy?« fragte Billy.

»Wie oft habe ich dir darauf jetzt schon geantwortet?« erwiderte Amy genervt. »Was an dem Wörtchen Nein verstehst du nicht?«

»Geh mit mir aus, Amy, biittee ...«, flehte Billy und fiel auf die Knie.

Amy mußte lachen. »Laß das«, sagte sie. »Das hat keinen Sinn.«

Billy stand auf und klopfte sich die Knie ab. »Ich könnte so viel von dir lernen«, sagte er.

»Ja?« Amy hatte ein Blatt aus einem Ordner auf ihrem Schreibtisch gezogen und las es. Sie antwortete nur noch abwesend und schaute Billy nicht an. »Was denn?«

»Über Titten«, grinste Billy übers ganze Gesicht.

Bevor Amy reagieren konnte, war er schon verschwunden, und Amy hörte sein quiekendes Lachen den Flur hinunter entschwinden.

»Armleuchter«, murmelte Amy und widmete sich wieder ihren Unterlagen.

»Au ... was ist –?« Eine Frauenstimme vor der Tür fluchte unterdrückt. Eine Sekunde darauf klopfte es an Amys Türrahmen. »Ist das Ihrer?«

Amy sah auf. »Oh, ja, Entschuldigung. Sind Sie darauf ausgerutscht?«

»Fast«, sagte die Frau. »Ich war nicht auf Bleistifte im Flur gefaßt. Normalerweise sind die ja im Büro. Arbeiten Sie gelegentlich da draußen?« Sie kam auf Amys Schreibtisch zu und legte den Bleistift darauf.

»Nein, ich habe ihn ... nach jemand geworfen«, sagte Amy etwas verlegen. »Tut mir leid, daß Sie dadurch Unannehmlichkeiten hatten.«

»Nicht so schlimm«, sagte die andere. »Ist ja nichts passiert.« Sie machte eine kleine Pause und betrachtete Amy interessiert. »Sind Sie Amy Flanagan?«

»Wie's an meiner Tür steht«, sagte Amy.

»Man weiß ja nie«, sagte die andere. »In manchen Firmen wechseln die Mitarbeiter so oft, daß sie mit dem Auswechseln der Namen an den Türen nicht nachkommen.«

Amy mußte lächeln. »Bei uns nicht so«, sagte sie. »Die Agentur Bowchester setzt auf Kontinuität.«

»Das ist eine seltene Erscheinung heutzutage – vor allem in der Werbebranche«, sagte die andere Frau. Sie faßte sich an die Stirn. »Oh, entschuldigen Sie, ich habe mich ja noch gar nicht vorgestellt. Rebecca Bernstein.« Sie streckte Amy die Hand hin.

Amy stand auf und nahm sie. »Freut mich, Ms. Bernstein«, sagte sie. »Kann ich etwas für Sie tun, oder sind Sie nur zufällig auf meinem Bleistift ausgerutscht?« Sie lächelte.

»Sie haben ein wunderbares Lächeln«, sagte Rebecca Bernstein.

Oha! Was ist da los? Amy betrachtete Rebecca Bernstein genauer. Sie war eine sehr attraktive junge Frau mit den langen, lockigen, schwarzen Haaren und den fast ebenso dunklen Augen, die wie tiefe Seen schimmerten. Amy setzte sich wieder. »Danke«, sagte sie.

Rebecca Bernstein lächelte auch.

Ihr Lächeln ist hinreißend, dachte Amy. *Wieso macht sie mir Komplimente, wenn sie es selbst so gut kann?*

»Sie könnten tatsächlich etwas für mich tun«, sagte Rebecca Bernstein und lächelte dabei noch hinreißender. Amy mußte schlucken. »Sie könnten mir sagen, wo die Kaffeeküche ist.«

»Die Kaffeeküche?« Amy runzelte die Stirn.

»Ja. Mr. Bowchester sagte so etwas, als er mich einstellte.«

»Lawrence – Mr. Bowchester hat Sie eingestellt?« Amy war erstaunt. Normalerweise wurde so etwas vorher mit den leitenden Mitarbeitern, von denen Amy eine war, besprochen.

»Hat er nichts davon gesagt?« Rebecca Bernstein schien ebenso erstaunt.

»Nein, hat er nicht«, sagte Amy. Sie erhob sich. Dem mußte sie jetzt erst einmal auf den Grund gehen. »Kommen Sie«, sagte sie.

»Ich zeige Ihnen, wo die Kaffeeküche ist. Ich könnte auch einen gebrauchen.«

Rebecca lächelte erneut, daß Amy das Gefühl hatte, sie würde dahinschmelzen. Sie ging schnell zur Tür, damit Rebecca hinter ihr war.

»Was machen Sie?« fragte sie, als sie gemeinsam den Gang entlanggingen. »Wofür sind Sie eingestellt worden?«

»Ich bin Graphikerin«, sagte Rebecca.

»Oh, das trifft sich ja gut«, sagte Amy. »Ich bin Texterin.«

»Ich weiß«, sagte Rebecca. »Mr. Bowchester hat mir von Ihnen vorgeschwärmt.«

»Hat er das?« sagte Amy. Sie bog in die Kaffeeküche ein. »Hier ist es. Was mögen Sie?«

Rebecca lachte. »Am liebsten Cappuccino mit fettfreier Sojamilch ohne Schaum. Aber ich bin zu Kompromissen bereit. Denn ich nehme kaum an, daß es das hier gibt.«

»Da haben Sie recht«, sagte Amy. »Unsere Auswahl ist eher beschränkt. Wenn wir etwas anderes wollen, gehen wir zu *Starbucks*.«

»Ich auch«, sagte Rebecca. »Auf die Kreation mit der Sojamilch wäre ich von allein nie gekommen.«

Amy seufzte. »Ja, *Starbucks* hat uns alle verdorben. Wie wäre es mit einem Espresso? Den haben wir.«

»Okay«, sagte Rebecca.

Amy drückte auf den Knopf an der Maschine, und der Espresso floß in zwei kleine Tassen. »Bitte«, sagte sie, als sie Rebecca ihre Tasse überreichte, und nahm sich selbst die andere. Sie trank. »Ich heiße Amy«, sagte sie. »Lassen wir doch das blöde Sie. Das benutzen wir hier in der Agentur sowieso nicht.«

»Einverstanden«, erwiderte Rebecca. »Rebecca.«

»Nicht Becky oder irgend so etwas?« fragte Amy und trank ihren Espresso aus.

»Bitte nicht!« Rebecca tat entsetzt.

»Gut, dann Rebecca.« Amy lächelte. »Ich muß ins Büro zurück. Oder kann ich dir noch etwas zeigen?«

»Nein, ich glaube, ich habe das Interessanteste schon gesehen«, sagte Rebecca und sah Amy vieldeutig an.

Amy räusperte sich. »Dann also ... viel Spaß in der Graphikabteilung.«

»Danke«, sagte Rebecca und ließ ihr Lächeln noch einmal auf Amy wirken.

Amy drehte sich um und verschwand schnell zur Küchentür hinaus.

Als sie in ihr Büro zurückkam, fand sie einen Zettel auf ihrem Schreibtisch. Sie las ihn, seufzte und verließ ihr Büro sofort wieder.

»Komm rein, komm rein!« sagte Lawrence eifrig, rieb sich die Hände und kam auf Amy zu.

»Du wolltest mich sprechen?« fragte Amy und schloß seine Bürotür hinter sich.

»Sprechen? Ich wollte dich sprechen?« Lawrence lachte. »Feiern will ich dich!«

»Ich habe doch gar nichts getan«, sagte Amy. Lawrences Überschwang war ihr unangenehm angesichts der Erinnerung an Morgan gestern abend.

»Du hast anscheinend sehr viel getan«, freute sich Lawrence weiter wie ein Schneekönig. »Du hast die uneinnehmbare Festung Morgan Holdsworth erobert!«

Das wohl kaum, dachte Amy. »Sie hat uns einen Auftrag erteilt, weiter nichts«, sagte sie.

»Weiter nichts?« Lawrence nahm sie bei den Schultern und schüttelte sie heftig vor lauter Begeisterung. »Weiter nichts?« Er ließ sie los.

Amy brummte fast der Kopf.

»Du weißt doch, was für ein Auftragsvolumen das ist. Das ist mehr, als wir sonst im ganzen Jahr machen!«

»Ich weiß«, sagte Amy. »Aber sie kann unsere Vorschläge immer noch ablehnen, wenn sie ihr nicht gefallen.«

»Warum sollte sie? Wenn die Vorschläge von dir kommen? Schließlich hast du sie herumgekriegt.«

Ja, toll, dachte Amy. *Für ein paar Nächte Sex, mehr nicht.* »Ich werde die Kampagne ausarbeiten«, sagte sie, »und dann einen Präsentationstermin festlegen. Wen kann ich für mein Team haben?«

»Wen du willst«, sagte Lawrence. »Billy, Nadine ... alle.«

»Ein paar andere Aufträge haben wir ja auch noch«, sagte Amy trocken. »Was ist mit dieser neuen Graphikerin – Rebecca?«

»Du hast sie schon getroffen?« Irgendwie schien das Lawrence nicht recht zu sein. Seine Begeisterung war auf einmal gedämpft.

»Ja. Sie suchte die Kaffeeküche«, sagte Amy.

»Oh«, sagte Lawrence. Er ging zu seinem Schreibtisch und setzte sich dahinter.

»Ist sie für ein spezielles Projekt vorgesehen? Ist sie nicht frei verfügbar?« fragte Amy.

»Nein ... doch«, sagte Lawrence etwas konfus. »Sie ist verfügbar.«

Amy runzelte die Stirn. »Ist etwas nicht in Ordnung mit ihr?« *Oder mit dir?* dachte sie.

»Doch, doch«, sagte Lawrence schnell. »Es ist alles in Ordnung mit ihr. Sie hat großartige Arbeitsproben vorgelegt.«

»Von denen weder ich noch jemand anders in der Firma etwas gesehen hat«, sagte Amy leicht tadelnd. »Entscheiden wir das normalerweise nicht zusammen? Ich meine, natürlich, du bist der Boss, du kannst machen, was du willst, und einstellen, wen du willst. Aber es ist das erste Mal, seit ich hier bin, daß das vorgekommen ist.«

»Ja. Ja, ich weiß, ich hätte euch fragen müssen«, sagte Lawrence etwas unsicher. »Aber sie ist wirklich gut. Du wirst sehen. Du kannst sie für dein Projekt haben.«

»Oh. Danke«, sagte Amy. »Wenn sie so gut ist, wie du sagst, wird das die Kampagne sicherlich verbessern.«

»Sicher. Sicher«, sagte Lawrence.

Amy wunderte sich. Lawrence war doch sonst nicht so verschlossen. Im Gegenteil. »Willst du mir noch irgend etwas sagen, Lawrence?« fragte sie.

»Nein, das war alles.« Lawrence stand auf und lächelte etwas angestrengt. »Ich wollte dich nur beglückwünschen.«

»Danke«, sagte Amy. »Ich fange gleich mit der Vorbereitung der Kampagne an.«

»Tu das«, sagte Lawrence. »Sag mir Bescheid, wenn du die ersten Vorentwürfe hast.«

»Sicher«, sagte Amy. »Wie immer.« Sie drehte sich um und ging zur Tür. »Ist wirklich nichts mehr?« fragte sie stirnrunzelnd.

»Nein«, sagte Lawrence. »Nichts. Viel Erfolg.«

Amy nickte. Aber innerlich schüttelte sie den Kopf, als sie Lawrences Büro verließ. Er war eindeutig merkwürdig gewesen.

»Okay«, sagte Amy. Sie stand an einer Tafel im Konferenzraum. »Das sind meine Ideen. Was sagt ihr dazu?«

Billy und Nadine saßen am Konferenztisch und nickten.

»Guter Ansatz«, sagte Nadine. »Das Image von *Holdsworth Cosmetics* wird dadurch zum Teil neu definiert. Es ist nicht mehr dasselbe wie bisher.«

»Aber nur zum Teil. Das ist der Gag dabei. Die alten Kundinnen werden alles wiederfinden, was sie gewöhnt sind, aber neue Kundinnen, die bisher vielleicht nicht auf der Linie von Holdsworth lagen, werden hinzugewonnen. Frauen, die sich bislang nicht so sehr für Kosmetik interessiert haben.«

»Es ist eine frische Kampagne«, sagte Billy. »Aber bist du sicher, daß du Morgan Holdsworth dazu bringen kannst, selbst als Model aufzutreten?«

»Ich hoffe es«, sagte Amy. »Sie ist die absolute Verkörperung all dessen, was Holdsworth repräsentiert.« Sie war sich selbst nicht sicher, ob ihre Idee nicht eine Schnapsidee war und eher dem Wunsch entsprach, Morgan wiederzusehen, als der Förderung der Kampagne. Aber darüber wollte sie jetzt nicht nachdenken.

»Das ist wahr«, sagte Nadine. »Schön, gepflegt, elegant und doch mit einem Hauch von Abenteuer und Leidenschaft in den Augen. Wie eine gezähmte Wilde, bei der man nicht weiß, ob sie wirklich gezähmt ist.«

Amy sah Nadine an. *Eine perfekte Beschreibung von Morgan,* dachte sie. *Als ob sie sie kennen würde.* »Ja«, sagte sie, »das ist die Grundidee. Eine Frau, die die Produkte von Holdsworth benutzt, sollte das Gefühl vermittelt bekommen, jeder Tag ist ein Abenteuer – auch wenn sie nur am Schreibtisch sitzt. In dem Moment, wo sie das Produkt kauft, verspricht es ihr, daß sie sich eines Tages spontan entscheiden könnte, in den Dschungel zu gehen statt ins Büro – einfach so. ›Wählen Sie Holdsworth, und Sie wissen nie, was der Tag Ihnen bringen wird. Es könnte ein Abenteuer sein, das Sie nicht erwarten.‹ Das ist der Leitgedanke.«

»Jede Frau ist etwas Besonderes –«, begann Nadine, aber sie wurde vom heftigen Öffnen der Tür unterbrochen.

»Entschuldigung.« Rebecca kam gehetzt herein. »Bin ich zu spät?«

»Ziemlich«, sagte Amy und sah sie etwas mißbilligend an. »Ich pflege nicht die akademische Viertelstunde hinzuzurechnen, wenn ich Besprechungen ansetze.«

»Es tut mir leid«, sagte Rebecca. »Ich habe noch an einem Entwurf gearbeitet und dabei die Zeit vergessen.«

»Das ist künstlerische Freiheit!« lachte Nadine.

»Graphik ist ein Handwerk, keine Kunst«, brummelte Amy. »Wenn du künstlerisch tätig sein willst, miete dir eine Bude, bei der es durch die Decke regnet, und verzichte aufs Essen.«

Rebecca sah sie entgeistert an. »Ich wußte nicht –« Sie räusperte sich. »Entschuldigung«, sagte sie noch einmal und setzte sich an den Tisch.

»Also dann – da Ms. Bernstein uns jetzt auch mit ihrer Anwesenheit beehrt«, sagte Amy, »fangen wir noch mal von vorne an.«

»Warum warst du so ruppig zu Rebecca heute morgen?« fragte Nadine, als sie später beim Mittagessen saßen. »Du bist doch sonst nicht so.«

»Ich hasse Unpünktlichkeit«, sagte Amy abwehrend.

»Bist du sauer, weil Lawrence dich nicht gefragt hat, bevor er sie eingestellt hat?«

»Das muß er nicht tun«, sagte Amy.

»Nein, muß er nicht. Aber er hat es bis dahin jedesmal getan. Es war für uns alle neu, daß sie einfach so hier auftauchte.«

»Er kann tun, was er will«, sagte Amy. »Hauptsache, sie macht ihre Arbeit.«

»Das tut sie«, sagte Nadine. »Sie ist wirklich begabt. Und was deine Bemerkung mit dem Handwerk betrifft ... Natürlich ist Graphik Handwerk, das sollte man nie vergessen und vor allem sollte man es beherrschen, aber das künstlerische Potential, das Rebecca hat, hat sonst niemand in meiner Abteilung. Ich denke, wir haben einen guten Fang mit ihr gemacht. Du bist Texterin, und deshalb ist dir das vielleicht nicht so bewußt, aber ich als Graphikerin würde sagen: Sie ist Gold wert. Und da sie Anfängerin ist, müssen wir ihr das Gold, das sie wert ist, glücklicherweise nicht zahlen. Sie ist ein gutes Geschäft für uns.«

»Das weiß ich«, gab Amy widerstrebend zu. »Ich habe ihre Entwürfe gesehen.«

»Ich sage dir eins«, fuhr Nadine fort, »die steckt uns alle in die Tasche. Sie ist besser als jeder andere in meiner Abteilung.« Sie machte eine Pause. »Sie ist besser als ich.«

»Du leitest die Graphikabteilung. Sie kann nicht besser sein als du«, sagte Amy.

»O doch«, sagte Nadine. »Ich bin einfach nur länger dabei. Sie ist schließlich noch sehr jung. Sie hat ein ungeheures Potential.«

»Das wird Lawrence sicher freuen zu hören«, sagte Amy.

»Dich nicht?« fragte Nadine. »Schließlich hast du sie für diese Kampagne in dein Team genommen.«

»Ja, es freut mich«, brummelte Amy und stocherte in ihrem Essen herum.

»Was ist los, Amy?« fragte Nadine. »Man sollte meinen, daß du auf Wolken tanzt, nachdem du diesen Auftrag hereingeholt hast. Den größten Auftrag seit Jahren. Und du konntest dir die Crème de la Crème der Mitarbeiter aussuchen. Inklusive Rebecca«, fügte sie betont hinzu. »Der beste Auftrag, das beste Team – und trotzdem mäkelst du an allem herum. Womit bist du unzufrieden?«

Mit mir selbst, dachte Amy. *Und daran läßt sich nicht so schnell etwas ändern.* »Du hast recht«, sagte sie und versuchte Nadine zuversichtlich anzulächeln. »Wahrscheinlich kriege ich meine Tage.«

Nadine zog die Augenbrauen hoch. »Das ist die lahmste Entschuldigung, die ich je von dir gehört habe«, sagte sie. »Aber gut, wenn du nicht darüber reden willst ... Nur, bitte, laß Rebecca in Ruhe arbeiten. Wenn du sie so anfauchst, ist sie einfach nur unkonzentriert. Dann kriegt sie keinen Strich mehr aufs Papier.«

»Das ist nicht produktiv«, sagte Amy, »das stimmt. Aber sie muß sich daran gewöhnen, pünktlich zu sein. Sie ist nicht mehr auf dem College.«

»Auch wenn du davon nichts hören willst«, sagte Nadine lächelnd, »aber Künstler sind so. Und künstlerisch begabte Menschen lassen sich nur schwer in ein Schema pressen. Das macht die Kreativität zunichte. Du bist schließlich auch kreativ tätig, du müßtest das doch kennen.«

»Ich habe mich daran gewöhnt, pünktlich zu sein«, sagte Amy etwas eingeschnappt.

»Ah, da liegt der Hase im Pfeffer«, sagte Nadine schmunzelnd.

»Du meinst, sie darf sich nicht erlauben, was du dir nicht mehr erlaubst, obwohl du es gern tätest. Du bist neidisch auf sie.«

»Neidisch? Ich?« Amy sah sie empört an.

»Ein bißchen vielleicht?« sagte Nadine neckend.

Amy seufzte. »Ich komme nachher mit in deine Abteilung«, sagte sie. »Ich werde mit Rebecca reden.«

Nadine lächelte. »Aber nur, wenn du mir versprichst, daß du sie nett behandelst. Sonst lasse ich dich nicht rein.«

»Du bist furchtbar, Nadine«, sagte Amy.

»Ich weiß«, grinste Nadine.

Als Nadine und Amy nach dem Mittagessen gemeinsam die Graphikabteilung betraten, saßen nur wenige Graphiker an ihren Tischen, die meisten waren noch nicht vom Essen zurück.

Nadine wies mit dem Kopf auf Rebeccas Rücken, den sie von der Tür her über den Tisch gebeugt sehen konnten. »Ich glaube, das ist allein deine Angelegenheit«, sagte sie. »Ich gehe in mein Büro.« Sie bog nach links ab.

Amy zögerte einen Moment, dann gab sie sich einen Ruck und ging auf Rebeccas Arbeitsplatz zu. »Ich habe das nicht so wörtlich gemeint mit dem Aufs-Essen-verzichten«, sagte sie, als sie angekommen war. »Ab und zu solltest du schon etwas essen.«

Rebecca zuckte erschreckt hoch und sprang auf. »Am-Amy«, stotterte sie.

»Nadine hat mir erzählt, daß du in der Mittagspause fast immer hier bist und arbeitest«, sagte Amy. »Das ist nicht gesund.«

»Wenn ... wenn ich eine Idee habe, fällt es mir schwer aufzuhören«, sagte Rebecca. Ihr Atem schien sich etwas zu beruhigen.

»Deshalb bist du auch zu spät gekommen«, sagte Amy.

»Es ... es tut mir wirklich leid«, sagte Rebecca und zog sehr süß die Stirn kraus.

»*Mir* tut es leid«, sagte Amy lächelnd, »daß ich dich heute morgen so angefahren habe. Das wollte ich nicht. Nichts für ungut.«

»Oh ... oh ... das ist kein Problem für mich«, sagte Rebecca.

»Freut mich«, sagte Amy. »Was machst du gerade?« Sie blickte auf Rebeccas Schreibtisch und bekam im ersten Moment einen Schock. Morgan sah sie lächelnd an. Sie schluckte.

»Ich habe an der Kampagne gearbeitet«, erklärte Rebecca. »Ich habe mir ein Foto von Morgan Holdsworth besorgt und ein Story Board gemacht.«

»Ähm … ja … gut … sehr gut«, sagte Amy. Sie wußte nicht, wessen Augen sie im Moment mehr fesselten, die von Rebecca, die sie vertrauens- und hoffnungsvoll ansahen, oder die von Morgan auf der sehr plastischen und lebensnahen Zeichnung, die Rebecca angefertigt hatte. Sie nickte etwas mühsam. »Dann will ich dich nicht länger von der Arbeit abhalten«, sagte sie und wollte gehen.

»Amy?« Rebecca sah sie an.

»Hm?« Amy hielt an und blickte zurück.

»Dein Lächeln gefällt mir immer noch«, sagte Rebecca.

Amy atmete tief durch. »Rebecca«, sagte sie, »wir sollten dieses Thema nicht weiter vertiefen.«

»Warum nicht?« fragte Rebecca. »Bist du in festen Händen?«

Das nun nicht gerade. Amy seufzte. »Damit hat es nichts zu tun«, sagte sie. »Aber hier innerhalb der Firma sollten wir unbeeinflußt zusammenarbeiten können.«

Rebecca trat auf sie zu. »Ich würde dich gern näher kennenlernen, Amy«, sagte sie leise.

»Wir werden sehr viel zusammenarbeiten in dieser Kampagne«, erwiderte Amy zurückhaltend. »Da wirst du mich sicher näher kennenlernen.« Sie lächelte leicht. »Ich verspreche auch, dich nicht mehr anzufauchen.«

»Das ist nett«, sagte Rebecca, »aber ich möchte … ich möchte dich auch privat näher kennenlernen. Könnten wir nicht mal … könnten wir nicht mal zusammen ausgehen?«

Stell dich hinten an und frag Billy, dachte Amy etwas sarkastisch. »Das halte ich für keine gute Idee«, sagte sie. »Wie ich eben schon sagte.«

Rebecca grinste leicht. »Wenn ich eine Idee habe, höre ich aber nicht so schnell auf. Das weißt du ja schon.«

»Rebecca …« Amy drehte sich wieder ganz zu ihr und sah sie an. »Was willst du damit erreichen?«

»Ein Date«, sagte Rebecca. Sie lächelte ihr hinreißendes Lächeln, und Amy mußte wegschauen.

»Das geht nicht«, sagte Amy, nachdem sie sich einigermaßen gefaßt hatte. »Auch wenn ich nicht deine Vorgesetzte bin – du bist in meinem Team. Zumindest für diese Kampagne. Ich kann nicht mit dir ausgehen, das wäre … das könnte komisch aussehen.«

»Wenn ich nicht in deinem Team wäre, würdest du mit mir ausgehen?« fragte Rebecca mit schiefgelegtem Kopf.

»Das ist jetzt nicht die Frage«, sagte Amy unbehaglich. »Fakt ist, du bist in meinem Team.« Sie fühlte sich immer mehr von Rebeccas Gegenwart überfordert. Zu einem anderen Zeitpunkt wäre sie sicher mit ihr ausgegangen und hätte nicht nach fadenscheinigen Entschuldigungen gesucht, aber momentan ...

Sie blickte noch einmal zurück auf Rebeccas Schreibtisch. Immer noch lächelte Morgan sie von dort an. Sie hob die Hand und wies auf die Zeichnung. »Ich muß das erst einmal mit Ms. Holdsworth klären. Es war ja nur eine Idee von mir, daß sie in der Kampagne auftreten soll. Wenn sie nicht zustimmt, machst du dir die ganze Arbeit umsonst. Warte bitte ab, bis wir das Okay von ihr haben.«

Entschlossen drehte sie sich um und verließ die Graphikabteilung.

Als sie in ihr Büro zurückkam, setzte sie sich erst einmal hin und legte den Kopf in die Hände. *Du meine Güte! Was mache ich bloß?* Sie schüttelte den Kopf. *Unsinn, nur Unsinn.* Schnell griff sie nach dem Telefonhörer und wählte eine Nummer.

Morgans Sekretärin meldete sich.

»Amy Flanagan. Kann ich Ms. Holdsworth sprechen, bitte?«

»Nein«, sagte Morgans Sekretärin.

Amy war etwas irritiert. Keine weitere Erklärung, nur ›Nein‹? »Ist sie nicht im Haus?«

»Doch«, sagte Morgans Sekretärin, »aber sie hat mich angewiesen, Anrufe von Ihnen, Ms. Flanagan, nicht durchzustellen.«

O mein Gott! »Es geht um den Auftrag, den Ms. Holdsworth unserer Werbeagentur erteilt hat«, sagte Amy, räusperte sich und versuchte sich zu beruhigen. »Ich müßte da dringend etwas mit ihr besprechen, bevor wir mit der Kampagne weitermachen können.«

»Schicken Sie mir ein Fax oder eine E-Mail, dann lege ich es ihr vor«, sagte Morgans Sekretärin.

Amy saß wie vom Donner gerührt da. Morgan wollte nicht mit ihr sprechen, sie wollte nicht einmal per E-Mail mit ihr kommunizieren, nur über ihre Sekretärin. Das konnte ja heiter werden, wenn sie die Kampagne für sie durchführte. Aber im Augenblick mußte sie sich wohl fügen. Sie hatte einen schweren Fehler gemacht, und dafür strafte Morgan sie jetzt ab. Das einzige, was sie im Moment noch verband, war der Auftrag, und da wollte Morgan den Kontakt auf das nötigste beschränken, und das auch nur über Mittelsleute.

»Ist gut«, sagte Amy und schluckte. »Ich schicke Ihnen ein Fax, damit sie es gleich unterschreiben kann, wenn sie einverstanden ist.«

»Tun Sie das«, sagte Morgans Sekretärin. »Ich werde es sofort weiterleiten.«

»Danke«, sagte Amy und legte auf.

Nein, nein, nein! Amy hätte am liebsten ihren Kopf gegen den Schreibtisch geschlagen. Wie war das alles nur passiert? So eine verfahrene Situation? Aber Jammern nützte jetzt nichts, sie mußte realistisch sein. Und das hieß, sie mußte den Auftrag für Morgan professionell abwickeln, ohne Gefühle. Sie durfte sich nicht in etwas hineinsteigern, das privaten Bezug hatte.

Wenn es den denn überhaupt gab. Morgan hatte jeden Anflug von Verliebtheit in Amy durch ihre – wenn man es mild ausdrückte – direkte Art erstickt. Amy hatte sich dadurch revanchiert, daß sie sich nur auf den Auftrag konzentrierte ... zumindest hatte sie das gedacht. Doch das alles hatte sich in dem Moment geändert, als Morgan sich so verletzlich zeigte. Etwas, das Amy nie für möglich gehalten hätte. Morgan hatte Gefühle gezeigt, wenn auch nur widerwillig, und diese Gefühle waren echt gewesen und hatten nichts mit Sex zu tun, womit sie es sonst so gern abtat.

Diese Frau, diese verletzliche Morgan, dieses schöne, zarte Geschöpf, das da plötzlich zum Vorschein gekommen war, war äußerst liebenswert. Auf einmal erschien es so, als ob Morgan sich mit Absicht so schockierend verhielt, damit ein zufälliger Beobachter genau dieses verletzliche Wesen, das in ihr steckte, nicht wahrnehmen konnte, nicht sah, daß ein fühlendes Herz in ihr schlug.

Und nun? Nun schlug genau dieses Herz, das Amy gern näher kennengelernt hätte, ihr die Tür vor der Nase zu. Aber war es ein Wunder? Sie schlug sich mit dem Handballen gegen den Kopf. *Dumme, dumme, dumme Amy!*

Seufzend wandte sie sich ihrem Bildschirm zu. Sie klickte auf das Faxprogramm in ihrem Computer und erstellte ein Fax an Morgan, in dem sie ihr ihre Idee für die Kampagne erläuterte und sie bat, die Rolle des *Gesichts für Holdsworth Cosmetics* zu übernehmen. Sie vermied absichtlich jede persönliche Ansprache. Es klang wie ein rein geschäftlicher Brief. Zum Schluß las sie das Fax noch einmal auf dem Bildschirm durch, korrigierte einen Tippfehler, klickte dann auf SENDEN, und der interne Faxserver meldete ihr ein paar Sekunden später, daß das Fax an Holdsworth Cosmetics versendet worden war.

Sie konnte nichts mehr tun. Der Ball war bei Morgan. Sie mußte reagieren. Hoffentlich richtig.

Amy zog ihre Entwürfe für die Kampagne hervor und brütete noch einmal über den verschiedenen Textvarianten, die sie erarbeitet hatte.

Sie konnte sich nicht konzentrieren. Morgans Gesicht geisterte durch ihre Gedanken. Morgans Gesicht, manchmal, wenn sie allein gewesen waren, wenn sie miteinander geschlafen hatten und Morgan endlich zufrieden zusammensank, sich nicht mehr kontrollierte und sanfte Entspannung zeigte. Morgans Gesicht, wie es ihr von Rebeccas Zeichnung entgegensprang, Amy mit den so lebensecht erfaßten, lächelnden Augen verfolgte.

Rebecca hatte etwas gezeichnet, das es nicht gab. Morgans Augen lächelten nie. Ihr Mund lächelte, ihre Lippen verzogen sich, aber dieses Lächeln stieg nie in ihre Augen, eröffnete keinen Einblick in ihre Seele, wie es das bei anderen Menschen tat. Es blieb kalt und gefühllos, ein reines Zugeständnis an die Höflichkeit und gesellschaftliche Konventionen.

Doch Rebeccas Zeichnung zeigte, daß es auch anders sein könnte. Und dieses Anderssein hätte Amy gern ausgelotet. Sie hätte Morgans Augen gern einmal lächeln sehen, nicht nur ihren Mund. Sie war sehr im Zweifel, ob sie das je erleben würde.

»Amy? Ich habe da eine Idee . . .« Billy kam herein.

»Ja?« Amy blickte auf. Sie mußte erst wieder in die Realität zurückfinden.

»Ich habe mir eine Variante zu deinem ersten Vorschlag überlegt«, sagte Billy, »die vielleicht noch ein paar andere Punkte abdeckt.« Er legte etwas auf den Tisch. »Schau mal.«

Amy nahm die Blätter auf und überflog sie. »Das sieht gut aus«, sagte sie. »Laß uns das näher besprechen.« Sie erhob sich und setzte sich mit Billy an den kleinen Tisch, auf dem noch andere Besprechungsunterlagen auf ihren Einsatz warteten. Amy schob sie beiseite. »Was ist mit dieser Abfolge hier?« fragte sie interessiert.

Sie war so dankbar für die Ablenkung, daß sie Billy am liebsten geküßt hätte, was er aber in Anbetracht seiner ständigen Avancen falsch hätte verstehen können, deshalb unterließ sie es. Dennoch zeigte sie ihm ihre Sympathie derartig offen, daß Billy sie überrascht ansah.

Sie widmete seinem Vorschlag wesentlich mehr Aufmerksamkeit, als sie es vielleicht sonst getan hätte, und so dauerte es eine ganze Stunde, bis Billy ihr Büro wieder verließ.

Danach kehrte sie an ihren Schreibtisch zurück. Ihr Computer gab ein leises Piepsen von sich, und der Bildschirmschoner verschwand. Eine Meldung erschien auf dem Bildschirm. Faxeingang. Das konnte nur eines bedeuten. Sie klickte auf die Meldung, und das Faxprogramm öffnete sich.

Sie sah ihr eigenes Fax vor sich. Der einzige Unterschied zu dem Text, den sie gesendet hatte, bestand darin, daß quer über das ganze Blatt ein großes *OK* gekritzelt war – in Morgans weit ausgreifender Handschrift. Und Morgans Unterschrift.

›OK. Morgan Holdsworth‹. Das war ihre ganze Antwort.

Amy seufzte. Zumindest hatte sie zugestimmt. Aber nicht ein einziges Wort, keine Anrede, kein Gruß, nicht die geringste Andeutung von Interesse – das war hart.

Aber vielleicht war das nur, weil es das erste Mal war, nachdem –

Sie würde es morgen wieder versuchen.

Die Woche verging mit hektischen Vorbereitungen und Konferenzen, wie immer bei einer neuen, großen Kampagne. Amy setzte ein Meeting fest, und Morgan kam tatsächlich, wie sie es versprochen hatte.

Sie saßen in einer großen Runde am Konferenztisch. Auch Lawrence war da und einige andere leitende Mitarbeiter. Es war ein großer Auftrag.

Morgan war gemeinsam mit Lawrence ganz zum Schluß erschienen und hatte Amy nur mit einem angedeuteten Nicken begrüßt. Selbst das schien ihr schwerzufallen.

Als Amy Morgan hereinkommen sah, schlug ihr Herz schneller.

Es kam ihr lang vor, seit sie sich das letzte Mal gesehen hatten, und Morgan schien viel weiter entfernt zu sein, als es die Größe des Konferenzraumes vorgab.

»Ich habe Ihnen die Unterlagen ja schon zukommen lassen, Ms. Holdsworth«, sagte Amy, bemüht einen geschäftlichen Umgang zu wahren. »Dasselbe werden meine Mitarbeiter und ich nun noch in der angedachten visuellen Form präsentieren.«

Morgan nickte. »Ich bin gespannt«, sagte sie, und Eis wäre an ihr klirrend zerbrochen.

Amy ging nach vorn und startete die Präsentation. Rebeccas Zeichnungen von Morgans Gesicht lösten einander ab, in tausendmal variierter Form, und am liebsten hätte Amy die Präsentation abgebrochen.

Immer wieder wanderte ihr Blick zu Morgan hin, um ihre Reaktion abzuschätzen, aber Morgan zeigte keine Regung. *Merkt sie denn nicht, wie anders ihr Gesicht aussieht, wenn ihre Augen lächeln?* dachte Amy. *Kann sie nicht sehen, wie schön sie dann ist – noch viel schöner als sonst schon? Auf ganz andere Art schön. Eine weiche, weibliche Art.*

Aber das alles schien Morgan egal zu sein. Sie folgte der Präsentation aufmerksam, ließ sich die Abläufe erklären, stellte ein oder zwei Fragen zu den geplanten Videoaufnahmen und gab sich äußerst professionell.

Endlich war die Präsentation beendet, und Amy schaltete den Beamer ab. »Das war's«, sagte sie etwas nervös. »Ich hoffe, es hat Ihnen gefallen. – Ms. Holdsworth?« Sie sah Morgan fragend an.

Morgan zögerte und blickte kalt zurück.

Amy erzitterte. *Sie läßt mich auffliegen!* dachte sie. *Sie rächt sich, indem sie jetzt alles platzen läßt.*

»Ja«, sagte Morgan da. »Es hat mir gefallen.« Ihr Blick war immer noch kalt. Er hatte nichts gemein mit den warmen Augen, die Rebecca gezeichnet hatte. »Machen Sie so weiter. Sagen Sie mir Bescheid, wann ich zu den Aufnahmen erscheinen soll.« Sie erhob sich und nickte allen zu. »Meine Damen und Herren, ich beglückwünsche Sie zu Ihrer Arbeit.« Sie ging hinaus.

Ich muß ihr hinterher! dachte Amy gehetzt, aber Lawrence hielt sie auf. Sie mußte seine Glückwünsche entgegennehmen und auch die der anderen. Sie hielt es so kurz wie möglich. »Entschuldigt mich«, sagte sie dann. »Ich muß gehen.«

Alle sahen sie etwas erstaunt an, aber sie verließ den Konferenzraum so schnell, daß keiner mehr etwas sagen konnte. Sie ging zum Lift, doch dann zog sie die Schuhe aus und lief die Treppe hinunter. Mit dem Aufzug würde sie Morgan nicht mehr erwischen. Unten zog sie die hochhackigen Schuhe wieder an und trat aus dem Treppenhaus in die Eingangshalle des Gebäudes.

Sie sah Morgan kurz vor der Drehtür, durch die sie das Gebäude gerade verlassen wollte. Amy ging schnell los. »Morgan!«

Morgan drehte sich um. Es schien, als ob sie gar nicht auf Amy warten wollte, denn sie machte eine Bewegung zur Drehtür hin, aber dann blieb sie doch stehen. Sie blickte Amy abwartend entgegen.

Amy fühlte die Kälte ihren Rücken hinablaufen. Endlich hatte sie Morgan erreicht. »Danke, Morgan«, sagte sie.

Morgan sagte nichts.

Amy schaute sie an. Sie sah so abweisend aus, als ob Amy ein lästiges Insekt wäre, das sie aus irgendwelchen Gründen ertragen müßte. »Morgan«, sagte Amy. »Ich – warum antwortest du nicht auf meine Anrufe? Ich habe die ganze Woche versucht dich zu erreichen.«

Morgan blickte ihr starr ins Gesicht. »Du hast doch, was du wolltest. Warum sollten wir uns da noch treffen?« Sie schnupperte. »Kein SEVEN heute?«

»Das ist kein Parfüm fürs Büro«, sagte Amy etwas verlegen.

»Nein, das ist nur ein Parfüm für mein Bett, nicht wahr? Um mich zu Dingen zu bringen –« Morgan brach ab. »Ich sollte vielleicht ein paar Flaschen davon hinter meiner Haustür aufstellen, damit jede Frau gleich weiß, wie sie mich herumkriegen kann«, fuhr sie dann fort.

»Es war ein Fehler –«, wollte Amy sich entschuldigen, aber Morgan unterbrach sie schnell.

»Nein, es war kein Fehler. Du hast den Auftrag. Das war doch alles, was du wolltest. Du solltest Janet zum Dank mal zum Essen einladen – oder was ihr sonst so gefällt.«

»Ich hätte nicht –« Amy biß sich auf die Lippen. »Ich hätte nicht auf Janet hören sollen, du hast recht. Es war eine spontane Entscheidung. Ich weiß auch nicht, warum ich das getan habe.«

»Du weißt sehr genau, warum du das getan hast«, sagte Morgan mit zusammengekniffenen Lippen. »Und du hast ja auch Erfolg damit gehabt. Ich kann dich nur beglückwünschen.« Sie drehte sich um und wollte gehen.

Amy versuchte sie am Arm festzuhalten. »Wir haben uns doch vorher schon getroffen«, sagte sie flehend. »Warum können wir das nicht weiter tun?«

»Laß meinen Arm los!« knurrte Morgan.

Amy ließ sie los, Morgan starrte sie für einen Moment wütend an, dann verließ sie das Gebäude.

Amy kehrte nachdenklich in den Konferenzraum zurück. Sie mußte noch ihre Unterlagen zusammenpacken und alles weitere in die Wege leiten, jetzt, nachdem Morgan ihr Einverständnis zur Durchführung der Kampagne erklärt hatte.

Der Konferenzraum war leer, wofür sie dankbar war. Als sie alles beieinander hatte und noch ein letztes Mal den *Aus*-Schalter des Beamers überprüfte, sagte eine Stimme von der Tür her:

»Jetzt weiß ich, warum du dich nicht mit mir treffen willst.«

Sie blickte auf.

Rebecca kam herein. »Ich habe meine Notizen vergessen«, sagte sie und ging auf den Platz zu, an dem sie während der Konferenz gesessen hatte.

»Was meinst du?« fragte Amy verwundert.

»Morgan Holdsworth. Sie ist es, nicht wahr?« Rebecca nahm ihre Notizen auf.

»Sie ist unsere Kundin«, sagte Amy, »ja.« Sie nahm ihre Unterlagen und ging zur Tür.

Rebecca folgte ihr. »Und sie ist auch noch etwas anderes«, sagte sie.

»Ich verstehe nicht, worauf du anspielst«, sagte Amy.

»Deine Blicke«, sagte Rebecca lakonisch.

»Meine Blicke? Welche Blicke?« Amy ging den Gang hinunter zu ihrem Büro.

»Die du Morgan Holdsworth zugeworfen hast – die ganze Zeit.«

»Ich habe ihr keine Blicke zugeworfen«, erwiderte Amy gereizt.

»Ich wollte nur wissen, wie sie reagiert. Schließlich ist sie die Auftraggeberin und muß unsere Kampagne abnehmen. Wenn ich an ihren Reaktionen merke, daß ihr etwas bei der Präsentation nicht gefällt, nehme ich das raus oder ändere es ab. Das ist alles.«

»Das ist der professionelle Teil«, sagte Rebecca leicht grinsend.

»Es gibt nichts anderes als den professionellen Teil«, sagte Amy. »Holdsworth Cosmetics und die Agentur Bowchester haben eine geschäftliche Beziehung, nichts weiter.«

»Und Morgan Holdsworth und Amy Flanagan? Was für eine Beziehung haben die?« fragte Rebecca.

Amy war in ihrem Büro angekommen und warf ihre Unterlagen auf den Tisch. »Gar keine«, sagte sie, »außer der geschäftlichen.«

»Das machst du mir nicht weis«, sagte Rebecca.

»Du nimmst dir ganz schön viel heraus, dafür daß du erst so kurz bei uns bist«, sagte Amy scharf. »Das geht dich nicht das geringste an.«

»Ich weiß, wie es sich anfühlt, jemand zu wollen und nicht zu bekommen«, sagte Rebecca sanft.

»Rebecca . . .« Amy seufzte.

»Macht sie das mit dir auch?« fragte Rebecca. »Dich am ausgestreckten Arm verhungern lassen?«

»Ich lasse dich doch nicht am ausgestreckten Arm verhungern!« protestierte Amy entrüstet.

»Du gibst mir keine Chance«, sagte Rebecca. »Das ist dasselbe.«

»Ich . . .« Amy räusperte sich. »Ich kann dazu nichts sagen, Rebecca – wirklich nicht.«

»Deine Augen haben genug gesagt – während der Präsentation«, sagte Rebecca. »Es war meine Schuld«, fuhr sie seufzend fort. »Ich habe die falsche Frage gestellt. Ich habe dich gefragt, ob du in festen Händen bist. Ich hätte dich fragen sollen, ob du in jemand verliebt bist. Tut mir leid.« Sie drehte sich um, um Amys Büro zu verlassen.

»Reb-« Amy holte tief Luft. »Rebecca. Ich würde gern mit dir ausgehen, wenn es anders wäre – wirklich.«

Rebecca wandte sich noch einmal zurück. »Leider ist es nicht so«, sagte sie. »Das bedauere ich sehr.«

Amy schluckte. »Ich mag dich wirklich gern, Rebecca«, sagte sie leise. »Wenn du . . . wenn du akzeptieren könntest, daß es nicht weitergeht als eben . . . als eben so weit, wie es geht, dann könnten wir ja einmal ein Bier miteinander trinken gehen.«

Rebecca kam zurück. »Ich habe dich vom ersten Moment an mehr als gemocht, Amy«, sagte sie. »Schon als ich auf deinem Bleistift ausgerutscht bin.« Sie lächelte leicht. »Dein Lächeln hat mich umgehauen. Ich glaube, ich bin noch nicht soweit, nur ein Bier mit dir trinken zu wollen.« Sie lächelte wieder. »Aber jetzt, wo ich es weiß, werde ich daran arbeiten.«

»Ich weiß, ich sollte das nicht gerade in diesem Augenblick sagen«, erwiderte Amy, »aber dein Lächeln hat mich auch umgehauen. Es ist einfach«, sie räusperte sich, »zauberhaft. Es tut mir leid, daß ... daß es so ist, wie es ist.«

»Danke«, sagte Rebecca. »Danke für deine Ehrlichkeit. Es wäre schrecklich für mich gewesen, dich zu küssen und dann zu merken, daß du dabei an sie denkst.«

»Oh«, sagte Amy. Soweit, ans Küssen zu denken, war sie noch nicht gewesen.

»Ich kann dich ja verstehen«, fuhr Rebecca fort. »Als ich ihr Gesicht gezeichnet habe ... immer und immer wieder, aus den verschiedensten Blickwinkeln, fand ich das auch faszinierend. Sie ist wunderschön. Unglaublich attraktiv. Und geheimnisvoll. Sie ist wirklich genau das richtige Gesicht für die Kampagne.«

»Aber sie ist nicht so, wie du sie gezeichnet hast«, sagte Amy. *Uff! Falscher Film.* Das war ihr so herausgerutscht.

»Inwiefern?« fragte Rebecca mit professionellem Interesse. »Habe ich irgend etwas falsch gezeichnet?«

»Nein, es ... na ja, du hast ... du hast ein Lächeln in ihre Augen gezeichnet. In Wirklichkeit«, Amy schluckte. Hätte sie doch bloß den Mund gehalten, »in Wirklichkeit lächeln ihre Augen nie.«

»Oh«, sagte nun Rebecca. Sie sah Amy an. »Das ist das Problem? Sie ist ... kalt?«

Amy machte ein zugleich überraschtes und verlegenes Geräusch. »Das ist wirklich nichts, was ausgerechnet wir zwei miteinander besprechen sollten«, sagte sie. »Wir sollten das Gespräch an dieser Stelle beenden.«

»Du hast recht«, stimmte Rebecca zu. Sie wandte sich zur Tür. Als sie dort angekommen war, drehte sie sich noch einmal um. »Es tut mir so leid für dich, Amy«, sagte sie. Dann verschwand sie endgültig.

»Ich muß dir unbedingt von Afrika erzählen. Gehen wir heute mittag zusammen essen?«

Amy hielt den Telefonhörer in der einen Hand und einen Story-Board-Entwurf in der anderen. »Du bist schon wieder aus Afrika zurück?« fragte sie geistesabwesend, während sie die Bilder des Story Boards studierte.

»Aber Herzchen, das waren vier Wochen!« erwiderte Janet.

»Schon?« Amy kam es vor, als hätte sie erst gestern mit Janet gesprochen. Und sogleich wünschte sie sich erneut, sie hätte es nicht getan. »Ich hatte viel Arbeit. Ich habe gar nicht gemerkt, wie die Zeit vergeht.«

»Aber für ein Mittagessen wirst du doch trotzdem Zeit haben«, sagte Janet.

»Hm«, sagte Amy.

»Was *hm?*« fragte Janet. »Was ist los?«

Amy seufzte. »Du hast mir wirklich einen Bärendienst erwiesen, Janet.«

»Inwiefern?« fragte Janet erstaunt.

»SEVEN«, erklärte Amy. »Ich habe den Auftrag von Morgan bekommen.«

»Na siehst du? Hatte ich doch recht«, sagte Janet. Anscheinend grinste sie.

»Ja, du hattest recht, aber es gefällt mir nicht.«

Janet zuckte die Schultern. »Wenn es dir nicht gefällt, kannst du den Auftrag ja zurückgeben.«

»Das kann ich nicht. Die Agentur gehört nicht mir«, sagte Amy.

»Dann mußt du wohl damit leben«, sagte Janet.

»Ja, das muß ich wohl.« Amy seufzte.

»Nun komm schon«, sagte Janet. »Du wirst mir noch nicht alles am Telefon erzählen wollen. Geh mit mir essen.«

»Na gut«, sagte Amy. »Laß uns ins *Soleil* gehen.«

»Französische und italienische Küche«, sagte Janet. »Das ist eine gute Mischung. Um eins?«

»Alles klar, um eins«, sagte Amy. »Bis dann.«

»Janet«, fragte sie später im *Soleil*, als sie bestellt hatten, »kennst du Morgan näher?«

Janet schmunzelte. »Du meinst, ob wir miteinander geschlafen haben?« fragte sie. »Nein, haben wir nicht. Ich lernte sie in der Zeit mit Caro kennen, da war sie monogam.«

»Woher weißt du dann so viel über sie?«

»Ich habe sie nicht nur in der Zeit *mit* Caro kennengelernt, sondern *durch* Caro. Ich kannte Caro schon länger, und eines Tages lud sie mich auf eine Party bei Morgan ein. Es war eine tolle Party. Die ganze High Society war da. Caro hat mich Morgan vorgestellt.«

»Warst du der Grund, weshalb Caro Morgan –?«

»Weshalb Caro Morgan verlassen hat?« Janet lachte amüsiert. »Nein, der Grund war ich nicht. Sie ist mit einer Architektin durchgebrannt.«

»Wie lange ist das her?« fragte Amy.

»Schon eine ganze Weile, zwei oder drei Jahre«, antwortete Janet uninteressiert.

»So lange? Und sie ist immer noch –?«

»Dein Interesse an Morgan bezieht sich nicht nur auf den Auftrag«, sagte Janet plötzlich.

»Ich – ich weiß nicht«, sagte Amy. »Wir ... wir haben uns auf so merkwürdige Art kennengelernt, und dann sind wir gleich –«

»Gleich ins Bett gestiegen.« Janet lachte. »Morgan verliert keine Zeit, soviel habe ich auch schon gehört.«

»Ja, sie – sie erschien mir zuerst nur wie jemand, die Sex will.« Amy zögerte. »Aber jetzt ... ich weiß auch nicht, was ich davon halten soll.«

»Ist es möglich, daß du nicht nur Sex von ihr willst?« fragte Janet.

»Ich wollte den Auftrag, und ich habe mit ihr geschlafen, weil ich den Auftrag wollte, das stimmt. Aber ich hätte es auch getan, wenn – wenn es nichts mit dem Auftrag zu tun gehabt hätte ... wenn ich sie einfach nur so kennengelernt hätte. Sie hat mir gefallen. Sie ist eine ... interessante Frau.«

Janet lachte wieder. »Nur interessant?«

»Sie ist phantastisch im Bett«, gab Amy zu.

»Kein Wunder, bei ihrer Erfahrung.« Janet lachte immer noch ein wenig amüsiert. »Hast du dich verliebt?« fragte sie dann.

»Klingt es so?« fragte Amy unglücklich.

»Ja, es klingt so«, bestätigte Janet.

»Ich weiß nicht, ob es so ist«, erwiderte Amy. »Ich könnte es wirklich nicht sagen. Ich vermisse ihre Nähe, ich sehne mich nach ihr, aber das sind körperliche Entzugserscheinungen. Liebe muß das nicht sein.«

»Muß nicht, aber kann«, sagte Janet. »Warum sprichst du nicht mit ihr darüber?«

»Sie läßt mich nicht.« Amy verzog noch unglücklicher das Gesicht. »Ich habe versucht sie im Büro zu erreichen. Ihre Sekretärin stellt mich nicht durch. Auf meine Nachrichten antwortet sie nicht, weder im Büro noch bei sich zu Hause. Ihr Butler oder ihr Anrufbeantworter geht dran. Angeblich ist sie nie da.«

»Sie hat viele Möglichkeiten sich abzuschotten«, sagte Janet. »Das ist nicht einfach.«

»Nein, wirklich nicht. Aber ich – ich muß unbedingt noch einmal mit ihr sprechen. Ich muß ihr erklären, daß –« Amy brach ab.

»Du solltest dir erst einmal darüber klar werden, was du ihr erklären willst. Wenn du ihr genau dasselbe sagst wie mir, nämlich daß du nicht weißt, ob du sie liebst oder nur ihren Körper willst, dann wirft sie dich vermutlich gleich wieder achtkantig raus.«

»Vermutlich.« Amy seufzte.

»Ach, sieh mal, wer da kommt«, sagte Janet und kräuselte vergnügt die Lippen.

Amy drehte sich um, da sie nicht sehen konnte, was Janet hinter ihrem Rücken entdeckt hatte. Sie erstarrte. Es war Morgan. Mit einem Mann, einem Geschäftspartner wahrscheinlich. Ein Geschäftsessen zur Mittagszeit war schließlich nichts Ungewöhnliches.

»Und ich bin extra nicht ins *Duke's* gegangen«, seufzte Amy.

»Sie anscheinend auch nicht.« Janet amüsierte sich köstlich und beobachtete Amys Gesicht. »Willst du die Gelegenheit nicht nutzen?«

»Was? Jetzt? Hier? Im Restaurant?« Amy war vollkommen durcheinander. Sie spürte Morgans Gegenwart, als ob sie hinter ihr stände. Sie wollte weglaufen und zu ihr hingehen – alles gleichzeitig.

»Du sollst sie ja nicht gleich flachlegen. Nur mit ihr reden«, sagte Janet sichtlich einen Heiterkeitsausbruch unterdrückend.

»Sie wird nicht mit mir reden wollen«, sagte Amy.

»Versuch's doch wenigstens.« Janet stieß heftig die Luft aus.

»Mein Gott, was bist du für ein Häufchen Elend! Dann mach ich's eben!« Sie stand auf.

Amy griff nach ihrem Handgelenk und zog sie wieder an den Tisch hinunter. »Nein, Janet, bitte nicht.«

»Ich hatte nie was mit ihr. Ich bin vollkommen neutral«, sagte Janet. »Sie wird mich schon nicht gleich umbringen.«

»Caro hat dich ihr vorgestellt, durch dich habe ich den Termin bei ihr bekommen, und du hast mir das mit SEVEN erzählt«, zählte Amy auf. »Du magst dich für neutral halten, aber ich glaube kaum, daß Morgan diese Meinung teilt.«

Janet atmete tief durch. »Wenn du es so betrachtest . . .«, sagte sie.

»Sie betrachtet es sicherlich so«, sagte Amy.

Sie ließ ihre Serviette fallen, beugte sich hinab, um sie aufzuheben, und ließ ihren Blick dabei in den anderen Teil des Lokals schweifen, in dem Morgan sich zwischenzeitlich mit ihrem Begleiter niedergelassen hatte. Sie schien Amy, die mit dem Rücken zu ihr saß, noch gar nicht entdeckt zu haben.

Amy richtete sich wieder auf und griff nach ihrer Handtasche. Sie zog ein Notizbuch heraus, schrieb etwas auf ein Blatt und riß es heraus. Danach winkte sie dem Ober. Er brachte den Zettel zu Morgan hinüber. Morgan wirkte erstaunt, als er ihr das silberne Tablett hinhielt, nahm den Zettel und las ihn. Daraufhin huschten ihre Augen schnell durch den Raum, bis sie Amys Tisch gefunden hatte. Ihr Gesicht versteinerte, als Amy sie grüßte. Zu lange blieben ihre Blicke verbunden, bis Morgan sich wieder ihrem Begleiter zuwandte.

Amy sah Janet an. »Sie will nicht. Du siehst ja.«

»Sie will nicht? Sie hat dich angestarrt wie das achte Weltwunder. ›Ich will nicht‹ sieht anders aus.«

»Sie fühlt sich von mir belästigt, deshalb hat sie mich so angestarrt.«

»Von gewissen Leuten freut man sich, belästigt zu werden. Kennst du das Gefühl nicht?« fragte Janet schmunzelnd.

»Doch, sicher, aber ich glaube nicht –«

»Du glaubst, du denkst, du bist nicht sicher – hör endlich damit auf!« schimpfte Janet. Ihr Blick hob sich ruckartig. »Sie geht auf die Toilette. Schnell, hinterher!« Sie schlug schmerzhaft gegen Amys Arm.

»Au! Bist du wahnsinnig?«

»Du bist wahnsinnig, wenn du ihr jetzt nicht nachgehst. Das war ein Zeichen von ihr.«

»Daß sie auf die Toilette muß?« Amy staunte verwirrt.

»Sie muß doch gar nicht auf die Toilette. Sie wartet dort auf dich.«

»Wie kannst du da so sicher sein?«

»Glaub mir, ich bin sicher.« Janet grinste. »Und jetzt geh. Aber schnell!«

Amy fühlte sich gedrängt und stand automatisch auf. »Und wenn du unrecht hast?«

»Ich schlag dich gleich!«

Amy entfloh Janets wütendem Blick, der sich hinter ihr allerdings wieder in einen amüsierten verwandelte.

»Morgan . . .«

Morgan stand am Waschbecken und wusch sich die Hände. »Was willst du?«

»Du hast meine Nachricht gelesen.«

»Hab' ich.«

»Ich will nur mit dir reden.«

Morgan öffnete ihre Handtasche und zog ein Kosmetiketui heraus. »Es gibt nichts zu reden.«

»Nur einmal. Bitte, Morgan.«

Morgan tuschte sich die Wimpern. »Hast du deine Provision für den Auftrag schon?« fragte sie.

»Nein, noch nicht. Erst wenn du die Verträge unterschrieben hast.«

»Dann sollte ich mich damit beeilen, nicht wahr?« sagte Morgan. »Wo du dir so viel Mühe gegeben hast. Dein Einsatz sollte wirklich baldmöglichst belohnt werden.«

»Du wußtest es«, sagte Amy. »Es war nie ein Geheimnis.«

»Nein, das war es nicht. Du hast vollkommen recht.« Morgan steckte ihr Kosmetiketui wieder ein. »Also ist es meine Schuld. Dann sollte ich dir wohl noch eine Chance geben.« Sie lächelte nicht einmal angedeutet. »Mit mir zu reden, meine ich. Ein Meeting? In meinem Büro? Oder lieber in deinem?«

»Morgan . . .«

»Ich kenne meinen Namen.« Morgan schien unerbittlich. »Komm in mein Büro. Morgen früh um neun. Ich werde dasein.« Sie schloß ihre Handtasche und ging zielstrebig hinaus.

Amy starrte ihr entgeistert nach, bis sie sich wieder gefaßt hatte, dann ging sie zu Janet an den Tisch zurück.

»Na?« fragte Janet.

»Ich habe ein Meeting mit ihr. Morgen früh um neun in ihrem Büro«, sagte Amy erschöpft.

»Das ist doch hervorragend«, sagte Janet. »So hat es das letzte Mal auch angefangen.«

»Das letzte Mal kannte ich sie noch nicht«, sagte Amy.

»Du kennst sie jetzt auch nicht, sonst hättest du nicht so lange gezögert«, sagte Janet. »Weißt du noch, was ich dir gesagt habe? Sie ist eine romantische Natur. Sie genießt es, wenn du um sie wirbst.«

»So sah sie nicht aus«, sagte Amy skeptisch.

»Du siehst einfach nicht richtig hin, weil du zu sehr mit dir selbst beschäftigt bist«, sagte Janet. »Ich habe sie beobachtet, als sie an den Tisch zurückkam. Sie freut sich auf morgen früh.«

»Wenn du dich da nicht mal irrst«, sagte Amy.

»Ich irre mich nicht. In solchen Dingen nie«, versicherte Janet ihr selbstbewußt.

»**N**un? Was gibt es zu bereden? Haben wir nicht alles schon bei dem Meeting in der Agentur besprochen?« fragte Morgan. Sie saß wieder hinter ihrem Schreibtisch, genau wie das letzte Mal, und Amy saß davor ein Stück entfernt auf der Couch.

»Du weißt, daß es nicht darum geht«, sagte Amy.

»Und worum geht es dann?«

Morgan lehnte sich in ihrem Chefsessel zurück, und Amy kam sich sehr klein vor.

»Es geht um uns.«

»Um uns?« Morgan zog beide Augenbrauen gleichzeitig hoch. »Willst du damit etwa andeuten, daß es das gibt: ein ›Uns‹?«

»Das will ich nicht nur andeuten«, sagte Amy.

»Dann hast du dich geirrt.« Morgan stand auf und ging zum Fenster hinüber. »Es ist am besten, du gehst jetzt wieder.«

»Nein.« Amy stand ebenfalls auf und trat zu Morgan, die sie nicht beachtete, sondern weiter hinaussah. »Nein, nein, nein, Morgan! Du hast mich schon einmal weggeschickt, und ich bin gegangen, aber dazu bin ich jetzt nicht mehr bereit. Nicht, bevor du mit mir gesprochen hast. Richtig gesprochen.«

»Richtig gesprochen?« Morgan sah sie scheinbar amüsiert an. »Viele Worte um nichts, meinst du?«

Amy fühlte eine hilflose Wut in sich aufsteigen. Sie kam und kam nicht an Morgan heran. Amy wollte nur über ein Wort sprechen: Liebe. Aber Morgan kannte dieses Wort nicht. Das einzige, was sie kannte, war Sex. Auf einmal drehte sich alles in Amys Kopf. Sie wußte nicht, was sie tun sollte. Einen Moment zögerte sie, dann griff sie nach Morgan. »Nennst du das nichts?« Sie preßte ihren Mund auf Morgans, im Augenwinkel noch ihren überraschten Gesichtsausdruck, und küßte sie.

Morgan war für einen Moment wie erstarrt, wehrte sich dann, erst heftig, dann immer halbherziger, öffnete endlich ihre Lippen und küßte Amy zurück. Ihre Finger strichen über Amys Nacken, und sie schob sich näher an sie heran.

Ja! Endlich! »Komm«, flüsterte Amy, »komm ...« Sie drängte Morgan zum Schreibtisch und drückte sie darauf nieder.

Morgan sah zu ihr auf, als Amy sich von ihr löste. Ihre Augen waren dunkel und weit. Sie glänzten erregt, aber sie sprachen nicht von Liebe. »Komm«, flüsterte sie auch, »mach's mir. Du warst doch sonst nicht so schüchtern.« Sie knöpfte ihre Bluse auf, während sie Amy nicht aus den Augen ließ und ihre Lippen leicht und verheißungsvoll öffnete.

Amy fühlte die Hitze, die Erregung und gleichzeitig die Enttäuschung in sich. Sie war noch gar nicht dazu gekommen, Morgan gegenüber das Wort Liebe überhaupt zu erwähnen, da zeigte sie ihr schon, daß sie keine wollte.

Morgan richtete sich auf, zog ihre Bluse aus und öffnete ihren BH, warf ihn schwungvoll hinter sich. Ihr Oberkörper war nun nackt, und in Amys Mund wurde es sehr, sehr trocken. »Morgan ...«, flüsterte sie.

Ihre Augen streichelten Morgans Brüste, deren Brustwarzen sich unter ihrem Blick wie unter einer Berührung erhoben. Amy fühlte sich magisch davon angezogen, beugte sich hinab und küßte sie nacheinander zärtlich. Morgan seufzte und beugte sich zurück, stützte sich hinten auf dem Schreibtisch ab. Dadurch schoben sich ihre Brüste noch mehr nach oben, standen noch verführerischer von ihrem Körper ab und boten sich Amy an.

Amy folgte der Aufforderung, umschloß eine mit beiden Händen und hob sie an, leckte über die Brustwarze und fühlte ihr Anschwellen, als ihre Zunge um sie kreiste. Morgans Arme begannen zu zittern, sie seufzte und warf ihren Kopf herum. Amy wechselte zur anderen Brust und verwöhnte sie genauso wie die erste. Beide Brustwarzen standen rot und naß hervor, als sie sich eine Pause gönnte und Morgans Brüste erneut betrachtete. »Du bist wunderschön, Morgan«, flüsterte sie.

Morgan atmete heftig. »Zieh mich aus, bitte, zieh mich aus«, wisperte sie. Sie sank auf den Schreibtisch zurück.

Amy beugte sich über sie, öffnete den Knopf an ihrer Hose und dann den Reißverschluß, während sie Morgan anlächelte. Morgan lächelte nicht. Amy zog Morgan Hose und Slip herunter. Nun trug sie nur noch ihre Schuhe.

»Nimm das hier«, keuchte Morgan, griff an die Seite des Tisches und öffnete eine Schublade. Sie zog einen an einem Ledergurt befestigten Dildo heraus.

»Ich soll das tragen?« fragte Amy.

»Ja.« Morgan keuchte noch mehr. »Ist eine ganz neue Entwicklung, ein Prototyp. Es dreht sich auf beiden Seiten, elektrisch.«

Nun sah Amy, daß es ein Dildo für zwei war. Das größere Ende für Morgan, das kleinere für sie. Und dazwischen ein Motor. Sie stellte ihn an und sah die beiden Kunstschwänze wilde Bewegungen ausführen. »Ich weiß nicht ...«, sagte sie.

»Du willst nicht?« Morgan schien schon fast aufstehen zu wollen.

»Doch, doch, natürlich, wenn du willst.« Amy betrachtete das Ding immer noch mißtrauisch, obwohl sie es nun abgestellt hatte. Sie zog ihre Hose aus und legte den Gurt an, führte das kleinere Teil in sich ein und sah Morgans erwartungsvollen Blick auf das größere Teil gerichtet, das nun von ihren Hüften abstand. Sie spürte den Druck, den die Apparatur auf ihre Klit ausübte, die naturgemäß schon sehr angeschwollen war. Ihre Erregung wuchs dadurch und durch den Druck, der von ihrem Inneren ausging, wo das andere Teil auf seinen Einsatz wartete. Sie blickte zwischen Morgans Beine, die Morgan weit gespreizt und angewinkelt hatte. Rot geschwollene Lippen leuchteten ihr entgegen, einladend geöffnet und gekrönt von der kleinen, harten Knospe, die sie auch bei sich spürte.

»Nimm mich«, flüsterte Morgan atemlos, »nimm mich, bitte ...« Sie öffnete die Schenkel noch weiter.

Amy fühlte die Hitze in sich, die in pochender Lust das Teil in ihr umschloß, als Morgan so erregende Dinge sagte und tat. Sie trat vor und stellte sich zwischen Morgans Schenkel.

Morgan seufzte auf, als die Spitze des Dildos sie berührte. »Ja«, flüsterte sie, »ja, komm ...«

Amy schob ihre Hüften langsam vor und drang in Morgan ein. Morgan stöhnte und hob ihre Hüften an, wodurch der Dildo noch tiefer in sie hineinrutschte. Amy spürte den Gegendruck in sich. Sie biß sich auf die Lippen. Sie mußte die Sache unter Kontrolle behalten. Es fiel ihr schwer. Der Druck auf ihre Klit wuchs an und machte sie verrückt, obwohl sie sich nur langsam bewegte. Wie sollte das erst werden, wenn es richtig losging? Morgan lag und konnte sich gehenlassen, aber Amy würde einfach auf den Boden fallen, wenn die Standfestigkeit ihrer Knie sie verließ.

»Schalt es ein«, stöhnte Morgan, »schalt es ein, bitte ... tu's.«

Morgan wußte offensichtlich, was auf sie zukam, Amy war skeptisch. Sie griff dennoch an den Schalter und setzte die Apparatur in Gang. Sofort schrie sie auf. Wie ein elektrischer Schlag durchfuhr es ihren ganzen Körper, ausgehend von dem einen kleinen Knöspchen an der Spitze ihrer lustvollsten Zone, in ihr rotierte es heftig und hob sie fast ab, unter ihr stöhnte Morgan, während das andere Teil der Apparatur in ihr kreiste.

Amy hatte Mühe, sich auf den Beinen zu halten. Sie stützte sich mit den Armen neben Morgans Hüften auf dem Schreibtisch ab und stieß mit ihren eigenen Hüften vor und zurück, beinahe verzweifelt, weil die Erregung anstieg und anstieg, ohne zu einem Ende zu kommen. Morgan wand sich immer wilder unter ihr, so daß sie sie zusätzlich festhalten mußte, während sie in sie stieß und gleichzeitig spürte, wie in ihr immer mehr Nerven gereizt wurden und sie zum Wahnsinn trieben.

»Gut, gut«, stöhnte Morgan, »gut, mach weiter ... das ist so gut ... so gut ...«

Amy spürte die Verkrampfung ihrer Schenkel, die ankündigte, daß ihr Bauch nicht mehr warten wollte. Sie hatte Angst umzufallen, aber das Gerät ließ ihr keine Wahl. Etwas umkreiste ihre Klit, kitzelte sie, jagte sie hoch und höher. Sie versuchte die Augen offenzuhalten und auf Morgan unter sich zu blicken, die sich ekstatisch wand. »Morgan«, flüsterte sie mühsam, »Morgan ...«

»Ja«, flüsterte Morgan, »ja ... komm ... komm ... mit mir ... ich –« Sie schrie auf, warf die Arme hoch und krallte ihre Fingernägel in Amys Schultern.

Amy spürte im gleichen Moment das Zittern, das sie überall erfaßte, die Krämpfe, die sich in ihr zusammenballten. Morgan stieß ihre Hüften von unten hoch, Amy stieß von oben in sie hinein, in ihnen kreiste die Lust und jagte sie von einem Höhepunkt zum nächsten. Mit einem letzten verzweifelten Griff schaltete Amy das Gerät ab, bevor sie keuchend auf Morgan zusammenbrach.

Morgan rang um Luft unter ihr, und erst nach einiger Zeit konnte sie wieder sprechen. »Das war ... toll«, sagte sie, »einfach großartig. Du warst in mir, und ich –« Sie versuchte Amys Gesicht zu erforschen. »Ich fühle dich immer noch so stark.«

»Das Ding steckt ja auch immer noch in dir«, keuchte Amy, die sich nur langsam erholte.

Morgan griff hinunter. »Wir könnten eigentlich gleich weitermachen.«

Amy hinderte sie daran, den Dildo einzuschalten. »Erst wenn wir gewechselt haben, mein Liebchen. Du kannst gern mal ausprobieren, wie das im Stehen ist, und ich lege mich derweil gemütlich hin. Die Stehvariante ist nur was für trainierte Leute.«

»Ich wußte, daß du das bist«, sagte Morgan leise lachend. Ihre Augen glänzten. Sie sah schön aus, erschöpft, aber schön. Sie schien etwas hinzufügen zu wollen, doch dann verzichtete sie darauf.

Amy schnallte den Dildo ab und zog ihn langsam aus Morgan heraus.

»Oh ... oh ... oh«, stöhnte Morgan. »Können wir nicht –«, sie fuhr sich über die Lippen, »weitermachen? Das ist so ... oh ... wahnsinnig.«

Auch Amy spürte die Erregung wieder steigen, als sie den kleineren Teil des Dildos aus sich entfernte. »Ich mache gern weiter«, sagte sie lächelnd, als sie sich wieder über Morgan beugte, »aber ich bin ein bißchen konventionell in der Beziehung. Ich nehme lieber meine eigenen Hände«, sie fuhr mit einem Finger zwischen Morgans Schenkeln hindurch, daß sie erneut aufstöhnte, »und meinen eigenen Mund.« Sie senkte ihre Lippen auf Morgans und küßte sie.

»Hattest du mir nicht versprochen, daß alle Kreativen in eurer Agentur unkonventionell wären?« fragte Morgan ein wenig schelmisch.

»In der Werbung«, lächelte Amy, »nur in der Werbung.«

»Das ist ja wohl eine Mogelpackung«, protestierte Morgan zum Schein. »Was habe ich denn da eingekauft?«

»Du hast mich eingekauft, wenn du willst«, sagte Amy zärtlich, »und ich bin keine Mogelpackung. Ich bin, wie ich bin. Wenn dir das nicht gefällt –« Sie wandte sich leicht ab.

Morgan hielt sie fest. »Nein, das gefällt mir.« Sie zog sie auf sich herab. »Das gefällt mir sehr.« Langsam und zärtlich küßte sie Amys Lippen. »Das gefällt mir so sehr, daß ich am liebsten –« Wieder schien sie etwas sagen zu wollen und tat es doch nicht.

Amy glitt an ihr hinab, küßte ihre warme, unsagbar weiche Haut und kniete dann vor dem Schreibtisch zwischen Morgans Beinen. Sie bewunderte die weite Öffnung, nicht zuletzt so weit, weil der Dildo sie ausgedehnt hatte, und legte eine Hand zärtlich auf Morgans Venushügel. Morgans Schamlippen zuckten, und sie begann ihre Hüften sehnsuchtsvoll vor und zurück zu schieben. »Du willst immer noch mehr, mein Häschen?« fragte Amy mit rauher Stimme.

»Ja ... ja ...«, stöhnte Morgan über ihr.

Amy beobachtete den süßen Eingang, und ihr lief das Wasser im Munde zusammen. Sie beugte sich vor, glitt mit ihrer Zunge über Morgans Klit und erntete ein tiefes Stöhnen und einen Stoß ihrer Hüften von ihr. »Du bist wirklich unersättlich«, sagte Amy. »Willst du denn nie aufhören?«

»Noch nicht«, wisperte Morgan heiser.

Amy nahm ihre Klit zwischen die Lippen und reizte sie, während sie mit ihrer Zunge weiter hinunter wanderte und die Empfindung des samtigen Fruchtfleisches von Morgans Schamlippen genoß.

Morgan hüpfte mit ihrem Po auf der Schreibtischplatte auf und ab, und Amy verstärkte den Druck ihrer Zunge, das Kreisen, schlüpfte kurz in Morgans Gewölbe hinein und kitzelte sie, bis Morgan stöhnte und schrie, als Amy sie wieder verließ. Sie steckte einen Finger in Morgan hinein. »Bist du da denn überhaupt noch empfindlich nach dem Gewaltakt eben?« fragte sie.

»Oh ... ja ... sehr ... empfindlich«, seufzte Morgan in abgehackten Stößen.

Amy kitzelte Morgan weiter mit ihrem Finger direkt hinter dem Eingang und ließ ihre Zunge den Rest tun. Sie glitt schnell über Morgans Klit, die hin und her sprang, als wollte sie sich verstecken, hart und angeschwollen, wie sie war, dazu aber keine Chance hatte.

Morgan stöhnte immer lauter, und endlich fühlte Amy das pulsierende Zucken um ihren Finger, auf das sie gewartet hatte. Morgan bog ihren Rücken durch und hob vom Tisch ab, ihre zitternden Schenkel konnten sie nicht tragen, und sie fiel wieder herunter.

»Ich will dich. Ich will dich so sehr«, flüsterte Amy hingerissen. Sie tauchte ihre Zunge in Morgans Nässe und brachte sie erneut zum Stöhnen.

»O Gott, o mein Gott!« Morgan wand sich.

Morgans Lippen zwischen ihren Beinen waren so angeschwollen, daß Amy sich wie bei einer köstlichen Mahlzeit fühlte. Es war ein berauschendes Erlebnis, ihre Zunge in Morgans pochender Tiefe zu vergraben, die Lippen wie süße, fleischige Früchte zu lutschen und ihren Kitzler zu reizen, bis er nicht nur Morgan sondern auch Amy kitzelte und zum Wahnsinn trieb.

Sie ließ Morgan kommen, bis sie nur noch matt keuchend dalag, erhob sich und befreite nun auch ihren Oberkörper von allem störenden Stoff. Unten herum war sie ja schon nackt. Sie beugte sich über Morgan und streichelte zärtlich ihr Gesicht. »Geht es dir gut?« fragte sie lächelnd.

»O ja, sehr gut.« Morgan lächelte auch, jedoch ziemlich erschöpft. Ihr Blick wanderte ein wenig tiefer. »Endlich ...«, flüsterte sie. Sie griff nach Amys Brust und streichelte sie. »Endlich sind sie nackt«, ergänzte sie, während sie sich mit der Zunge über die Lippen fuhr. »Komm, gib sie mir.« Sie öffnete den Mund wie ein Kind, das gefüttert werden wollte.

»Gern«, sagte Amy. Die Berührung an ihrer Brust jagte ihr heiße Schauer durch den Körper und ließ die Feuchtigkeit zwischen ihren Beinen noch mehr schmelzen. »Aber hat dein Schreibtisch nicht eine kleine Pause verdient? Ich würde lieber auf der Couch –«

Morgan richtete sich sofort auf, noch bevor Amy zu Ende gesprochen hatte. »Leg dich hin«, befahl sie in einem ähnlichen Ton, in dem sie den Champagner bei ihrem Butler bestellte.

Amy ging zur Couch hinüber, und Morgan folgte ihr auf dem Fuße. Als Amy auf dem Rücken lag, legte Morgan sich schnell auf sie. »Jetzt hab' ich dich in meiner Gewalt«, wisperte sie heiser, drückte Amys Arme nach oben und küßte sie.

Amy spürte Morgans heiße Zunge in sich stoßen, als ob sie es gar nicht erwarten könnte, sie zu durchbohren. Sie wand sich unter Morgan und spürte, wie Morgans Schenkel auffordernd gegen ihre Mitte drückte. Amy spreizte ihre Beine, so weit sie konnte, und Morgans Schenkel teilte ihre Schamlippen und ließ die erregte Flüssigkeit austreten.

»Komm«, flüsterte Morgan, »ich will, daß du kommst.«

»Ich – Morgan ...« Amy stöhnte auf. Morgan hatte einen ihrer Arme losgelassen und zwirbelte heftig ihre Brustwarze. Amy wußte nicht mehr, wie sie den Reiz ertragen sollte.

»Komm ...«, drängte Morgan wieder, »komm ...«

Amy stöhnte »Ja ... ja ... ja ... ich komme ...« und fühlte die Zuckungen in ihrem Bauch ihren ganzen Körper erfassen, sie schrie und wurde steif, hob Morgan auf sich an und wurde von ihrem Gewicht wieder auf die Couch zurückgedrückt. Sie lag da und japste unter Morgans forschendem Blick.

»Gut?« fragte Morgan.

Amy konnte nicht antworten. Morgan erhob sich und schaute auf Amy hinunter. »Wir sollten uns anziehen«, sagte sie. »Es ist gleich zehn. Das Büro wird um zehn geöffnet.«

Amy grinste. »Ach, deshalb hast du gesagt, ich soll um neun kommen. Weil dann noch keiner da ist.« Sie erinnerte sich, daß auch Morgans Sekretärin nicht an ihrem Platz gesessen hatte, als sie gekommen war. Morgan hatte also von Anfang an vorgehabt, mit Amy zu schlafen, auch wenn sie zuerst so getan hatte, als ob sie sie wegschicken wollte.

»Ich wollte nicht, daß uns jemand bei unserer Besprechung stört«, sagte Morgan. Sie ging zum Schreibtisch hinüber und suchte ihre Sachen zusammen.

»Besprechung?« Amy lachte. »Wenn du öfter solche Besprechungen hast, muß du die Couch und den Schreibtisch aber regelmäßig austauschen!«

»Du wolltest doch mit mir reden, hattest du das nicht gesagt?«

meinte Morgan süffisant. Sie schloß die letzten Knöpfe ihrer Bluse.

»Ja.« Amy stand auf und ging zu Morgan hinüber. »Ich wollte mit dir reden, um dir zu sagen, daß ich –« Sie brach ab, weil sie Morgans Gesichtsausdruck sah.

»Ja?« fragte Morgan in einem Ton, der genau zu ihrem Gesichtsausdruck paßte und den man nur als geschäftsmäßig bezeichnen konnte.

Amy merkte, daß sie nun nicht mehr sagen konnte, was sie hatte sagen wollen. Morgan wollte es anscheinend gar nicht hören. »Ich wollte dir sagen, daß ich mit dem Entwurf fast fertig bin, dem Entwurf für deine Kampagne.«

»Schön«, sagte Morgan. »Anders habe ich es auch nicht erwartet.« Der ganze Reiz, die Hitze und die Zärtlichkeit der vergangenen Stunde waren mit einem Schlag verschwunden.

Amy griff nach ihren Kleidern und bedeckte sich mehr schlecht als recht damit. *Es gibt wirklich kein ›Uns‹*, dachte sie. *Es gibt nur Sex. Ich weiß nicht, wie ich mir etwas anderes einbilden konnte.*

»Wolltest du noch etwas sagen?« fragte Morgan. »Gibt es Probleme bei den Entwürfen? Etwas, das wir noch besprechen müssen?«

»Nein, es gibt nichts mehr, das wir noch besprechen müssen«, sagte Amy.

Ich liebe dich, dachte sie dabei. *Das müßten wir noch besprechen. Aber das willst du nicht.*

Auf jeden Fall hatte dieser Morgen eine Frage beantwortet, nämlich die, die ihr Janet gestern noch gestellt hatte. Jetzt wußte Amy, daß sie Morgan liebte. Das Gefühl war so überwältigend gewesen, das sie heute miteinander verbunden hatte.

Bei Morgan schien es nach dem Sex verschwunden zu sein, bei Amy hielt es unvermindert an, und sie wußte, daß es nie verschwinden würde.

»**A**my, ich wollte dich noch etwas fragen.«

Rebecca kam Amy entgegen, als Amy die Agentur betrat.

»Jetzt nicht, Rebecca.« Amy ging hastig weiter.

Rebecca blieb verwundert stehen, drehte sich dann aber um und folgte Amy. »Ich brauche dein Okay«, sagte sie, als sie Amy erreicht hatte. »Sonst kann ich nicht weitermachen.«

Amy schwenkte in ihr Büro und ließ ihren Aktenkoffer auf einen Stuhl fallen, als ob er so schwer wäre, daß sie ihn nicht mehr länger halten könnte. »Entschuldige«, sagte sie müde. »Ich dachte, es wäre –«

»Etwas Privates?« fragte Rebecca. »Nein, das ist es nicht. Es hat mit dem Holdsworth-Projekt zu tun.« Sie sah Amy besorgt an.

Das Holdsworth-Projekt, dachte Amy. *Das ist wohl endgültig gescheitert.* Aber sie wußte natürlich, daß Rebecca die Kampagne meinte, nicht Morgan. Sie setzte sich an ihren Schreibtisch. »Also – um was geht es?«

»Die Videoaufnahmen«, sagte Rebecca. »Ich brauche die Location. Gehen wir ins Studio oder machen wir etwas anderes, draußen irgendwo?«

Amy nickte und versuchte den heutigen Morgen zu vergessen, um sich wieder auf die Arbeit konzentrieren zu können. »Darüber habe ich gestern gerade nachgedacht«, sagte sie zögernd. »Ich bin nicht ganz sicher. Im Studio haben wir natürlich konstantere Bedingungen, aber Morgan ...«, sie hielt kurz inne, »Holdsworth ist kein Model, also wäre es vielleicht besser, sie dort zu zeigen, wo sie normalerweise ist, in ihrem Konzern.«

»Das ist gut«, sagte Rebecca. »Dadurch unterscheiden wir uns dann auch von diesen ganzen anderen Kampagnen, egal ob im Studio oder am rauschenden Meeresstrand.«

»Ja«, sagte Amy. »Das habe ich mir auch gedacht.«

Rebecca betrachtete sie kurz. »Amy? Geht es dir nicht gut?«

Amy hatte auf ihren Tisch gestarrt und blickte nun hoch. »Doch. Doch, es geht mir gut. Alles in Ordnung.«

»Das sieht mir aber gar nicht so aus«, sagte Rebecca.

Amy hob eine Hand. »Rebecca ... ich ... bitte ... ich habe keine Kraft mehr. Keine Diskussionen jetzt bitte über ... was auch immer.«

»Ich wollte eigentlich gar nicht mit dir diskutieren«, erwiderte Rebecca gedehnt. »Wir haben ja kein privates Wort mehr gesprochen seit unserer damaligen ... Unterhaltung.« Als Amy sie ansah, fühlte sie einen Stich. Es lag etwas wie Verzweiflung in Amys Blick. »Was ist dein Lieblingskaffee bei *Starbucks?*« fragte sie. »Ich hole dir einen. Ich glaube, du brauchst jetzt etwas zur Stärkung. Du siehst ziemlich mitgenommen aus.«

»*Starbucks?*« Amy schaute sie an, als spräche sie chinesisch. »O ja, Kaffee.« Sie schüttelte den Kopf. »Ein Espresso hier aus unserer Maschine tut es auch. Du brauchst dich nicht um mich zu kümmern, Rebecca.«

»Das würde ich aber gern«, sagte Rebecca.

»Ich –« Amy seufzte. »Es gilt immer noch, was ich vor ein paar Wochen gesagt habe«, bemerkte sie. *Auch wenn sich die Umstände vielleicht heute morgen geändert haben.*

»Amy ...« Rebecca kam zu ihr hinter den Schreibtisch. »Meinst du, ich mag dich nicht mehr, nur weil du mir gesagt hast, daß du nichts mit mir anfangen willst? Das akzeptiere ich. Aber wenn ich dich jetzt so sehe, kann ich nicht anders. Ich möchte dir helfen. Und ein Kaffee ist nun wirklich keine Liebeserklärung!« Sie lachte.

»Nicht?« fragte Amy stirnrunzelnd.

»Nein«, sagte Rebecca. »Ich verhehle nicht, daß da immer noch ein kleines Lichtlein in meinem Herzen für dich brennt, das will ich gar nicht abstreiten, aber ich werde keine K.O.-Tropfen in den Kaffee schütten, um dich gefügig zu machen.« Sie lachte wieder. »Wir haben doch in den letzten Wochen jeden Tag zusammengearbeitet, ohne daß das ein Thema zwischen uns war. Warum sollte ich ausgerechnet heute wieder damit anfangen? Kann ich dir nicht einfach einen Kaffee bringen als gute Freundin? Oder wenn dir das lieber ist: als hilfsbereite Mitarbeiterin?«

»Als gute Freundin?« Amy fühlte sich überfordert. Sie verstand kaum, was Rebecca sagte.

»Paß auf«, sagte Rebecca. »Ich hole dir einen Espresso und trete dir mein Lunchpaket ab. Dann ißt du erst mal was. Du siehst so aus, als hättest du das heute noch nicht getan.«

»Hab' ich ... hab' ich auch nicht«, sagte Amy verwirrt.

»Siehst du? Hatte ich doch recht. Also warte, ich bin gleich wieder da.« Rebecca ging zur Tür.

Billy wollte gerade hereinkommen.

Rebecca legte ihm eine Hand auf die Brust und schob ihn aus der Tür hinaus. »Sie ist beschäftigt. Du kannst jetzt nicht mit ihr sprechen.«

»Ich brauche aber –« Billy wollte an ihr vorbei.

Rebecca zog Amys Bürotür hinter sich zu. »Ganz egal, was du brauchst, das kann warten. Komm in einer Stunde wieder.«

»Bist du jetzt ihr Bodyguard, oder was?« fragte Billy bissig.

»Wenn du so willst, ja«, entgegnete Rebecca entschlossen. »Leg dich nicht mit mir an. Das würdest du bereuen. Komm lieber in einer Stunde wieder.«

Billy starrte sie an. »Weiber!« sagte er dann und drehte ab.

Rebecca schaute ihm grinsend hinterher, dann wurde sie wieder ernst und ging zur Kaffeeküche hinüber.

Als sie mit dem Espresso und ihrem Lunchpaket zurückkam, saß Amy vor ihrem Bildschirm und starrte darauf, aber sie schien nichts zu sehen.

»Trink erst mal«, sagte Rebecca und stellte die kleine Espressotasse vor sie hin.

Amy griff gehorsam nach der Tasse und trank sie aus.

Rebecca schob ihr das Lunchpaket hinüber. »Und jetzt ißt du.«

Amy sah sie an. »Rebecca . . .«

»Das ist mein Name«, sagte Rebecca. »Richtig. Und jetzt iß.«

Amy sah ein, daß es sinnlos war, Widerstand zu leisten, und biß in das Sandwich. Nachdem sie die Hälfte gegessen hatte, lächelte sie leicht. »Aber nur, weil ich mich zu schwach fühle, dir zu widersprechen. Denk nicht, daß du das immer mit mir machen kannst.«

»Denke ich nicht«, sagte Rebecca.

»Und was ißt du jetzt zu Mittag?« fragte Amy.

»Ich habe gut gefrühstückt«, erwiderte Rebecca, »im Gegensatz zu dir.« Sie sah Amy liebevoll an. »Geht es dir jetzt besser?«

Amy blickte zurück und betrachtete Rebecca eine Weile. »Ja«, sagte sie dann. »Danke.«

»Dann lasse ich dich jetzt in Ruhe«, sagte Rebecca. Sie ging zur Tür. »Ach übrigens, Billy wollte eben etwas von dir. Soll ich ihn noch eine Weile fernhalten? Ich habe ihm gesagt, er soll in einer Stunde wiederkommen, aber ich glaube kaum, daß er sich daran hält.«

»Billy will immer etwas von mir«, sagte Amy. Sie grinste angedeutet. Ihre Lebensgeister kehrten zurück. »Laß ihn ruhig kommen.«

Rebecca schmunzelte. »Ich glaube, es war etwas Geschäftliches«, sagte sie, »aber – hat er dir auch seine Tittenmagazine gezeigt, als du ihn kennenlerntest?«

»Ja«, sagte Amy seufzend. »Ich dachte, ich hätte ihn mittlerweile davon abgebracht. Dir hat er sie auch gezeigt?« Sie schüttelte tadelnd den Kopf.

»Und ob«, entgegnete Rebecca. »Er wollte wissen, was ich davon halte.« Sie schüttelte sich. »Brrr!«

»Na ja«, sagte Amy und schaute sie von unten herauf an. »Es kommt immer darauf an, wie sie aussehen, oder?«

Rebeccas Gesicht verzog sich zu einem breiten Grinsen. »Amy!« rief sie sie in gespielter Empörung zur Ordnung. »Was höre ich denn da?« Sie schüttelte sehr mißbilligend den Kopf. »Ts, ts, ts. So etwas.«

Sie öffnete die Tür, um hinauszugehen. Als sie draußen war, steckte sie den Kopf noch einmal zur Tür herein. »Einige sahen ganz gut aus«, sagte sie grinsend und machte sich von dannen.

Amy schüttelte auch den Kopf und grinste ebenfalls. »Rebecca, Rebecca«, murmelte sie lächelnd vor sich hin, während sie begann zu arbeiten.

Der Limousinen-Service setzte Morgan bei sich zu Hause ab.

Treadwell öffnete ihr die Tür. »Guten Abend, Madam.«

»Guten Abend, Treadwell.« Morgan ging an ihm vorbei hinein und durch die riesige Eingangshalle in den Salon.

Treadwell folgte ihr und blieb an der Tür stehen, während Morgan ihre Tasche abstellte und sich in einen Sessel fallen ließ.

»Bringen Sie mir einen Scotch, Treadwell«, sagte sie.

»Ich habe Champagner vorbereitet«, sagte Treadwell unbewegten Gesichts.

Morgan drehte ruckartig ihren Kopf zu ihm hin. »Ich sagte Scotch!« erwiderte sie scharf.

»Wenn Sie erlauben, Madam –«, begann Treadwell.

»Ich erlaube nicht!« Morgan unterbrach ihn und sprang auf. »Dann nehme ich ihn mir eben selbst!« stieß sie wütend hervor. Sie ging zur Bar hinüber und goß sich ein halbes Glas voll. Hastig nahm sie einen Schluck.

»Madam ...«, versuchte es Treadwell noch einmal ruhig.

Morgan starrte ihn an. »Was ist mit meinem neuen Chauffeur?« fragte sie ärgerlich. »Haben Sie immer noch keinen gefunden?«

»Ich habe einige in der Auswahl«, sagte Treadwell. »Ich muß sie mir noch im einzelnen anschauen.«

»Warum dauert das so lange?« fauchte Morgan. Sie ging zum Kamin und lehnte sich dagegen, wippte mißmutig mit einer Schuhspitze.

»Es ist eine sehr verantwortungsvolle Stellung, Madam«, erwiderte Treadwell mit einer erstaunlichen Gefaßtheit. »Ich möchte nicht irgend jemand dafür einstellen.«

Morgan winkte mit der Hand ab. »Ach, vergessen Sie's. Der Limousinen-Service tut es auch. Das funktioniert ganz gut.«

»Ja«, sagte Treadwell ohne jede Betonung. »Das war eine gute Idee von Ms. Flanagan.«

Morgan zuckte bei der Erwähnung des Namens hoch und starrte Treadwell mit blitzenden Augen an.

»Sie hat angerufen«, sagte Treadwell.

»Ich will nicht –« Morgans Gesichtsausdruck wurde extrem abwehrend.

»Ich weiß, Madam«, sagte Treadwell. »Aber sie sagt, sie muß etwas Geschäftliches mit Ihnen besprechen. Sie möchten die Aufnahmen für die Werbekampagne bei Ihnen im Konzern machen. Dafür wollte Ms. Flanagan wissen, wo und wann es Ihnen recht wäre.«

»Nie«, murmelte Morgan vor sich hin.

Obwohl sie so leise gesprochen hatte, hatte Treadwell sie verstanden. Langjährige Butlerübung. »Soll ich ihr das ausrichten, Madam?« fragte er.

Morgan nahm noch einen Schluck von ihrem Scotch und ging zu einem Sessel hinüber. Sie setzte sich. »Nein«, sagte sie seufzend. »Ist schon gut. Sie soll das mit meiner Sekretärin vereinbaren, die nimmt es in meinen Terminkalender auf.«

»Sehr wohl, Madam«, sagte Treadwell.

»Warum ruft sie überhaupt hier an und nicht gleich in meinem Büro?« fragte Morgan ärgerlich.

»Sie fragt, wie es Ihnen geht«, entgegnete Treadwell unbeeindruckt von Morgans Laune.

»Was interessiert sie das?« fauchte Morgan.

»Es interessiert sie offenbar«, sagte Treadwell.

Morgan starrte ihn an. »Sie können mich ruhig richtig ansehen, Treadwell«, bemerkte sie süffisant. »Ich bin angezogen.«

»Das ist mir bewußt, Madam«, sagte Treadwell mit weiterhin unverändertem Gesichtsausdruck.

»Sie billigen das, was ich tue, in keiner Weise, nicht wahr, Treadwell?« fragte Morgan, während sie einen weiteren Schluck von ihrem Scotch nahm. Langsam spürte sie die entspannende Wirkung. Die hatte sie auch nötig. Sie hatte das Gefühl, die ganze Zeit unter Hochspannung zu stehen. Schon seit Wochen.

»Ich habe nichts zu billigen oder zu mißbilligen, was Sie tun, Madam«, entgegnete Treadwell in perfekter Gelassenheit. »Das steht mir nicht zu.«

»Sie kennen mich seit meiner Geburt«, sagte Morgan. »Sie wissen mehr über mich als jeder andere.« Sie sah Treadwell an.

»Dennoch erlaubt es meine Stellung nicht –«, begann Treadwell.

Morgan stand auf und unterbrach ihn mit einer Handbewegung. »Sie haben sich doch längst ein Urteil gebildet«, sagte sie. »Auch wenn Sie es nach außen nicht zeigen.«

»Ms. Flanagan ist eine sehr nette junge Dame«, sagte Treadwell nach einer langen Zeit der Überlegung.

Morgans Blick wurde hart und kalt. »Ms. Flanagan ist –«, sie brach ab, versuchte sich zu beruhigen und atmete tief durch, »– eine Geschäftspartnerin, nichts weiter.«

»Sehr wohl, Madam«, sagte Treadwell. »Wie Sie meinen.«

Morgan seufzte. »Ich weiß, was Sie gesehen haben, sah nicht so aus, aber –«

»Ich habe nichts gesehen«, sagte Treadwell.

»Natürlich nicht«, sagte Morgan resigniert. Sie räusperte sich und schwenkte ihren Scotch im Glas. Sie starrte darauf, wie er sich von der einen Richtung in die andere bewegte, und sah Treadwell nicht an. »Sie ... Sie mögen sie, nicht wahr, Treadwell?«

»Sie unterscheidet sich von den anderen«, er hüstelte, »... Damen, die Sie mitgebracht haben. Erheblich.« Seine Miene blieb weiterhin unbewegt.

»Inwiefern?« fragte Morgan.

»Das wissen Sie, Miss Morgan«, sagte Treadwell.

»Miss Morgan?« Morgan lächelte etwas schmerzlich. »So haben

Sie mich lange nicht genannt.«

»Ich nannte Sie so, als Sie noch ein Kind waren«, sagte Treadwell.

Morgan schaute ihn an, und so etwas wie liebevolle Sympathie stieg in ihren Blick. »Sie nannten mich so, wenn ich ungezogen war«, sagte sie leicht lächelnd.

»Das ist wahr«, bestätigte Treadwell.

Morgan wandte sich ab und starrte in den Kamin. »Sie finden also, daß ich ... ungezogen bin – jetzt?«

»Sie sind kein Kind mehr«, sagte Treadwell zurückhaltend.

Morgan drehte sich um. »Manchmal fühle ich mich aber so«, sagte sie offen. »Bitte, Treadwell, sagen Sie mir, was Sie denken.«

Treadwell hustete. Es schien, als ob er Zeit gewinnen wollte. »Ich denke, daß Sie sich selbst keinen Gefallen tun, Madam«, sagte er.

Morgans Miene verhärtete sich wieder. »Sie wissen nicht, was sie getan hat«, sagte sie.

»Ich habe Miss Carolines Parfüm gerochen, als ich Ms. Flanagan in den Mantel half«, sagte Treadwell.

»Dann wissen Sie ja, warum ich sie wegschicken mußte«, sagte Morgan.

Treadwell hüstelte erneut. »Miss Caroline war ... nicht so, wie Sie sie gern sehen wollten«, sagte er.

»Was meinen Sie damit?« Morgan starrte ihn aufgebracht an.

»Sie hatte Ihre Liebe nicht verdient«, sagte Treadwell. »Sie war nicht immer allein hier, wenn Sie nicht da waren. Diese Architektin war nur die letzte –«

»Hören Sie auf!« Morgan schleuderte ihr Scotchglas auf den Boden, daß der Rest über den Teppich rann.

»Ich kann es nicht mitansehen, wie Sie sich quälen«, fuhr Treadwell dennoch fort, »wegen einer Person, die es nicht wert war. Und gleichzeitig eine Frau wie Ms. Flanagan zurückstoßen, die sich um Sie sorgt und Ihnen eine gute Gefährtin sein könnte.«

Morgan starrte ihn an, als ob sie ihn erwürgen wollte. »Was verstehen Sie schon davon?« stieß sie dann zischend zwischen zusammengepreßten Lippen hervor, drehte sich um, durchquerte mit weitausgreifenden Schritten die Halle, daß ihre Absätze einen wütenden Takt auf dem Boden schlugen, und lief die Treppe hinauf nach oben.

Treadwell blickte ihr besorgt hinterher, bis sie verschwunden war.

Morgan schlug die Tür zu ihrem Schlafzimmer mit einem lauten Knall hinter sich zu und lehnte sich keuchend dagegen.

Was verstand Treadwell schon? Gar nichts – einfach gar nichts.

Sie stieß sich ab und tigerte durch den Raum. Niemand verstand irgend etwas. Sie verkrampfte ihre Hände ineinander. Was hatte Amy schon von ihr gewollt? Einen Auftrag, sonst nichts. Und Treadwell tat, als ob – als ob es etwas anderes gewesen wäre.

Spätestens, als Amy Caros Parfüm benutzte – *Caro, mein Gott!*

Morgan sank auf ihr Bett nieder, hockte auf der Kante und barg ihren Kopf in den Händen. *Caro – warum, Caro?*

Was Treadwell gesagt hatte – nein, das konnte einfach nicht wahr sein. Das hatte er nur gesagt, um sie, Morgan, zu manipulieren. Ebenso wie Amy versucht hatte, sie zu manipulieren. Alle wollten das. Aber das ließ sie nicht zu. Sie riß ihren Kopf hoch und starrte in die Luft.

Caro. Caro hatte sie geliebt. Mit Caro war sie glücklich gewesen. Jeden Tag hatte sie sich gefreut, nach Hause zu kommen, weil Caro da war.

Wie konnte Treadwell es wagen –?

Sie sprang auf und begann erneut, durch den Raum zu laufen. Es war ein riesiger Raum, wie alle Räume in diesem Haus. Sie hatte sich oft gefragt, ob das Haus nicht zu groß für sie war.

Als Caro noch dagewesen war, hatte sie dieses Gefühl nicht gehabt. Sie hatten jeden Winkel des Hauses ausgelotet und genossen. Sie hatten sich versteckt wie Kinder, in irgendwelchen Ecken, unter Treppen, hinter Vorsprüngen, und gekichert wie kleine Mädchen, wenn Treadwell vorbeiging und sie nicht bemerkte. Vielleicht hatte er auch nur so getan, als ob er sie nicht bemerkte.

Das hatte er auch schon getan, als sie noch ein Kind gewesen war und das gleiche Spiel gespielt hatte. Manchmal, wenn er sie ärgern wollte, ging er vorbei und sagte, ohne hinzuschauen: »Ich sehe Sie, Miss Morgan.«

Sie hätte schwören können, daß er dabei lächelte, aber immer, wenn er ihr dann wieder sein Gesicht zuwandte, trug es den ungerührten Butlerausdruck, als ob nichts gewesen wäre.

Sie hatte diese Spiele geliebt, und als Caro kam, hatte sie sie wiederentdeckt. Allerdings endeten sie mit Caro anders, als sie in Morgans Kindheit geendet hatten. Damals hatte sie schließlich noch nicht gewußt, was Sex war. Mit Caro wurde jeder noch so versteckte Ort des Hauses zum Liebesnest, zu einem Sklaven ihrer gemeinsamen Lust. Und Morgan war glücklich gewesen, das Haus ihrer Kindheit mit Caro auf diese erwachsene Art neu und ganz anders genießen zu können.

Warum hatte es nicht immer so bleiben können?

Sie zog ihre Jacke aus und schüttelte die Schuhe von den Füßen. Schnell öffnete sie den Reißverschluß an ihrem Rock und ließ auch den fallen. Sie legte sich aufs Bett, verschränkte die Arme hinter dem Kopf und starrte an die Decke.

Und wenn es stimmt, was Treadwell gesagt hat?

Nein! Nein, es kann nicht stimmen! Niemals! Es darf nicht stimmen!

Treadwell lügt nicht. Nie.

Er wollte nur – Er mag Amy. Er will ihr einen Gefallen tun.

Warum sollte er das?

Er ... er ... ich weiß es nicht.

Du weißt es. Du willst es nur nicht wahrhaben.

Morgan rollte sich herum und drückte ihr Gesicht ins Kissen, umarmte es, als ob es ein Mensch wäre, roch daran, als ob sie etwas ganz Bestimmtes zu finden hoffte – etwas, das schon lange nicht mehr da war. *Ich kann das nicht ... ich kann nicht. – Wenn Caro doch hier wäre. Wenn ich sie umarmen könnte statt des Kissens.*

Sie rollte sich zurück auf den Rücken. »Caro ...«, flüsterte sie in die Luft hinein. »Caro ...« Ihre Hand wanderte über ihren Bauch in den Slip. »Caro ...«, flüsterte sie wieder. »Komm zu mir ...«

Ihre Hand glitt tiefer, und sie spreizte die Beine. Die zweite Hand glitt nach oben unter die Bluse, auf den BH. Er war leicht und transparent. Sie spürte die Brustwarze unter dem seidigen Stoff, die sich langsam erhob, hart wurde. Sie fuhr mit einem Finger darüber, kreiste auf der Spitze. Ein leises Stöhnen entwich ihren Lippen.

Ein Finger zwischen ihren Beinen suchte die andere Spitze, die mit der auf ihrer Brust in Verbindung zu stehen schien. Als sie ihre feuchte Klit berührte, stöhnte sie etwas lauter auf. Ein Kribbeln wanderte auf ihre Schenkel, breitete sich aus wie Wellen in einem Teich. Es war schön und beruhigend.

»Caro ...«, flüsterte sie mit geschlossenen Augen. »Caro ...«

Während ihr Finger tiefer in die Nässe tauchte, hoben sich ihre Hüften in rhythmischen Bewegungen ihrer eigenen Hand entgegen.

Gleichzeitig massierte sie die Erhebung auf ihrer Brust immer heftiger. Sie biß sich auf die Lippen, um nicht zu laut zu stöhnen. Treadwell konnte noch unten sein. Heute war es ihr auf einmal wichtig, daß er nichts mitbekam.

»Caro ... Liebste ...«, wisperte sie sehnsüchtig.

Manchmal schaffte sie es, daß sie das Gefühl hatte, Caro wäre tatsächlich da, läge auf ihr, lächelte sie an, küßte sie, schlief mit ihr. Manchmal erschien ihr ihr Gesicht so nah – viel näher als das ihrer zufälligen Liebhaberinnen.

Sie fühlte, wie ihre ... nein, Caros Hand in ihrem Slip schneller wurde, sie reizte, bis sie nicht mehr konnte. Ihre Schenkel zuckten, sie stöhnte leise und unterdrückt auf, noch immer bedacht, nicht zu laut zu sein, niemand an dieser Intimität teilhaben zu lassen.

»Ich bin bei dir«, flüsterte es direkt neben ihrem Ohr.

»Ja.« Sie lächelte mit geschlossenen Augen, während die Anspannung sie verließ. »Ja, mein süßer Liebling.«

Langsam kam sie wieder zu sich – und riß plötzlich die Augen auf. Das war nicht Caros Stimme gewesen! Eindeutig nicht! Sie drehte schnell ihren Kopf zur Seite, ob da tatsächlich jemand lag, der ihr ins Ohr geflüstert haben konnte, aber natürlich war da niemand. Sie lag allein in ihrem Bett.

Sie stemmte sich hoch, bis ihre Ellbogen durchgedrückt waren. Das konnte doch nicht wahr sein! Sie hörte Stimmen? Wurde sie verrückt?

Nein. Sie richtete sich endgültig auf und umschlang ihre Knie mit den Armen. Sie legte ihr Kinn darauf. Das war es nicht. Sie hatte auch Caros Stimme schon das eine oder andere Mal gehört – wenn die Sehnsucht zu groß gewesen war. Aber sie hatte noch nie eine andere Stimme gehört. Warum auch? Wenn sie sich selbst befriedigte, dachte sie an Caro – an sonst niemand. Sogar, wenn sie mit anderen Frauen schlief, dachte sie an Caro – manchmal jedenfalls – und nicht an die Frau, die in jenem Augenblick tatsächlich mit ihr zusammen war.

Sie saß im Bett und überlegte. Wessen Stimme war das gewesen, wenn nicht Caros? Sie runzelte die Stirn. Irgendwie bekannt war ihr die Stimme schon vorgekommen, aber sie konnte sie nicht zuordnen. Es gab kein Gesicht zu dieser Stimme. Eine Frauenstimme – gut, okay, was sonst? Ein Mann konnte es ja kaum sein ... in dieser

Situation.

Die Stimme war so leise gewesen, daß sie jeder Frau gehören konnte. Sie war nicht eindeutig identifizierbar. Nur wem sie nicht gehörte, konnte sie zweifelsfrei sagen: Caro.

Morgan schüttelte den Kopf. Was war nur mit ihr los? Seit einiger Zeit fühlte sie sich unausgeglichen und mürrisch, unzufrieden bei allem, was sie tat. Sex war immer ein gutes Mittel gewesen, sich abzulenken, und wenn sie es gar nicht mehr aushielt, träumte sie sich Caro herbei. Das war vielleicht nicht die beste Lösung, aber es funktionierte. Zumindest für eine Weile.

Aber seit ein paar Wochen ... funktionierte einfach gar nichts mehr. Sie ließ ihre Knie los und streckte sich. Im nächsten Moment verzog sie unangenehm berührt das Gesicht, stand schnell auf und zog ihren klebrigen Slip aus. Sie warf ihn in eine entfernte Ecke des Zimmers.

Ich muß einfach nur duschen, dann ist alles wieder in Ordnung. Ich hätte den Slip vorher ausziehen sollen. Sie knöpfte ihre Bluse auf und ließ sie fallen, ebenso wie ein paar Schritte weiter den BH.

Nackt ging sie ins Bad und drehte die Dusche auf. Das warme Wasser rieselte über ihren Körper wie tropischer Regen. Sie schloß die Augen und hob ihr Gesicht dem Strahl entgegen, ließ sich von ihm streicheln.

»Ich bin bei dir.«

Sie fuhr herum wie von der Tarantel gestochen. »Wo bist du? Verdammt noch mal! Zeig dich!«

Sie blickte wild um sich und griff nach der Rückenbürste, als ob sie sich damit verteidigen wollte.

»Ich werde immer bei dir sein. Ich werde dich nie verlassen.«

Morgan ließ einen wilden Schrei los. Sie sprang aus der Dusche. Da war niemand. Bildete sie sich das alles nur ein? Es hatte so echt geklungen.

Eine Sekunde später wurde die Tür aufgerissen, und Treadwell stürzte ins Bad. »Miss Morgan!«

Morgan sah ihn an, konnte gar nicht fassen, wo er auf einmal herkam, und wurde sich erst dann ihrer Nacktheit bewußt. Sie griff nach einem Handtuch und schlang es sich schnell um.

Treadwell hatte sie kurz angestarrt und dann weggesehen. »Ist etwas geschehen?« fragte er die Wand. »Ich habe einen Schrei gehört.«

»Ja … ähm …« Morgan wußte nicht, was sie sagen sollte. »Es tut mir leid, Treadwell. Ich … ich glaube, ich hatte einen schlechten Traum.«

»Einen Traum?« Treadwell verlor für einen Moment seinen starren Butlerausdruck. »In der Dusche?«

»Ja … ich …« Morgan ging in ihr Schlafzimmer hinüber. »Ich habe mir eingebildet, hier wäre jemand.«

Treadwell blickte sich um. »Soll ich den Sicherheitsdienst rufen?«

»Nein, nein.« Morgan schüttelte den Kopf. »Es war wirklich nur Einbildung, denke ich. Ich hatte ein bißchen viel Streß in letzter Zeit.«

Treadwell räusperte sich. »Es tut mir leid, wenn ich Sie mit meinen Bemerkungen aufgeregt habe, Madam«, entschuldigte er sich.

»Oh.« Morgan sah ihn an. »Ich meinte nicht Sie, Treadwell. Es ist einfach –« Sie atmete tief durch. »Im Konzern ist einiges los, die ganze Situation – ich habe wohl zuviel gearbeitet.«

»Soll ich eine Massage für Sie vereinbaren, Madam?« fragte Treadwell. »Für morgen?«

Morgan lächelte leicht. »Danke, Treadwell, das wäre wunderbar.«

»Gern geschehen, Madam«, erwiderte Treadwell.

Morgan ging zu ihrem Bett und wollte schon das Handtuch fallenlassen, als sie sich noch einmal umdrehte. Sie schmunzelte. »Sie dürfen sich jetzt zurückziehen, Treadwell. Ich brauche Sie nicht mehr.«

Treadwell stand da wie festgewachsen. »Kann ich Sie wirklich alleinlassen, Madam?« fragte er. »Ich schicke gern jemand vorbei, der vor Ihrer Tür Wache hält.«

Morgan lachte. »Jetzt übertreiben Sie Ihre Fürsorglichkeit aber, Treadwell! Das ist wirklich nicht nötig. Seien Sie unbesorgt. Es war niemand hier. Niemand bedroht mich.« *Eine Drohung war es wirklich nicht,* dachte sie für einen Moment erstaunt. *Eher das Gegenteil.* Sie lachte erneut. »Lassen Sie sich nur nicht einfallen, persönlich auf meiner Türschwelle zu nächtigen, Treadwell! Dann entlasse ich Sie!«

»Sehr wohl, Madam«, sagte Treadwell unbeeindruckt. Er drehte sich um und ging zur Tür. Dort wandte er sich erneut um. »Aber wenn Sie noch etwas brauchen, Madam –«

»Treadwell, raus!« befahl Morgan lachend. »Sie sind ja schlimmer als eine Glucke!«

»Verzeihung, Madam«, sagte Treadwell, trat aus der Tür hinaus und zog sie leise hinter sich zu.

Morgan ließ das Handtuch fallen und glitt unter die Laken, die angenehm kühl ihren Körper umflossen. Sie war verwirrt – mehr als verwirrt. So stark, wie sie sich Treadwell gegenüber gegeben hatte, fühlte sie sich absolut nicht. So etwas hatte sie noch nie erlebt. Sie haßte es, wenn sie nicht wußte, was die Dinge bedeuteten, wenn sie es nicht herausfinden konnte.

Das war ein äußerst merkwürdiges Erlebnis gewesen. Zuerst dachte sie, sie könnte nicht schlafen, aber dann sank sie erstaunlich schnell in ein weiches, wattiges Gefühl hinüber, dem sie sich anvertraute. Es dauerte nicht lange, und ihr Atem ging ruhig und gleichmäßig.

»Ich bin bei dir.«

Diesmal schreckte Morgan nicht hoch. Der Traum umfing sie, und sie hatte keine Angst. Es war ein schönes Gefühl, so sicher und geborgen zu sein. Ein Gefühl, das sie schon lange nicht mehr kannte. Diese Stimme – diese Stimme löste das aus. Diese leise, beruhigende Stimme.

Sie wußte nicht, wem die Stimme gehörte, aber sie wußte, daß es ein Mensch war, dem sie vertrauen konnte. Sie wußte, daß es stimmte, was die Stimme sagte: Sie würde sie nie verlassen. Es gab keine Angst und keinen Zweifel mehr. Sie wehrte sich nicht länger dagegen, sich fallenzulassen, sich dem Traum ganz hinzugeben, tief in eine Welt einzutauchen, die nicht ihre war.

Und doch war es ihre – auf eine neue, unbekannte Art. Sie lief durch einen Nebel, und sie suchte etwas – sie wußte nicht, was. Aber sie wußte, daß es sie am Ende des Nebels erwarten würde ... wenn sie angekommen war. Wo angekommen, das fragte sie sich nicht. Im Traum war es klar.

Der Nebel versperrte ihr den Blick. Sie konnte weder sehen, wo sie war, noch wohin sie lief. Sie versuchte ihn zu vertreiben. Warum löste er sich nicht auf?

»Hab keine Angst«, sagte die Stimme. »Ich bin bei dir.«

Morgan lächelte. »Das weiß ich«, flüsterte sie. »Das ist schön.«

»Du mußt nicht traurig sein. Du bist nicht mehr allein«, sagte die Stimme.

»Zeig mir, wer du bist«, flüsterte Morgan. »Zeig mir dein Gesicht.«

Die Stimme antwortete nicht.

Morgan geriet in Panik. Sie schlug wild nach dem Nebel, aber er riß nicht auf, er wurde nur noch dichter. Sie stolperte, fand keinen Halt. Sanfte Hände griffen aus dem Nebel nach ihr und hielten sie auf, bevor sie fallen konnte.

Morgan versuchte danach zu greifen, aber die Hände lösten sich auf, gingen wieder in die große Wolke des Nebels über. Sie begann erneut zu laufen. »Wo bist du?« rief sie und blickte sich um, starrte in alle Richtungen. »Was muß ich tun, um dich zu finden?«

»Du mußt lernen ...«, sagte die Stimme, »einfach nur lernen ...«

»Was muß ich lernen? Was soll ich tun?« Morgan drehte sich um sich selbst, taumelte weiter durch den Nebel, wußte, daß sie kurz vor dem Ziel war, und erreichte es doch nicht.

Sie warf sich im Bett herum. »Was muß ich lernen?« murmelte sie im Schlaf vor sich hin. »Was?«

Nach einer Weile glitt sie in tiefere Dimensionen, in Dunkelheit und Ruhe, in Gefilde, über die der Nebel keine Macht mehr hatte. Aber noch mehrmals in dieser Nacht kehrte er zurück, und Morgan durchquerte Massen ungreifbarer Nebelschwaden. Gegen Morgen stellte sich ihr nur noch eine Frage:

»Wie kann ich dich finden?« wisperte sie in einem Zustand zwischen Traum und Wirklichkeit. »Sag mir doch – wie kann ich dich finden?«

Aber sie erhielt keine Antwort.

»**F**rühstück, Madam?«

»Ja. Ja, danke, Treadwell.« Morgan setzte sich an den im Eßzimmer gedeckten Tisch.

»Ihre Massage ist um zehn Uhr«, informierte sie Treadwell, während er ihr Tee eingoß. »Ich habe in Ihrem Sekretariat angerufen, daß Sie heute später ins Büro kommen.«

»Danke«, sagte Morgan. »Die Massage wird mir sicher gut tun.« Sie fühlte sich nach der Nacht wie gerädert. »Hat meine Sekretärin irgend etwas gesagt?«

»Nur, daß die Leute von der Werbefirma heute noch kommen

wollten.«

»Heute schon?« Morgan verspannte sich etwas.

»Sie müssen wohl die technischen Voraussetzungen abklären«, sagte Treadwell. »So hat Mrs. Carmichael es ausgedrückt.«

»Ja.« Morgan nahm nachdenklich einen Schluck von ihrem Tee. »Ja, das müssen sie wohl.«

Treadwell brachte eine kleine Pfanne und schob Morgan ein Omelette auf ihren Teller.

Morgan blickte etwas angewidert darauf. »Ich glaube, ich habe heute keinen Hunger«, sagte sie.

»Sie müssen etwas essen, Madam«, sagte Treadwell unerschütterlich. »Sie sind mehr als schlank, Sie brauchen nicht auf Ihr Gewicht zu achten.«

»Ich achte nicht auf mein Gewicht, ich habe einfach nur keinen Hunger«, widersprach Morgan leicht gereizt.

»Erinnern Sie sich daran, was Sie mir versprochen haben?« Treadwell blieb einfach neben Morgan stehen.

Morgan blickte zu ihm hoch. »Ja, ich weiß«, brummte sie. Mit großer Abneigung nahm sie ihre Gabel auf und aß ein winziges Stück Omelette. Wieder blickte sie zu Treadwell hoch. »Zufrieden?« fragte sie wie ein trotziges Kind.

Treadwell schüttelte den Kopf. »Erst wenn das Omelette von Ihrem Teller verschwunden ist«, sagte er. »Annie macht Ihnen gern noch ein zweites.«

»O mein Gott!« stöhnte Morgan. Sie nahm das nächste Stück Omelette und aß mit Todesverachtung. Nachdem sie die Hälfte gegessen hatte, schob sie den Teller von sich und lehnte sich in ihrem Stuhl zurück. »Reicht das?« fragte sie Treadwell. »Mehr schaffe ich wirklich nicht.«

»In Ordnung«, sagte Treadwell und räumte ihren Teller ab. »Das Frühstück ist die wichtigste Mahlzeit des Tages, das darf man nicht vernachlässigen.«

»Das erzählen Sie mir seit meiner Kindheit, Treadwell«, entgegnete Morgan mit einem etwas gequälten Lächeln. »Haben sich die Erkenntnisse da nicht vielleicht geändert?«

»Die ändern sich nie«, sagte Treadwell ungerührt. Er stellte ihr einen Orangensaft hin. »Essen Sie heute abend zu Hause, Madam? Annie würde gern wissen, was sie einkaufen soll.«

»Ich denke schon«, sagte Morgan und stand auf. »Annie soll einfach irgend etwas kochen, ich habe keine besonderen Wünsche.«

»Wie viele Personen?« fragte Treadwell.

Morgan sah ihn an und hob die Augenbrauen. »Eine«, sagte sie. »Nur ich.«

»Sind Sie sicher, Madam?« fragte Treadwell. »Annie verteilt nicht gern ein Steak auf zwei Teller.«

Morgan warf ihre Serviette, die sie immer noch in der Hand hielt, mit einer heftigen Bewegung auf den Tisch. »Muß ich mich mit meiner Abendgestaltung jetzt nach meiner Köchin richten?« fragte sie gereizt.

»Den ganzen Abend nicht«, entgegnete Treadwell unbewegt. »Nur für das Essen.«

Morgan starrte ihn an, dann atmete sie tief durch. »Wozu hat man eigentlich Personal?« fragte sie ärgerlich.

»Sie können Ihr Personal jederzeit entlassen«, bemerkte Treadwell mit unerschütterlicher Ruhe, »wenn es Ihnen nicht konveniert.«

Morgan seufzte. »Nein, ist schon gut. Tut mir leid, Treadwell. Ich hatte keine erholsame Nacht. Nach der Massage ist es hoffentlich besser.«

Wie auf Stichwort klingelte es an der Tür. »Das wird der Masseur sein«, sagte Treadwell. »Ich werde ihn in den Sportraum führen, wenn es Ihnen recht ist.«

Draußen hörte man, wie die Tür geöffnet wurde und eines der Hausmädchen den Masseur einließ.

»Es ist mir recht«, seufzte Morgan. »Ich werde gleich nachkommen.«

»Sehr wohl, Madam.« Treadwell zog sich zurück und ging hinaus in die Halle.

Als Morgan wenig später von den kräftigen Händen des Masseurs durchgewalkt wurde, schloß sie die Augen und versuchte die fehlende Entspannung der Nacht durch die der Massage zu ersetzen.

»Was haben Sie gemacht?« fragte der Masseur. »Sie fühlen sich an, als hätten sie einen Boxkampf ausgefochten.«

»Tu ich das«, sagte Morgan. Sie seufzte. Eigentlich wollte sie sich nicht mit ihrem Masseur unterhalten. Er sollte sie einfach nur massieren.

»Allerdings«, erwiderte ihr Masseur. Er drückte auf eine Stelle auf ihrem Rücken. »Hier«, er drückte auf eine andere ein Stück weiter zwischen ihren Schulterblättern, »und hier haben Sie richtige Knoten. Alles verkrampfte Muskeln.«

»Au!« sagte Morgan, als er auf die nächste Stelle drückte. »Können Sie nicht aufpassen?«

»Das tue ich«, sagte er. »Aber Sie haben kaum einen Muskel, der nicht verspannt ist. Was haben Sie heute nacht getan?« Er hustete angestrengt. »Entschuldigung«, sagte er. »Ist mir so rausgerutscht.«

»Wenn es Sie so dringend interessiert: Ich habe geschlafen«, schnappte Morgan. »Und ich bin nicht sehr kommunikativ am frühen Morgen. Also beschränken Sie Ihre Kommentare bitte auf das nötigste. Massieren Sie mich einfach.«

»Vielleicht brauchen Sie ein neues Bett oder ein anderes Kopfkissen«, sagte der Masseur. »Mein Schwager hat da gute Kontakte –«

»Massieren!« knurrte Morgan gefährlich.

Der Masseur verstummte und arbeitete sich mit gleichmäßigen Bewegungen ihren Rücken hinauf und hinunter.

Morgan schloß die Augen und gab sich seinen Händen hin, die nun, da er nicht mehr redete, angenehme Gefühle in ihr auslösten. Langsam entspannte sich Muskel für Muskel, und sie wurde schläfrig. *Ich sollte ihn abends kommen lassen,* dachte sie, *bevor ich schlafen gehe. Dann ist die Nacht vielleicht erholsamer.*

Sie erinnerte sich nicht an viel aus dieser Nacht. Es war nur ein Gefühl, das sie immer wieder überkam. Ein Gefühl der Einsamkeit, der Verlorenheit, das aber von Hoffnung gemildert wurde. Von einer sehr sicheren Hoffnung darauf, daß sich dieses Gefühl verflüchtigen würde, wenn der Nebel sich auflöste. Aber warum löste er sich nicht auf? Was hinderte ihn daran? Warum konnte sie nicht klar sehen? War es so etwas Schreckliches, das sie hinter dem Nebel erwartete?

Nein. Sie spürte dem Gefühl nach, und sie wußte sehr bestimmt, daß es etwas Schönes war. Kein Monster lauerte hinter den Nebelschwaden, sondern – ja, was? Das eben wußte sie nicht.

»Ich hasse das«, sagte sie laut.

»Wie bitte?« fragte der Masseur. »Soll ich aufhören?«

»Ähm ... nein.« Erst jetzt wurde sie sich bewußt, daß sie ihren Gedanken ausgesprochen hatte. »Es war nicht – Es hatte nichts mit Ihnen zu tun. Ich habe nur über etwas nachgedacht.«

»Unangenehme Gefühle tragen oft zu Muskelverspannungen bei«, sagte der Masseur, als ob er ein Buch zitierte. »Sie sollten versuchen, die loszuwerden.«

Was für eine tiefsinnige Bemerkung, dachte Morgan sarkastisch. *Darauf wäre ich nie gekommen. Jetzt sag mir nur noch, wie.* »Hat Ihr Schwager da auch Kontakte?« fragte sie spöttisch.

»Ich kenne da einen Therapeuten –«

Morgan stand ruckartig auf. »Ist gut. Schluß für heute. Solche Gespräche brauche ich nicht zu meiner Massage. Das entspannt mich in keiner Weise.«

»Ich wollte nur helfen«, sagte der Masseur leicht beleidigt.

Morgan sprang von der Massageliege. »Ich brauche keine Hilfe!« fauchte sie. »Halten Sie einfach den Mund!« und verließ nackt wie sie war den Raum.

»**G**uten Morgen, Ms. Holdsworth«, sagte Mrs. Carmichael, als Morgan ihr Vorzimmer betrat. Sie hielt Morgan ein paar Briefe entgegen, als die an den Schreibtisch ihrer Sekretärin trat. »Die Post.«

»Danke.« Morgan nahm die Briefe, blätterte sie kurz durch und ging weiter in ihr Büro. Sie warf die Briefe auf den Tisch und setzte sich in ihren Ledersessel.

Mrs. Carmichael folgte ihr. »Die Werbefritzen wuseln schon eine Weile hier überall herum«, sagte sie. »Nur in die Entwicklungsabteilung habe ich sie noch nicht gelassen. Da wollte ich Sie erst fragen.«

Morgan sah sie an. »Das ist gut«, sagte sie. »Da haben sie auch nichts zu suchen.«

»Sie wollen dort aber unbedingt Aufnahmen machen – wegen der Atmosphäre, meinten sie. Soll ich ihnen endgültig mitteilen, daß das nicht geht?«

»Nein.« Morgan erhob sich. »Das mache ich selbst. Ich muß mir das sowieso einmal ansehen, was die da machen.«

»Momentan sind sie im Marketing-Bereich«, sagte Mrs. Carmichael.

»Gut.« Morgan nickte und ging an ihr vorbei hinaus auf den Gang.

An mehreren Ecken war die Anwesenheit des Werbeteams bereits zu spüren. Es standen Fotokoffer herum, Beleuchtungsausrüstung, Strahler, Stative, Kabel lagen auf dem Boden.

Morgan seufzte. »Ich hätte das einfach nicht machen sollen.« Aber jetzt war es zu spät.

Sie begab sich in die Marketing-Abteilung. Bis jetzt hatte sie den Gedanken verdrängt, wen sie dort treffen würde. *Ist ja auch egal,* beruhigte sie sich selbst trotzig. *Sie arbeitet für mich, weiter nichts. Alles andere ist vorbei.* Sie drückte die Glastür auf und betrat die Abteilung. *Außerdem war da ja auch nie etwas,* fügte sie in Gedanken starrköpfig hinzu.

Sie blickte sich um. Elliott Spradlin, der Leiter ihrer Marketing-Abteilung, kam auf sie zu. »Gut, daß Sie endlich da sind, Morgan«, sagte er.

Morgan warf ihm einen Blick zu.

»Entschuldigung«, sagte er sofort betreten. »Sollte keine Kritik sein.« Er drehte sich um und winkte. »Das ist Ms. Bernstein«, stellte er vor, als Rebecca näherkam. »Von der Agentur Bowchester.«

»Wir kennen uns bereits«, sagte Rebecca und reichte Morgan die Hand. »Von dem ersten Meeting damals.«

»Ja«, sagte Morgan, obwohl sie sich nur schwach an Rebecca erinnerte. Sie war mit anderem beschäftigt gewesen. »Guten Tag, Ms. Bernstein.« Sie schüttelte Rebecca die Hand und ließ sie wieder los.

»Ms. Bernstein überwacht die Vorbereitungen für die Aufnahmen«, erklärte Elliott weiter.

»Sie machen das?« fragte Morgan gleichzeitig erstaunt und erleichtert. »Ich dachte, Ms. Flanagan –«

»Sie war heute morgen hier, um alles anzuschauen und ihre Anweisungen zu geben«, erwiderte Rebecca. »Etwa eine Stunde. Dann ist sie wieder gegangen und hat mir die Oberaufsicht übertragen.«

»Sie sind noch sehr jung«, sagte Morgan skeptisch.

»Ja«, erwiderte Rebecca. Sie betrachtete Morgan aufmerksam. Amy hatte recht gehabt. Das war nicht die Frau, die sie gezeichnet hatte. Äußerlich ja – ihre Schönheit, ihr Gesicht. Aber die Augen – die Augen waren ganz anders. Rebecca lächelte leicht. »Soweit ich gelesen habe, waren Sie sogar noch jünger als ich, als Sie den Konzern übernahmen«, sagte sie.

Morgan zog eine einzelne Augenbraue hoch. »Sie haben sich gut informiert.«

»Das tue ich immer«, erwiderte Rebecca. »Ich hatte einen Professor auf dem College, der einem nichts durchgehen ließ, wenn man nicht bis in die Steinzeit zurück Bescheid wußte. Das war eine gute Schule.«

»Offensichtlich«, sagte Morgan leicht irritiert.

Daß sie sich keineswegs so persönlich über Morgan informiert hätte, wenn sie nicht gewußt hätte, daß Amy etwas für sie empfand, sagte Rebecca allerdings nicht. Sie hob ihren Bleistift und hielt ihn Morgan in einiger Entfernung vors Gesicht, wobei sie ein Auge zukniff. »Darf ich?« fragte sie dabei, obwohl sie es schon tat. »Ich muß mir noch ein genaueres Bild davon machen, wie ich meine Zeichnungen für die Aufnahmen in Einklang mit Ihrem Gesicht bringe.«

Morgan stand eine Sekunde starr, dann wandte sie sich ab. »Jetzt nicht«, sagte sie. »Das können wir dann machen, wenn es soweit ist.« Sie schaute auf ihre Uhr. »Ich habe Ihre Zeichnungen gesehen«, sagte sie. »Sie waren wirklich gut – obwohl sie nicht viel Ähnlichkeit mit mir hatten.«

»O doch, das haben sie«, beharrte Rebecca schmunzelnd. *Bis auf eine Kleinigkeit schon.* »Es ist aber oft so, daß man sich selbst anders sieht und nicht wiedererkennt. Das ist der Unterschied zwischen Selbstwahrnehmung und Fremdwahrnehmung.«

»Was für ein kluges Kind Sie sind«, entgegnete Morgan etwas bissig. »Brauchen Sie mich im Moment noch?«

»Nein«, sagte Rebecca. »Ich muß mir noch ein paar Gedanken machen, wie wir das genau gestalten. Ihr Konzerngebäude ist riesig. Da gibt es eine Menge Möglichkeiten.«

»Dann machen Sie sich mal Gedanken«, sagte Morgan und wollte schon gehen.

»Die Entwicklungsabteilung –«, warf Rebecca schnell ein. »Ihre Sekretärin sagte, Sie müßten das entscheiden, ob wir da reindürften. Sie könnte das nicht.«

»Kann sie auch nicht«, sagte Morgan und wandte sich noch einmal zurück. »Ich möchte nicht, daß Sie diese Abteilung in Ihre Überlegungen einbeziehen. Der Rest muß reichen. Sie sagten ja, es ist groß genug.«

»Das schon«, erwiderte Rebecca etwas zögernd. »Aber die Entwicklungsabteilung ist doch das Kernstück des Unternehmens. Dort entstehen alle neuen Düfte, alle neuen Produkte. Es ist etwas Besonderes. Wir würden Sie gern dort aufnehmen. Ein Porträt der Konzernchefin in ihrem Reich.«

Morgan zog beide Augenbrauen gleichzeitig hoch. »Vergessen Sie das!« sagte sie scharf. »Nur ausgewähltem Personal ist der Zutritt dort gestattet. Das werde ich für Sie nicht ändern.«

Rebecca hob beide Hände. »Sie sind der Boss«, sagte sie.

Morgan lächelte, aber das Lächeln stieg nicht in ihre Augen. »Das haben Sie gut erfaßt«, sagte sie und drehte sich um. An der Glastür zögerte sie einen Moment. »Ach übrigens –«, wandte sie sich erneut an Rebecca, »kommt Ms. Flanagan heute noch einmal vorbei?«

Rebecca schüttelte den Kopf. »Heute nicht mehr«, sagte sie. »Für die Vorabklärungen bin ich zuständig.«

Morgan sah sie kurz an, nickte dann und ging hinter der Glastür über den Gang davon.

Mannomann! Rebecca schaute ihr nach. *Hat die Haare auf den Zähnen! Amy leistet sich wirklich einen ... hm ... exklusiven Geschmack.*

»Es hat nichts mit Ihnen zu tun. Sie ist immer so«, sagte Elliott in ihre Gedanken hinein.

»Wirklich?« fragte Rebecca und riß ihren Blick von Morgans langsam verschwindendem Rücken los. »Sie ist nie gut gelaunt?«

»Ich wüßte nicht, daß ich sie schon einmal so erlebt hätte«, erwiderte Elliott. »Und ich arbeite schon ein paar Jahre hier.« Er zuckte die Schultern. »Sie trägt viel Verantwortung. Man muß ihr das nachsehen. Ihren Job macht sie wirklich gut. Im letzten Jahr hat der Konzern seinen Umsatz verdoppelt.«

Wow! Wozu braucht sie da noch eine Werbeagentur? dachte Rebecca. »Sie haben ein Faible für sie, Elliott«, sagte sie lächelnd.

»Ein bißchen«, bestätigte er etwas verlegen. »Sie ist eine tolle Frau.«

»Wahrscheinlich ist sie das«, sagte Rebecca seufzend. *Amy zumindest denkt das auch.* »An die Arbeit«, fuhr sie fort. »Wir müssen die Ärmel ein bißchen hochkrempeln, sonst schaffe ich es heute nicht mehr, alle Informationen zusammenzubekommen.«

Morgan kehrte in ihr Büro zurück und begann sich ihrer Post zu widmen. Das heißt, das wollte sie, aber sie konnte sich nicht konzentrieren.

»Mrs. Carmichael?« rief sie zur offenen Tür hinaus.

Ihre Sekretärin kam herein. »Ja?«

»Ich kann den letzten Bericht der Entwicklungsabteilung nicht finden. Haben Sie den?«

»Nein.« Barbara Carmichael schüttelte den Kopf. »Den hatte ich Ihnen gegeben.«

»Sind Sie sicher?« Morgan runzelte die Stirn. Aber sie konnte sich gut daran erinnern, daß Mrs. Carmichael ihr den Bericht gegeben hatte, also stimmte es wohl.

»Ganz sicher«, sagte Mrs. Carmichael. Sie ging zu einem Schrank in Morgans Büro hinüber. »Vielleicht haben Sie ihn hier abgelegt.« Sie zog eine Schiebetür auf. »Da ist er ja. Gleich obenauf.« Sie nahm die Mappe heraus und brachte sie Morgan.

»Danke«, sagte Morgan. »Ich dachte, ich hätte ihn anderswo hingetan.«

»Sie haben viel um die Ohren zur Zeit«, sagte ihre Sekretärin. »Da kann das schon mal passieren.«

»Eigentlich passiert mir das nicht«, sagte Morgan. »Ich weiß immer, wo ich die Sachen hingelegt habe.«

»Ich weiß«, sagte Barbara Carmichael. »Seien Sie nicht so streng mit sich. Der Bericht ist ja wieder da.«

»Ja«, sagte Morgan. Sie blätterte in der Mappe, während ihre Sekretärin den Raum verließ.

Kurz darauf stand Morgan auf, verschloß den Bericht in ihrem Schreibtisch und ging hinaus. »Ich bin in der Entwicklungsabteilung«, teilte sie Mrs. Carmichael mit.

Barbara Carmichael nickte und tippte dann weiter.

Morgan nahm den speziell für sie reservierten Lift nach unten. Sie haßte es, mit anderen Leuten den Aufzug teilen zu müssen, deshalb gab es einen Cheflift, den nur sie allein benutzte.

Sie zog ihre Codekarte durch das Lesegerät neben dem Eingang zur Entwicklungsabteilung, als sie dort angekommen war. Das Gerät piepte einmal kurz, und die Anzeige sprang von Rot auf Grün um. Morgan zog die Tür auf und ging hinein. Diese Tür war nicht aus Glas wie alle anderen Türen im Gebäude außer der Holztür zu Morgans Büro, sie war aus massivem Metall. Morgan mußte ihre Muskeln anspannen, um sie zu öffnen.

Hinter der Tür war es ruhig. Das war typisch für die Entwicklungsabteilung. Hier wurden chemische Experimente durchgeführt, Analysen von Inhaltsstoffen miteinander verglichen, nur Maschinen summten leise vor sich hin. Gesprochen wurde nicht viel. Im Gegensatz zur Marketing-Abteilung, in der sie vorhin gewesen war. Dort schwirrte es immer vor Stimmen.

Morgan mochte die Entwicklungsabteilung lieber. Nicht nur, daß der Erfolg ihres ganzen Unternehmens, des ganzen Kosmetikkonzerns davon abhing, hier herrschte eine Ruhe, wie sie sie oft suchte und nicht fand. Und es roch so gut.

Sie ging auf eine offene Tür am Ende des Ganges zu. Sie klopfte kurz an den Rahmen und betrat den Raum. »Peter? Rosemary?«

Zwei Köpfe schossen hinter einem Glasregal, auf dem sich Reagenzgläser stapelten, nach oben. »Ach, du bist es«, sagte Peter Gallagher.

Morgan lächelte. »Entschuldigung, wenn ich euch bei der Arbeit störe, aber ab und zu muß ich einfach vorbeikommen. Der Konzern gehört mir, weißt du?«

»Ich weiß«, sagte Peter uninteressiert. »Aber wir haben dir doch den Bericht geschickt.«

»Den habe ich gelesen«, sagte Morgan und ging zu den beiden hinter das Regal. »Deshalb komme ich.«

»Wir haben die Tests noch nicht abgeschlossen«, sagte Rosemary mit einem schüchternen Lächeln.

»Aber sie klingen vielversprechend«, sagte Morgan. »Ist das wirklich möglich?«

»Möglich ist alles«, sagte Rosemary unsicher.

Man hätte niemals vermutet, daß sie die Leiterin der Abteilung war. Ihr Mann Peter war ihr Assistent. Beide zusammen waren ein großartiges Team, das beste in der Kosmetikbranche. Jeder für sich allein waren sie schon gut, aber zusammen waren sie unschlagbar.

»Jetzt sei nicht so bescheiden, Rosemary«, sagte Morgan ein wenig lachend. »Ihr arbeitet seit vier Jahren an der Sache, und noch nie habt ihr mir solch einen Bericht geschickt. Das Produkt ist reif.«

»Produzier eine Testreihe«, sagte Peter. »Für tausend Kundinnen.«

Morgan starrte ihn einen Moment sprachlos an. »So sicher seid ihr euch?«

»Wir sind nicht sicher –«, begann Rosemary, aber Peter unterbrach sie.

»Wir sind nie sicher vor den letzten Tests mit tatsächlichen Kundinnen«, korrigierte er sie. »Aber wir wissen, daß die Formel stimmt.«

»Ja«, bestätigte Rosemary nickend.

»Ihr seid …«, Morgan wußte nicht, was sie sagen sollte, »genial!« fügte sie dann hinzu.

»Das wissen wir«, sagte Peter.

Rosemary lächelte nur scheu.

»Und eingebildet bist du gar nicht, Peter, nicht wahr?« fragte Morgan scherzend. »Aber wenn ihr recht habt mit eurer Formel, habt ihr das auch verdient. Dann habt ihr für den Rest eures Lebens ausgesorgt.«

»Das haben wir jetzt schon«, sagte Rosemary. »Du bezahlst uns gut genug.«

»Wenn das klappt, habt ihr das Zehnfache verdient!« sagte Morgan enthusiastisch.

»Das brauchen wir nicht«, sagte Rosemary. »Wir sind ja nur hier im Labor.«

Peter lachte ein wenig. »Rosy würde eingehen, wenn sie das Labor verlassen müßte. Am liebsten würde sie hier noch schlafen.«

»Das hat sie ja auch schon getan«, sagte Morgan lächelnd.

»Bevor ich kam«, sagte Peter ebenfalls lächelnd und nahm seine Frau in den Arm. Jetzt erst sah man, wie sehr er sie liebte und sie ihn. Beider Augen leuchteten gleichzeitig auf, als sie sich ansahen.

O mein Gott! dachte Morgan. Ein Stich durchfuhr sie. *Wenn ihr wüßtet, wie ich euch beneide.* Sie wandte sich kurz ab, als ob sie sich für einen anderen Teil des Labors interessierte, dann sah sie Peter und Rosemary wieder an. »Ich brauche noch die letzten Spezifikationen, dann kann ich die Reihe produzieren lassen. Wann bekomme ich die?«

»Heute oder morgen«, sagte Peter.

»Morgen«, berichtigte Rosemary. »Ich muß da noch etwas überprüfen.«

»Ist gut«, sagte Morgan. »Was ist es? Crème, Lotion, Dragees?«

»Im Grunde genommen kannst du es in jeder Form anbieten«, sagte Rosemary. »Frag die Marketing-Abteilung, was am besten ankommt.«

Morgan nickte. »Dann gehe ich mal wieder.« Sie atmete tief durch. »Obwohl ich den Geruch hier jetzt schon vermisse ...« Seit ihrer Kindheit, seit ihr Vater sie das erste Mal in den Konzern mitgenommen hatte, verband sie den Duft der Entwicklungsabteilung mit etwas Geheimnisvollem und Schönem. Ihre Mutter hatte genauso gerochen. Wenn sie die Augen schloß, erinnerte sie sich an sie. Geheimnisvoll und schön – das traf wohl auch für ihre Mutter zu. Sie konnte sich kaum noch an sie erinnern. Nur als Morgan noch ein kleines Kind war, war sie dagewesen.

Sie öffnete die Augen wieder. Rosemary und Peter hatten sie gar nicht angesehen. Sie waren schon wieder über Formeln und Reagenzgläser gebeugt. Morgan lächelte. Sie waren wirklich das ideale Paar. Sie kannte niemand, der besser zusammengepaßt hätte.

Sie drehte sich um und ging bewußt langsam den Gang entlang, damit sie den Geruch noch eine Weile genießen konnte. Als die Metalltür hinter ihr ins Schloß fiel, nachdem sie die Abteilung verlassen hatte, fühlte sie sich wie aus dem Paradies verbannt.

»Elliott! Warten Sie!« Morgan war ins andere Stockwerk gefahren und hatte Elliott und Rebecca auf dem Flur entdeckt.

Elliott drehte sich um.

Morgan ging schnell auf ihn zu und lächelte. »Was kommt besser an: Crème, Lotion, Dragees – eine andere Darreichungsform?«

»Für was?« fragte Elliott irritiert.

»Für ein neues Produkt«, versetzte Morgan ungeduldig. »Was sagen die letzten Ergebnisse?«

»Sprühlotion ist im Moment sehr in«, sagte Elliott. »Da hatten wir sehr viel Erfolg.«

»Stimmt«, nickte Morgan, während sie sich schon abwandte. »Das habe ich auch gesehen.« Sie ging denselben Weg zurück, den sie gekommen war. Ein paar Schritte weiter drehte sie sich um und winkte kurz. »Danke, Elliott!« rief sie lachend. Dann ging sie weiter.

Rebecca schaute Elliott verwundert an. »Sagten Sie nicht, sie ist nie gut gelaunt?«

Elliott blickte noch verwunderter. »Das ist das erste Mal, daß ich das erlebe«, bestätigte er. »In vier Jahren.«

»Es geschehen noch Zeichen und Wunder«, bemerkte Rebecca.

»Offensichtlich«, erwiderte Elliott. Sein Blick wirkte etwas verträumt.

»Sie können sie später ausziehen, Elliott«, sagte Rebecca resolut. »Jetzt wollten Sie mir doch die Marketingstrategie zeigen.«

Elliott lief rot an. »Ja ... j-ja ... natürlich ...«, stotterte er.

Hatte ich doch recht, dachte Rebecca innerlich grinsend. *Na ja, ich hab' ja auch Erfahrung in so was. Wenn sie Amy wäre* – Sie räusperte sich, als ob sie laut gesprochen hätte. »Wo müssen wir hin?«

»Hier.« Elliott ging voran.

Rebecca dachte an Morgans Augen, als sie gelacht hatte. Da hatte ihr Gesicht Ähnlichkeit mit Rebeccas Zeichnungen gehabt. Zum ersten Mal.

Langsam kann ich Amy verstehen, dachte sie. *Aber lieber wäre mir, ich hätte das nicht gesehen.*

Sie seufzte und folgte Elliott den Flur hinunter.

Morgan kehrte in ihr Büro zurück. Als sie das Vorzimmer betrat, hörte sie Barbara Carmichael sagen: »Sie ist wirklich nicht da, Ms. Flanagan. Ich kann Sie nicht durchstellen.«

Morgan winkte ihrer Sekretärin zu. »Legen Sie es auf meinen Apparat«, sagte sie leise und ging schnell in ihr Büro.

Aha, dachte Barbara Carmichael. *Anscheinend ist die Bannmeile aufgehoben.* »Einen Moment, Ms. Flanagan. Sie ist gerade zurückgekommen. Ich verbinde Sie«, bemerkte sie hastig in den Hörer. Sie drückte einen Knopf auf ihrer Telefonanlage, und gleich darauf klingelte das Telefon in Morgans Büro.

Morgan nahm ab. »Ja?« fragte sie. Und ihre Stimme klang so, wie sie meistens klang: unfreundlich. Sie setzte sich in ihren Chefsessel und drehte sich mit dem Rücken zur Tür.

»Danke, daß du wieder mit mir sprichst«, sagte Amys Stimme.

»Äh ...« Morgan räusperte sich. Sie hatte schon ganz vergessen gehabt, daß Amys Stimme so ... warm klang. Es verunsicherte sie. »Natürlich spreche ich mit dir«, sagte sie. »Warum nicht?«

»Eben noch sagte mir deine Sekretärin, daß du es nicht tust«, erwiderte Amy.

»Ich wollte dich sowieso anrufen«, sagte Morgan, ohne auf Amys Bemerkung einzugehen. »Wir müssen die Werbekampagne neu überdenken.«

»Willst du uns den Auftrag entziehen?« fragte Amy. Das war das, womit sie schon die ganze Zeit gerechnet hatte.

Morgan runzelte die Stirn. »Nein. Aber wir haben eventuell ein neues Produkt, wofür eine Strategie entwickelt werden muß.«

»Ein neues Produkt? So plötzlich?« *Das wußte sie bei den letzten Besprechungen noch nicht? Oder tut sie das absichtlich, um mich zu ärgern?*

»Nicht plötzlich. Wir arbeiten bereits vier Jahre daran«, entgegnete Morgan unwirsch.

»Woher soll ich das wissen?« fragte Amy ruhig. »Du hast nie etwas davon erwähnt.«

Morgan atmete tief durch, um sich zu beruhigen. Amys Stimme regte sie auf. Sie wußte nicht, warum. »Ja, stimmt«, sagte sie mühsam beherrscht. »Es war bislang noch nicht spruchreif. Aber demnächst wird es das sein, und ich brauche eine große Einführungskampagne.«

»Und die sollen wir machen?« fragte Amy erstaunt.

»Du und deine kleine, schwarzgelockte Zauberschülerin«, sagte Morgan. »Ihr könnt das doch anscheinend gut.«

»Du meinst Rebecca – ähm, Ms. Bernstein? Du hast mit ihr gesprochen?«

»Ich habe sie heute morgen näher kennengelernt, weil du nicht da warst, um die Vorbereitungen zu überwachen«, sagte Morgan vorwurfsvoll.

»Ich dachte, es wäre dir lieber, mich nicht zu sehen. Aber ich mußte kommen, weil ich mir einen Eindruck verschaffen mußte. Also habe ich es so kurz wie möglich gehalten«, sagte Amy.

»Du bist meinetwegen so schnell wieder gegangen?« fragte Morgan.

»Nicht nur«, sagte Amy. »Ich hatte auch eine Menge Arbeit hier in der Agentur. Aber in erster Linie wollte ich dich nicht zwingen, mit mir sprechen zu müssen – aus Höflichkeit.« *Und mir wollte ich das auch ersparen,* dachte sie seufzend.

»Dein kleiner Zauberlehrling ist noch ziemlich jung«, sagte Morgan, »für eine solch verantwortungsvolle Aufgabe.«

»Nenn sie nicht so«, sagte Amy, »bitte. Sie ist ausgebildete Graphikerin – und zwar eine außergewöhnlich gute.«

»Sonst nichts?« fragte Morgan.

Hoppla, Ms. Holdsworth! dachte Amy und mußte schmunzeln. *Eifersüchtig? Damit hätte ich jetzt am allerwenigsten gerechnet.* »Geht dich das irgend etwas an?« fragte sie. »Als Auftraggeberin?«

»Ich kann ja wohl bestimmen, wer für mich arbeitet und wer nicht«, sagte Morgan verstimmt.

»Natürlich kannst du das«, sagte Amy. »Soll ich Rebecca abziehen? Hattest du einen schlechten Eindruck von ihr?«

»Nein«, gab Morgan zu. »Sie schien sehr gut ... informiert.«

»Über was?« fragte Amy etwas alarmiert. Rebecca hatte sich doch wohl nicht zu privaten Äußerungen hinreißen lassen? Nein, eigentlich konnte sie sich das nicht vorstellen.

»Über den Konzern – und mich«, sagte Morgan. »Sie wußte genau, wann ich ihn übernommen habe.«

»Ach so«, sagte Amy. Sie versuchte ihre Erleichterung zu verbergen. »Das gehört zu ihren Aufgaben. Sie kommt gerade vom College. Sie ist Recherchieren gewöhnt.«

»Deshalb wollte sie wohl auch in unsere Entwicklungsabteilung«, bemerkte Morgan mit einem scharfen Unterton.

»Ich bitte dich, Morgan!« Amy atmete tief durch. »Wenn du sauer auf mich bist, akzeptiere ich das, aber übertrag das bitte nicht auf Rebecca. Sie hat nichts damit zu tun. Sie macht nur ihre Arbeit. Die Entwicklungsabteilung ist das Herz des Unternehmens –«

»Das hat sie auch gesagt«, unterbrach Morgan sie, »und genau deshalb darf da niemand rein. Mach ihr das klar.«

»Wenn ich das so höre, denke ich, das hast du ihr schon klargemacht«, seufzte Amy. »Wir richten uns natürlich nach deinen Anweisungen und Wünschen, aber du mußt auch verstehen, daß wir bei der Vorbereitung der Kampagne gewisse Vorstellungen entwikkelt haben – und deine Entwicklungsabteilung war ein ganz entscheidender Teil davon. Das müssen wir jetzt wieder umwerfen und neu konzipieren. Wir waren uns alle nicht bewußt, wie geheim das bei euch ist.«

»Dessen hättet ihr euch bewußt sein können«, schnappte Morgan. »Wenn wir jahrelang an einer Entwicklung arbeiten, und kurz bevor wir das Produkt auf den Markt bringen, schnappt uns das ein Konkurrent weg, sind wir eventuell pleite. Eine solche Entwicklung lohnt sich nur, wenn wir nachher auch den Umsatz einfahren können. Das kostet Unmengen an Geld.«

»Natürlich«, sagte Amy. »Das verstehe ich. Ich wollte ja auch nicht sagen –« Sie brach ab. »Wir verzichten auf die Entwicklungsabteilung«, fuhr sie ergeben fort. »Wenn es nicht geht –«

»Es geht auf keinen Fall«, sagte Morgan.

Hättest du das nicht früher sagen können? dachte Amy. *Dann hätten wir gleich in eine andere Richtung gedacht.* »Die Unterlagen, die du erhalten hast, enthielten aber alle schon den Hinweis auf die Entwicklungsabteilung«, sagte sie.

Morgan vermutete, daß Amy die Wahrheit sprach, aber sie wußte es nicht genau, denn sie hatte die Unterlagen nur oberflächlich angeschaut. Immer wenn sie sie in die Hand nahm, war Amys Gesicht vor ihren Augen erschienen, und dann hatte sie die Unterlagen in die Ecke gefeuert. »Es war mir nicht klar, wie weit ihr gehen wolltet«, erwiderte sie vage.

»Nun gut«, sagte Amy. »Ich hatte dich eigentlich angerufen, um die weitere Vorgehensweise mit dir zu besprechen, aber wenn das sowieso jetzt alles umgeworfen wird . . .«

»Es wird nicht alles umgeworfen. Es gibt nur ein neues Produkt, das auch berücksichtigt werden muß«, erwiderte Morgan.

»Das sind zwei verschiedene Kampagnen«, erklärte Amy. »Das, was wir jetzt vorhatten, war eine Image-Kampagne. Dort hätte kein Produkt im Mittelpunkt gestanden, sondern –«, sie räusperte sich, »– du. Dein Gesicht. Als Aushängeschild für Holdsworth Cosmetics. Bei einer Einführungskampagne für ein neues Produkt muß das Produkt im Mittelpunkt stehen.«

»Das ist mir klar«, sagte Morgan ungeduldig. »Dann sind es eben zwei Kampagnen. Wen interessiert das?«

»Dich wahrscheinlich«, entgegnete Amy trocken. »Denn zwei Kampagnen kosten auch zweimal Geld.«

»Das neue Produkt ist ohnehin noch nicht fertig«, sagte Morgan. »Dann können wir bei der zweiten Kampagne schon auf die erste aufbauen, weil sie bereits eine Weile gelaufen ist.«

»Wenn du das so willst –«, sagte Amy erstaunt. »Uns soll es recht sein. Lawrence wird sich über den neuen Auftrag freuen.«

»Du nicht?« fragte Morgan.

Amy schluckte. »Doch, natürlich«, sagte sie. »Ich freue mich auch.«

Morgan hustete ein paar Mal.

»Bist du erkältet?« fragte Amy.

»Nein.« Morgan hörte auf zu husten. »Nur ein bißchen überarbeitet.«

»Das tut mir leid«, sagte Amy. »Es gäbe natürlich einiges zu besprechen wegen der zwei Kampagnen – die Änderungen der ersten und den Entwurf der zweiten. Aber wenn du so überarbeitet bist, will ich dich jetzt nicht damit belästigen. Und außerdem willst du das sicherlich lieber mit jemand anderem besprechen als ausgerechnet mit mir. Ich werde jemand aus meinem Team bitten –«

»Du bist die Leiterin«, unterbrach Morgan sie. »Du müßtest das mit mir besprechen.«

»Eigentlich schon«, sagte Amy. »Aber unter den gegebenen Umständen –«

»Es gibt keine Umstände«, sagte Morgan.

»Nicht?« Amy fiel fast die Kinnlade herunter. Vor ihrem Anruf hätte sie gedacht, Morgan würde sie erschießen, wenn sie es je wieder wagen sollte, in ihre Nähe zu kommen. Und jetzt das?

»Wir könnten zusammen essen und alles besprechen – heute abend«, sagte Morgan.

»Heute ... abend?« Amys Kinnlade erholte sich so schnell nicht wieder. Sie hüstelte. »Wo? Im *Duke's*?« Das war immerhin noch weniger belastet als das *Soleil*.

»Nein, bei mir zu Hause«, sagte Morgan. »Der Limousinen-Service holt dich ab.«

»Bei dir ... zu Hause?« Amy wußte nicht, worauf sie zuerst reagieren sollte. »Du hast keinen neuen Chauffeur?«

»Nein, deine Idee war besser«, sagte Morgan. »Jedenfalls für den Moment.«

»Ähm ... Morgan ... bei dir zu Hause ... das halte ich für keine gute Idee«, wagte Amy einzuwenden.

»Ich lade dich zum Essen ein, nicht in mein Bett«, sagte Morgan. »Wir haben etwas zu besprechen.«

Das hatten wir letztes Mal auch, dachte Amy. »Ich ... ich würde lieber ins *Duke's* gehen«, sagte sie.

»Entweder bei mir zu Hause oder gar nicht. Ich bin zu erschöpft, um heute abend auszugehen. Außerdem habe ich Treadwell schon Bescheid gesagt«, erwiderte Morgan.

»Okay. Wenn du willst ...« Amy seufzte. Hatte sie sich wieder breitschlagen lassen ... Wer wußte, was diesmal dabei herauskam? Auch wenn sie etwas anderes behauptet hatte, konnte sich Amy nicht sicher sein, was Morgan von ihr erwartete. Vielleicht hielt sie es für ein eingespieltes Ritual, daß Amy mit ihr schlief, bevor sie den Auftrag erteilte. *Nicht daß ich etwas dagegen hätte,* dachte Amy, *aber eigentlich hatte ich mir vorgenommen, das ab jetzt getrennt zu halten, damit nicht wieder irgendwelche Mißverständnisse entstehen.*

»Ich will«, sagte Morgan. »Soll dich die Limousine in der Agentur abholen oder bei dir zu Hause?«

»Welche Uhrzeit?« fragte Amy.

»Acht Uhr bei mir«, setzte Morgan fest.

»Dann schaffe ich es nicht mehr nach Hause«, sagte Amy. »Er soll mich in der Agentur abholen.«

»Gut«, sagte Morgan. »Dann bis heute abend.« Sie legte auf.

Sie erinnerte sich daran, welche Erleichterung sie verspürt hatte, als sie heute vormittag erfuhr, daß Amy nicht da war und auch nicht mehr kommen würde. Es war ihr nur recht gewesen. Aber die Nachricht von Peter und Rosemary hatte sie so aufgeheitert, daß sie fast vergessen hatte, daß sie nicht mehr mit Amy sprechen wollte. Sie legte kurz die Stirn in die Hände. Amys Stimme klang so ... warm. Sie fand kein anderes Wort dafür. So richtig war ihr das noch nie aufgefallen. Caros Stimme hatte nie so geklungen. *Caro! Verdammt!* Mußte sie jetzt daran denken?

Sie hob den Kopf. »Mrs. Carmichael? Rufen Sie bitte Treadwell an und sagen Sie ihm, daß ich heute abend einen Gast zum Essen mitbringe. Annie soll ein zweites Steak besorgen«, rief sie hinaus.

»Ist gut!« rief Barbara Carmichael zurück. *Meine Güte!* dachte sie, *vor einer Viertelstunde wollte sie noch nicht einmal mit ihr sprechen, und jetzt – Sie ist manchmal wirklich ein bißchen sehr von der schnellen Truppe.*

Sie rief Treadwell an und teilte ihm mit, was Morgan ihr aufgetragen hatte.

»Hattest du einen Streit mit Ms. Holdsworth, als du heute im Konzern warst?« fragte Amy Rebecca, als die in die Agentur zurückkehrte und ihr Bericht erstattete.

»Einen Streit?« Rebecca schaute sie verwundert an. »Nein. Warum?«

»Sie hat sich irgendwie ... merkwürdig geäußert«, sagte Amy unbestimmt.

»Du hast mit ihr gesprochen?« Rebecca schmunzelte leicht. »Die Klagemauer ist gefallen?«

Amy sah sie nur an.

»Ist gut, ist gut!« Rebecca hob beide Hände. »Es geht mich nichts an. Aber wenn sie wieder mit dir spricht, ist doch alles wieder in Ordnung, das ist auch besser für die Arbeit. Dann könnt ihr direkt verhandeln – ohne Zwischenträger.«

»Ja, das ist auf jeden Fall ein Vorteil«, sagte Amy. *Sehr direkt – heute abend.* Sie seufzte. Aber das war Morgan nun einmal: direkt. So sehr das Amy auch mißfiel. Sie hoffte nur, daß sie wenigstens das Essen beenden und einiges besprechen konnten, bevor Morgan ... *direkt* wurde. »Bist du gut vorangekommen?« fragte sie Rebecca. »Konntest du die Checkliste abhaken?«

»Bis auf einen Punkt ja. Die Entwicklungsabteilung«, erwiderte Rebecca.

»Die ist gestorben.« Amy lehnte sich zurück. »Das hat sie mir am Telefon gesagt.«

»Und was machen wir jetzt?« Rebecca sah sie fragend an.

»Umdenken«, entgegnete Amy. »Wir sind doch flexibel.« Sie stutzte einen Moment, weil das genau das war, was sie Morgan versprochen hatte. Dann schmunzelte sie. »Und einen zweiten Auftrag planen.«

»Einen zweiten Auftrag?« Rebecca starrte sie an. »Wir haben ja noch nicht mal richtig mit dem ersten angefangen!«

»Daran wirst du dich gewöhnen«, sagte Amy lächelnd. »Das ist öfter so in unserer Branche. Wenn ein Kunde zufrieden ist –« Sie brach ab.

»Oh. – Ja. Ich verstehe«, sagte Rebecca in nüchternem Ton.

Amy verzog unangenehm berührt das Gesicht. »Ich ... ich kann wirklich nicht mit dir darüber reden, Rebecca. Bitte ...«

»Jetzt hat es wohl endgültig keinen Sinn mehr, daß ich dich noch einmal frage, ob du mit mir ausgehst«, sagte Rebecca. »Oder?«

»Das hatte es noch nie«, sagte Amy etwas gequält. »Nicht zu diesem Zeitpunkt.«

»Wäre ich doch etwas früher gekommen«, sagte Rebecca. »Vor ihr.«

»Ja«, sagte Amy. »Aber so ist es nicht.«

Rebecca seufzte. »Wir sollten uns an die Änderungen machen. Weißt du schon, was sie will?«

»Ich ... ich werde es morgen wissen – vermutlich«, sagte Amy etwas mühsam.

»Oh.« Rebecca ließ ihren Blick eine ganze Weile auf ihr ruhen, als ob sie nicht wüßte, was sie tun sollte. »Ent- ... Entschuldige, Amy«, sagte sie dann. »Aber ich muß jetzt gehen.« Sie drehte sich schnell um und verließ fast im Laufschritt Amys Büro.

O Mann! Amy saß da und starrte ihr nach, obwohl schon nichts mehr von ihr zu sehen war. *Es ist ja ausgesprochen schmeichelhaft, von mehreren gleichzeitig geliebt zu werden, aber muß das so kompliziert sein?*

Außerdem war es nicht so. Rebecca war eindeutig verliebt in sie, aber Morgan – Morgan war ... gar nichts. Sexuelle Befriedigung war keine Liebe. Sie hatte sich selbst ja auch davon freihalten wollen. Aber es war nun einmal geschehen. Sie hatte sich in Morgan verliebt, obwohl sie es nicht wollte. Sie liebte sie sogar. Und das bei allem, was sie an ihr auszusetzen hatte. Aber das war nun einmal das Wesen der Liebe. Die Geliebte konnte tun, was sie wollte, das tat der Liebe keinen Abbruch.

Amy atmete tief durch. Sie wollte Rebecca nicht verletzen, aber sie konnte es doch nicht ändern. Sie hatte nichts dazu getan, daß Rebecca sich in sie verliebt hatte – sie hatte ihr sogar davon abgeraten. Aber was nützte das schon? Hatte ihr Morgan nicht – auf ihre Art – noch mehr davon abgeraten, sich in sie zu verlieben? Und was war geschehen? Eben.

Sie mußte unbedingt einmal mit Rebecca darüber reden, wenn die Dinge sich beruhigt hatten ... wenn ein wenig Gras über die Sache gewachsen war. Aber heute abend – nun, heute abend würde sicherlich kein Gras wachsen, eher im Gegenteil. Sie hoffte, daß Morgan wenigstens – für ihre Verhältnisse – guter Laune war, wenn sie sich trafen, sonst war das Desaster vorprogrammiert.

Auftrag hin – Auftrag her ... Amy würde sich von Morgan nicht wieder so in die Ecke drängen lassen. Sie nahm sich vor, Morgan keinerlei Anlaß zur Kritik zu geben, aber Morgan sollte auch nicht denken, daß sie immer so leicht zu haben war, wie das beim ersten Mal vielleicht ausgesehen hatte. Hier der Auftrag – und nun ab, ab ins Bettchen! So ging das nicht. Auf gar keinen Fall.

Es klopfte an ihrem Türrahmen. Ihre Tür stand offen.

»Ms. Flanagan? Ich soll Sie abholen.«

Eine junge Frau in Chauffeursuniform stand in der Tür und hielt eine Mütze in der Hand. Die Uniform stand ihr hervorragend. Sie war mit einem weiblichen Schnitt versehen und wirkte äußerst attraktiv.

»Oh, ich dachte –« Amy schaute sie etwas überrascht an. »Entschuldigen Sie«, sagte sie lächelnd. »Ich hatte einen Mann erwartet.« Sie hob die Hand. »Nur Vorurteile und Klischees, ich weiß. Gerade ich sollte es besser wissen.«

»Das passiert mir öfter«, sagte die junge Frau. Sie lächelte auch. »Ich heiße Louise Bradshaw. Sagen Sie ruhig Lou zu mir.«

»Also dann – Lou.« Amy stand auf. »Ist es schon so spät?«

»Wenn ich sie um acht auf dem Holdsworth-Anwesen absetzen soll, sollten wir bald losfahren«, sagte Lou. »Ich rechne zwar immer Staus mit ein, aber man weiß ja nie.«

Ob Morgan mit Absicht nicht gesagt hat, daß es eine Frau ist? dachte Amy etwas sarkastisch. *Was machen die zu zweit allein in der Limousine? Fand sie es deshalb im nachhinein eine so gute Idee?* Sie lachte über sich selbst. *Du wirst jetzt schon genauso paranoid wie Morgan. Was sollen sie schon machen? Lou fährt sie, und Morgan sitzt hinten.*

Dennoch fragte sie Lou, als sie kurze Zeit darauf einstieg: »Sitzt Ms. Holdsworth hinten oder vorn, wenn Sie sie fahren?«

Lou musterte sie mit einem undefinierbaren Blick. »Hinten«, sagte sie. »Alle meine Kunden tun das.«

»Dann darf ich wohl auch nicht vorn sitzen, oder?« fragte Amy lachend.

»Ungern«, sagte Lou.

»Es ist so einsam dahinten«, sagte Amy, »aber gut.« Nachdem sie eingestiegen war, dachte sie: *Nicht nur einsam. Riesig und einsam, das ist ja noch schlimmer. Hier könnte ein Fußballverein mitfahren.* »Fahren Sie schon lange eine Stretchlimousine?« fragte sie Lou, die die Trennscheibe heruntergefahren hatte, wahrscheinlich ihr zuliebe. »Ich kann mir das gar nicht vorstellen. Kommt man denn damit um die Ecken?«

»Wenn die Ecken nicht zu eckig sind«, grinste Lou sie im Rückspiegel an.

»Sie gefallen mir«, sagte Amy. »Sie wissen wirklich, wo's langgeht.«

»Das sollte ich, wenn ich einen Limousinen-Service betreibe«, grinste Lou. »Sonst wäre ich meine Kunden bald los, wenn ich sie immer in die falsche Richtung fahre.«

»Das ist *Ihr* Limousinen-Service? Ihr Wagen?« fragte Amy erstaunt.

»Mein Limousinen-Service, aber der Wagen ... der gehört noch eine ganze Weile der Bank«, erwiderte Lou lässig. »Wenn es allerdings weiter so gut läuft wie jetzt, nicht mehr lange. Dann gehört er mir.«

»Das ist eine tolle Leistung in Ihrem Alter«, sagte Amy beeindruckt. »Andere sind da noch auf dem College.«

»War ich auch«, sagte Lou. »Kurz vor dem Abschluß haben sich alle die dollsten Gedanken gemacht, bei welchen Firmen sie sich bewerben könnten, wo sie am meisten Geld verdienen, welche Konzerne das beste Image für eine Karriere haben und so weiter. Ich habe mir nur Gedanken darüber gemacht, womit ich mich selbständig machen könnte. Ich habe mein ganzes Studium mit Jobs finanziert, die sich um Autos drehten, Limousinen fahren war nur einer davon, aber ich fand ihn am vielversprechendsten. Und so, wie es jetzt aussieht, hat sich das auch bewahrheitet. Ich bin zufrieden. Wohingegen einige meiner College-Kolleginnen in Jobs rumhängen, über die sie nur jammern. Oder – noch schlimmer – sich haben ein Kind andrehen lassen, müssen wer weiß wo jobben oder sitzen irgendwo verheiratet in einer Vorstadt und langweilen sich. Ein solch schreckliches Schicksal ist mir Gott sei Dank erspart geblieben!« Sie lachte.

»Sie haben den Abschluß nicht gemacht?« fragte Amy.

»Doch, doch«, sagte Lou. »Hab' ich schon. Ich war eine der besten. Ich hatte einige ziemlich gute Jobangebote, bevor ich mich für dieses Schätzchen hier in Schulden gestürzt habe. Dort wäre ich überall nur Anfängerin gewesen, mit einem Boss, der eventuell dümmer ist als ich. Hier bin *ich* der Boss. Das liegt mir mehr.«

»Das kann ich mir vorstellen«, sagte Amy. Sie war platt.

Lou bog in die Auffahrt zu Morgans Haus ein und hielt davor an. »Wir sind da«, sagte sie und drehte sich zu Amy um. »Soll ich Sie um eine bestimmte Zeit wieder abholen?«

»Ich ... ich weiß noch nicht«, stammelte Amy.

»Na dann ... schönen Abend noch«, grinste Lou.

Amy stieg aus. Sie fand, Lous Grinsen hatte etwas äußerst Anzügliches. »Danke«, sagte sie trotzdem.

»Gern geschehen«, sagte Lou und fuhr los.

Amy stand ein bißchen verdattert da, aber da öffnete sich schon die Tür, und Treadwell erschien. Sie ging auf ihn zu. »Nun sehen wir uns doch wieder, Treadwell«, sagte sie lächelnd. »Guten Abend.«

»Guten Abend, Madam«, erwiderte Treadwell. »Es freut mich, Sie wiederzusehen.« Auch wenn man ihm die Freude nicht ansah. Er hielt ihr die Tür auf und ließ sie ein.

»Kein Mantel«, lachte Amy, »den ich Ihnen geben könnte. Heute bin ich nur im Business-Kostüm. Ich komme direkt aus dem Büro.«

»Darf ich Ihnen Ihren Aktenkoffer abnehmen?« fragte Treadwell.

»O gern«, sagte Amy und hielt ihn ihm hin. »Es sind einige Unterlagen dabei, die ich noch mit Ms. Holdsworth besprechen muß heute abend«, fügte sie hinzu. »Also legen Sie ihn nicht allzuweit weg.«

»Sehr wohl, Madam«, sagte Treadwell. »Ms. Holdsworth ist im Salon. Das Dinner wird gleich serviert. Ich sage dann Bescheid.«

»Danke, Treadwell«, sagte Amy, aber obwohl sie sich bereits im Haus auskannte, ließ es sich Treadwell nicht nehmen, ihr voran in den Salon zu gehen und sie anzumelden. »Ms. Flanagan ist da«, hörte sie und gleich darauf Morgans Stimme: »Danke, Treadwell.«

Sie blieb kurz stehen. Sie hatte Morgans Stimme heute schon am Telefon gehört, aber nun klang sie anders. So direkt. Es war kein Telefon dazwischen.

Treadwell trat zurück, und sie ging an ihm vorbei.

»Guten Abend, Morgan«, sagte sie beherrscht.

Morgan stand am Kamin mit einem Scotch in der Hand.

Mein Gott, sieht sie gut aus! dachte Amy. *Das sollte ich ganz schnell wieder vergessen oder zumindest versuchen zu ignorieren.*

Morgan trug natürlich kein Business-Kostüm wie im Büro, sie war zu Hause, sie hatte sich umgezogen. Es war eine Art Hausanzug aus weichem, glänzendem Stoff, der ihren Körper umfloß und die Schönheit ihres Gesichtes noch mehr hervorhob. Allerdings wirkte dieses Gesicht etwas starr. »Guten Abend, Amy«, sagte sie förmlich. »Schön, daß du gekommen bist.«

»Ich habe die Akten mitgebracht, das heißt, die neuen Vorschläge, die ich mir überlegt habe«, erwiderte Amy. Sie versuchte Morgan möglichst nicht direkt anzusehen. »Wir können das dann gleich besprechen.«

»Nach dem Essen«, sagte Morgan. Sie blickte Amy an, so daß die nicht mehr ausweichen konnte. »Möchtest du etwas trinken? Einen Aperitif?«

»Einen ... einen Sherry vielleicht«, brachte Amy mühsam zustande. »Wenn du hast.«

Morgan lachte leicht, aber es klang nicht fröhlich. »Das ist so britisch, den haben wir bestimmt«, sagte sie. »Dafür sorgt Treadwell schon.« Sie ging zur Bar hinüber. Aus dem Regal darunter nahm sie ein Sherryglas und füllte es zur Hälfte mit der goldgelben Flüssigkeit. Sie kam zu Amy herüber und hielt ihr das Glas hin. »Ich wette, der ist achtzig Jahre alt. Etwas anderes kommt Treadwell gar nicht ins Haus.«

»Dann staubt er ja schon«, scherzte Amy und nahm Morgan das Glas ab. Ihre Finger berührten sich dabei, und Amys Knie wurden so weich, daß sie fast umgefallen wäre. Sie trat einen Schritt zur Seite, um Morgan nicht mehr so nah zu sein. *Wenn ich gewußt hätte, daß es so schlimm ist,* dachte sie, *wäre ich gar nicht erst gekommen. Ich sehne mich schrecklich nach ihr.* »Ich habe mir gedacht, wir könnten einen Teil der Entwicklungsabteilung vielleicht im Studio nachbauen«, sagte sie, »dann können wir unsere Ideen doch noch umsetzen.«

»Sicher«, sagte Morgan.

Amy blickte den Kamin an. »Es war meine Schuld«, sagte sie. »Ich hätte die Entwicklungsabteilung nicht miteinbeziehen sollen.«

»Das konntest du ja nicht wissen«, sagte Morgan seltsam friedlich. Sie räusperte sich. »Amy –«

»Das Dinner ist serviert.« Treadwell stand in der Tür, und sie starrten ihn beide an, als ob er eine Geistererscheinung wäre.

»Ähm ... gut, Treadwell.« Morgan fing sich zuerst wieder. »Kommst du, Amy?« Sie ging hinaus.

Amy folgte ihr und spielte in der Halle mit dem Gedanken, den Weg nach draußen zu nehmen statt den ins Eßzimmer. Aber sie verwarf den Gedanken sofort wieder. *Stell dich nicht so albern an! Das ist lächerlich! Du bist doch kein kleines Kind mehr!*

Treadwell rückte zuerst Morgan den Stuhl zurecht, und als Amy nachkam, auch ihr. »Sie müssen das nicht tun, Treadwell«, sagte Amy.

»Es gehört zu meinen Aufgaben, Madam«, erwiderte Treadwell. Er entfernte nacheinander die Hauben, die die Teller bedeckten, die vor Amy und Morgan standen. Dann ging er um den Tisch herum und goß ihnen beiden Rotwein ein. Daraufhin zog er sich zurück.

»Du verunsicherst Treadwell, wenn du ihn seiner Aufgaben beraubst«, sagte Morgan.

»Ich bin das nicht gewöhnt«, verteidigte Amy sich. »Es kommt mir einfach nicht ... zeitgemäß vor.«

Morgans Mundwinkel zuckten. »Vermutlich ist es das auch nicht. Es ist einfach eine Tradition meiner Familie. Treadwell war schon immer da. Ich kenne es gar nicht anders. Aber da Treadwell keine Kinder hat, wird die Tradition mit ihm wohl aussterben.«

Wie sollte er auch Kinder haben? dachte Amy. *Er hat ja dich, um die er sich kümmern muß.* »Du würdest dir keinen anderen Butler nehmen?« fragte sie.

Morgan sah sie an, und Amy versuchte ihrem Blick standzuhalten. »Treadwell ist mein Butler«, sagte Morgan. »Ich kann mir keinen anderen in seiner Funktion vorstellen.«

»Wer soll dann dein Haus führen?« fragte Amy. Sie versuchte das Steak. Es war butterzart.

»Mir selbst traust du das wohl nicht zu?« fragte Morgan leicht schmunzelnd.

»Oh, Morgan, tut mir leid. Selbstverständlich«, erwiderte Amy.

»Nein, du hast recht«, erwiderte Morgan. »Ich bin keine Hausfrau. Ich habe das nie gelernt. Wir hatten immer so viel Personal, und Treadwell hat alles geregelt. Ich kann den Konzern führen, aber bei Wochenendeinkäufen wäre ich wahrscheinlich hoffnungslos überfordert.« Sie lachte leicht.

»Man kann alles lernen«, sagte Amy.

»Es ist nur die Frage, ob man das auch will«, erwiderte Morgan.

Sie sahen sich an.

Sie meint nicht die Wochenendeinkäufe, dachte Amy, *ganz und gar nicht.* Sie lachte etwas unsicher. »Ich bin auf einer Farm aufgewachsen. Da mußten wir alles selbst machen.«

»Auf einer Farm?« Morgan zog erstaunt die Augenbrauen hoch. »Und dann bist du in der Werbebranche gelandet?«

»Das ist ein weiter Weg, ich weiß«, sagte Amy. »In Indiana weiß man kaum, daß es so etwas wie Werbung gibt.«

»Indiana?« Morgan blickte sie fast noch erstaunter an.

Amy hob die Hand. »Bitte, keinen dieser Witze. Ich kenne sie alle.«

»Ich nicht«, sagte Morgan. »Ich weiß nur, daß Indiana sehr ... ländlich ist.«

»Da sagen sich Fuchs und Hase Gute Nacht«, setzte Amy hinzu. »Das trifft es wohl eher. Es ist wunderbar, wenn man ein Kind ist, aber wenn man älter wird –«

»Ist man vermutlich schnell verheiratet«, sagte Morgan.

»Das auch«, bestätigte Amy. »Aber das war nicht das Problem. Ich wollte einfach nur ... etwas anderes machen.«

»Das hast du ja nun geschafft«, sagte Morgan. »Glückwunsch.«

»Danke«, sagte Amy. »Mittlerweile habe ich mich daran gewöhnt, in der Stadt zu leben, aber manchmal – Ich fahre gern nach Hause und genieße die Ruhe.« Sie lachte. »Und die Luft!«

»Davon bekommt man hier in Los Angeles nicht viel, das ist wahr«, sagte Morgan.

»Alle reden davon, aber niemand tut etwas dagegen«, seufzte Amy. »Bis die nächste Smog-Warnung kommt. Und wenn es dann wieder vorbei ist, kaufen sie sich noch ein paar SUVs, die dreißig, vierzig, fünfzig Liter auf hundert Kilometer verbrauchen und den ganzen Dreck in die Luft blasen.«

»Ich glaube, es gibt nirgendwo in einer Stadt so viele SUVs wie in Los Angeles«, stimmte Morgan zu. »Weil sie in der Stadt ja auch so praktisch sind«, fügte sie ironisch hinzu. »Bist du eine Umweltschützerin?« fragte sie dann.

»Nein, ich rede nur«, sagte Amy. »Wie die meisten.« Sie seufzte. »Ich wünschte, ich wäre ein besserer Mensch.«

Morgan sah sie verblüfft an. »Wie bitte?«

»Na ja, man könnte sicher etwas tun, aber ich bin so mit meiner täglichen Arbeit beschäftigt –«

»Das sind wir alle«, sagte Morgan. »Und was willst du schon tun? Eine *Hummer*-Niederlassung in die Luft jagen, wie diese Studenten von der Umweltschutzorganisation letztens?«

»Nein.« Amy schüttelte den Kopf. »Das bestimmt nicht. Dafür bin ich nicht der Typ.«

»Das denke ich auch«, sagte Morgan.

»Gouverneur Schwarzenegger wird's schon richten, hoffe ich«, fuhr Amy fort. »Diese Europäer haben da ja andere Vorstellungen als wir. Die machen sich schon länger Gedanken darüber.«

»Gouverneur Schwarzenegger fährt selbst einen *Hummer*«, wandte Morgan ein.

»Einen extra für ihn gebauten Öko-*Hummer*«, berichtigte Amy. »Und er fährt ihn nicht oft.«

»Nicht mehr«, sagte Morgan, »weil er jetzt Gouverneur ist und eine Vorbildfunktion einnehmen muß.«

»Das ist doch ein guter Grund«, sagte Amy.

»Wahrscheinlich ist es das«, sagte Morgan wenig überzeugt.

»Seit er hier in Kalifornien regiert, hat sich jedenfalls einiges verbessert«, sagte Amy. »Und er nimmt noch nicht einmal Geld dafür. Das muß ihm erst einmal jemand nachmachen.«

»Ich hätte nie gedacht, daß du Republikanerin bist«, sagte Morgan schmunzelnd.

»Eher Arnie-anerin.« Amy lachte. »Ich mag unseren Gouverneur. Und ich komme aus Indiana, wie gesagt. Ich weiß gar nicht, ob es bei uns überhaupt Demokraten gibt.«

»Na ja, ein paarmal gab es auch demokratische Regierungen in Indiana«, sagte Morgan.

»Selten«, sagte Amy. »Sehr selten.« Sie sah Morgan an. »Du kannst ja wohl kaum Demokratin sein – als Chefin eines großen Konzerns.«

Morgan seufzte. »Das stimmt. Aber eigentlich bin ich gar nichts. Ich interessiere mich nicht für Politik, nicht sehr jedenfalls. Dafür habe ich gar keine Zeit. Außer es betrifft mein Unternehmen direkt.« Sie stand auf. »Apropos mein Unternehmen … Gehen wir in mein Arbeitszimmer hinüber? Du wolltest mir doch noch etwas zeigen.«

»J-ja, wollte ich.« Amy war verdattert und stand auch auf. Morgan wollte wirklich arbeiten?

Treadwell trat ein.

»Bringen Sie mir bitte einen Scotch ins Arbeitszimmer, Treadwell?« sagte Morgan. Sie wandte sich an Amy. »Was willst du?«

»Ich bleibe beim Rotwein«, sagte Amy und hob ihr Glas. »Man soll nicht soviel durcheinandertrinken.« Sie sah Treadwell an. »Ich brauche dann meinen Aktenkoffer, Treadwell. Könnten Sie den vielleicht auch ins Arbeitszimmer mitbringen?«

Treadwell nickte.

Amy wollte ihr Weinglas mitnehmen.

»Ich bringe Ihnen den Wein, Madam«, sagte Treadwell. »Lassen Sie das Glas nur stehen. Ich bringe Ihnen ein neues.«

»Komm«, sagte Morgan. »Treadwell macht das schon.« Sie schien etwas ungehalten.

Amy ging ihr nach. Morgans Arbeitszimmer hatte sie noch nie gesehen. Zum Arbeiten war sie ja auch nie hergekommen.

»Das ist dein Arbeitszimmer?« staunte sie, als sie hinter Morgan den Raum betrat. »Das sieht eher aus wie eine Bibliothek.«

»Das war es auch. Bei meinem Vater«, sagte Morgan. »Er liebte Bücher.«

»Aber du nutzt es nicht?«

»Doch«, sagte Morgan, »manchmal. Aber heutzutage geht ja alles schneller übers Internet.«

»Das ist doch nicht nur eine Frage von Schnelligkeit«, sagte Amy. »Es ist auch das Erlebnis, wie ein Buch sich anfühlt, was es ausstrahlt. Das kann kein Internet ersetzen.«

»Wenn du meinst«, sagte Morgan. »Ich habe nicht viel Zeit, Bücher zu lesen. Ich lese hauptsächlich Bilanzen und Wirtschaftsberichte, das muß ich.«

»Natürlich«, sagte Amy. »Das sehe ich ein. Aber ein Buch – eine Geschichte, in die man so richtig versinken kann ... das ist doch etwas vollkommen anderes.«

»Was meinst du? Liebesromane?« fragte Morgan mit einem merkwürdigen Gesichtsausdruck.

»Auch«, sagte Amy. »Warum nicht?«

»Weil sie nicht der Realität entsprechen«, sagte Morgan.

Treadwell kam herein. Er überreichte Amy ihren Aktenkoffer. »Bitte, Madam.« Auf der anderen Hand balancierte er ein Tablett mit Scotch und Wein.

»Stellen Sie es auf den kleinen Tisch dort drüben«, wies Morgan ihn an. »Ich denke, wir setzen uns in die Sessel für unsere Besprechung.«

Treadwell brachte das Tablett hinüber und verließ den Raum wieder. Er schloß die Tür hinter sich.

»Setz dich«, sagte Morgan, »und zeig mir, was du hast.«

Alles? dachte Amy sarkastisch. Sie riß sich zusammen. Morgans Gegenwart machte sie unsicher. Sie fühlte sich zu ihr hingezogen, und doch hatte sie sich vorgenommen, es möglichst zu vermeiden, ihr zu nahe zu kommen.

Sie setzte sich und öffnete ihren Aktenkoffer, nahm ein paar Blätter heraus und stellte ihn neben sich. »Das ist es«, sagte sie und reichte Morgan die Blätter. »Wenn du etwas damit anfangen kannst. Ich hatte nicht viel Zeit.«

»Geht schon«, sagte Morgan und schaute sich die Blätter an. »Das sieht gut aus«, sagte sie nach einer Weile. »Mit den Zeichnungen von deiner kleinen –«, sie räusperte sich, »von Ms. Bernstein wird es dann sicher noch plastischer, so daß ich mir auch den bildlichen Teil vorstellen kann.«

»Wenn du einverstanden bist, gebe ich Rebecca morgen sofort den Auftrag«, sagte Amy. »Wir besorgen das Studio und bauen alles auf. Das dauert ein paar Tage. Dann können wir anfangen.«

»Ist gut«, sagte Morgan. Sie legte die Blätter auf den Tisch zwischen sich und Amy und lehnte sich in den dick gepolsterten Clubsessel zurück. »Das war's dann schon, oder?« fragte sie.

»Wenn du keine Einwände hast –« Amy war erstaunt, wie friedlich und kooperativ Morgan heute war.

»Hab' ich nicht. Keine Einwände.« Morgan schloß die Augen und sank ins weiche Leder. »Ich bin zu müde, auch nur darüber nachzudenken.«

»So ein harter Tag?« fragte Amy mitfühlend.

So ein hartes Leben, dachte Morgan, aber das sagte sie nicht. »In letzter Zeit ... der Konzern verlangt einiges an Einsatz«, sagte sie stattdessen.

»Aber er läuft doch gut«, sagte Amy. »Die Bilanz vom letzten Jahr –«

»Ja«, sagte Morgan müde. »Er läuft gut. Aber das kann sich auch ändern. Wir müssen ständig neue Produkte auf den Markt bringen, und der Markt wird immer schwieriger. Qualitativ hochstehende Produkte wie unsere haben ihren Preis. Und die Billigkonkurrenz schläft nicht.«

»Aber das ist doch kein Vergleich!« protestierte Amy. »Gerade bei solchen Produkten sollte die Qualität das wichtigste sein.«

»Es ist schön, wenn du davon überzeugt bist und das in deiner Werbekampagne für uns dann auch so rüberbringst«, sagte Morgan leicht lächelnd. »Es ist die beste Voraussetzung für einen Erfolg der Kampagne.«

»Sie wird sicher ein Erfolg«, sagte Amy. »Ich glaube, das Konzept trifft genau den Nerv.«

»Das hoffe ich«, sagte Morgan. Sie goß sich noch einen Scotch ein und Amy noch Wein. »Laß uns anstoßen – auf dein gutes Konzept.«

»Auf den Erfolg der Kampagne«, sagte Amy und trank. Sie spürte, daß der Wein ungewohnt für sie war. Er stieg ihr schon in den Kopf. »Hu!« sagte sie lachend. »Ich glaube, gleich bin ich betrunken!«

»Von ein bißchen Wein?« fragte Morgan.

»Ich trinke fast nie Wein«, sagte Amy. »Und dieser hier ist – reichlich schwer. Aber er schmeckt hervorragend.«

»Ein Fünfundachtziger«, sagte Morgan. »1985 war ein phantastisches Weinjahr in Kalifornien.« Sie lachte. »Wahrscheinlich hätte Treadwell lieber einen aus dem Jahr 1885 serviert, aber davon haben wir nur noch sehr wenige, deshalb gibt es die nur zu speziellen Anlässen.«

»Ihr habt Wein von 1885?« fragte Amy staunend.

»In meinem Weinkeller«, sagte Morgan. »Mein Vater und mein Großvater waren begeisterte Weinsammler. Hauptsächlich europäische Weine. Wahrscheinlich sind sie ein Vermögen wert.«

»Du weißt es nicht?«

»Nicht genau. Treadwell weiß es wahrscheinlich besser. Falls es dich interessiert, frag ihn. Er gibt dir sicher gern Auskunft. Es schmerzt ihn, daß ich mich nicht für Wein interessiere wie meine Vorfahren. Er freut sich sicher.«

»Deine Vorfahren –«, sagte Amy. »Deine Eltern sind schon lange tot?«

Morgan wandte ihren Kopf zu ihr, aber er schien ihr zu schwer zu sein, um ihn anzuheben. Sie drehte ihn nur im Sessel. »Wenn du dich informiert hast wie deine … Mitarbeiterin, weißt du, wann ich den

Konzern übernommen habe. Das war, nachdem mein Vater gestorben war«, sagte sie.

»Und deine Mutter?« fragte Amy. Sie trank ihr Glas aus und schenkte sich nach. Der Wein war wirklich gut und machte Lust auf mehr.

»Ich weiß nicht«, sagte Morgan. »Vielleicht lebt sie noch.«

»Du weißt nicht, ob deine Mutter noch lebt? Wo sie ist?« Amy starrte Morgan ungläubig an.

»Sie hat uns verlassen«, sagte Morgan, »als ich noch ein kleines Kind war. Es wurde nie wieder über sie gesprochen. Das einzige, woran ich mich noch erinnere, ist ihr Geruch, ihr Duft, wenn sie sich abends im Bett über mich beugte und mir einen Gute-Nacht-Kuß gab. Ich weiß nicht einmal mehr, wie sie aussah. Es heißt, sie war schön, aber es gibt keine Bilder von ihr. Mein Vater hat alles vernichtet.« Sie trank ihren Scotch aus und schenkte sich ebenfalls nach.

»Sie haben sich gestritten?«

»Ich weiß es nicht«, sagte Morgan. »Mein Vater hat es mir nie gesagt. Ihr Name durfte nicht erwähnt werden, und ich durfte nicht nach ihr fragen.« Sie nahm einen tiefen Schluck. »Aber irgendeinen Grund muß es ja gegeben haben.«

»Aber Treadwell –«, sagte Amy.

»Ja, Treadwell weiß es«, sagte Morgan. »Aber er würde es mir nie sagen. Ich habe auch nicht gefragt. Als kleines Kind vielleicht. Aber dann nicht mehr.«

»O Morgan, das tut mir so leid!« sagte Amy bestürzt.

»Muß es nicht.« Morgan wirkte ganz ruhig. »Es ist schon so lange her. Treadwell hat mich erzogen. Er war wahrscheinlich besser als jede Mutter.«

»Das glaube ich niemals«, sagte Amy. »Ich meine, ich mag Treadwell, er ist sicher ein großartiger Mensch, aber er ist ein Mann, und er war noch nicht einmal dein Vater.«

»Für meinen Vater wurde ich erst interessant, als ich groß genug war, in den Konzern mitzugehen, die Dinge verstehen konnte, als er sich mit mir unterhalten konnte. Mit kleinen Kindern konnte er nichts anfangen.« Morgan nahm einen Schluck Scotch. »Und mit kleinen Mädchen schon gar nicht. Er hätte lieber einen Jungen gehabt. Ich war immer nur ein unzureichender Ersatz. Daß er den

Konzern keinem männlichen Nachfolger übergeben konnte, hat ihn krankgemacht.«

»Er hätte wieder heiraten können, wenn ihm ein Sohn so wichtig war.« Amy floß über vor Mitleid für Morgan. Sie hatte sich immer ungeliebt gefühlt, unerwünscht, so etwas kannte Amy gar nicht. Wenn sie eins gewußt hatte, dann daß ihre Eltern sie liebten.

»Ich weiß nicht, warum er es nicht getan hat«, sagte Morgan. »Wie gesagt, über solche Dinge haben wir nicht miteinander gesprochen. Wir haben gar nicht viel miteinander gesprochen. Wenn er nach Hause kam, ging er in sein Arbeitszimmer, Treadwell hat ihn versorgt, ich durfte die Bibliothek nur betreten, wenn ich gerufen wurde.«

»Ich hätte das Zimmer abgerissen nach seinem Tod«, sagte Amy wütend. Die Wut kam von ganz tief drinnen und stieg in ihr hoch wie überschäumende Milch. »Mich wundert, daß du hier arbeiten kannst.«

Morgan lächelte. »Ich wußte nicht, daß du so rabiat sein kannst«, sagte sie.

»Ich ... ich kann es einfach nicht ertragen, wenn Kinder so behandelt werden«, sagte Amy. »Entschuldige, es geht mich ja nichts an, ich wollte mich nicht einmischen.«

»Hättest du gern Kinder?« fragte Morgan nachdenklich.

»Wenn ich die richtige Frau finde, warum nicht?« sagte Amy. Sie sah Morgan an.

Morgan hob leicht die Augenbrauen. Dann wandte sie sich ab. »Ich nicht«, sagte sie. »Ich wollte nie welche.«

Das kann ich mir vorstellen – bei deinen Erfahrungen, dachte Amy bedauernd. Sie stand auf und ging zu Morgan hinüber, blieb vor ihrem Sessel stehen und sah sie an. »Morgan ...« Sie hockte sich vor sie hin. »Morgan ...«, wiederholte sie, hob eine Hand und strich sanft über Morgans Gesicht.

Morgan wandte sich ihr zu und sah sie an. Sie sagte nichts. Ihr Blick war ernst.

»Es tut mir leid, daß du das durchmachen mußtest«, sagte Amy leise.

Jetzt konnte sie Morgans Verhalten wesentlich besser verstehen. Sie stieß andere von sich, wie sie selbst weggestoßen worden war. Sie hatte es nicht anders gelernt. Amy wollte sie so gern in den Arm nehmen, ihr etwas von dem geben, was sie nie bekommen hatte, aber sie wußte nicht, ob Morgan das wollte, wie sie reagieren würde.

Sie erhob sich, ihr wurde schwindelig, der Wein und die tiefe Hocke – alles drehte sich auf einmal. Sie schwankte.

Morgan sprang aus ihrem Sessel auf und hielt sie fest.

»Der Wein!« Amy lachte. »Ich glaube, ich bin tatsächlich etwas beschwipst.«

Morgan schwankte selbst leicht. »Ich anscheinend auch«, sagte sie erstaunt. »Das habe ich gar nicht gemerkt.«

»Ich werde nach Hause gehen«, sagte Amy. »Mich ausschlafen.«

»Ja«, sagte Morgan.

Aber sie blieben beide dicht voreinander stehen. Ihre Gesichter berührten sich fast, und Morgan hielt Amy immer noch fest. Sie sahen sich in die Augen.

O nein! dachte Amy. *Wir dürfen das jetzt nicht! Es ist zu früh!*

Morgan zog sie etwas näher zu sich heran und hauchte einen sanften Kuß auf ihre Lippen, keusch und fragend.

Amy war, als täte sich der Boden unter ihr auf. »Bitte, Morgan ...«, flüsterte sie schwach. »Tu das nicht. Bitte nicht.«

»Warum nicht?« flüsterte Morgan an ihrem Mund. Ihr Griff um Amys Taille wurde fester.

»Wir sind betrunken«, sagte Amy. »Beide. Morgen wird es uns leid tun.«

»Woher weißt du das?« fragte Morgan. Ihr Mund wanderte an Amys Hals entlang.

»Nicht, Morgan ... bitte ...«, flüsterte Amy nun schon mit fast lautloser Stimme. Ihr war so heiß, daß sie sich am liebsten sofort ausgezogen hätte. »Du kannst nicht mehr denken ... und ich auch nicht. Wir sollten das nicht tun.«

»Wer sagt das?« fragte Morgan wieder. Ihre Hand glitt streichelnd zu Amys Brust hinauf. Als sie sie berührte, zuckte Amy zusammen. Morgans Mund kehrte zu Amys Lippen zurück. »Ich will dich«, flüsterte sie heiser. »Ich will dich so sehr.«

Das ist nicht genug, dachte Amy. *Nicht mehr.*

Morgans Zunge streichelte ihre Lippen und versuchte einzudringen.

»Morgan ...«, flüsterte Amy schwach. »Sei doch vernünftig.« Ihre Lippen kribbelten, ihr ganzer Körper fühlte sich an wie von Ameisenvölkern übersät, Morgans Berührungen setzten sie in Brand. Sie wollte Morgan so sehr, sie sehnte sich nach ihr, wollte ihr nah sein, sich mit ihr vereinigen, ein Teil von ihr sein, die Tiefen ihres Körpers und ihrer Seele erforschen.

Morgan sagte nichts und nutzte den Moment, um mit ihrer Zunge in Amys Mund einzudringen.

Amy stöhnte auf. *Ich kann nicht mehr,* dachte sie. Es war wie ein Blitz, der durch sie hindurchfuhr, wie eine Welle, die sie erfaßte und ihr alle Sinne raubte, wie ein Tornado, der über sie hinwegfegte und sie mitriß. »Morgan …«, flüsterte sie. »Morgan …«. Sie küßte Morgan zurück und spürte, wie Morgans Arme sie umfingen, ganz fest hielten, sie an sich preßten.

In Amys Kopf drehte sich alles, Gedanken, Gefühle, Empfindungen. *Wir sollten das nicht tun,* dachte sie noch einmal. *Es wird alles wieder kaputtmachen. Sie will nur Sex, sie denkt nicht an etwas anderes. Aber ich. Ich will mehr von ihr. Das ist nicht gut – überhaupt nicht gut.*

In diesem Moment glitten Morgans Hände von ihrem Rücken auf ihre Taille und von dort unter ihre Jacke. Sie zog hastig Amys Bluse aus dem Rock und berührte ihre nackte Haut.

Amy erzitterte. Ihre Brustwarzen spannten unter dem BH, in ihrem Bauch zog es sehnsuchtsvoll, und zwischen ihren Schenkeln bildete sich Feuchtigkeit. *Warum will ich sie so sehr?* dachte sie kurz verwundert. *Wo ich doch weiß, daß nichts daraus werden kann?*

Morgans Finger wanderten nach vorn, knöpften hektisch Amys Bluse auf. Sie schob ihr Jacke und Bluse gleichzeitig von den Schultern. Beides fiel hinter sie. Sie stand nur noch im BH da.

Morgan starrte auf ihre noch verhüllten Brüste, dann senkte sie ihren Kopf auf Amys Schulter und küßte sie, glitt mit ihren Lippen an Amys Hals hinauf und hinunter, wanderte über ihre Kehle auf die andere Seite und wiederholte es dort.

Amy legte weit den Kopf zurück, um Morgans Liebkosungen empfangen zu können. Sie spürte, wie ihr Atem immer heftiger wurde, immer kürzer. »Morgan …«, flüsterte sie.

Der letzte Rest Widerstand, der noch in ihr war, verflüchtigte sich. *Was mache ich mir Gedanken? Sie will es und ich auch. Das ist alles, was zählt.*

Morgans Hände schoben die Träger des BHs von Amys Schultern. Sie glitt nach hinten auf Amys Rücken und öffnete die Häkchen, schob die Träger über Amys Arme hinunter, bis der BH am Boden lag. Sie sah Amy mit weit geöffneten Augen an, stürzte sich auf ihren Mund und verschlang sie mit einem leidenschaftlichen Kuß, der Amy den Atem raubte.

Gleichzeitig suchte sie den Reißverschluß an Amys Rock, zog ihn herunter und schob Amy Rock und Slip in einer einzigen Bewegung von den Hüften. Sie beugte sich hinab und biß zärtlich in Amys Brustwarzen, so daß Amy vor lauter Lust aufschrie. »Treadwell ...«, wisperte sie gleich darauf besorgt und biß sich auf die Lippen.

»Er kommt nicht hier herein, wenn ich ihn nicht rufe«, beruhigte Morgan sie hastig und atemlos. »Keine Angst.«

Aber er hört mich trotzdem schreien, dachte Amy peinlich berührt.

Morgan verwöhnte ihre Brustwarzen, saugte und leckte, bis sie weit hervorstanden und Amy hilflos seufzte. Dann glitt sie an Amy hinab, kniete sich vor sie hin.

Amy erbebte. Sie legte ihre Hände auf Morgans Kopf, um sich abzustützen.

Morgan umfaßte ihre Pobacken fest, zog sie auseinander. Amy stöhnte auf, versuchte es zu unterdrücken, leise zu sein. Morgans Finger glitten von hinten zwischen ihre Beine, suchten die Mitte, teilten die Lippen.

Amy stöhnte auf. »Morgan!« Sie holte tief Luft. Ihre Schenkel zitterten. »Ich falle um, Morgan«, flüsterte sie schwach.

Morgan stand schnell auf und drehte sich mit Amy um. Sie legte fürsorglich ihren Arm um sie und ließ sie sanft in den Sessel sinken. »Das will ich auf gar keinen Fall«, sagte sie lächelnd.

Amy seufzte und sah in Morgans Augen. »Das ist nett von dir«, erwiderte sie leicht neckend.

»Ich will doch nicht, daß du dir etwas tust«, sagte Morgan und fügte trocken hinzu: »Mit einer bewußtlosen Frau kann ich nichts anfangen.«

O ja, richtig, es geht ja nur um Sex, dachte Amy. *Das hätte ich fast vergessen. Sie will sicherstellen, daß ich geistig und körperlich anwesend bin.*

Morgan glitt schon wieder an Amy hinab, drückte ihre Schenkel auf die Seitenlehnen des Sessels und tauchte dazwischen.

Warum tue ich das? dachte Amy. *Warum zum Teufel tue ich das?*

Morgans Zunge öffnete ihre Schamlippen und drang ein.

Amy stöhnte tief auf. »Ja ...«, flüsterte sie. Ihre Hände legten sich erneut auf Morgans Kopf, aber diesmal, um sie näher an sich heranzuziehen. Ihre Lust stieg sprunghaft an, sie vergaß alle Gedanken, die sich noch dazwischenschieben wollten. Sie konnte einfach nicht mehr denken. In ihrem Kopf drehte sich ein unaufhaltsamer Kreisel, der bunte Farben sprühte. Ihr Bauch verkrampfte sich, ihre Schenkel zitterten so sehr, daß sie sie nicht mehr beherrschen konnte.

Morgan griff danach und schob sie noch weiter auseinander. »Du bist so schön, Amy«, flüsterte sie hingerissen. Sie starrte einen Moment wie hypnotisiert zwischen Amys Beine.

Amy krallte ihre Finger in Morgans Haar. »Bitte, Morgan ...«, flüsterte sie. »Bitte ...« Ihre Schamlippen zuckten und pochten, wollten von Morgan berührt werden und öffneten sich weit.

»Oh Amy ...«, wisperte Morgan rauh. Sie fuhr mit einem Finger zwischen den geschwollenen Lippen entlang ohne einzudringen.

Amy zuckte hoch und schrie unterdrückt auf. »O Morgan, bitte ...«, flüsterte sie wieder. »Quäl mich nicht so ...«

Morgan lachte leise auf. »Ist es dann nicht viel schöner?« fragte sie.

»Ja. Ja.« Amy warf ihren Kopf zur Seite. »Aber jetzt ... bitte ... Morgan ...«

Morgan drang mit einem Finger in sie ein, und Amy stöhnte kurz laut auf, bevor sie weitere Geräusche unterdrückte. Sie atmete heftig. Morgan fügte einen zweiten Finger hinzu. Amy hob sich vom Sessel, wurde von Morgan wieder heruntergedrückt, bevor Morgan ihren Kopf senkte und ihre Klit zwischen die Lippen nahm.

Amy hätte so gern laut gestöhnt und geschrien, aber sie wollte nicht, daß Treadwell sie hörte, also biß sie sich auf Zunge und Lippen, bis es wehtat und alle Laute unterdrückte.

Morgans Zunge tanzte auf ihrer Klit wie auf der höchsten Spitze eines Gletschers, fuhr darüber, kitzelte sie, preßte sie zusammen und ließ sie wieder los. Ihre Finger nahmen Amy in einem gleichmäßigen Rhythmus.

Amy atmete immer heftiger, keuchte in dem Bemühen, die Laute zu unterdrücken, die sich ihr aufdrängen wollten und ihre Kehle besetzten.

Morgan wurde immer schneller auf ihrer Klit, zwischen ihren Beinen. Sie trieb sie hoch – und ließ sie dann kurz vor dem Höhepunkt verhungern, indem sie alle Bewegungen einstellte.

»O Morgan …«, flüsterte Amy hilflos, und ihre Finger glitten fahrig durch Morgans Haar. »Was tust du da?«

»Ich lasse dich ein bißchen warten«, flüsterte Morgan spitzbübisch.

»Was ist das?« hauchte Amy schwach. »Rache?«

Statt einer Antwort glitt Morgan an ihr nach oben und saugte an ihren steifen Brustwarzen, bis sie noch steifer wurden.

Amy stöhnte. Sie konnte nicht anders. Ihr Körper brannte, wollte Erlösung, und Morgan ließ sie nicht, reizte sie nur noch mehr. Ihre Brüste schienen angeschwollen wie Ballons, alles an ihr war geschwollen, zuckte, zitterte vor Erwartung.

Morgans Finger waren immer noch in ihr, und ihr Daumen glitt langsam und gleichmäßig über ihre Klit. Sie kam ganz nach oben und küßte Amy zärtlich, dann löste sie sich von ihrem Mund. »Komm«, flüsterte sie, während sie in ihre Augen sah. »Komm …«

Ihre Finger zwischen Amys Beinen wurden schneller, ihr Daumen auf Amys Klit fühlte sich wie ein Hubschrauberrotor an. Erneut flüsterte sie »Komm …«, während sie Amy beobachtete. Ihre Augen glänzten erregt.

Amy stieß ihre Hüften Morgans Hand entgegen, umklammerte ihre Finger in sich, wand sich auf dem Sessel, soweit sie das mit ihren weit gespreizten Beinen konnte, warf ihre Arme um Morgans Schultern. »Küß mich …«, flüsterte sie. »Küß mich, bitte …«

Morgan beugte sich zu ihr und drang in ihren Mund ein, nahm sie oben und unten mit gleicher Leidenschaft, ja fast Gewalt. Dann löste sie sich von ihr und beobachtete wieder ihr Gesicht. »Komm …«, raunte sie fordernd.

Amy atmete in abgerissenen Stößen, sie spürte die Kraft, mit der Morgan sie nahm, die sie auf Amy übertrug, die sie ganz erfaßte, ganz erfüllte. Ihr Bauch zog sich so zusammen, daß sie einen gequälten Schrei ausstieß. »O nein!«

»O ja«, lächelte Morgan. Ihre Bewegungen wurden noch schneller, bis Amy sich so verkrampfte, daß sie ihre Finger in ihr stillhalten mußte.

Amy explodierte, sie schrie, während ihr Körper ununterbrochen zuckte und sie keinerlei Kontrolle mehr darüber hatte, was Morgan mit ihr anstellte. Sie fühlte einen einzigen Krampf vom Kopf bis zu den Schenkeln, ihre Brüste brannten, als hätte sie wirklich ein Feuer erfaßt, in ihrem Inneren tobte ein Sturm der Leidenschaft, sie umklammerte Morgan, als wollte sie sie nie wieder loslassen.

Endlich zuckte ihr Bauch nur noch schwach, sie keuchte und rang um Atem, der Höhepunkt klang ab und hinterließ sie völlig erschöpft und ausgelaugt auf dem Sessel unter Morgans forschendem Blick.

»Warum siehst du mich so an?« fragte Amy, nachdem sie sich ein wenig erholt hatte.

»Nichts Besonderes«, entgegnete Morgan. »Ich schaue den Frauen nur gern dabei zu, wenn sie kommen.«

Den Frauen ... Amy hätte sich vor den Kopf schlagen können. Den Frauen ... nicht ihr, Amy, nur so ganz allgemein den Frauen, den vielen, vielen, die sie, Morgan, schon gehabt hatte.

Es war furchtbar. Der Orgasmus hatte ein derartiges Zärtlichkeitsbedürfnis in ihr ausgelöst, eine Sehnsucht nach Nähe und Harmonie, sie wollte Morgan streicheln und ihr sagen, daß sie sie liebte – aber Morgan war so weit weg. So schaute sie sie nur an. »Ich muß gehen, Morgan«, sagte sie. »Läßt du mich bitte aufstehen?«

»Selbstverständlich«, erwiderte Morgan, erhob sich, und Amy rappelte sich aus dem Sessel auf. »Willst du nicht noch duschen, bevor du gehst?« fragte Morgan.

Eigentlich wollte Amy ablehnen, aber sie fühlte sich so, als hätte sie eine Dusche dringend nötig. »Okay«, sagte sie.

Morgan zog das Oberteil ihres Hausanzuges aus und reichte es Amy. »Damit du dich nicht erkältest«, sagte sie lächelnd.

Oh, so rücksichtsvoll heute? Amys Sarkasmus gefiel ihr selbst nicht. Sie wußte, daß dieser Abend von Anfang an ein Fehler gewesen war. Sie hätte gar nicht erst kommen sollen. Sie nahm das Kleidungsstück und schlüpfte hinein. Es roch nach Morgan. Für einen Moment schloß sie die Augen. So nah, wie ihr das Kleidungsstück jetzt war, so nah hätte sie Morgan gern bei sich gehabt.

Morgan wirkte heute außergewöhnlich zugeknöpft. Unter dem Oberteil hatte sie ein T-Shirt getragen, sie war immer noch vollständig angezogen.

Amy sammelte ihre Kleidung ein. Vor der Tür zögerte sie in der Angst, daß Treadwell draußen warten würde, aber die Halle war leer. Sie gingen nach oben.

Dort angekommen nahm Morgan Amy die Kleider ab und warf sie auf ein Sofa, das in ihrem Schlafzimmer stand. »Bitte«, sagte sie und wies auf die Tür zur Dusche.

Amy ging hinein und duschte. Sie angelte sich Morgans Bademantel vom Haken und zog ihn an, bevor sie wieder in Morgans Schlafzimmer trat.

»Mein Bademantel steht dir besser als mir«, sagte Morgan leicht lächelnd.

Amy ging zu dem Sofa hinüber, auf dem ihre Kleider lagen. »Das bezweifle ich«, sagte sie. »Er ist mir zu groß.« Sie zögerte, den Bademantel abzulegen und wieder nackt vor Morgan zu stehen.

Morgan kam zu ihr herüber und umarmte sie von hinten. »Ich will nicht, daß du gehst«, flüsterte sie in ihr Ohr. »Bleib, bitte ...«

»Morgan ...«, flüsterte Amy. Es fiel ihr ohnehin schon schwer, sich von Morgan zu trennen, und wenn sie dazu noch so süß in ihr Ohr flüsterte – Sie legte eine Hand auf Morgans Arm, der sie umfaßt hielt. Sie streichelte ihn leicht und spürte, wie Morgans Härchen sich aufrichteten. Sie hauchte einen Kuß auf die Oberfläche. »Du weißt selbst, daß es am besten ist, wenn ich gehe«, sagte sie.

»Nein«, widersprach Morgan. »Das ist es nicht.« Sie ließ ihre Hände am Bademantel hinabgleiten und öffnete den Gürtel.

Amy erzitterte, als Morgans Hand ihre nackte Haut berührte. »Du bist der unvernünftigste Mensch, den ich kenne«, sagte Amy. Ihre Stimme schwankte unsicher.

»Ich bin nicht unvernünftig«, sagte Morgan. »Nur ein bißchen beschwipst, genau wie du.«

Sie hatte recht. Amy spürte den Wein immer noch in ihrem Kopf. Sie hätte kalt duschen sollen. »Weder das eine noch das andere ist eine gute Voraussetzung«, seufzte sie.

»Für was?« fragte Morgan.

»Für alles«, sagte Amy.

Morgan schob ihr leicht den Bademantel von der Schulter und küßte die freigelegte Haut an ihrem Hals.

Amy ging Morgans Berührung sofort wieder durch Mark und Bein. Sie zitterte – ebenso wie ihre Stimme. »Ich will nicht unfair sein«, sagte sie mühsam. »Du hast ein Recht auf eine Gegenleistung.« *Wenn ich mich doch nur nicht so danach sehnen würde. Wenn es doch tatsächlich eine Gegenleistung wäre ... nur das.*

»Das wäre schön«, flüsterte Morgan an ihrem Ohr.

Ohne den Wein wäre Amy wahrscheinlich gegangen, aber der Alkohol benebelte sie, als ob er nur darauf gewartet hätte, noch einmal herausgelassen zu werden. Sie hörte Morgans Stimme, und sie wollte sie berühren, wollte ihr so nah sein wie möglich, die Distanz überwinden, die sie trennte.

Sie drehte sich um und sah Morgan an. Morgan stand das Verlangen ins Gesicht geschrieben. In ihrem Kopf gab es sicherlich nur einen einzigen Gedanken. Ihre Augen glühten und versuchten Amy zu verschlingen. Sie umarmte Amy fest, küßte sie hastig und drängte sie zum Bett, bis sie beide darauf landeten.

Morgan glitt auf Amy, schob ihr den Bademantel von den Schultern und öffnete ihn überall, so daß Amy erneut nackt vor ihr lag. Sie wollte sich hinabbeugen, um Amys Brüste zu küssen.

»O nein, so haben wir nicht gewettet, junge Frau!« lachte Amy, griff nach Morgan und drehte sich schnell mit ihr herum. Sie schaute von oben auf Morgan hinab. »Du mußt dich daran gewöhnen, auch mal unten zu liegen.«

Morgans Mundwinkel zuckten. »Habe ich etwas dagegen gesagt?«

»Nein, aber du willst immer die Kontrolle haben. So geht das nicht«, erwiderte Amy. »Du wirst jetzt einfach mal tun, was ich dir sage.«

»Oh«, sagte Morgan.

»Genau«, schmunzelte Amy.

»Was soll ich tun?« fragte Morgan mißtrauisch.

Amy schob ihre Hände unter Morgans T-Shirt. »Zuerst einmal ziehen wir dich aus«, flüsterte sie. Sie fühlte, wie die Erregung von ihr Besitz ergriff.

Unter ihren Händen fühlte sie Morgans Haut zittern. Sie schob das T-Shirt langsam nach oben, bis Morgans Brüste freilagen. »Sie sind so schön, Morgan«, wisperte sie überwältigt. Sie beugte sich vor und legte beide Hände um Morgans Brust, als ob sie sie schützen wollte.

Morgan schloß die Augen. »Amy . . .«, flüsterte sie.

Es war ein Ton in ihrer Stimme, der Amy stutzen ließ. So hatte sie Morgans Stimme noch nie gehört. Sie beugte sich hinab und küßte eine Brustwarze, die ihr vorwitzig entgegenblickte.

Morgan stöhnte leise auf.

Du bist so eine süße Frau, dachte Amy. *Warum kannst du nicht auch sonst sein, wie ich dich gern hätte?* Sie seufzte.

Morgan lachte beinahe lautlos. »Das kitzelt!«

Amy schmunzelte. »Ein Kitzelorgasmus – das wäre einmal etwas Neues. Ich kann's ja mal versuchen.«

»Untersteh dich!« protestierte Morgan. »Ich hasse es, gekitzelt zu werden!«

»Weil du so kitzelig bist?« fragte Amy hinterhältig. Sie kitzelte Morgan unter beiden Armen gleichzeitig.

»Hör sofort auf!« Morgan kicherte, schlug wild um sich, warf sich zur Seite und versuchte zu entkommen.

Amy preßte sich auf sie und hielt ihre Arme fest. »Du gehörst mir«, sagte sie. »Du hast versprochen zu tun, was ich sage.«

»Ich habe gar nichts versprochen!« Morgan versuchte ihre Handgelenke aus Amys Griff zu befreien.

Amy drückte sie noch fester aufs Laken. »Dann versprichst du es jetzt«, sagte sie.

»Nein!« Morgan wehrte sich. Sie wand sich so wild, daß Amy zur Seite glitt.

Sofort war Morgan über ihr und versuchte ebenfalls ihre Hände festzuhalten. »Na warte«, sagte sie. »Das kriegst du zurück.« Sie wirkte ausgesprochen vergnügt. Anscheinend machte ihr das Gerangel Spaß.

»Du denkst wohl, weil du größer bist, gewinnst du«, knurrte Amy grimmig. »Aber da hast du dich getäuscht!« Sie warf sich mit aller Kraft herum und konnte Morgan dadurch abschütteln.

»Mein Gott, du bockst wilder als jeder Mustang!« lachte Morgan. »Du hast mich glatt abgeworfen.« Sie beugte sich hinunter und küßte Amy schnell, bevor sie sich wehren konnte. »Dabei bin ich eine ganz gute Reiterin«, fügte sie hinzu. »So schnell wird mich kein Pferd los.«

»Ich bin ja auch kein Pferd«, sagte Amy, »und du reitest mich nicht.«

»Da wäre ich nicht so sicher«, sagte Morgan, schwang sich schnell wieder auf sie und klemmte sich ihre Schenkel zwischen die Beine. »Ich hatte eigentlich schon vor, dich zu reiten.«

O Gott, jetzt fängt das wieder an! dachte Amy. *Ihre so taktvollen Sprüche.* Sie griff nach oben und kitzelte Morgan am ganzen Körper.

Morgan kicherte, verlor den Halt und rutschte herunter. »Das ist unfair!« schimpfte sie. »Pferde kitzeln eine nicht!«

»Womit bewiesen wäre, daß ich kein Pferd bin«, sagte Amy, nutzte die Gelegenheit und drehte sich auf Morgan. »Wenn hier jemand geritten wird, dann du.« Sie dachte, Morgan würde sich wehren, aber sie lag einen Augenblick ganz still.

Ihre Augen glitzerten tief und dunkel. »Dann tu's doch«, sagte sie leise mit rauher Stimme. »Laß mich nicht so lange warten.«

Amy fühlte, wie ein erregter Schauder über ihre Haut fuhr, als ob ein Luftzug sie getroffen hätte. Sie beugte sich hinab, schmiegte ihren ganzen Körper an Morgan und küßte sie.

Morgan erwiderte den Kuß ganz sanft, so wie es Amy gar nicht erwartet hätte. Sie küßten sich lange und innig, Morgan legte ihre Arme um Amys Rücken und schmiegte sich genauso an sie wie Amy zuvor.

»Morgan ...«, flüsterte Amy, als sie sich wieder voneinander lösten. Sie versuchte in Morgans Augen zu blicken, aber Morgan hielt sie geschlossen.

Amy wanderte mit ihrem Mund an Morgans Körper hinab bis zu ihrer Taille. Morgan gab leise, genießerische Töne von sich. Amy schob ihr die weiche, elastische Hose von den Hüften, immer tiefer, bis der Bund nur noch Morgans Dreieck bedeckte. Sie küßte die Leiste.

Morgan stöhnte auf.

Amy schob den Stoff Zentimeter für Zentimeter tiefer, und Morgans Haut zuckte unter ihrer Zungenspitze, wenn sie sie leicht wie eine Feder berührte.

»Du machst das so gut ...«, seufzte Morgan. »Das ist Wahnsinn.«

Sie hat viel Geduld heute, dachte Amy. *Sonst fordert sie doch immer viel schneller ihre Befriedigung ein.* Sie genoß es, Morgan so in ihrer Gewalt zu haben. Sie schien sich ihr ganz zu überlassen. Das war selten. *Liegt vielleicht am Alkohol,* dachte Amy. *Sie ist nicht ganz bei sich.*

Sie widmete sich ganz Morgans Haut, dem Streicheln und Küssen, bis sie sie vollständig ausgezogen hatte. »Es gibt keine schönere Frau als dich«, sagte sie bewundernd, als Morgan nackt vor ihr lag.

»Anwesende ausgenommen«, lächelte Morgan.

»Wie auch immer«, sagte Amy. Sie sank hinab zwischen Morgans Beine, schob sie auseinander und strich über die feucht glänzenden Schamlippen.

Morgan stöhnte laut. »Ja ...!« Ihr Atem ging plötzlich sehr hektisch. »Oh Amy! Komm zu mir ...«, flüsterte sie.

Amy drang in sie ein, und Morgan stöhnte noch lauter. Amy beugte sich hinab, nahm ihre Klit zwischen die Lippen, fuhr mit ihrer Zungenspitze über die harte, pochende Kugel.

Morgans Hüften zuckten hoch, fielen zurück, sie wand sich auf dem Laken. »Bitte ... bitte ...«, flehte sie.

»Du bist wie Samt«, hauchte Amy hingerissen, während sie mit ihrem Finger langsam in Morgan kreiste. »So weich, so warm, so wunderschön.«

»O bitte, Amy ...«, flehte Morgan atemlos. Ihre Hüften fanden keine Ruhe mehr.

Amy beugte sich erneut hinab und kitzelte Morgans Klit. Morgan schrie spitz auf, keuchte, stöhnte. Amy stülpte ihre Lippen über die angeschwollene Erhöhung und lutschte an ihr. Morgan schrie wieder. Schnell und immer schneller ließ Amy ihre Zunge auf der harten Spitze tanzen.

Morgan zuckte, verkrampfte sich, richtete sich auf und umklammerte Amys Kopf, hielt sich daran fest, saß im Bett und kam mit einem tiefen, animalischen Stöhnen. Amy spürte, wie Morgan ganz eng wurde, dann wieder weit, sich erneut verkrampfte.

Morgan fiel zurück und keuchte.

Amy ließ ihren Finger weiter in ihr kreisen.

»Ja!« stieß Morgan hervor, und schon begann sich ihr Becken wieder zu heben, stieß heftig in immer schnellerem Rhythmus gegen Amy.

Als Amy sie danach immer noch nicht entlassen wollte, richtete Morgan sich plötzlich auf, drehte sich auf Amy und begrub sie unter sich. Amy fühlte die wilde, ungebändigte Leidenschaft, die in Morgan brannte. Sie übertrug sich auf sie selbst.

»Dreh dich um«, flüsterte Morgan mit so rauher Stimme, daß sie fast brach. »Ich will dich lecken, während du mich leckst.«

Amy erschauerte und folgte Morgans Bitte. Aber danach war die Nacht noch lange nicht zu Ende. Es war, als nähme nichts ein Ende – ihre Leidenschaft nicht und ihre Erregung und ihre Energie auch nicht. Morgan lag auf ihr ... sie lag auf Morgan – es war irgendwie ... unübersichtlich.

Als sie endlich einschliefen, war es schon fast hell.

Als Amy erwachte, kam Morgan gerade aus dem Bad. »Du Langschläferin«, sagte sie lächelnd, während sie zur Tür des begehbaren Kleiderschranks hinüberging.

Amy schüttelte verwirrt den Kopf. »Au!« Sie hielt inne. Ihr Kopf tat weh. Der Wein.

»Treadwell hat Kopfschmerztabletten«, sagte Morgan. »Soll er dir eine bringen?«

»Hier? Jetzt?« Amy riß die Augen auf. Das fehlte gerade noch! Sie lag nackt im Bett, und Treadwell brachte ihr eine Tablette – ganz diskret ihre Nacktheit ignorierend, wie immer. »Soll er uns vielleicht noch das Frühstück ans Bett bringen?« fragte sie schlecht gelaunt. Ihre Kopfschmerzen trugen nicht gerade zu einem angenehmen Morgen bei.

»Normalerweise frühstücke ich unten«, sagte Morgan, »aber wenn du willst, kann Treadwell uns das Frühstück auch raufbringen.«

Amy schüttelte den Kopf, diesmal vorsichtiger, um nicht wieder diese Stiche heraufzubeschwören. »Das war ein Scherz«, sagte sie.

»Oh, ach ja?« Morgan runzelte die Stirn. »Hätte ja sein können.« Sie ging in den Kleiderschrank hinein.

Ob Morgan das schon einmal gemacht hatte? fragte Amy sich. Sich von Treadwell das Frühstück bringen lassen, während sie noch mit ihrer Geliebten im Bett lag? Wahrscheinlich. Sie seufzte. Morgan grauste ja vor gar nichts.

»Ich werde im Büro frühstücken«, rief sie Morgan hinterher. Nach dieser Nacht ein solch ... nüchterner Morgen, das war wirklich fast zuviel für sie. Sie hatte ja nicht erwartet, daß Morgan sie in zärtlich-romantischer Stimmung weckte, aber so, als ob gar nichts gewesen wäre? Auch nicht.

Morgan trat aus dem Kleiderschrank heraus und knöpfte ihre Bluse zu. »Hab dich nicht so albern«, sagte sie. »Unten gibt es Berge von Essen, und ich frühstücke sowieso. Habt ihr ein Frühstücksbuffet im Büro?«

»N-nein«, erwiderte Amy, die immer noch versuchte, richtig zu sich zu kommen. »Nur eine Kaffeemaschine.«

»Bei dem, was ich euch zahle?« fragte Morgan.

»Es hat wohl noch niemand daran gedacht«, sagte Amy. Sie stand vorsichtig auf, um ihren Kopf zu schonen. »Ich gehe dann mal duschen.«

Ein paar Minuten später trat sie aus der Dusche heraus. Morgan schminkte sich vor dem Spiegel. *Als ob wir verheiratet wären,* dachte Amy. Es war eine höchst merkwürdige Situation.

Während sie Morgan im Spiegel betrachtete, fühlte sie einige Empfindungen der Nacht zurückkehren. Morgans samtige Haut, Morgans Hingabe, ihr süßes Seufzen und die tiefen, dunklen Augen, die Amy erst erregt und dann entspannt angesehen hatten, als ob sie in ihr versinken wollten. Es war so schön gewesen, aber heute morgen war es einfach nur frustrierend. Sie hatte gestern schon gewußt, daß es ein Fehler war, aber heute wurde ihr die Erkenntnis noch einmal auf einem silbernen Tablett serviert.

Morgans Blick fing Amys im Spiegel auf. »Stehe ich dir im Weg?«

Amy schüttelte den Kopf. »In diesem riesigen Bad?«

»Ja, in diesem Haus ist alles groß«, sagte Morgan, »das stimmt.« Sie bürstete wieder ihre Wimpern und schaute Amy nicht mehr an.

Amy ging hinüber ins Schlafzimmer und zog sich schnell an. Sie kehrte ins Bad zurück und kämmte sich flüchtig.

»Du kannst mein Make-up benutzen, wenn du willst«, sagte Morgan. Sie schraubte ihren Lippenstift zusammen.

»Nicht nötig«, sagte Amy, »danke.« Sie lachte leicht. »Deine Farben sind etwas zu kräftig für mich. Ich bin blond. Deine dunklen Haare bieten Kontrast, aber ich wirke dann nur blaß.«

Morgan warf einen fachkundigen Blick auf sie. »Du siehst auch ohne Make-up sehr gut aus«, sagte sie. Es klang nicht wie ein Kompliment, nur wie eine nüchterne Beurteilung von Tatsachen.

»Das ist nicht sehr geschäftsfördernd, wenn du so etwas sagst«, bemerkte Amy. »Als Inhaberin eines Kosmetikkonzerns.«

Morgan lächelte leicht. »Es gibt eine Menge Frauen, die ungeschminkt lange nicht so gut aussehen«, sagte sie. »Oder es zumindest glauben. Von denen lebe ich ganz gut.«

»Und wenn unsere Kampagne greift, vielleicht sogar noch ein bißchen besser«, setzte Amy hinzu und ging wieder ins Zimmer hinüber. Sie schlüpfte in ihre Schuhe und sah Morgan an. »Oder hast du deine Meinung geändert? Es bleibt doch dabei, was wir besprochen haben?« Sie war sich nicht sicher, ob Morgan in ihrem halb betrunkenen und übermüdeten Zustand gestern abend überhaupt gewußt hatte, was sie sagte, und ob sie es heute in der Nüchternheit des Tages vielleicht zurücknehmen würde.

Morgan blickte sie einen Moment an. Amy fragte sich, warum sie zögerte. Konnte sie nicht einfach ja oder nein sagen?

»Es bleibt dabei, was wir besprochen haben«, sagte Morgan dann.

»Gut«, sagte Amy. Ein bißchen erleichtert war sie schon. Morgan war so unberechenbar, und sie hatte schon gefürchtet, daß sie alles umwerfen würde.

Morgan ging zur Tür. »Bist du fertig? Können wir hinuntergehen?«

Amy wußte nicht, ob sie wirklich zum Frühstück bleiben sollte. Es war das erste Mal ... und unter diesen Umständen ... »Ja«, sagte sie. Sie seufzte innerlich. Ein gutes Frühstück konnte sie jetzt schon gebrauchen – nach dieser Nacht. Sie spürte die Erschöpfung auf einmal deutlich. Und sie wollte nicht kindisch sein. Hatte sie wirklich angenommen, Morgan würde sich über Nacht ändern? Auch wenn die Nacht so schön gewesen war? Amy hatte es sich selbst zuzuschreiben, wenn sie nicht zufrieden war. Sie hätte es einfach nicht tun, sich mehr beherrschen sollen. Aber das hatte sie nicht getan. Und nun hatte sie die Folgen zu tragen.

Sie folgte Morgan in den Frühstücksraum – oder was immer es war. Das Haus hatte so viele Zimmer, daß sie kaum einen Bruchteil davon kannte.

Auf dem Tisch lagen zwei Gedecke. Amy wäre am liebsten im Boden versunken vor Scham. Natürlich hatte Treadwell alles mitbekommen. Sie wollte sich umdrehen und gehen.

In diesem Augenblick kam Treadwell zur Tür herein. »Guten Morgen, Madam«, sagte er wie immer vollkommen unbeeindruckt.

»Ach, Treadwell –« Morgan drehte sich halb zu ihm herum. Sie stand mit ihrem Teller am Buffet. »Könnten Sie Ms. Flanagan eine von Ihren Wunderpillen bringen – gegen Kopfschmerzen? Sie hat den Wein gestern abend nicht gut vertragen.«

»Selbstverständlich, Madam«, erwiderte Treadwell und verließ den Raum wieder.

»Ich ... ich möchte lieber gehen, Morgan«, sagte Amy nervös.

Morgan sah sie an, während sie mit ihrem Teller zum Tisch ging. »Warum? Hast du keinen Hunger mehr?«

»Doch, aber ... Treadwell ... Ich glaube kaum, daß dein Schlafzimmer schalldicht ist.« Eine leichte Röte überzog ihr Gesicht.

Morgan setzte sich. »Sei nicht albern. Für Treadwell ist heute nacht nichts geschehen. Nichts, was er nicht schon kennen würde.«

»Das macht es nicht besser«, sagte Amy und verzog das Gesicht. *Eher schlimmer,* dachte sie.

Treadwell kam zurück und legte eine Tablette neben das zweite Gedeck. Amy stand immer noch. »Was darf ich Ihnen sonst noch bringen, Madam?« fragte er. »Kaffee? Tee? Oder etwas vom Buffet?«

»Ähm, nein, das mache ich schon selbst, danke«, sagte Amy. »Aber Kaffee wäre nett.«

Treadwell wandte sich zum Gehen.

»Omelette, Treadwell«, sagte Morgan in diesem Moment und blickte ihn an. »Sehen Sie's?«

Treadwell warf einen Blick auf Morgans Teller. »Sehr gut, Madam«, sagte er und verließ das Zimmer erneut.

Amy sah Morgan an. »Ist etwas mit dem Omelette nicht in Ordnung?« fragte sie.

»Doch, doch, alles in Ordnung«, entgegnete Morgan. Sie schmunzelte leicht. »Treadwell zwingt mich immer zum Essen morgens. Heute bin ich ihm zuvorgekommen.« Sie warf einen vieldeutigen Blick auf Amy. »Weil ich so ausgehungert bin.«

Amy nahm schnell ihren Teller und ging zum Buffet. An heute nacht wollte sie am liebsten gar nicht mehr denken. Immer wenn sie Morgan ansah, dachte sie aber trotzdem daran. Wenn Morgan sie noch zusätzlich erinnerte – war es fast unerträglich. Sie sehnte sich schon wieder danach, sie zu berühren, einfach nur so, ihr übers Haar zu streichen, bei ihr zu sein. Einen anderen Morgen mit ihr zu verbringen als ausgerechnet dieses ... Geschäftsfrühstück. So kam es ihr vor.

Mit Morgan beim Erwachen im Bett zu liegen nach einer Nacht voller Liebe, sich einfach nur wohlzufühlen, sich nah zu sein und die Zweisamkeit zu genießen, in zärtlicher Ruhe, war das überhaupt möglich? *Nein,* dachte Amy. *Da fehlt schon die erste Voraussetzung: Liebe. Sie liebt mich nicht, sie will nur mit mir schlafen – wie mit den tausend anderen Frauen, die sie hatte.* Sie blickte auf Morgans Rücken, während sie mit ihrem Teller zum Tisch zurückkehrte. *Liebe mich,* hätte sie ihr am liebsten zugeflüstert, sie umarmt und geküßt. *Liebe mich, so wie ich dich liebe. Und wir werden ewig glücklich sein.* Sie schüttelte über sich selbst den Kopf. Was für ein dummer Gedanke! Sie mußte sich das einfach abgewöhnen, die Gefühle abstellen, die sie für Morgan empfand.

Liebe und Morgan, das paßte einfach nicht zusammen. Das war wie Feuer und Wasser, wie Himmel und Hölle. Man konnte nur eins von beidem haben.

Sie setzte sich an den Tisch. Im gleichen Moment kam Treadwell mit der Kaffeekanne herein. Er trat neben Amy und schenkte ihr ein. Sie konnte ihn immer noch nicht ansehen, so peinlich war ihr die Begegnung. Am liebsten wäre sie weggelaufen.

Nach dem Kaffee schenkte Treadwell ihr Mineralwasser ein. »Für die Tablette«, sagte er. »Es tut mir leid, Madam, daß Sie so schlechte Erfahrungen mit unserem 85er gemacht haben. Er ist ansonsten sehr verträglich.«

Vielleicht war es gar nicht der Wein, sondern die Anstrengung der restlichen Nacht, dachte Amy. *Und vielleicht denkt Treadwell das jetzt auch.* O Gott, war das peinlich!

»Ich bin Wein nicht gewöhnt«, sagte sie. »Wahrscheinlich liegt es daran. Normalerweise trinke ich lieber Bier.« Sie lachte. »Ich bin ein echtes Mädel vom Lande!« Sie zwang sich Treadwell anzusehen. »Aber der Wein hat wunderbar geschmeckt, Treadwell. Deshalb habe ich wohl zu viel davon getrunken. Ich muß mich das nächste Mal einfach mehr zurückhalten.« *In jeder Beziehung,* setzte sie in Gedanken hinzu. *Nicht nur beim Wein.*

»Ich werde Ihre Wünsche in Zukunft bei der Getränkeauswahl berücksichtigen, Madam«, erwiderte Treadwell. Was auch immer er dachte, man sah es ihm nicht an.

Amy hätte ihn gern gefragt, aber erstens traute sie sich nicht, und zweitens hätte Treadwell wohl kaum wahrheitsgemäß geantwortet.

Treadwell zog sich zurück, und Morgan und sie waren allein.

»Ein Mädel vom Lande.« Morgan sah sie an und schmunzelte. »Man glaubt es kaum.«

»Ich habe dir erzählt, daß ich aus Indiana stamme«, protestierte Amy etwas gereizt.

»Ja, hast du.« Morgan aß sehr langsam winzige Häppchen von ihrem Omelette.

Amy lachte und zeigte auf Morgans Teller. »Wenn du bei uns auf der Farm so in deinem Essen herumstochern würdest, wären alle ziemlich irritiert!«

Morgan blickte auch irritiert. Sie verstand nicht, was Amy meinte.

»Wenn man körperlich arbeiten muß, wie das auf einer Farm nun einmal normal ist, ißt man auch ziemlich kräftig«, fuhr Amy fort. »Das wollte ich damit sagen. Niemand läßt Essen auf dem Teller verhungern.«

»Ich habe morgens einfach keinen Appetit«, sagte Morgan abwehrend. »Schon als Kind konnte ich dann nichts essen.«

»Ist ja auch nicht schlimm«, sagte Amy besänftigend. Anscheinend war das Frühstück ein Reizthema für Morgan. »Du mußt ja auch nicht körperlich arbeiten.«

»Treadwell behauptet immer, das Frühstück sei die wichtigste Mahlzeit des Tages«, sagte Morgan. »Als ob es den Rest des Tages nichts mehr zu essen gäbe.« Sie wirkte etwas verschnupft, wie ein Kind, das sich gegen Vorschriften seiner Eltern wehrt. »Abends esse ich schon.«

»Ich weiß«, sagte Amy. Sie schaute Morgan an. Wie süß sie aussah mit diesem leicht schmollenden Gesichtsausdruck, so jung und unschuldig. »Treadwell ist bei dir angestellt«, sagte sie. »Du könntest ihm einfach verbieten, dich morgens zum Essen zu zwingen.«

Morgan blickte sie erstaunt an. Dann wandelte sich ihre Miene. »Ja, könnte ich«, sagte sie, als ob ihr dieser Gedanke gerade erst gekommen wäre. Sie schob ihren Teller von sich, stützte ihre Ellbogen auf und trank einen Schluck Tee. Über die Tasse hinweg sah sie Amy an. »Geht es dir jetzt besser? Hat die Tablette gewirkt?«

Amy stutzte einen Moment. An ihre Kopfschmerzen hatte sie gar nicht mehr gedacht. Sie waren fast nicht mehr da. »Ja«, sagte sie. »Das ist wirklich ein Wundermittel. Es hat geholfen. Was ist es?«

Morgan zuckte die Schultern. »Keine Ahnung. Treadwell ist dafür zuständig. Schon seit meiner Kindheit versorgt er mich mit allen möglichen Mitteln, ich weiß nie, was es ist.«

»Das könnte ich nicht«, sagte Amy kopfschüttelnd. »Ich muß immer wissen, was es ist. Allerdings nehme ich auch nicht viel Tabletten oder überhaupt Medikamente. Wie gesagt –«, sie hob die Hände, »ein robustes Farmmädel.«

»Heute nacht –« Morgan brach ab und räusperte sich. »Das hast du sicher nicht auf deiner Farm gelernt.«

»Nein«, erwiderte Amy trocken, »das habe ich aus dem *Discovery Channel*.«

Morgan sah sie einen Moment verblüfft an, dann verzogen sich ihre Mundwinkel amüsiert. »*Let's do it like they do on the Discovery*

Channel – meinst du das?«

Amy lachte ein wenig. »Ja, das Lied fand ich immer schon lustig. Vor allem habe ich mich gefragt, was sie denn nun so Schreckliches tun auf dem Discovery Channel. Ich habe da immer nur ganz harmlose Dokumentationen gesehen.«

»Dann hast du wahrscheinlich die falschen Sendungen eingeschaltet«, meinte Morgan immer noch amüsiert.

»Ich schaue nicht viel fern«, sagte Amy schulterzuckend. »Es ist eher Zufall, wenn ich überhaupt etwas sehe.«

»Geht mir genauso«, sagte Morgan. »Ich weiß schon gar nicht mehr, ob ich überhaupt einen Fernseher habe.«

»Frag Treadwell«, sagte Amy trocken. »Er weiß es bestimmt.«

Morgan schüttelte den Kopf. »Nein, nein, ich weiß es schon. Ich habe einen eigenen Raum fürs Fernsehen, mehr eine Art Studio. Aber das benutze ich selten bis nie. Nur manchmal, um unsere Werbefilme anzusehen.« Sie machte eine Handbewegung zu Amy hin. »Also werde ich es demnächst wohl wieder einmal benutzen.«

»Ich werde mich bemühen, daß der Film deinem Studio-Fernsehraum gerecht wird«, sagte Amy leicht lächelnd.

»Davon bin ich überzeugt«, sagte Morgan. »Wenn du willst, können wir weiteres dazu ja beim Abendessen besprechen.«

Abendessen? Heute? Hier? Bei dir? Amy wußte nicht, was sie sagen sollte. »Ähm ... Morgan ...«, setzte sie an.

»Hm?« Morgan hob die Augenbrauen und blickte ihr fragend ins Gesicht.

»Ich ... ich würde es begrüßen, wenn wir uns nicht hier treffen würden«, sagte sie vorsichtig.

»Wegen Treadwell, meinst du?« erwiderte Morgan. »Darüber brauchst du dir keine Gedanken zu machen. Aber wenn es dir lieber ist, gehen wir in ein Restaurant. Ist mir auch recht.«

»Es ist –« Amy brach ab und setzte neu an. »Bevor ich gestern abend herkam, hatte ich mir vorgenommen, Privates und Geschäftliches in Zukunft streng auseinanderzuhalten«, erklärte sie mit Überwindung.

»Und?« Morgan sah sie verständnislos an. »Das tue ich auch.«

»Das tust du?« Amy starrte Morgan verblüfft an.

»Natürlich«, sagte Morgan. »Immer.«

Und was war das dann gestern nacht? Geschäft? Amy konnte nicht glauben, was sie da hörte. Sie brauchte einen Moment, um wieder zu sich zu kommen. »Ohne den Alkohol wäre sicher nichts passiert«, sagte sie dann.

Morgan sah sie an. »Da bin ich nicht so sicher«, antwortete sie.

Amy erwiderte ihren Blick leicht irritiert.

»Wir sind zwei erwachsene Frauen«, fuhr Morgan fort. »Warum hätten wir uns zurückhalten sollen? Wir wollten es beide – nehme ich doch an.« Sie warf einen kurzen Blick auf Amy. »Wir brauchen uns für nichts von dem, was wir getan haben, zu schämen.«

»Es ist keine Frage der Scham«, erwiderte Amy. »Es ist eine Frage der Integrität.«

»Oh.« Morgan sah sie an. »Integrität.« Sie lächelte ein wenig. »Was für ein großes Wort für so eine unbedeutende Angelegenheit.«

Unbedeutend? Amy starrte sie ungläubig an. Immer mehr machte sich ein Gefühl der Fassungslosigkeit in ihr breit. Sie schüttelte innerlich den Kopf. Wie hatte sie nur annehmen können, daß Morgan –? »Deshalb warst du auch so wild darauf«, sagte sie.

»Ich war nicht . . .«, Morgan zögerte eingeschnappt, ». . . wild.«

»Ja, vielleicht hast du recht. Viel anders habe ich dich ja noch nie erlebt – dabei.« Amys Stimme klang ungewollt spitz.

»Laß uns dieses Gespräch beenden«, sagte Morgan kalt. »Ich glaube, das führt zu nichts.« Sie schob ihren Stuhl zurück und stand auf.

Amy blickte zu ihr hoch. »Ich möchte . . .« Sie stand ebenfalls auf, um auf Augenhöhe mit Morgan zu sein, während sie mit ihr sprach. »Ich möchte, daß wir unseren Kontakt in Zukunft auf das rein Berufliche beschränken, Morgan«, sagte sie und versuchte ihrer Stimme einen ebenso kalten Klang zu geben wie Morgan, aber es gelang ihr nicht ganz. »Ich hoffe, du bist damit einverstanden.«

Morgan verzog die Mundwinkel. »Kein Sex, meinst du?« Sie stieß ein ironisches Lachen aus. »Das ist kein Problem. Das bekomme ich an jeder Straßenecke, wenn ich will. Es gibt genug Frauen –« Sie brach ab und räusperte sich. »Ich denke, damit ist alles gesagt. Wir sollten langsam mal ins Büro gehen. Wir haben beide viel Arbeit, die auf uns wartet.« Sie drehte sich abrupt um und begab sich hinaus in die Halle.

Amy starrte ihr nach, dann folgte sie ihr. In der Halle reichte Treadwell gerade Morgan ihren Aktenkoffer. Amys stand ebenfalls neben der Tür. Treadwell hatte ihn wohl aus der Bibliothek geholt, nachdem Morgan und sie – Amy versuchte nicht mehr daran zu denken, aber dennoch überzog eine leichte Röte ihr Gesicht. Mit festem Schritt ging sie zur Tür und nahm ihren Koffer an sich.

Treadwell öffnete die Tür. »Einen schönen Tag, Madam«, sagte er zu Morgan, als sie an ihm vorbei hinausging.

Morgan schien abwesend und antwortete nicht.

Amy wollte schnell an Treadwell vorbeihuschen.

»Ich hoffe, Ihre Kopfschmerzen sind besser, Madam«, sagte Treadwell.

Amy blieb stehen. »Oh – o ja, Treadwell«, antwortete sie und sah ihn an. Sie sollte sich nicht wie ein Teenager benehmen. In einem hatte Morgan recht: Sie waren alle erwachsen. Treadwell auch. Sie lächelte. »Ihre Tablette hat wirklich Wunder gewirkt. Sie müssen mir bei Gelegenheit einmal verraten, was für ein Mittel das ist.«

»Ich werde es Ihnen aufschreiben«, sagte Treadwell, »wenn Sie das nächste Mal kommen.«

»Ähm ... ich –« Amy wußte nicht, was sie sagen sollte. Treadwell zwischen Tür und Angel erklären, was geschehen war? Daß sie vermutlich nicht mehr wiederkommen würde? Sie seufzte innerlich. Das war ihr heute morgen zuviel. Sie lächelte ihn erneut an. »Ja, danke«, sagte sie. »Auf Wiedersehen, Treadwell.«

»Auf Wiedersehen, Madam«, erwiderte Treadwell unbewegt. Es war ihm nicht anzusehen, ob er Amys Zögern bemerkt hatte.

Sie trat zur Tür hinaus. Die Limousine stand bereits in der Auffahrt, die hintere Tür geöffnet und Lou daneben. Noch so eine Herausforderung heute morgen. Das nahm kein Ende.

»Guten Morgen, Ms. Flanagan«, sagte Lou grinsend, als Amy neben sie trat, um einzusteigen. »Schön, Sie wiederzusehen. So bald schon.«

»Ich warne Sie, Lou«, quetschte Amy zwischen zusammengepreßten Lippen hervor. »Heute morgen ist kein guter Zeitpunkt, sich mit mir anzulegen.«

»Das lag nicht in meiner Absicht«, sagte Lou und wischte das Grinsen von ihrem Gesicht. »Ich wollte Ihnen nur einen Guten Morgen wünschen.«

»Ich wünschte, es wäre einer«, sagte Amy leise und stieg ein.

Morgan saß ganz außen im Fond. Sie nahm Papiere aus ihrer Aktentasche und blätterte sie durch. Sie beachtete Amy gar nicht.

Amy setzte sich ans andere Ende des Innenraumes, um so weit wie möglich von Morgan entfernt zu sein. Bei der Länge der Limousine war die Entfernung durchaus ausreichend, aber Amy fühlte sich trotzdem unwohl. War Morgan sauer, weil Amy ihr weitere Stelldicheins verweigert hatte? Oder war es ihr einfach egal?

Amy wäre es lieber gewesen anzunehmen, daß Morgan sauer war. Das wäre doch wenigstens ein Hinweis darauf gewesen, daß ihr etwas an Amy lag, daß Amy ihr nicht gleichgültig war. Aber mußte sie sich von dieser Idee nicht von vornherein verabschieden? Lag Morgan überhaupt irgend etwas an irgend jemand?

Amy beobachtete Morgan aus dem Augenwinkel. Sie blickte nicht hoch, konzentrierte sich auf die Papiere in ihrer Hand, zog einen Stift heraus und markierte etwas auf einem Blatt. Vermutlich tat sie genau das, was sie jeden Morgen auf der Fahrt ins Büro tat. Amys Anwesenheit schien sie vollkommen vergessen zu haben.

Amy beugte sich hinab und öffnete ihren Aktenkoffer. *Dann sollte ich wohl dasselbe tun.* Ihr fiel es jedoch bei weitem nicht so leicht, sich auf die Arbeit zu konzentrieren wie Morgan anscheinend. Sie nahm ein paar Papiere in die Hand, blätterte darin und versuchte zu lesen, aber immer wieder drängte sich ihr die Frage auf, was Morgan wohl heute nacht empfunden hatte. Was sie selbst empfunden hatte, wußte sie, doch wenn Morgan ähnliches gefühlt hätte, hätte sie heute morgen nicht so abweisend reagieren können.

Es hatte nur einen kurzen Moment gegeben, an dem Amy gedacht hatte, daß sich das vielleicht ändern könnte: als sie gemeinsam über die Erwähnung des Discovery Channels lachten. Für einen winzigen Augenblick hatte Morgan wie ein empfindungsfähiges Wesen gewirkt, wie eine Frau mit Gefühlen. Amy liebte sie in diesem Augenblick und für diesen Augenblick. Er hatte die Illusion aufkommen lassen, daß sie ein ganz normales Paar waren, das sich nach einer zärtlichen Liebesnacht beim Frühstück gegenübersaß und miteinander schäkerte.

Schäkern! Amy hätte beinahe laut gelacht. Morgan und schäkern – wie kam sie nur auf so einen Gedanken? Morgan schäkerte nicht, Morgan verführte – zielgerichtet und schnell. Ihr einziges Ziel war es, die Frau ohne viele Umstände ins Bett zu bekommen. Schäkern, das war etwas ... so etwas taten Liebende.

Amy schluckte. Liebende, die einfach nur ihr Beisammensein genießen wollten, die zeigen wollten, daß die Anwesenheit der geliebten Person ihnen wertvoll war, daß sie ihnen etwas bedeutete. Aber Morgan hatte ja eindeutig gesagt, es war unbedeutend. Alles, was sie getan hatten, war unbedeutend. Auch Amys Gefühle.

Amy atmete tief durch. Sie durfte sich da nicht so hineinsteigern. Morgan hatte nie etwas anderes behauptet, es war nur Amys Schuld, daß sie sich einbildete, irgendwann einmal könnte sich irgend etwas an Morgans Einstellung ändern. Sie, Amy, war einfach eine dumme Kuh, nichts weiter.

»Wir sind da, Ms. Holdsworth«, sagte Lou in diesem Moment.

Die Limousine glitt so geräuschlos dahin, daß Amy das Anhalten gar nicht bemerkt hatte.

»Ja.« Morgan nickte. Sie packte ihre Papiere in den Koffer und klappte ihn zu. »Bringen Sie Ms. Flanagan dann bitte in ihr Büro?« Sie warf einen sehr flüchtigen Blick auf Amy. »Oder möchtest du zuerst nach Hause?«

Amy versuchte Morgans Augen einzufangen, als sie sie streiften, aber Morgan griff schon nach der Tür und schaute sie nicht mehr an. »Nein, ins Büro«, sagte Amy, »das ist schon in Ordnung.«

»Gut«, sagte Morgan, ohne sich noch einmal zu ihr umzudrehen, und stieg aus.

Lou schloß die Tür hinter Morgan und setzte sich wieder ans Steuer. »Es wird ein bißchen dauern, bis wir an Ihrem Gebäude sind«, sagte sie. »Wir sind schon spät dran, voll im Berufsverkehr. Sonst setze ich Ms. Holdsworth immer früher ab.«

Tja, die Nachwirkungen der Nacht haben sie wohl doch etwas aufgehalten, dachte Amy sarkastisch. *Wenigstens eine Auswirkung, die sie nicht leugnen kann.* »Das macht nichts«, sagte sie zu Lou. »Ich habe es nicht besonders eilig.«

Die Fahrt dauerte dann doch nicht so lange, wie sie erwartet hatte, weil Lou eine exzellente Fahrerin war, jeden Schleichweg kannte und mit ihrer Stretchlimousine schneller vorankam als andere womöglich mit der U-Bahn.

»Sie machen das wirklich hervorragend, Lou«, sagte Amy anerkennend, als sie ausstieg. »Kompliment.«

»Danke.« Lou stand an der Tür und hielt sie ihr auf. Sie grinste ein wenig. »Keine Feindschaft mehr?«

Amy schüttelte den Kopf und lächelte. »Ich war wohl etwas …

unausgeglichen vorhin. War nicht so gemeint.«

»Amy?« Rebecca kam vom Eingang des Gebäudes auf die Limousine zu. »Guten Morgen.« Sie musterte Lou und den Wagen eingehend.

»Guten Morgen, Rebecca«, sagte Amy.

»Du kommst jetzt mit dem Limousinen-Service?«

»Nur ausnahmsweise«, sagte Amy und wollte schnell ins Gebäude verschwinden.

»Soll ich Sie heute abend wieder gemeinsam mit Ms. Holdsworth abholen?« fragte Lou.

Amy erstarrte für einen kurzen Moment. Sie konnte sich noch gut an Rebeccas gestrige Reaktion erinnern. Lou war heute wirklich nicht gerade taktvoll. »Nein«, sagte sie. »Nur Ms. Holdsworth, mich nicht.«

»Okay.« Lou setzte ihre Mütze ab, aber sie stieg noch nicht ein. Ihr Blick ruhte auf Rebecca, und Rebecca schien gar nicht zugehört zu haben. Jedenfalls reagierte sie nicht.

»Rebecca?« fragte Amy irritiert.

»Äh ...« Rebecca drehte sich um und schaute sie an.

»Kommst du nicht mit rein?«

»Nein, ich ... ich komme gerade von drinnen. Ich habe schon eine Weile gearbeitet«, sagte Rebecca. »Ich wollte eigentlich – Wir haben ein paar Proofs machen lassen von den Entwürfen für die Printkampagne, die wollte ich abholen.«

»Macht das nicht normalerweise der Fahrradkurier?« Amy runzelte die Stirn.

»Es geht schneller, wenn ich es tue«, sagte Rebecca, »und außerdem haben wir dann die Garantie, daß wir auch wirklich unsere Entwürfe bekommen und nicht etwas anderes. Letztes Mal waren die Papp-Rollen vertauscht, jemand anderer hat unsere gekriegt und wir deren. Die spielen wohl Fußball damit in der Kurierzentrale.«

»Dann sollten wir den Kurierdienst wechseln«, sagte Amy.

»Sonst hat es ja immer geklappt«, sagte Rebecca, »und ich glaube nicht, daß ein anderer Kurierdienst besser wäre.« Sie blickte kurz über ihre Schulter und sah zu, wie Lou abfuhr. »Die Kuriere sind doch überall dieselben. Alles nur junge Kerle, die angeben wollen.«

»Wahrscheinlich hast du recht«, sagte Amy. »Also dann – bis später.« Sie verschwand im Bürogebäude.

Rebecca drehte sich um, ging aber nicht sofort los, sondern blickte in die entgegengesetzte Richtung, wo auf der Straße gerade Lous Limousine abbog.

Morgan betrat ihr Büro und absolvierte den morgendlichen Ablauf mechanisch. Sie nahm ihre Post entgegen, blätterte sie durch, stellte ihren Aktenkoffer ab, startete ihren PC, öffnete ihre Jacke und setzte sich in den ledernen Chefsessel.

Verdammt noch mal! Sie hätte es am liebsten laut herausgebrüllt, aber sie dachte es nur – mit Rücksicht auf ihre Reputation und auf Mrs. Carmichael, die vor der Tür saß. *Ich hätte nicht mit ihr schlafen sollen. Verdammt, verdammt, verdammt!* Sie schlug in die Polsterung ihres Sessels. *Ich wußte, daß das nur Probleme heraufbeschwören würde.*

Warum konntest du dich dann trotzdem nicht beherrschen?

Der Alkohol –

Papperlapapp! Ausrede!

Sie war einfach so … süß. Morgan stand auf und ging zum Fenster. Von ihrem Büro im obersten Stockwerk des Konzerngebäudes blickte sie über die Stadt.

Warum sagst du ihr nicht, wie süß du sie findest?

»Was für eine Idee!« Morgan lachte laut. »Das sind doch alles nur Hirngespinste. Ich finde sie süß, wenn ich … wenn ich geil auf sie bin, das sind die Hormone. Chemische Reaktionen, nichts weiter. Sie ist eine attraktive Frau, intelligent dazu, erfolgreich – das macht mich an. Ansonsten –«

Ansonsten willst du nichts von ihr? Ein kleines, süffisantes Lächeln schien sich von hinter ihrem Ohr vor ihr inneres Auge zu schleichen.

»Mumpitz! Was sollte ich schon von ihr wollen? Wenn es vorbei ist, sind die Gefühle auch weg. Dann empfinde ich nichts mehr für sie. Es ist nur der Akt, an dem mir etwas liegt.«

Dann ist es aber schade, daß sie dir gerade den jetzt verweigert. Das süffisante Lächeln verwandelte sich in ein ausgewachsenes Grinsen.

»Es ist …«, Morgan setzte sich wieder und machte ein unzufriedenes Gesicht, »... lästig, nichts weiter.«

Warum ist es lästig?

»Weil sie ... weil sie eine ganz angenehme Person ist. Weil ich mich mit ihr unterhalten kann.«

Warum hast du ihr von deiner Familie erzählt, deinem Vater, sogar von deiner Mutter?

»Weil sie danach gefragt hat.«

Haben nicht auch schon andere danach gefragt? Und hast du denen etwas erzählt?

»Nein, natürlich nicht.«

Warum dann ihr?

»Weil sie ... weil sie – ach, laß mich in Ruhe!«

Morgan seufzte und legte ihr Gesicht in die Hände. »Mrs. Carmichael?« Sie hob ihr Gesicht wieder.

»Ja?« Barbara Carmichael erschien in der Tür.

»Wenn Ms. Flanagan anruft ...«

»... soll ich sie abwimmeln?«

»Nein.« Morgan setzte sich aufrecht hin. »Stellen Sie sie auf jeden Fall durch. Wenn ich nicht da bin, rufen Sie mich auf dem Pieper.«

»Oh.« Barbara Carmichael stutzte einen Moment. »Selbstverständlich«, sagte sie dann. »Noch etwas?«

»Nein.« Morgan wandte sich ihrem PC zu. »Das war alles. Ich will nur informiert werden, wenn sie anruft.«

Rebecca wedelte mit einer Kartonrolle durch Amys Bürotür. »Die Proofs«, sagte sie. »Sind gut geworden. Willst du sie dir anschauen?«

»Ja, natürlich.« Amy stand auf und ging zur Tür hinüber. Sie nahm Rebecca die Rolle aus der Hand, öffnete sie und breitete das erste Blatt auf dem Tisch aus.

»Wir haben die Entwürfe jetzt mal in Schwarzweiß und in Farbe drucken lassen«, erklärte Rebecca. »Was gefällt dir besser?«

»Eigentlich schwarzweiß«, sagte Amy. Sie legte überlegend einen Finger an ihre Lippen. »Bei all den bunten Anzeigen heutzutage fallen wir damit eher auf als mit der farbigen Version.«

»Dabei habe ich mir mit den Farben solche Mühe gegeben«, sagte Rebecca. Sie grinste leicht.

»Möglicherweise sollten wir die Version von den Printmedien abhängig machen, in denen wir drucken«, sagte Amy. Sie betrachtete auch noch die anderen Proofs und versuchte dabei geflissentlich zu ignorieren, daß sie auf diese Art Morgans Gesicht aus fünf verschiedenen Perspektiven gleichzeitig anstarrte. Und das auch noch lächelnd.

»Ich weiß nicht.« Rebecca schüttelte nachdenklich den Kopf. »Das verringert den Wiedererkennungswert. Ich finde, wir sollten uns für eine Version entscheiden. Aber das liegt natürlich bei dir. Du bist die Leiterin der Kampagne.«

»Würdest du es sehr bedauern, wenn deine so sorgfältig ausgesuchten Farben nicht erscheinen?« fragte Amy. Sie ging zu ihrem Schreibtisch und setzte sich.

»Wenn mich die farbige Version vollständig überzeugt hätte, hätte ich gar keine Schwarzweiß-Version angefertigt«, sagte Rebecca. »Ich glaube, mir gefällt die Schwarzweiß-Version auch besser.«

»Freut mich«, sagte Amy. »Dann sind wir uns ja einig.« Sie schaute auf ihren Bildschirm, obwohl dort nur der Bildschirmschoner seine bunten Kreise zog. »Ach, übrigens ...« Sie räusperte sich. »Ms. Holdsworth hat den Änderungen zugestimmt. Du kannst das Studio besorgen.«

»Gut.« Im Gegensatz zu gestern schien Rebecca heute nicht davon erschüttert, wann und unter welchen Umständen Morgan zugestimmt hatte. »Dann kann ich ja weitermachen. Ich habe nämlich schon angefangen.«

»Sehr schön«, sagte Amy. Sie war noch etwas überrascht von der Gelassenheit, mit der Rebecca reagierte.

Lawrence kam an Amys Tür vorbei. »Ah, ich habe dich schon gesucht, Rebecca«, sagte er. »Gehen wir?«

Amy blickte etwas irritiert auf.

»Lawrence hat mich zum Mittagessen eingeladen«, erklärte Rebecca.

»Wir ... wir müssen uns über das Projekt unterhalten«, ergänzte Lawrence hastig.

Amy stand auf. Sie erwartete, daß Lawrence sie hinzubitten würde, da sie für das Projekt zuständig war, aber nichts geschah. Lawrence wartete nur auf Rebecca und sah Amy kaum an.

Was ist denn hier los? dachte Amy. Und sie erinnerte sich daran, wie merkwürdig Lawrence sich schon direkt nach Rebeccas Einstellung verhalten hatte.

»Also dann ...« Lawrence hob die Hand.

Rebecca nickte Amy nur zu. Lawrence und sie verließen gemeinsam Amys Büro.

Amy blickte ihnen nach. *Vielleicht ist das der Grund, warum sie bezüglich Morgan so gelassen reagiert hat,* dachte sie. *Sie interessiert sich jetzt mehr für Lawrence als für mich.*

Die nächsten Tage ließen ihr jedoch kaum Zeit, darüber nachzudenken. Sie war vollauf damit beschäftigt, die Kampagne voranzutreiben. Sie dachte nicht einmal mehr über Morgan nach, wenn sie ihr Gesicht auf Rebeccas Entwürfen sah. Es war nur noch ein Logo, das sie verkaufen mußte.

»**S**o.« Amy schlug einen Hefter zu, den sie bis eben studiert hatte. »Jetzt ist aber genug für heute«, murmelte sie vor sich hin.

Schon vor Stunden hatten die anderen sie zur *Happy Hour* mitnehmen wollen, und sie hatte abgelehnt, weil sie die Kampagne unbedingt zum Abschluß bringen wollte. Ein paar Ideen sprangen ihr im Kopf herum und wollten sich einfach nicht zusammenfügen. Auch die Diskussion mit Rebecca, Nadine und Billy hatte nichts gebracht.

Jetzt, nachdem sie alles aufgeschrieben und noch einmal in eine andere Form gebracht hatte, fühlte sie sich zwar nicht zufrieden, aber immerhin etwas strukturierter. Sie war überzeugt, daß sie Morgan die Kampagne bald vorlegen konnte.

Morgan ...

Sie stützte ihr Kinn in die Hand und starrte vor sich hin. Seit Tagen hatten sie sich nicht gesehen und nicht gesprochen. Es war ja auch nicht nötig. Berufliches lag nicht an, und Privates hatte Amy bei ihrem letzten Treffen endgültig ausgeschlossen. Privates! Offenbar hatte nur Amy es so gesehen, Morgan meinte ja, all ihre Treffen

wären rein geschäftlich gewesen. Wie perfekt. Morgan ging allen Schwierigkeiten einfach aus dem Weg, indem sie behauptete, es wäre nichts Privates zwischen ihnen.

Dann sollte ich es eben auch so sehen. Amy seufzte. Das war schwierig. Trotz aller Konzentration auf die Arbeit, trotz wenig Schlaf, viel Kaffee und kaum Erholung geisterte Morgan in ihren Gedanken herum. Sie war wie ein Gespenst, das hinter jeder Ecke lauerte. Die Erinnerung an sie ließ Amy manchmal mitten im Satz erstarren, so daß die anderen sie merkwürdig ansahen. Es waren nur Kleinigkeiten, und doch fühlte Amy, daß sie Morgan nicht einfach so aus ihrem Leben verbannen konnte, wie sie es sich vorgestellt hatte.

Morgan konnte das – offensichtlich. Für sie war Amy nie Teil ihres Lebens gewesen, aber Amy hatte ihre Gefühle für Morgan nicht so unter Kontrolle. Sie konnte sich totarbeiten, und es war immer noch nicht vorbei.

Sie mußte abschalten. Entschlossen stand sie auf und beendete ihren Arbeitstag mit einem letzten Blick auf den Stapel Unterlagen, der ihren Schreibtisch zierte. Heute nicht mehr. Heute war endgültig Feierabend.

»Hey, Süße.«

»Du sollst doch nicht –« Amy drohte Charlie mit dem Finger.

»Ja, schon gut.« Charlie grinste. »Wo ist deine schöne Freundin mit den endlos langen Beinen?«

Amy sah ihn unbewegt an. »Nicht hier«, sagte sie. War sie nicht deshalb hergekommen, um nicht an Morgan erinnert zu werden? Aber dann hätte sie wohl damals nicht mit ihr in Charlies Kneipe gehen sollen.

»Oh, ich wollte nicht in deine Privatsphäre eindringen.« Charlie hob ein wenig die Augenbrauen.

»Tust du nicht. Privat ist es nicht. In keinster Weise.« Amy atmete tief durch.

»Na dann . . .« Charlie stellte ein Bier vor sie hin. »Du siehst nicht besonders gut aus, Kleines. Lust auf Reden?«

»Nicht wirklich.«

»Okay.« Charlie lehnte sich auf die Theke und schwieg.

Jemand kam zur Tür herein. »Hey, Lou.« Charlie schlenderte ans andere Ende des Tresens.

Amy drehte sich ein wenig um.

Lou sah sie vom anderen Ende des Tresens her an. »Ms. Flanagan?«

»Oh-oh!« Charlie hob einen Finger und drohte in beide Richtungen. »Keine Mister und Misses in meinem Lokal! So was gibt's hier nicht.«

Amy sah Lou an und hob ihr Glas. »Amy.«

»Ich weiß.« Lou kam zu ihr herüber und grinste leicht. »Wenn Sie nichts dagegen haben ...«

»Du ...«, sagte Amy. »Sonst schimpft Charlie wieder.«

»Also – wenn du nichts dagegen hast ...« Lou hob ihr Glas in Amys Richtung.

Amy hob ihres ebenfalls und stieß mit ihr an. »Keinen Schwesterschaftskuß bitte«, sagte sie. »Das ist das einzige von Charlies Ritualen, das ich verweigere.«

»Ist mir auch recht.« Lou sah sie an. »Bist du öfter hier? Ich habe dich noch nie hier gesehen. Und ich bin ganz schön oft hier.«

»Früher war ich das auch«, sagte Amy. »Aber in letzter Zeit –«

»Bist du anderweitig beschäftigt.« Lou grinste noch mehr.

»Nicht wie du denkst«, sagte Amy. »Das ganz und gar nicht.«

»Wenn du es sagst –« Lou hörte nicht auf zu grinsen.

»Morgan Holdsworth«, sagte Amy mit Betonung, »ist eine Kundin unserer Werbeagentur, das ist alles. Deshalb habe ich ab und zu eine geschäftliche Besprechung mit ihr.«

»Über Nacht?« Lous Grinsen setzte sich in ihrem Gesicht fest.

»Die Besprechung dauerte länger. Es lohnte sich nicht mehr, nach Hause zu fahren«, erwiderte Amy verstimmt.

»So.« Lou trank von ihrem Bier und sah Amy an.

»Ich glaube, ich gehe lieber«, sagte Amy und wandte sich ab.

Lou legte schnell eine Hand auf ihre Schulter. »Ich entschuldige mich«, sagte sie. »Ich werde sie nicht mehr erwähnen, okay?«

Amy zögerte einen Augenblick, dann drehte sie sich zu Lou um. Sie nahm ihr Bier und sah Lou an. Sie trank einen Schluck. »Wie läuft das Geschäft? Immer noch gut?« Sie stellte ihr Glas ab.

»Ich kann nicht klagen.« Lou lehnte sich auf die Theke. »Ich bekomme nicht viel Schlaf, aber das ist ja eigentlich nur ein gutes Zeichen.«

»Hast du jetzt Feierabend?«

»Nein.« Lou schüttelte den Kopf und trank einen winzigen Schluck. »Ich muß mich an diesem Bier festhalten, bis die Oper aus ist. Mehr darf ich nicht trinken, sonst ist der Führerschein weg. Und meine Kundschaft möchte nach der Oper vielleicht noch irgendwo hin. Das kann dauern. Ich mache meine erste längere Pause heute.«

»Das könnte man einen ausgefüllten Tag nennen«, sagte Amy beeindruckt.

»So ist es. Ich müßte eigentlich einen zweiten Fahrer einstellen, aber das ist im Moment noch nicht drin. Und du?« Lou sah sie an. »Du bist doch sicher auch sehr beschäftigt.«

Amy nickte. »Das ist meine *Happy Hour* hier.« Sie lachte ein wenig. »Die erste Stunde nach Feierabend.«

»Nur ein paar Stunden später als üblich«, ergänzte Lou. Sie lachte ebenfalls. »Fragst du dich manchmal auch, ob es das wert ist, so viel zu arbeiten?«

»Selten. Eigentlich nie«, sagte Amy. Sie mußte gar nicht überlegen. »Arbeit ist mein Leben.«

»Nur Arbeit? Keine –« Lou brach ab. »Tschuldigung«, sagte sie. »Ich wollte nicht ...«

»Keine«, sagte Amy trocken. »Keine Zeit.«

»Hm, geht mir irgendwie auch so.« Lou blickte etwas abwesend durchs Lokal. Sie räusperte sich. »Die ... die Frau, die da letztens aus deinem Gebäude kam, als ich dich abgesetzt habe ...«

Amy schaute sie fragend an. »Rebecca?«

Lou sah sie nicht an. »Eine Kollegin von dir?« Sie warf einen scheinbar flüchtigen, uninteressierten Blick auf Amy.

Amy schmunzelte. »Ja, so könnte man sagen. Sie ist neu bei uns. Graphikerin. Eine gute.«

»Das ...« Lou rausperte sich erneut. »Das glaube ich. Sie sieht ... kompetent aus.«

»Kompetent.« Amy versuchte ein Grinsen zu unterdrücken. *Ich wette, eigentlich wolltest du etwas anderes sagen.* »Sie ist erst kürzlich eingestellt worden, wie ich schon sagte«, fuhr Amy ganz harmlos fort. »Sie kommt gerade vom College.« Sie sah Lou an. »Wahrscheinlich seid ihr so ungefähr im gleichen Alter.«

»So ... so genau habe ich nicht hingesehen«, sagte Lou.

Ich wette, das hast du! Amy mußte nun doch lachen. »Soll ich dich engagieren, damit du mich abholen kannst? Dann könnte ich dich ihr vorstellen.«

»Ähm ...« Lou wirkte aufgeschreckt. »So wichtig ist das nicht. Ich wollte nur – Es hat mich nur interessiert, ob ihr zusammenarbeitet.«

»Ja, sicher«, sagte Amy. Sie musterte Lou eine Weile, die sich an ihr Bierglas krallte. »Sie ist sehr nett«, sagte sie. »Ich mag sie auch sehr gern.«

Lou sah sie merkwürdig an. »Oh ... dann ... dann möchte ich dir nicht –«

»Ins Gehege kommen?« Amy lachte erneut. »Tust du nicht. Rebecca ist nur eine Kollegin, weiter nichts.« *Ich weiß zwar nicht, ob Rebecca das auch so sieht, aber –*

Es schien, als ob Lou aufatmete.

»Wenn du ein bißchen Werbung für deinen Limousinen-Service brauchst, kannst du uns ja einen Auftrag erteilen«, sagte Amy lächelnd.

»Klar, und danach hänge ich mich auf, weil ich verschuldet bin bis ans Ende meiner Tage!« Lou lachte herzhaft. »So eine Agentur wie eure ist ein bißchen zu teuer für mich.« Sie nippte an ihrem Bier und schüttelte den Kopf. »Die beste Werbung ist Mundpropaganda. Auf jeden Fall in meinem Geschäft. Und da funktioniert es eigentlich im Moment ganz gut.«

»Das freut mich wirklich«, sagte Amy. »Ich bewundere dich. Ich hätte niemals den Mut aufgebracht, mich selbständig zu machen. Als ich so jung war wie du, kam ich aus Indiana hierher –«

»Indiana?« Lou starrte sie verblüfft an.

Amy verzog das Gesicht. »Wag es nicht!« drohte sie.

Lou grinste. »Ich war noch nie in Indiana. Also werde ich mich jedes Kommentars darüber enthalten. Und Witze erzähle ich auch nicht.«

»Dein Glück«, sagte Amy. Sie lächelte wieder. »Also ich habe damals jedenfalls genau wie alle anderen College-Abgänger nach einem Job gesucht, bei dem mich jemand anderer bezahlt, kein eigenes Geschäft aufgemacht.«

»Ich wette, du wirst ganz gut bezahlt«, sagte Lou. »Eure Agentur hat einen phantastischen Ruf.«

»Oh. Danke.« Amy blickte sie erstaunt an. »Ich hätte nicht gedacht, daß du dich mit so etwas auskennst.«

»Ich komme viel rum«, sagte Lou, »und höre so einiges. In meiner

Limousine werden manchmal Gespräche geführt – das glaubst du nicht. Geschäftsabschlüsse in Millionenhöhe.«

»Das spricht nicht gerade für Diskretion – ich meine, die deiner Kunden, nicht deine.« Amy sah nachdenklich aus.

»Meine Diskretion ist wahrscheinlich mit ein Grund dafür, daß ich immer mehr von solchen Geschäftsleuten engagiert werde«, sagte Lou. »Sie wissen, daß ich nichts weitererzähle, ganz egal, was ich mitkriege.«

»Das ist ein gutes Prinzip«, sagte Amy und sah Lou merkwürdig an.

»Ja.« Lou musterte sie ernst. »Das ist es. Und daran halte ich mich. Immer.«

»Danke«, sagte Amy.

»Wofür?« erwiderte Lou. »Ich weiß von nichts. Und das ist die Wahrheit.« Sie blickte auf ihre Armbanduhr. »Die Oper ist gleich aus. Ich muß los.« Sie nahm noch einen Schluck von ihrem Bier. »Hat mich sehr gefreut, Amy. Daß wir uns mal ein wenig näher kennengelernt haben, meine ich. Vielleicht sehen wir uns hier mal wieder, bei Charlie.«

»Vielleicht«, sagte Amy.

Lou winkte zum Abschied kurz mit der Hand. »Bis dann.«

»Bis dann.« Amy blieb an der Bar stehen und sah ihr nach, wie sie die Kneipe verließ.

Charlie wischte die Theke ab und kam dabei auf Amy zu. »Nette Frau, die Lou«, sagte er. »Ihr kennt euch?«

»Flüchtig«, sagte Amy. »Sie hat mich mal gefahren.«

»Wär' sie nichts für dich?« fragte Charlie.

»Lou?« Amy starrte Charlie an.

»Du bist zu viel allein«, sagte Charlie. »Das tut dir nicht gut. Bist schließlich ein richtiges Familientier, mit all den Brüdern zu Hause.« Er sah zur Tür und dann wieder auf Amy. »Und Lou ist sicherlich tausendmal weniger kompliziert als ...« Er blickte zur Decke und führte das nicht näher aus, aber Amy wußte, wen er meinte.

Und sie wollte nicht darauf eingehen. »Ich kann nicht glauben, daß du mich verkuppeln willst, Charlie«, sagte sie. »Daß du dir über so etwas überhaupt Gedanken machst.«

»Mach' ich nicht«, sagte Charlie. »War nur so 'ne Idee. Lou hat mir erzählt, daß sie auch allein ist. Hat sich vor einiger Zeit von ihrer

Freundin getrennt.«

»Das wußte ich nicht«, sagte Amy. »Über so private Dinge haben wir nicht gesprochen.«

»Und? Interessiert?« fragte Charlie grinsend.

»Nein!« Amy schlug spielerisch mit der Hand nach ihm. »Hörst du wohl auf? Oder willst du mich als treue Kundin verlieren? Wenn du so weitermachst, komme ich nie wieder her.«

»Das will ich natürlich auf keinen Fall!« Charlie lachte. »Du bist mir doch ans Herz gewachsen, Kleine. Aber drüben in Indiana wärst du sicherlich schon längst verheiratet und hättest einen Haufen Kinder. Die Großstadt macht die Leute einsam.« Er blickte sie besorgt an.

Amy starrte nachdenklich in den Spiegel hinter Charlies Theke, ohne ihn anzusehen. »Vielleicht ist es gar nicht die Großstadt, Charlie«, sagte sie. »Vielleicht sind wir das selbst.«

Sie trank ihr Bier aus und ging.

»**A**my Flanagan! Komm an meine Brust!«

Amy drehte sich um. Sie lachte und lief los. »Ich wußte doch, daß ich die Stimme kenne, die da über den Gang röhrt!« rief sie fröhlich. »Hallo, Paps!« Sie warf sich ihrem Vater in die Arme. »Was machst du denn hier?«

»Ich wollte mal sehen, was mein Augenstern so alles anstellt«, sagte ihr Vater und blickte stolz auf sie hinunter.

Amy löste sich von ihm und blickte zu ihm auf. Er war ein großer, kräftiger Mann, dem man die körperliche Arbeit auf der Farm ansah. Seine Muskeln hatte er nicht aus dem Fitness-Studio.

»Die Jungs lassen dich grüßen«, sagte er.

Amy nickte. »Komm. Willst du einen Kaffee?«

Ihr Vater nickte auch. »Oder Milch. Wenn du hast.«

»Hier in der Agentur nicht«, sagte Amy. »Tut mir leid. Bei mir zu Hause hättest du welche bekommen.«

»Dann Kaffee«, sagte ihr Vater. »Obwohl das ja bei euch Städtern nur gefärbtes Wasser ist.«

»Wenn ich immer noch den trinken würde, den ihr auf der Farm trinkt, hätte ich längst einen Herzinfarkt«, lachte Amy. »Erzähl, was machen die Jungs? Alle wohlauf?« Sie führte ihren Vater in ihr Büro.

»Alle vier«, nickte ihr Vater. »Aber mein einziges Mädchen fehlt mir.«

»Auf der Farm bist du doch ganz froh, daß du vier Söhne und eine Tochter hast und nicht umgekehrt«, sagte Amy.

»Einerseits schon«, sagte ihr Vater, »aber seit deine Mutter tot ist, fehlt uns die weibliche Hand im Haus.«

»Zum Putzen, Kochen und Waschen«, sagte Amy lachend.

»Das kriegen wir schon hin«, sagte ihr Vater. »Nein, es ist einfach ... eine Frau im Haus macht alles gleich gemütlicher, anheimelnder. Sie hängt Gardinen auf und räumt die Möbel um, stellt frische Blumen auf den Tisch, schimpft, wenn man sich nicht die Schuhe abtritt beim Reinkommen – da fühlt man sich gleich zu Hause.«

Amy lachte. »Na, das Schimpfen könnte ich schon übernehmen!«

»Aber du hast ja deinen Job hier«, sagte ihr Vater. »Deswegen komme ich auch nicht. Ich will nicht, daß du nach Hause kommst.« Er sah sie streng an. »Außer zu Thanksgiving und Weihnachten. Das erwarte ich.«

Amy streichelte seinen Arm. »Das tue ich doch gern, Paps. Ich freue mich immer so auf euch.« Ihre Stimme klang weich, und sie sah ihren Vater von der Seite zärtlich an. »Ach, ihr fehlt mir manchmal so!« seufzte sie.

»Weshalb ich hier bin ...«, sagte ihr Vater. »Dein Bruder Jamie will heiraten.«

»Jamie? Der kleine Jamie?« Amy starrte ihn mit offenem Mund an.

Ihr Vater lachte tief und dröhnend. »So klein ist er gar nicht mehr. Er ist dreiundzwanzig.«

»Wie die Zeit vergeht«, sagte Amy. »Ausgerechnet er macht es seinen Brüdern vor? Der Jüngste? Was ist denn mit den anderen drei?«

»Ach, die!« Ihr Vater winkte ab. »Wer weiß, ob die je heiraten. Das sind schon so richtig alte, verknöcherte Junggesellen.« Er grinste. »Mal sehen, ob Jamies Frau damit klarkommt, wenn sie zu uns zieht.«

»Sie zieht zu euch?« Amy war noch erstaunter.

»Ja. Und dann ist endlich wieder eine Frau im Haus, die uns Rüpeln Manieren beibringt«, sagte ihr Vater. Er grinste. »Wir brauchen das.«

»Ganz sicher!« Amy lachte. »Wer ist es denn? Spann mich nicht so auf die Folter.«

»Miranda Jefferson.«

»Miranda? Die kleine Miranda?«

»Du wiederholst dich«, sagte ihr Vater lächelnd. »Miranda ist auch nicht mehr so klein, genauso wie Jamie. Sie ist schon eine erwachsene Frau.«

Amy seufzte. »Kaum zu glauben. Und wann soll die Hochzeit sein?«

»So bald wie möglich«, sagte ihr Vater. »Deine zukünftige Schwägerin ist schon – na ja, sie sollten nicht mehr allzulange warten.«

»Sie ist schwanger? Von Jamie?« Amy konnte es immer weniger fassen.

»Das will ich hoffen«, sagte ihr Vater. Aber er lachte. »Nein, da besteht kein Zweifel. Aber du weißt ja, wie das auf dem Land ist. Die Leute sehen es nicht gern, wenn die Braut schon einen dicken Bauch vor sich herträgt. Noch geht's, deshalb werden sie nächsten Monat heiraten.«

»Nächsten Monat schon?« Amy starrte ihn an.

»Bei deiner Mutter und mir ging es noch schneller«, grinste ihr Vater. »Sonst hätte man es auf jeden Fall gesehen.«

»Mutter war auch –?« Amy drehte sich der Kopf.

»Liegt wohl in der Familie. Jamie setzt nur die Familientradition fort«, grinste ihr Vater. »Ich weiß, ihr Kinder wollt davon nichts wissen, aber Eltern waren auch mal jung und haben dasselbe gemacht wie ihr.«

Amy verzog das Gesicht. »Du hast recht. Das will ich wirklich nicht wissen.« Sie blickte ihren Vater an. »Ich werde natürlich zur Hochzeit kommen«, sagte sie. »Ich freue mich. Aber an den Vorbereitungen kann ich mich wahrscheinlich nicht beteiligen, ich habe so viel Arbeit hier. Ich hoffe, Miranda ist nicht böse.«

»Sicher nicht. Du kennst ja die Jeffersons«, sagte ihr Vater. »Fünf Töchter. Da sind genug Frauen im Haus, mit der Mutter sechs.«

»Das wird eine ganz schöne Umstellung für sie, nur mit euch Männern«, sagte Amy.

»Sie sagt, sie freut sich drauf. Mit ihren Schwestern hatte sie immer nur Streit.«

»Ich erinnere mich«, sagte Amy, »das war schon auf der Schule so.« Sie lachte ihren Vater an. »Und, Paps? Wie lange willst du bleiben? Du wirst ja wohl nicht gleich wieder nach Indiana zurückfahren wollen.«

»Das wohl kaum.« Ihr Vater lachte. »Das ist eine Tagesreise. Ich hatte gehofft, daß ich ein paar Tage hierbleiben kann. Die Jungs können die Farm auch mal allein versorgen. Hast du Platz für deinen alten Dad?«

Amy schüttelte ungläubig den Kopf. »Was für eine Frage. Natürlich. Du kannst so lange bleiben, wie du willst.«

»Bei der Luft hier?« Ihr Vater grinste. »Da werde ich es wohl nicht allzulange aushalten. Aber ein paar Tage mit meinem Mädchen ... das wäre schon schön.«

»Puh!« Amy fuhr sich durch die Haare. »Gerade jetzt habe ich so viel zu tun. Ich werde mich kaum um dich kümmern können.«

»Mußt du nicht«, sagte ihr Vater. »Ich beschäftige mich schon selbst. Aber mal ein Bier zusammen trinken ... dafür wirst du doch Zeit haben?«

»Immer«, sagte Amy. »Das ist kein Problem.« *Seit Morgan passé ist, habe ich die Abende ja frei,* dachte sie.

»Amy?« Lawrence stand in der Tür und schaute in Amys Büro. »Ah, du hast Besuch«, stellte er gleich darauf fest. »Da will ich nicht stören.«

»Du störst nicht«, sagte Amy. »Darf ich vorstellen? Mein Vater, Patrick Flanagan.« Sie deutete auf Lawrence. »Lawrence Bowchester, mein Chef, Besitzer dieser Agentur.«

Die beiden Männer musterten sich kurz. »Nett, Sie einmal kennenzulernen, Mr. Flanagan«, sagte Lawrence, kam herein und streckte Amys Vater die Hand hin. »Ich bin Ihnen zu großem Dank verpflichtet.«

Patrick nahm die Hand verblüfft. »Wieso das denn? Wir kennen uns doch gar nicht.«

»Das nicht.« Lawrence grinste. »Aber ohne Sie gäbe es Ihre Tochter nicht, und die ist das Beste, was mir und meiner Agentur je passiert ist.«

Amy wurde rot. »Du hast noch mehr Angestellte«, sagte sie.

»Aber keine wie dich.« Lawrence grinste immer noch. »Haben Sie ihr diese Bescheidenheit beigebracht?« fragte er Patrick.

»Ihre Mutter«, sagte Patrick. »Sie ist leider schon tot.«

»Das tut mir leid«, sagte Lawrence. »Ich hätte sie gern einmal kennengelernt.«

»Jeder hätte das«, sagte Patrick. »Sie war eine wunderbare Frau. Ich vermisse sie immer noch sehr.«

»Paps ...« Amy mußte auch an ihre Mutter denken, als ihr Vater sie erwähnte, und sie wußte, daß der Verlust sie beide zu Anfang beinahe den Boden unter den Füßen hatte verlieren lassen. Auch wenn es jetzt schon ein paar Jahre her war, fühlte sie den Stich erneut.

»Die Frauen sind unser Glück«, sagte Lawrence. »Ohne sie wüßten wir gar nicht, was das ist.«

Die beiden Männer, die ungefähr im gleichen Alter waren, sahen sich verständnisinnig an. Offenbar hatten sie einen gemeinsamen Nenner gefunden.

»Ähm ...« Amy hob einen Finger wie in der Schule. »Darf ich einmal etwas dazu sagen?«

»Du verstehst nichts davon«, sagte ihr Vater. »Du bist selbst eine Frau.«

Vielleicht verstehe ich nicht so viel vom Glück mit den Frauen, aber vom Unglück schon, dachte Amy. *Jedenfalls in letzter Zeit.* »Wenn du meinst.« Sie seufzte und wandte sich an Lawrence. »Weshalb wolltest du mich sprechen?«

»Oh, nichts Wichtiges.« Lawrence winkte ab. »Ich wollte nur fragen, wie der Stand der Dinge ist. Aber wenn dein Vater hier ist, nimm dir lieber ein bißchen Zeit für ihn.«

»Ich kann die Arbeit liegenlassen?« Amy grinste. Sie kannte die Antwort schon.

»Äh, nein, so ... also ... habe ich das nicht gemeint«, stotterte Lawrence.

»Ich verziehe mich schon wieder!« Patrick Flanagan hob lächelnd die Hand.

»Gehen Sie doch mit mir«, sagte Lawrence. »Ich wollte ohnehin gerade Schluß machen. Und zur *Happy Hour* haben sie ein paar tolle Drinks unten in der Bar.«

»Das ist eine gute Idee«, sagte Amy. »Ich habe noch mindestens eine Stunde hier zu tun. Ich stoße dann einfach später zu euch.«

»Prima«, sagte Lawrence. »Dann wäre ja alles geregelt. Lassen wir die junge Generation für uns arbeiten, während wir uns ins Vergnügen stürzen.«

Amys Vater schmunzelte. »So soll es sein«, sagte er spitzbübisch.

»Haut ab, ihr zwei Lausebuben!« Amy lachte. »Männer werden doch nie erwachsen!«

Sie boxte ihren Vater in die Seite, und grinsend zogen die beiden graumelierten Herren ab.

Tatsächlich dauerte es etwas länger als eine Stunde, bis Amy fertig war, fast zwei Stunden. Als sie auf die Uhr sah, bekam sie einen Schreck. Ob die beiden überhaupt noch auf sie warteten? Aber wo sollte ihr Vater hin? Selbst wenn Lawrence gegangen war, mußte Patrick auf Amy warten.

Sie packte ihre Sachen zusammen und schloß die Schränke ab. Sie dachte an ihren Vater und lächelte. Er brachte Landluft in die smogüberzogene Stadt. Das war Los Angeles: auf der einen Seite der Glamour von Hollywood, auf der anderen Seite eine Umweltverschmutzung, die ihresgleichen suchte. Wahrscheinlich mußten sie die Filme erst von einem Grauschleier reinigen, bevor sie sie auslieferten.

Sie schmunzelte. Man gewöhnte sich doch an alles. Als sie von Indiana hierher gekommen war, hatte sie gedacht, sie könne nicht atmen, so groß war der Unterschied. Zu Hause roch es nach Kuhmist. Das war zwar auch nicht angenehm, aber zumindest gesünder.

Sie warf noch einen Blick auf ihren Schreibtisch. Arbeit brauchte sie heute keine mitzunehmen. Wenn ihr Vater zu Besuch war, wollte sie wenigstens zu Hause davon verschont bleiben.

Sie verließ das Büro. Als sie mit dem Fahrstuhl nach unten fuhr, begann sie ein Liedchen zu pfeifen. Sie stutzte. Das hatte sie schon lange nicht mehr getan. Das war etwas, das mit zu Hause zusammenhing. Die Erinnerung daran brachte die alten Zeiten zurück. Zeiten, als sie über die Koppeln gesprungen war, nur in einer blauen Latzhose, und sich niemals hätte vorstellen können, hochhackige Schuhe zu tragen. Das war doch nur etwas für Mädchen!

Sie lachte. Sie hatte damals – abgesehen von den langen Zöpfen – wirklich fast wie ein Junge gewirkt. Etwas, von dem man heute nicht mehr viel sah. In der Großstadt, in einer leitenden Position, wurde von einer Frau erwartet, daß sie auch wie eine aussah und sich so kleidete. Was dazu geführt hatte, daß sich ihre blonden Haare nun bis über ihre Schultern wellten und sie mehr Kostüme im Schrank hatte als Jeans. Und Abendkleider, von denen sie früher in Indiana nicht einmal geträumt hätte.

Es war ein Leben im Glanz, und doch ...

Der Fahrstuhl hielt. Sie war froh, daß er ihre Gedanken unterbrach, denn sie hatte angefangen, darüber nachzudenken, ob Morgan als Kind vielleicht über Koppeln gesprungen war. Wie sie überhaupt als Kind gewesen war. Amy hatte ihre Kindheit als eine einzige Freude in Erinnerung, eine Aneinanderreihung von sonnigen Tagen, sommers wie winters, nur unterbrochen von kleinen Unannehmlichkeiten wie Händewaschen und Zähneputzen. Aber Morgan ... nach dem, was sie erzählt hatte, war ihre Kindheit trotz allen Reichtums kein Zuckerschlecken gewesen. Und wo hätte sie über Koppeln springen sollen auf dem gepflegten Anwesen? Überall nur Rasen und Rosensträucher, keine Gelegenheit für wilde Kinderspiele, von denen man mit zerrissenen Hosen zurückkehrte und dafür ausgeschimpft wurde.

Morgan und zerrissene Hosen – Amy lachte. Morgan war so eine elegante Frau, man konnte sich gar nicht vorstellen, daß sie als Kind einmal anders gewesen sein sollte. Und doch wurde selbst eine elegante Frau wie Morgan nicht so geboren. Auch sie mußte einmal ein Kind mit laufender Nase oder dreckigen Fingernägeln gewesen sein. Kaum vorstellbar.

Amy umrundete das Gebäude und betrat von hinten die Bar, deren Eingang etwas versteckt lag. Das tat ihrem Erfolg jedoch keinen Abbruch. Obwohl die *Happy Hour* weit überschritten war, herrschte immer noch reges Treiben. An den Tischen saßen Menschen und lachten, in der Mitte wurde getanzt, und auf der kleinen Bühne verstieg sich hin und wieder ein Büroangestellter oder eine Sekretärin zu kleinen Gesangseinlagen, unterstützt von der Karaoke-Maschine. Es war wie immer.

Amy blickte sich um. In dem Gewühl war niemand leicht zu entdecken, aber die Angestellten der Agentur Bowchester hatten meistens denselben Tisch, also hielt sie durch die Welle tanzender Körper hindurch einfach darauf zu.

Das letzte Paar, das sie zur Seite schob, gab den Blick auf zwei weinselig glänzende Gesichter frei, die kaum noch Ähnlichkeit mit den beiden Personen aufwiesen, die Amys Büro noch vor einiger Zeit so distinguiert geschmückt hatten. Lawrence und Patrick lagen sich fast in den Armen, Lawrence trug weder Krawatte noch Sakko, beides lag zerknüllt auf einem Stuhl. Patrick hatte ebenfalls seine Jacke ausgezogen, aber er war offensichtlich noch in der Lage gewesen, sie ordentlich auf eine Lehne zu hängen.

Patrick hob die Hand, als er Amy erkannte. »Da bist du ja endlich, Tochterherz!« Er artikulierte nicht mehr ganz sicher.

»Amy«, begrüßte sie nun auch Lawrence. »Wir haben gedacht, du kommst gar nicht mehr.«

»Mein Chef wollte doch, daß ich noch arbeite«, sagte Amy lächelnd.

»Dein Chef muß ein Trottel sein«, lallte Lawrence.

»Wenn du es sagst ...« Amy setzte sich. »Ihr habt euch zwischenzeitlich in meiner Abwesenheit gut amüsiert, wie ich sehe.«

»O ja, o ja!« Patrick klopfte Lawrence heftig auf die Schulter. »Larry hier ist ein feiner Kumpel!«

»Freut mich, daß ihr euch versteht.« Amy hob die Hand. »Ein Bier, bitte«, sagte sie zu der Bedienung, die daraufhin an den Tisch kam. Die nickte und verschwand.

Amy wandte sich wieder den beiden Männern zu. »Sind die anderen schon alle gegangen?«

»Ja, die – das sind doch alles Weicheier!« lallte Lawrence und runzelte die Stirn. »Nur Patsy nicht.« Er stieß Patrick gegen den Arm, daß dessen Bier überschwappte. Aber er lachte. Lawrence fuhr fort: »Auch recht. So konnten wir mal ein richtiges Gespräch unter Männern führen ... unter Vätern.«

»Du hast doch gar keine Kinder«, sagte Amy irritiert.

»Ja.« Lawrence stutzte. »Aber Patsy hier hat genug für zwei«, sagte er dann.

»Das ist wahr«, sagte Amy. Sie lächelte ihren Vater an und hob ihr Glas, das mittlerweile gebracht worden war. »Wollen wir anstoßen, Paps?«

»Ja, klar!« Patrick hob ebenfalls sein Glas, und es klirrte laut, als es gegen Amys stieß. Glücklicherweise waren die Gläser hier stabil, sonst wäre wohl mindestens eines zu Bruch gegangen. »Auf meine Tochter, die beste Tochter von allen.«

»Darauf kann ich schlecht trinken«, lachte Amy. »Also trinken wir auf deinen Besuch hier. Schön, daß du gekommen bist.« Sie nahm einen Schluck und setzte ihr Glas ab. »Dann hat mein Vater dir sicherlich auch erzählt, daß mein kleiner Bruder heiratet«, wandte Amy sich an Lawrence. »Stell dich schon mal darauf ein, daß ich für die Hochzeit Urlaub beantrage.« Sie grinste.

Lawrence schaute sie verständnislos an. »Hochzeit«, sagte er dann. »Wenn man heiraten kann, sollte man das auch tun.«

Amy fand seine Antwort etwas kryptisch, aber was konnte man von einem offensichtlich recht angetrunkenen älteren Herrn schon erwarten. Sie machte sich weiter keine Gedanken darum.

»Jetzt kannst du.« Lawrence stieß Patrick an.

»Was?« Amy hob die Augenbrauen.

Ihr Vater erhob sich und wankte zur Bühne.

Amys Mundwinkel verzogen sich zuckend. »Was soll das denn?«

»Wirst schon sehen.« Lawrence drehte sich zur Bühne um.

Patrick hatte sie mittlerweile erreicht und erklomm die drei Stufen, die hinaufführten, so schwankend, daß Amy angst und bange wurde. Patrick sprach mit dem Angestellten der Bar, der für die Musik zuständig war und an der Bühne saß.

Der stellte die Tanzmusik ab und griff zum Mikrofon. »Meine Damen und Herren, wir haben einen Besucher von außerhalb, der Ihnen gern seine Sangeskunst darbieten würde. Ich bitte um Applaus.«

Die Anwesenden klatschten freundlichen Beifall, und Patrick nahm das Mikrofon. »Ich bin nur ein kleiner Farmer aus Indiana, der kaum weiß, wie eine 100-Dollar-Note aussieht«, begann er, und seine Stimme klang jetzt nicht mehr angetrunken, »aber ich besitze etwas, das wertvoller ist als alles Geld der Welt, das sind meine Kinder.« Er blickte in den Saal hinein. »Meine vier Jungs sind drüben in Indiana, aber meine Tochter ist hier. Zwar ist sie schon eine richtige Städterin geworden, die unseren Landkaffee nicht mehr verträgt«, er lachte, ebenso wie Amy, die ihm erstaunt zuhörte, »aber für mich wird sie immer mein kleines Mädchen bleiben, auch wenn sie noch so erfolgreich ist und Karriere macht.« Er machte eine kleine Pause. »Ich bin stolz auf sie«, sagte er. »Sehr stolz. Und ich hoffe, daß jeder Vater, der stolz auf seine Tochter ist, ihr das auch sagt. Ich will es ihr jetzt sagen. Mit diesem Lied.«

Im Hintergrund wurde eine Melodie angespielt. Amy erkannte sie sofort. Tränen stiegen in ihre Augen, und sie mußte schlucken. Die rauhe Stimme ihres Vaters stieg in die Melodie ein, und *Danny Boy* floß durch den Raum. Amy hörte zu, bis sie mitten im Lied aufstand und zu ihrem Vater auf die Bühne ging. Er lächelte sie an, sie lächelte zurück, sie nahmen sich in den Arm, und als die hohe Stelle kam, hörte Patrick auf zu singen, und Amy sang die hohen Töne allein, bis ihr Vater beim Aufnehmen der Melodie wieder einsetzte.

Zum Schluß hörte man beide Stimmen zusammenklingen, die eine rauh und ungeübt, die andere hell und klar. Dennoch klang es harmonisch. Es war eine innere Harmonie zwischen ihnen, die sich auf das Lied übertrug.

Das Publikum jubelte schon, als sie mit dem Lied noch gar nicht fertig waren, und verlangte nach einer Zugabe. Gemeinsam sangen sie noch einmal den Refrain, aber dann winkte Patrick ab, und Amy und er verließen lachend die Bühne. Die Tanzmusik setzte wieder ein.

»Das war wunderbar, Amy.« Als sie zum Tisch zurückkamen, saß dort nicht nur Lawrence, sondern auch Rebecca, die Amy bewundernd ansah.

»Ich dachte, du wärst schon längst zu Hause«, sagte Amy überrascht. »Als ich ging, hatte ich den Eindruck, ich wäre die letzte.«

»Nein, ich war noch da. Der Entwurf gefiel mir noch nicht.« Rebecca schaute zu Lawrence und dann wieder zu Amy.

»Wir wissen deinen Arbeitseifer zu schätzen«, sagte Amy, stellvertretend für Lawrence gleich mit, »aber du mußt auch mal schlafen.«

»Das war nicht das erste Mal, das ihr zusammen gesungen habt, oder?« fragte Lawrence, der wieder etwas nüchterner schien als zuvor.

»Nein.« Amy lachte. »Zu Hause haben wir das oft getan. Und auch dort mußte ich die hohen Töne immer allein singen.«

»Du hast eine wundervolle Stimme. Warum sollten wir das nicht genießen?« sagte Patrick.

»Das ist mein Vater«, sagte Amy zu Rebecca gewandt. »Patrick Flanagan.«

»Ich weiß.« Rebecca nickte. »Das hat mir Lawrence schon erzählt.« Sie streckte Patrick die Hand hin. »Rebecca Bernstein.«

»Sie ist eine großartige Graphikerin«, sagte Lawrence stolz, als ob das sein Verdienst wäre. »Sie arbeitet seit kurzem in Amys Team.«

»Oh, Sie Arme!« Patrick lachte. »Dann sitzen Sie ja jetzt hier praktisch mit zwei Chefs am Tisch. Das ist meistens kein Vergnügen.«

»So schlimm ist das nicht.« Rebecca grinste. »Und bitte, sagen Sie nicht Sie zu mir. Ich heiße Rebecca.«

Patrick hob sein Glas. »Patrick.«

Sie saßen noch eine Weile und unterhielten sich, bis Rebecca sagte: »Ich glaube, ich rufe mir ein Taxi. Ich muß langsam mal in die Federn.«

»Laß mich das machen.« Amy stand auf. »Ich glaube, wir gehen alle. Dann können wir uns ein Taxi teilen. Keiner von uns kann mit seinem eigenen Auto nach Hause fahren mit dem Alkohol im Blut.«

Kurz darauf kehrte sie zurück. »Der Wagen kommt in zehn Minuten.«

Sie zahlten, warfen sich ihre Jacken über und gingen zum Ausgang.

Vor der Tür stand jedoch kein Taxi, sondern eine schneeweiße Stretchlimousine.

»Was –?« Rebecca starrte verblüfft darauf. Sie war die erste, die hinter Amy auf die Straße getreten war.

»Lou war gerade in der Nähe«, sagte Amy, »da habe ich sie gefragt.«

Lou stieg aus und kam um die lange Schnauze des Wagens herum. »Darf ich bitten, die Damen?« Sie schmunzelte und hielt Amy und Rebecca die hintere Tür auf.

»Und Herren«, sagte Amy. »Die brauchen etwas länger.«

In diesem Moment wankten Lawrence und Patrick Arm in Arm auf die Straße hinaus. Patrick sang noch den letzten Schlager nach, zu dem die Leute eben noch getanzt hatten. »Mann, Amy, du hast jetzt schon die Hochzeitskutsche bestellt?« fragte er verwirrt. »Jamie heiratet doch erst nächsten Monat.«

»Steig ein, Paps.« Amy lachte und schob ihn in den Wagen. »Das erkläre ich dir morgen, wenn du wieder nüchtern bist.«

Lawrence ließ sich ebenfalls in die Polster fallen.

»Wohin?« fragte Lou.

Amy kannte die Adresse von Lawrence gut, da sie dort immer wieder einmal eingeladen gewesen war. Er wohnte am nächsten. Sie nannte die Adresse und sagte dann: »Danach kannst du zu mir fahren und meinen Vater und mich absetzen.« Sie unterbrach sich. »Entschuldige, Rebecca, ich weiß gar nicht, wo du wohnst. Ist es zu dir vielleicht näher? Dann fahren wir zuerst zu dir und am Schluß zu mir.«

»Nein, nein«, sagte Rebecca. »Zu mir ist es weiter. Ich bin die letzte.«

»Okay, dann wäre ja alles geklärt«, sagte Lou. »Ich habe die Route schon im Kopf. Also dann, Herrschaften, auf geht's.« Sie fuhr die Trennscheibe hoch, und der Wagen setzte sich ohne einen spürbaren Ruck in Bewegung.

»Das ist ja ein tolles Gefährt«, sagte Patrick und sah sich um. »Ihr lebt wirklich feudal, ihr Städter.«

»Das ist nicht die übliche Art, wie wir uns bewegen«, lächelte Amy, »falls du das denkst. Normalerweise nehme ich ein Taxi oder fahre mit dem eigenen Auto. Aber wie gesagt: Lou war gerade in der Nähe.«

»Da hab ich ja was zu erzählen, wenn ich auf die Farm zurückkomme«, sagte ihr Vater schwer beeindruckt.

»Wenn du ihnen aber erzählst, daß du in diesem Wagen gefahren bist, nachdem du ungefähr zehn Bier gekippt hattest, werden sie einfach nur glauben, das wäre eine neue Variante des weißen Elefanten, der so gern nach solchen Gelegenheiten auftaucht«, sagte Amy.

»Schnurz«, sagte ihr Vater. »Hauptsache ich weiß, daß es kein weißer Elefant ist.«

Das Haus von Lawrence war etwa eine halbe Stunde entfernt. Bis dahin hatte Patrick sämtliche Eigenheiten des mobilen Hotels ausprobiert, denn das war es wirklich. Es gab hier nichts, was es nicht gab. Telefon, Video, Bar – alles war vorhanden.

Lou hielt an und öffnete die hintere Tür.

Lawrence, der fast eingeschlafen war, rappelte sich aus den tiefen Polstern hoch. »Was soll ich nur Mary sagen?« murmelte er vor sich hin.

»Sag ihr, daß Rebecca und ich dabei waren, und mein Vater«, schlug Amy vor. »Deine Frau wird das schon verstehen. Und bestell ihr einen Gruß von mir.«

»Das werde ich«, sagte Lawrence. »Sie mag dich sehr. Dann fällt die Standpauke nicht so heftig aus. Ich glaube, ich bin schon ewig nicht mehr so nach Hause gekommen.«

Amy half ihm aus dem Wagen hinaus, unterstützt von Lou. »Es wird schon nicht so schlimm werden«, sagte sie. »Mary kann dir doch nie lange böse sein.«

»Das hoffe ich«, sagte Lawrence skeptisch. »Du kennst sie nicht so gut wie ich.« Er richtete sich auf und versuchte beim Weg auf den Hauseingang zu einen nüchternen Eindruck zu machen.

Lou und Amy sahen sich grinsend an. Amy stieg wieder hinten ein, und Lou hielt kurz darauf an dem Appartementhaus, in dem Amy wohnte.

»So, Paps, wir sind da«, sagte Amy. Sie und Patrick stiegen aus. »Danke, Lou«, sagte Amy lächelnd.

Lou fuhr die Scheibe der Beifahrerseite herunter. »Gern geschehen«, sagte sie.

Als Amy sich umdrehte, um zum Haus zu gehen, hörte sie hinter sich, wie Lou sagte: »Sie können gern nach vorn kommen, wenn Sie wollen.«

Wie bitte? Amy drehte sich erstaunt zum Wagen zurück. Und tatsächlich, Rebecca stieg hinten aus und vorne neben Lou wieder ein. *Mir hat sie das nicht erlaubt,* dachte Amy. Gleich darauf grinste sie. *Aber ich bin ja auch nicht Rebecca.*

Die beiden fuhren in der weißen Limousine davon.

»Komm, Paps«, sagte Amy. »War ein aufregender Tag heute.« Sie sah ihren Vater zärtlich an. »Danke für das Lied. Es war Mutters Lieblingslied.«

»Ich weiß«, sagte Patrick. »Das werde ich nie vergessen. Du erinnerst mich manchmal an sie.« Seine Augen schienen feucht zu werden.

Amy ging schnell zur Tür und schloß auf. »Laß uns schlafengehen, Paps«, sagte sie.

Als Patrick frühmorgens erwachte, wußte er buchstäblich nicht, wo ihm der Kopf stand. Der schien irgendwo zwischen seinen Füßen und der Decke zu hängen und pochte fürchterlich.

Er wälzte sich aus dem Bett und betrachtete erstaunt seine Umgebung. *Ach ja, Amys Gästezimmer.* Er war nicht zu Hause. Er wankte zur Tür und öffnete sie.

»Na, Paps, gut geschlafen?« Amy lachte ihn vom Tisch her an. Sie hatte bereits ein ansehnliches Frühstück dort aufgebaut. »Was willst du essen? Pfannkuchen?« Sie stand auf.

»Oh! Essen!« Ihr Vater stöhnte. Er wurde ganz grün im Gesicht.

Amy lachte noch mehr. »Einen guten Morgen wünsche ich dir!« Sie griff nach einem Glas und füllte es halb mit Wasser. »Ich mache dir Mutters Hausrezept gegen zu viel Bier in zu kurzer Zeit. Das wird helfen.« Sie mischte etwas in dem Glas zusammen.

»Nichts kann da helfen«, brummelte Patrick und ließ sich schwer auf einen Stuhl fallen. Er stützte den Kopf in die Hände.

»Ein bißchen schon«, sagte Amy und kam zu ihm herüber. »Hier. Trink.« Sie stellte das Glas vor ihn hin.

Wie in einer Rückblende sah sie plötzlich sich selbst an dem Morgen, an dem sie ebenfalls mit einem Kater aufgewacht war. Ihr hatte Treadwells Wundertablette geholfen, aber leider wußte sie nicht, was das war. Das hatte er ihr ja aufschreiben wollen, wenn sie das nächste Mal kam. Und es würde kein nächstes Mal geben ...

»Woran denkst du?« Ihr Vater sah sie erstaunlich klar von unten an.

»Ach, nichts.« Sie winkte ab. »Hast du alles ausgetrunken? Soll ich dir noch eins machen?«

»Nein, danke!« Ihr Vater hob die Hand. »Ich glaube, ihr Frauen macht das extra«, sagte er. »Dieses Zeug brauen, das so eklig schmeckt. Damit wir Männer noch einmal dafür bestraft werden, zu viel getrunken zu haben.«

»Ich habe das Rezept von Mutter«, verteidigte sich Amy. »Ich habe nichts daran geändert.«

»Eben«, sagte Patrick.

Amy grinste. »Meinst du, Mutter hat da mit Absicht nicht besonders wohlschmeckende Dinge hineingetan?«

»Davon bin ich überzeugt.« Patrick nickte. »Als ob irgendein Mann sich dann das nächste Mal davon abhalten ließe zu trinken.«

»Ja, es ist hoffnungslos«, sagte Amy schmunzelnd. »Wie hat sie dich und die Jungs immer ausgeschimpft.«

»Und dich manchmal auch.« Patrick sah sie augenzwinkernd an.

»Aber ich war nicht ganz so schlimm wie ihr.« Amy setzte sich.

»Bei vier Brüdern – was hätte ich da machen sollen?« *Nur hätte ich statt Bier auch einmal Wein trinken sollen,* dachte sie. *Dann wäre es letztens vielleicht nicht so schlimm geworden.*

»Du hast doch was«, sagte ihr Vater. »Du denkst über etwas nach.«

Amy sah ihn an. »Hast du keine Kopfschmerzen mehr?« wich sie aus.

»Doch«, sagte ihr Vater. Er betrachtete sie eine Weile nachdenklich. »Liebeskummer?« fragte er. »Beruflich kann es nicht sein. Larry hat mir in den höchsten Tönen von dir vorgeschwärmt.«

»Schön, daß ihr euch so gut versteht«, sagte Amy.

»Das finde ich auch«, sagte ihr Vater, »aber das habe ich dich nicht gefragt.«

»Ach, Paps ...« Amy seufzte.

»Oje.« Ihr Vater musterte sie aufmerksam. »So schlimm?«

»Nein, eigentlich nicht«, sagte Amy. »Es ist nur ... ich bin dumm.«

Ihr Vater lachte auf. »Das wäre mir aber ganz neu!«

»Es gibt verschiedene Arten von Dummheit«, sagte Amy. »Nur weil ich in der Schule gut war, heißt das noch lange nicht, daß ich es auch im Leben bin.«

»Oh, Tochter, was bist du weise geworden in deinen jungen Jahren!« Ihr Vater lachte erneut. »Dein Leben scheint ziemlich ordentlich zu sein«, fuhr er dann fort. »Du hast Erfolg, verdienst gut, kannst dir eine Wohnung wie diese leisten ...« Er beschrieb mit seinem Arm einen großen Bogen. »Viele Leute würden dich darum beneiden.«

»Ich weiß«, sagte Amy. »Ich habe keinen Grund mich zu beklagen.«

»Tust du ja auch nicht«, sagte ihr Vater. »Du beklagst dich nicht, du leidest.«

»Ich ... nein, ich leide nicht.« Amys Stimme klang trotzig. »Es ist alles nur ... ein bißchen schwierig.«

»So schwierig, daß du es mir nicht erzählen kannst?«

»Es gibt nichts zu erzählen.« Amy zuckte die Schultern. »Es war eine Affäre, weiter nichts. Ich werde darüber hinwegkommen.«

Warme braune Augen richteten sich auf sie. »Du wirst darüber hinwegkommen«, wiederholte Patrick nachdenklich. Er atmete tief durch. »Meiner Erfahrung nach sagt man das immer nur dann, wenn es wirklich wehtut.«

»Es –« Amy sprang auf. »Es tut nicht weh. Es ist vorbei.«

Ihr Vater grinste. »Töchter sind schon eine schwierige Brut«, sagte er. »Da sagt man den Frauen nach, sie reden immer so viel, aber wenn's drauf ankommt ...« Er stand ebenfalls auf. »Ich will dich zu nichts drängen, Schatz, aber wenn du mal eine breite Brust brauchst, um dich daran auszuweinen ... Ich bin für dich da.« Er ging in sein Zimmer zurück, um sich anzuziehen.

Amy blieb nachdenklich zurück. Sollte sie ihm alles erzählen? Sie seufzte tief auf. Was sollte das bringen? Er konnte auch nichts daran ändern.

Sie holte ein paar Eier aus dem Kühlschrank und rührte Pfannkuchenteig an. Auch wenn es ihm im Moment noch schlecht ging, später würde ihr Vater bestimmt ein paar Pfannkuchen mit Ahornsirup essen wollen. Wie zu Hause.

Sie stellte den Teller mit dem Pfannkuchenberg auf den Tisch, als ihr Vater aus der Dusche kam. »Ich muß dann jetzt zur Arbeit, Paps«, sagte sie. »Kommst du allein zurecht?«

»Sicher, Kind.« Ihr Vater schmunzelte. »Mutters ekliges Hausmittel hat schon seine Wirkung getan. Und die kalte Dusche.«

»Ruf mich an«, sagte Amy, während sie bereits ihre Jacke überstreifte. »Wir können heute mittag zusammen essen gehen, wenn du willst.«

Patrick nickte. »Ich will dich aber nicht von der Arbeit abhalten.«

»So schlimm ist es auch wieder nicht.« Amy grinste. »Lawrence wird's verkraften. Zumal, da ihr euch so gut verstanden habt.«

»Ja, Larry ist ein feiner Kerl«, sagte ihr Vater. »Jeder macht mal Fehler.«

»Fehler?« Amy runzelte die Stirn.

Ihr Vater winkte ab. »Geh Geld verdienen, Tochter«, lachte er, »damit du deinen alten Vater durchfüttern kannst!«

»Wenn er denn mal alt ist.« Amy lachte zurück. »In fünfzig Jahren oder so.« Sie ging zu ihrem Vater und drückte ihm einen kräftigen Kuß auf die frisch rasierte Wange. »Bis später, Paps.«

Ihr Vater gab ihr einen zärtlichen Klaps auf den Po, als ob sie noch ein kleines Kind wäre. »Bis später.«

Amy schnappte sich ihren Aktenkoffer und verließ mit einem letzten kurzen Winken lächelnd die Wohnung.

Sie saß bereits längere Zeit an ihrem Schreibtisch, als sie Rebecca draußen im Gang vorbeistürzen sah.

Amy grinste in sich hinein. Pünktlichkeit würde wohl nie zu Rebeccas herausragenden Eigenschaften zählen. Aber heute gab es dafür vielleicht einen neuen Grund. Sie hätte gern gewußt, was gestern abend noch zwischen Rebecca und Lou gewesen war. Lous Interesse an Rebecca war eindeutig, und Rebecca war zumindest nicht abgeneigt gewesen, wenn Amy ihre Blicke richtig gedeutet hatte.

Sie seufzte. *Tja, so schnell ist das vorbei mit der Verliebtheit.* Zumindest bei Rebecca. Sie selbst ... Ärgerlich schüttelte sie den Kopf und kritzelte einen Werbespruch auf ihre Unterlagen. Sie sollte sich an Rebecca ein Beispiel nehmen. Es war unnütz, sich über Morgan noch weiter Gedanken zu machen. Privat zumindest.

Sie arbeitete noch eine Weile, dann ging sie zu Rebecca in die Graphikabteilung hinüber. Rebecca wirkte etwas zerzaust.

»Na, gut geschlafen?« fragte Amy und versuchte ein Grinsen zu unterdrücken.

Rebecca fuhr herum, da Amy von hinten an sie herangetreten war. »Oh. Oh ... ja ... eigentlich ... ganz gut.« Rebecca fuhr sich durch die Haare, wodurch sie noch zerzauster wirkten. »Tut mir leid, daß ich heute morgen zu spät war«, fügte sie hastig hinzu. »Ich wollte ja die letzten Sequenzen mit dir besprechen.«

»Schon gut.« Amy beugte sich über Rebeccas Tisch. »Auf ein, zwei Stunden kommt es nicht an.«

Rebecca zog fahrig eine Zeichnung unter den anderen hervor. »Was hältst du davon?«

Amy nickte. »Sieht die Entwicklungsabteilung so aus?«

Rebecca zuckte die Schultern. »Keine Ahnung. Aber so habe ich sie mir vorgestellt. Irgend etwas müssen wir ja haben.«

»Sieht gut aus.« Amy nickte erneut. »Es muß ja nicht die Wirklichkeit abbilden. Hauptsache, die Kundinnen können sich damit identifizieren.«

»Ja.« Rebecca betrachtete den Entwurf noch einmal ernst. »Das dachte ich auch.«

»Fein.« Amy überlegte. »Wie weit sind die Vorbereitungen im Studio? Wann können wir anfangen?«

»Die Kulissen sind noch nicht ganz fertig«, sagte Rebecca, »aber im großen und ganzen steht alles. Für eine Probe würde es schon reichen.«

»Die macht ihr aber ohne Mor- ... ohne Ms. Holdsworth, oder?« fragte Amy.

»Ja, wie immer. Ich stelle mich als Double zur Verfügung.« Rebecca grinste leicht.

Amy fand dieses Grinsen einfach zu anzüglich. »Wie war dein Abend mit Lou?« fragte sie etwas gereizt.

»Oh.« Rebeccas Grinsen verschwand sofort. »Äh ... Abend? Also ... eigentlich ... sie hat mich nur nach Hause gebracht.«

Amy schaute sie an. Ihr Ärger war bereits wieder verflogen. »Lou mag dich«, sagte sie sanft.

»Ja ... hm ... ich glaube ... Das habe ich auch bemerkt.« Rebecca stotterte herum und wurde rot.

Amy wollte nicht so grausam sein. Obwohl sie gern mehr gewußt hätte, bezwang sie ihre Neugier und konzentrierte sich auf das Wesentliche. »Was denkst du? Als Termin für die Probe. Morgen? Oder übermorgen?«

Rebeccas Blick fuhr etwas unentschlossen über ihren mit Zeichnungen beladenen Schreibtisch. »Morgen wäre schon in Ordnung«, sagte sie dann. »Das kann ich hinkriegen.«

»Prima.« Amy war zufrieden – zumindest in *einer* Hinsicht. »Dann machen wir es morgen. Am besten, wir gehen zusammen von hier aus ins Studio. Um neun?«

»Hm.« Rebecca nickte, als ob sie mit ihren Gedanken ganz woanders wäre.

»Rebecca?« Amy sprach sie noch einmal lauter an. Rebecca zuckte zusammen. »Um neun?« Amy hob fragend die Augenbrauen.

»Ja. Ja, klar ... natürlich ...« Rebecca blickte zu ihr hoch und sah aus wie ein Schulmädchen kurz vor ihrem ersten Ball.

»Komm dann zu mir ins Büro«, sagte Amy. Sie hob gespielt drohend einen Finger. »Und sei pünktlich.« Sie grinste. »Laß dich von Lou bringen. Sie weiß, was Pünktlichkeit heißt.«

Und während Amy schmunzelnd die Graphikabteilung verließ, lief Rebecca hinter ihr knallrot an.

Als Amy in ihr Büro zurückkehrte, klingelte das Telefon. Noch ganz in Gedanken an Rebeccas Entwürfe und die morgigen Probeaufnahmen griff sie nach dem Hörer. Gleich darauf richtete sie sich schlagartig auf. »Oh, Morgan.«

»Ich wollte mich nur erkundigen, wie es vorangeht«, sagte Morgan. »Müßtet ihr nicht bald soweit sein?«

»Ja.« Amy wunderte sich sehr über den Anruf. »Morgen hätte ich dich angerufen. Damit wir die Termine für die Aufnahmen absprechen können, zu denen du erscheinen mußt.«

»Na dann ...«, sagte Morgan. »Wann?«

»Ich muß erst die Liste –«, erwiderte Amy überrumpelt. »Ich war noch nicht soweit.«

Kurz herrschte Stille in der Leitung. Was hatte Morgan erwartet? dachte Amy. Weshalb rief sie an? »Wir ...«, sie räusperte sich, weil ihr ein Kloß im Hals saß, »wir machen morgen Probeaufnahmen, dann wissen wir mehr«, sagte sie.

»Probeaufnahmen? Muß ich da nicht dabei sein?« Morgans Stimme klang, als ob sie die Stirn runzelte.

»Nein, Rebecca wird deinen Part übernehmen«, sagte Amy. »Es geht dabei ja hauptsächlich ums Licht, um die Einstellungen, um den ganzen technischen Kram. Das ist langwierig und langweilig. Und es kommt noch nichts dabei heraus. Kein Material, das wir verwenden können, meine ich.«

»Aber wäre es nicht besser, wenn ihr das alles gleich richtig macht?« fragte Morgan.

»Mit dir, meinst du?« fragte Amy erstaunt.

»Ja, warum nicht?« erwiderte Morgan. »Ich muß ja auch üben. Ich habe so etwas noch nie gemacht«, fügte sie hinzu.

»Oh, ich bin überzeugt, daß du –« Amy brach ab. Sie wollte Morgan nicht sehen, das wurde ihr immer klarer. Aber ewig würde sie es ja nicht hinausschieben können. Obwohl ihr das Herz bis zum Hals klopfte, klang ihre Stimme beherrscht, als sie sagte: »Ich hätte nicht gedacht, daß du Zeit dafür hast. Aber wenn du willst, kannst du natürlich gern kommen.«

»Wie großzügig«, sagte Morgan, »daß ich an meiner eigenen Kampagne teilnehmen darf ... die ich bezahle.«

»Oh ... nein ... so habe ich das nicht gemeint.« Amy stotterte. Morgans Stimme machte sie wahnsinnig, und wenn sie so kalt und unfreundlich klang wie eben jetzt, schnitt es ihr ins Herz.

»Wann also?« fragte Morgan geschäftsmäßig kühl. »Und wo?«

Amy schluckte, bevor sie Morgan die Adresse nannte. »Um zehn Uhr«, sagte sie. Dann hatte sie wenigstens noch eine Stunde allein im Studio, bevor Morgan kam.

»Gut«, sagte Morgan und legte auf.

Amy ging um ihren Schreibtisch herum und ließ sich erschöpft in ihren Sessel fallen. Mein Gott, war das anstrengend! Sie hätte nicht gedacht, daß ein Gespräch mit Morgan sie so mitnehmen könnte – jetzt, wo sie alles geklärt hatten, das letzte Mal, als ...

Sie schüttelte den Kopf. Sie sollte einfach überhaupt nicht mehr darüber nachdenken. Aber das war schwer ... mit Morgans Stimme noch im Ohr. Einer Stimme, die so freundlich geklungen hatte wie eine Kobra kurz vorm Zubeißen. *Was erwartest du?* Amy lachte zynisch über sich selbst. *Du hast dich dem einzigen Vergnügen verweigert, das sie kennt.*

»Was ist sie? Ein Sexaholic?« Amy sprach laut in den Raum hinein. »Ist das alles, woran sie denkt ... woran ihr etwas liegt?«

»Wem? An was?«

Amy zuckte hoch und starrte zur Tür.

Nadine lächelte sie an. »Ich habe gehört, daß ihr morgen mit den Probeaufnahmen beginnt. Ich dachte, wir besprechen die Planung«, sagte sie. »Damit ich weiß, wann ich Rebecca wieder für etwas anderes einsetzen kann.«

»Oh, ja.« Amy stand auf. »Selbstverständlich.«

Nadine runzelte die Stirn. »Du bist ziemlich durch den Wind, was? Rebecca auch. Hängt das irgendwie zusammen?«

»Rebecca ... ich ... nein.« Amy stammelte nur herum.

Nadine seufzte. »Hatte ich dich nicht gebeten, nett zu ihr zu sein? Was habt ihr nur immer miteinander?«

»Nichts«, sagte Amy. Sie lächelte. »Ich bin wirklich vollkommen unschuldig, das kann ich dir versichern. Der Grund ist ... extern.«

»Bei euch beiden?« Nadine legte den Kopf schief.

»Bei uns beiden«, bestätigte Amy. Ihre Stimme klang nun wieder fester, so wie normalerweise.

»Es ist ein Viererding, kein Zweier?« fragte Nadine mißtrauisch nach.

Amy zögerte kurz. *Eigentlich ist es allenfalls ein Dreierding,* dachte sie. *Rebecca und Lou, zwei, und ich allein, drei.* »Ja«, erwiderte sie. »Frag Rebecca, sie wird es dir bestätigen.«

»Da bin ich ja beruhigt«, sagte Nadine. »Ich fände das nicht so toll … hier in der Agentur. Das beeinträchtigt die Arbeitsatmosphäre.«

»Du findest ja ohnehin schon, daß ich Rebecca schlecht behandele.« Amy grinste.

»Um so besser, wenn es nicht so ist.« Nadine zog ein Blatt aus ihrer Mappe. »Wollen wir die Planung besprechen?«

Sie setzten sich zusammen an den Tisch und waren für die nächste halbe Stunde beschäftigt. Amy war dankbar dafür. So konnte sie ihre Gedanken in eine andere Richtung lenken. Keine Bilder von Morgan, kein Gedanke an Morgan, keine … Sehnsucht.

Der nächste Morgen kam, und mit ihm – tatsächlich fast pünktlich – Rebecca.

Der Abschiedskuß hat wohl länger gedauert, dachte Amy schmunzelnd, als sie Rebecca etwas erhitzt in ihrer Tür stehen sah. »Hast du alles, was wir brauchen?« fragte sie.

»Ja.« Rebecca hob eine Mappe. Ihr Atem normalisierte sich. »Alles dabei.«

»Dann laß uns gehen.«

Sie verließen das Gebäude. Amy lachte. »Schade, ich hatte mich schon darauf gefreut, daß Lou uns mit der Limousine hinbringt!« Aber Lou war nicht da, und ihre Limousine war weit und breit nicht zu sehen.

»Was hast du nur immer mit Lou?« fragte Rebecca verschnupft.

»Ich finde sie sehr nett«, sagte Amy. »Du nicht auch?« Sie blickte Rebecca verschmitzt von der Seite an.

»Es ist nicht so, wie du denkst«, sagte Rebecca.

»Nicht?« fragte Amy. *Das wäre aber schade,* dachte sie.

»Wir sind nicht ... wir haben nicht ... wir sind nur Freunde«, sagte Rebecca.

»Dann müssen wir wohl mein Auto nehmen«, sagte Amy.

Sie gingen hinüber zum Parkplatz. Eine Weile herrschte Stille zwischen ihnen, nachdem sie losgefahren waren. Rebecca wurde jedoch immer unruhiger, und schließlich hielt sie es nicht mehr aus. »Wir haben nicht miteinander geschlafen«, platzte sie heraus, als Amy gerade um eine Ecke bog. »Auch wenn du denkst, daß das immer das ist, was ich will.«

Amy beendete die Kurve und fuhr wieder geradeaus. »Das denke ich nicht«, sagte sie.

»O doch«, sagte Rebecca trotzig. »Als ich mit dir ausgehen wollte ...«

»Rebecca.« Amy warf einen kurzen Blick auf ihre Beifahrerin. »Erzähl mir nicht, du hättest nichts im Sinn gehabt als einen Drink. Als ich dir das angeboten habe –«

»Ja, ich weiß.« Rebecca unterbrach sie und blickte in ihren Schoß. »Du hast recht.« Sie blickte wieder auf. »Ich wollte mehr von dir als einen Drink. Aber mit Lou ... ist es anders.«

Was für ein Kompliment, dachte Amy. *Mit mir wollte sie nur ins Bett, aber mit Lou ist das nicht so wichtig?* Sie seufzte. *Ich muß etwas Merkwürdiges an mir haben, daß alle immer nur das eine von mir wollen.* »Wie ... anders?« fragte sie.

»Lou ist ...«, Rebecca zögerte, »ein Gentleman«, sagte sie dann.

»Allenfalls Gentlefrau«, korrigierte Amy. Sie grinste. »Soweit ich gesehen habe.«

»Du ziehst mich auf«, beklagte sich Rebecca. »Du weißt schon, was ich meine.«

»Ich kann mir vorstellen, daß Lou sehr ... galant ist«, sagte Amy, »das ist wahr.«

»Ja, das ist sie.« Rebeccas Gesicht begann auf einmal zu strahlen, was Amy selbst aus den Augenwinkeln wahrnehmen konnte.

»Ich freue mich für dich, Rebecca«, sagte Amy lächelnd. »Ich mag Lou wirklich. Hat sie dir erzählt, daß wir uns letztens zufällig in unserer Stammkneipe getroffen haben?«

»Ihr habt beide dieselbe?« Rebecca starrte sie alarmiert an.

Amy schmunzelte. »Scheint so«, sagte sie. »Hat aber nichts zu bedeuten. Außer daß sie mir schon dort von dir vorgeschwärmt hat.«

»Hat sie?« Rebecca senkte den Kopf und wurde wieder rot.

»Hat sie«, bestätigte Amy. *Und obwohl sie so von Rebecca eingenommen ist, kann sie sich offensichtlich zurückhalten, im Gegensatz zu ... anderen Personen.* Amy seufzte. Manche hatten eben einfach Glück.

»Wir sind da«, sagte sie und bog in den Parkplatz des Studios ein.

Eine Stunde später hatten sie bereits viele Aufgaben erledigt. Rebecca, die die Vorbereitungen für die Aufnahmen ja schon die ganze Zeit überwachte, kannte sich mittlerweile sehr gut aus, und Amy brauchte gar nicht viel zu tun.

Sie stand an einen Pfeiler gelehnt da und versuchte sich einen Eindruck von der endgültigen Kulisse zu verschaffen und welche Wirkung sie wohl auf die anvisierten Kundinnen haben würde.

»Das hat nicht viel Ähnlichkeit mit unserer Entwicklungsabteilung.«

Amy fuhr herum. »Hm, muß es ja auch nicht«, sagte sie nach einer Schrecksekunde mühsam ihren Puls herunterpegelnd, der wie auf einer Startbahn in die Höhe geschossen war. »Das kann dir doch nur recht sein.«

Morgan schaute sie mit bewegungsloser Miene an. »Ist es durchaus«, sagte sie. »Je weniger Leute wissen, wie unsere Entwicklungsabteilung aussieht, desto besser.«

»Dann haben wir ja genau deine Wünsche getroffen«, sagte Amy, immer noch bemüht, ihren Herzschlag wieder auf ein normales Niveau zu senken.

Morgans Anblick nach so langer Zeit – Amy wußte, daß die Zeit nicht wirklich so lang gewesen war, wie es ihr erschien, aber das machte für ihr Herz keinen Unterschied – stieß sie in eine Flut widersprüchlicher Gefühle. Morgan sah großartig aus in ihrem maßgeschneiderten Kostüm, war perfekt gestylt wie immer, jedes Haar, selbst jede Wimper an ihrem Platz, ihr Lippenstift würde es vermutlich nicht einmal wagen, abzufärben, um das vollkommen scheinende Bild nicht zu zerstören.

»Hm«, sagte Morgan. Es konnte bestätigend oder nicht gemeint sein, das war nicht auszumachen.

»Rebecca ist dafür verantwortlich«, sagte Amy schnell. »Sie hat großartige Arbeit geleistet.«

In diesem Moment kam Rebecca zu ihnen herüber. »Oh, Ms.

Holdsworth«, sagte sie überrascht. »Guten Morgen. Ich wußte nicht, daß Sie heute herkommen würden.«

»Entschuldige.« Amy machte eine fahrige Bewegung. »Ich hatte vergessen, es dir zu sagen. Ms. Holdsworth und ich haben gestern noch miteinander telefoniert, nachdem unsere Besprechung schon vorbei war.«

»Kein Problem«, sagte Rebecca. »Dann muß ich wenigstens nicht das Double spielen.«

Ein leichtes Lächeln stieg in Morgans Mundwinkel. »Es tut mir leid, Sie Ihrer Rolle zu berauben.«

Rebecca lachte. »Ich habe auch ohne das genug zu tun. Ich bin froh, daß Sie da sind. Wir haben natürlich keine Visagistin heute, aber für die Probeaufnahmen ist das ja auch nicht nötig. Sie sind gut genug geschminkt.«

Morgan zog die Augenbrauen hoch. »Oh, danke«, entgegnete sie belustigt.

»Ähm … 'tschuldigung … Ich muß mal woanders hin, dahinten noch was überprüfen.« Rebecca verschwand schnell im hinteren Teil des Studios.

»Rebecca ist noch jung. Da sagt man manchmal etwas, ohne zu überlegen«, bemerkte Amy. »Sie hat das nicht so gemeint.«

»Schon gut.« Morgan erschien ausgesprochen friedlich. »Du brauchst sie nicht zu verteidigen. Ich nehme das Kompliment für meine Schminkkünste gern zur Kenntnis.« Sie lächelte leicht.

Amy sah sie an und schluckte unauffällig. Geschminkt oder ungeschminkt, Morgans Gesicht war einfach … unbeschreiblich. Es löste ein Verlangen in ihr aus, es zu streicheln, zu liebkosen, die roten Lippen zu küssen …

Sie räusperte sich und wies in den Studioraum. »Soll ich dich ein bißchen herumführen? Anscheinend können wir noch nicht anfangen.«

»Ich war schon mal in einem Studio«, sagte Morgan. »Als Teilnehmerin an einer Fernsehdiskussion. Und bei Interviews. Sogar schon öfter.«

»Oh, gut.« Amy suchte verzweifelt nach einem Gesprächsthema oder nach einer Möglichkeit, Morgan zu beschäftigen, bis die Dreharbeiten beginnen konnten.

»Habt ihr einen Platz für mich, wo ich mich hinsetzen kann und arbeiten, bis es losgeht?« fragte Morgan etwas ungeduldig.

»Hm ... ja ... ich weiß nicht.« Amy winkte Rebecca, die zwar etwas verlegen, aber doch herüberkam. »Gibt es einen Stuhl für Ms. Holdsworth, solange sie nicht drehen muß?« fragte Amy.

»Wenn nicht Ihr Name draufgedruckt sein muß«, sagte Rebecca lächelnd zu Morgan.

Morgans Mundwinkel zuckten. »Das erwarte ich nicht«, sagte sie.

»Dann hier.« Rebecca hob einen Arm und ging vor.

Morgan folgte ihr.

Amy folgte den beiden mit den Blicken. Ihr Herzschlag schien die Entfernung nicht zur Kenntnis zu nehmen. Er schlug weiter wild und fest. *O Gott!* dachte Amy. *Das den ganzen Tag? Ihre Nähe, ihr Anblick, ihre Gegenwart? Du meine Güte!*

Es dauerte noch eine halbe Stunde, bis endlich alles soweit war, daß die Probeaufnahmen beginnen konnten. Amy hatte ab und zu ihren Blick in die Ecke schweifen lassen, in der Morgan saß und arbeitete. Es war wie an jenem Morgen, als sie zusammen in der Limousine gesessen hatten. Morgan hatte einen Ordner auf dem Schoß und las darin, blätterte um, brachte Bemerkungen an. Als ob es ein ganz normaler Tag wäre.

Vielleicht war es das für sie auch. Sie hatte sicherlich nicht die Tage und Stunden gezählt, bis sie sich wiedersahen. Sie hatte Amy einfach vergessen. Bis heute morgen. Oder bis gestern, als sie angerufen hatte.

Wieder stellte Amy sich die Frage, warum Morgan das getan hatte. Es war nicht nötig gewesen. Sie konnte selbstverständlich davon ausgehen, daß Amy sie benachrichtigen würde, sobald die Vorbereitungen abgeschlossen waren. Gut, Morgan war ungeduldig. Sie wollte immer alles gleich und sofort. Vielleicht hatte es ihr einfach zu lange gedauert.

Während Amy darüber nachdachte, ruhte ihr Blick auf Morgan, und plötzlich schaute Morgan auf, und ihre Blicke trafen sich. Statt gleich wieder wegzuschauen verharrten Morgans Augen einen Sekundenbruchteil zu lang in dieser Position, und Amy glaubte, etwas in ihnen zu erkennen, das sie nicht vermutet hatte.

Aber der Moment währte nicht lange. Dann verzogen sich Morgans Mundwinkel spöttisch, und sie schaute wieder hinunter auf ihre Akte. Amy blieb mit nachdenklichem Gesicht zurück.

»Amy?« Rebecca kam auf sie zu. »Wir können dann. Sagst du Ms. Holdsworth Bescheid?« Sie lächelte leicht, als sie Amys Zögern bemerkte. »Oder lieber ich?«

»Nein, nein, schon gut, ich mach's.« Amy straffte ihre Schultern und ging zu Morgan hinüber.

Morgan blickte auf.

»Es geht los«, sagte Amy. »Kannst du mitkommen?«

»Deshalb bin ich hier.« Morgan stand auf und legte ihre Akte auf den Stuhl.

Amy brachte sie zu Rebecca und dem Regisseur hinüber. »Das ist das Model?« fragte er uninteressiert und warf nur einen kurzen Blick auf Morgan.

»Das Model und die Auftraggeberin«, korrigierte Amy. »Sie bezahlt das alles hier.«

»Oh.« Der Regisseur blickte nun etwas länger auf Morgan. »Das kann ja heiter werden«, sagte er dann weiterhin unfreundlich. »Haben Sie die Absicht, sich in alles einzumischen?«

»Sofern es mich oder die Darstellung meines Konzerns betrifft, ja«, erwiderte Morgan. »Haben Sie ein Problem damit?«

Sie blickten sich starr in die Augen. Der Regisseur und Morgan waren etwa gleich groß.

Der Regisseur sah zuerst weg. »Nein«, sagte er. »Solange Sie mich meine Arbeit tun lassen.«

»Das werde ich«, sagte Morgan, »wenn Sie sie professionell tun.«

Amy beobachtete, wie der Regisseur die Zähne zusammenbiß. Seine Backenzähne mahlten.

»Sie müssen sich einfach nur hier hinstellen«, sagte Rebecca und faßte Morgan unvermittelt am Arm. »Da, wo die Markierung ist. Damit wir die Szene ausleuchten können.«

Morgan reagierte überrascht auf Rebeccas Berührung, folgte ihr aber dann sanft wie ein Lamm.

Rebecca hat's raus, dachte Amy. *Besser als ich.*

Daß sich der Regisseur und Morgan nicht grün waren, verbesserte die Situation nicht gerade. Aber dennoch verlief der Vormittag zufriedenstellend. Der Regisseur hielt sich mit Bemerkungen zurück, und Morgan folgte seinen Anweisungen. Meistens. Als er verlangte, sie solle ihre Bluse so weit aufknöpfen, daß mehr als nur Haut zu sehen war, weigerte sie sich.

Amy mußte grinsen. Das hätte er sich auch gleich denken können. Außerdem – eine Konzernchefin stellte man doch nicht dar wie ein Pin-up Girl. Was dachte er sich dabei? Männer ...

Sie war doppelt froh, daß es nicht soweit gekommen war, wie er es sich gewünscht hatte. Denn eine halbnackte Morgan – das hätte Amys Selbstbeherrschung endgültig überfordert. Schon die bekleidete Morgan stellte sie hart auf die Probe.

»Na, Tochter? Wie läuft's?«

Amy drehte sich lächelnd um. »Hallo, Paps. Du bist schon da?«

»Wir waren zum Mittagessen verabredet.« Ihr Vater schmunzelte.

»Ich weiß.« Amy blickte auf die Uhr. »Die Zeit geht so schnell rum, ich habe gar nicht gemerkt, daß der Vormittag schon vorbei ist.«

»Sollen wir es verschieben?« Ihr Vater sah sich interessiert um. »Das sieht schon ein bißchen anders aus hier als bei uns auf der Farm«, sagte er.

»Ja, klar.« Amy nickte. »Mit einer Farm hat das nicht viel zu tun.«

»Daß du das kannst ...«, erwiderte ihr Vater. »In dieser Welt leben. Ich würde das nicht aushalten. So ganz ohne Tiere, ohne Felder, ohne das Wogen der Baumwipfel, ohne die eigene Scholle, auf der man steht.«

Amy seufzte. »Glaub mir, Paps, das vermisse ich oft.« Sie schaute auf die beleuchtete Szene. Es sah nicht so aus, als ob der Regisseur eine Pause einlegen wollte. Aber Morgan wirkte erschöpft. »Warte einen Moment, Paps«, sagte Amy. »Ich muß mal nachfragen, wie lange es noch geht.«

Sie begab sich zum Regisseur hinüber. »Ist nicht bald Mittagspause?« fragte sie.

Er schüttelte den Kopf. »Wir sind hinter dem Zeitplan. Ein paar Sachen müssen wir noch ausprobieren.«

In diesem Moment wurde der Strahler, der bisher Morgan in helles Licht getaucht hatte, ausgeschaltet. »Mittag!« rief ein Beleuchter.

Der Regisseur warf sein Script wütend auf den Boden. »Scheißgewerkschaft!«

Amy grinste ihn an. »Ja, da können wir wohl nichts machen. Wann geht es weiter? In zwei Stunden?«

»Ja.« Der Regisseur knurrte. »Zwei Stunden.«

»Danke«, sagte Morgan. Sie war zu ihnen herangetreten. »Mein

Nacken ist schon ganz steif.«

»Das kommt davon, wenn man Amateure einsetzt«, zischte der Regisseur giftig.

»Dann bin ich wohl selbst schuld«, erwiderte Morgan ausgesprochen liebenswürdig. Sie hatte offensichtlich keine Lust sich zu streiten.

»Oder ich«, sagte Amy. »Ich habe es ja vorgeschlagen.«

»Aber ich hätte nicht zustimmen müssen.« Morgan sah sie an.

Die Erschöpfung machte Morgan seltsam sanft, dachte Amy. Sofort fühlte sie sich wieder zu ihr hingezogen, hätte sie gern in den Arm genommen und sich dort entspannen lassen.

»Mein Magen knurrt ganz schön«, sagte Patrick. Er war ebenfalls zu ihnen herübergekommen. »Soll ich allein gehen? Wenn ihr noch zu tun habt ...«

»Nein, nein.« Amy unterbrach ihn. »Wir machen jetzt Pause.« Sie schaute sich um und winkte Rebecca. »Mein Vater und ich wollen zusammen essen gehen«, sagte sie. »Willst du mitkommen?«

»Gern«, sagte Rebecca. Sie sah Amy an und verdrehte die Augen zu Morgan, so daß nur Amy es sehen konnte.

»Oh ... ähm ... Mor- ... Ms. Holdsworth ... Sie sind natürlich auch eingeladen«, fügte Amy schnell hinzu. »Wenn Sie nicht schon etwas anderes vorhaben.«

Morgan schaute sie etwas zu lange an. »Habe ich nicht«, sagte sie. Dann blickte sie auf Patrick und streckte ihm die Hand hin. »Morgan Holdsworth«, sagte sie.

»Sehr erfreut«, erwiderte Patrick und schüttelte ihr in offensichtlicher Bewunderung die Hand. »Patrick Flanagan. Ich bin Amys Vater.«

»Das habe ich schon mitbekommen«, sagte Morgan lächelnd.

»Entschuldigt, ich hätte euch vorstellen sollen. Ihr kennt euch ja noch gar nicht«, sagte Amy verlegen. *Nicht rot werden jetzt, bitte nicht!* Daß Morgan und ihr Vater sich einfach hier begegnet waren, machte sie nervös. Und nun gingen sie auch noch zusammen essen ... Himmelarschundzwirn, mußte das sein?

»Ich habe noch nie ein professionelles Fotomodell kennengelernt«, sagte Patrick.

Amy wollte schon antworten, da sagte Morgan: »Ich bin keins.« Sie lächelte Patrick bezaubernd an.

Was tut sie da? dachte Amy.

»Nicht?« Patrick starrte Morgan hingerissen an. »Aber Sie sehen großartig aus!«

»Danke.« Morgan neigte leicht den Kopf und nahm das Kompliment mit charmanter Nonchalance entgegen.

Amy räusperte sich. »Wollen wir gehen? Sonst reicht die Zeit nicht mehr zum Essen.« Sie warf einen kurzen Blick auf Morgan und hätte fast gemeint, einen gewissen Schalk in ihren Augen aufblitzen zu sehen.

Morgan? Kann nicht sein, dachte Amy.

Amy schwitzte Blut und Wasser, weil sie nicht wußte, was Morgan mit ihrer Liebenswürdigkeit bezweckte. Sie saßen beim Essen, alle unterhielten sich prächtig – bis auf Amy selbst.

»Sie sind die oberste Chefin?« Patrick blieb fast der Mund offenstehen, während er Morgan verblüfft anstarrte. »Von Rebecca und Amy und sogar Larry?«

Morgan hob verständnislos die Augenbrauen.

»Lawrence Bowchester«, korrigierte Amy schnell. »Mein Vater und er haben sich mittlerweile angefreundet.«

»Ah.« Morgan ließ die Augenbrauen wieder sinken.

»Larry vernachlässigt mich auch nicht so wie du«, sagte Patrick schmunzelnd zu Amy. »Er hat mir die Stadt gezeigt, und wir haben uns jeden Tag stundenlang unterhalten.«

»Tut mir leid, Paps, daß ich so wenig Zeit für dich habe«, bemerkte Amy entschuldigend. »Aber ich habe dir ja gesagt, die Arbeit . . .«

»Ist mir klar, mein Schatz.« Patrick tätschelte väterlich ihre Hand. »Sollte nur ein Scherz sein. Ich bin gut versorgt mit Larry. Und ihm scheint es auch Freude zu machen.«

»Er hat auch nicht so viel zu tun«, sagte Amy lächelnd. »Die Arbeit machen wir. Er verdient nur daran.«

»Tja, das ist anders als bei uns auf der Farm. Da müssen alle anpacken«, sagte Patrick. »Mir wäre es auch nicht recht, wenn ich einfach nur herumsitzen und gar nichts tun würde.«

»So ist es auch nicht«, erklärte Amy. »Lawrence tut schon einiges. Er verhandelt mit Kunden, holt Aufträge herein, sorgt dafür, daß alles läuft. Er sitzt nicht nur herum. Aber ihm gehört eben die Agentur, während wir nur angestellt sind.«

»Anscheinend geht es euch aber ganz gut dabei«, stellte Patrick fest und blickte seine Tochter stolz und zärtlich an.

Auf der anderen Seite des Tisches wurde ein Stuhl zurückgeschoben. »Entschuldigen Sie mich, bitte«, sagte Morgan, stand auf und ging schnell zu den Waschräumen hinüber.

»Wie kann jemand nur so schön und gleichzeitig die Chefin eines Konzerns sein?« fragte Patrick kopfschüttelnd, während er ihr kurz hinterherblickte. »Ich dachte immer, das sind alles so verbiesterte Weiber.«

»Also, Paps ...« Amy betrachtete ihn tadelnd. »Wie kannst du so etwas sagen?«

»Na ja, ein bißchen verbiestert könnte man sie schon nennen«, warf Rebecca ein und schaute Amy dabei vielsagend an.

Amy warf ihr einen warnenden Blick zu. »Das würde ich nicht sagen«, widersprach sie. »Sie tut ihre Arbeit, und sie trägt sehr viel Verantwortung, schon seit ihrer frühesten Jugend. Da macht man sich nicht nur Freunde.«

»Wirklich?« sagte Patrick und genoß ein Stück von seinem saftigen Steak. »Ich finde sie eigentlich sehr nett.«

»Das schwankt«, sagte Rebecca. »Heute ist sie tatsächlich ziemlich gut zu haben, aber sie kann auch ein richtiger Besen sein, nicht wahr, Amy?« Sie schaute Amy spitzbübisch an.

Amy bedachte Rebecca mit einem vernichtenden Blick. *Ich warne dich, Rebecca!* schien er zu sagen, da sie es in Gegenwart ihres Vaters nicht laut sagen konnte.

Patrick lachte. »Ein paar Launen muß man einer Frau schon zugestehen«, sagte er. »Wir Männer wissen das vielleicht besser als ihr Frauen untereinander.«

»So wird es sein.« Amy seufzte innerlich. Dieses Essen mit ihrem Vater hatte sie sich wahrlich anders vorgestellt. »Wie kommst du mit dem Klima hier zurecht, Paps?« fragte sie, um das Thema zu wechseln. »Das unterscheidet sich ja sehr von unserem in Indiana.«

»Es geht«, sagte Patrick. »Wenn der Smog nicht wäre. Der schlägt schon ziemlich auf die Lunge. Ich weiß wirklich nicht, wie ihr das aushaltet.«

»Vermutlich sterben wir irgendwann alle an Lungenkrebs«, sagte Rebecca heiter.

»Das will ich nicht hoffen.« Morgan kehrte zurück und setzte sich zu ihnen an den Tisch. »Ich hatte mir eigentlich vorgestellt, noch ein paar Jährchen zu leben.«

Amy sah sie an und fühlte, wie gern sie sie berührt hätte. *Mach keinen Unsinn!* rief sie sich zur Ordnung. *Das ist vorbei, für jetzt und für immer.* Sie spürte einen Stich in der Brust. *Warum?* fragte sie sich. *Warum muß es vorbei sein? Warum kann es nicht einfach ... schön sein?* »Wir alle, nehme ich an«, antwortete sie auf Morgans Bemerkung. »Vielleicht sollten wir doch einmal etwas für den Umweltschutz tun.«

Morgan musterte sie nachdenklich. »Vielleicht«, sagte sie.

»Bei uns auf dem Land ist das kein Thema«, sagte Patrick. »Wir sind alle automatisch Umweltschützer, sonst könnte man das, was wir produzieren, nicht essen.«

»So ist es ja auch nicht, Paps«, widersprach Amy. »Du weißt, daß es Farmer gibt, die anders darüber denken als du. Die Pflanzengifte einsetzen, wo du natürliche Mittel nimmst. Und vieles andere.«

»Ja, leider.« Patrick seufzte. Er lehnte sich zurück und legte eine Hand auf seinen Magen. »Aber dieses Steak hier ist garantiert natürlichen Ursprungs gewesen. Es hat wunderbar geschmeckt.« Er lächelte Amy an.

Amy lächelte zurück und blickte dann auf die Uhr. »Ich glaube, wir müssen uns mal wieder auf den Rückweg machen, sonst bekommt der Regisseur einen Anfall.«

Sie setzten Patrick an der Agentur ab, wo er sich mit Lawrence verabredet hatte, und fuhren ins Studio zurück.

Der Nachmittag verlief relativ ruhig, bis die Probeaufnahmen abgeschlossen waren.

»Und das war nur der Vorlauf!« seufzte Rebecca. »Die endgültigen Aufnahmen dauern vielleicht ein paar Wochen, bis wir das haben, was wir wollen.«

»Dann kann ich nur am Anfang dabei sein«, sagte Amy. »Den Rest wirst du allein machen müssen.«

»Wieso?« fragte Morgan.

Amy blickte sie an. »Ich muß nach Indiana, zur Hochzeit meines Bruders. Das wird ein paar Tage dauern. In etwa drei Wochen geht es los.«

»Sie sind die Projektleiterin«, sagte Morgan. »Sie können nicht einfach verschwinden, bevor das Projekt abgeschlossen ist.« Es klang wie ein Befehl.

Amy zögerte einen Augenblick. »Wenn Sie darauf bestehen, bleibe ich hier«, sagte sie. »Sie sind die Auftraggeberin.«

»Aber deine Familie wird dich vermissen«, warf Rebecca ein. Sie wandte sich an Morgan. »Ich schaffe das schon, Ms. Holdsworth. Bitte, vertrauen Sie mir. Ich habe bereits die Vorbereitungen überwacht, ich kenne das Projekt in- und auswendig. Wenn Amy ein paar Tage weg muß, kann ich das übernehmen. Ganz sicher.«

»Es ist mir aber nicht –«, setzte Morgan an, doch dann unterbrach sie sich selbst. »Ich verlasse mich auf Sie«, sagte sie zu Rebecca.

»Das können Sie«, sagte Amy und sah Morgan an. »Rebecca kennt sich in vielem besser aus als ich.«

»Du übertreibst«, sagte Rebecca, »aber danke.«

Ich habe ja auch nicht nur die Arbeit gemeint, dachte Amy. Obwohl sie nicht glaubte, daß Morgan die Zweideutigkeit ihrer Bemerkung verstanden hatte.

»Ich würde gern noch einmal mit Ihnen allein sprechen, Ms. Flanagan«, sagte Morgan. Ihrer Stimme war keinerlei Emotion anzumerken.

»Ich packe dann schon mal zusammen. Wir treffen uns draußen«, sagte Rebecca schnell mit einem hastigen Blick auf beide und verschwand.

»Ich bin nicht damit einverstanden, daß du das Projekt einfach sich selbst überläßt«, sagte Morgan scharf.

»Ich überlasse das Projekt nicht sich selbst, ich überlasse es Rebecca«, sagte Amy. »Und auch nur einen Teil des Projekts – für ein paar Tage.« Sie versuchte Morgans Augen festzuhalten. »Aber wenn du nicht damit einverstanden bist, kann ich gern hierbleiben und alles überwachen, wie ich schon sagte. Es liegt ganz bei dir.«

Morgan verschränkte die Arme und wich ihrem Blick aus. »Dann bin ich wieder das Monster, nicht wahr? Weil ich dich von deiner Familie fernhalte.«

»Meine Familie ist mir sehr wichtig«, sagte Amy, »und Jamie ist der erste meiner Brüder, der heiratet. Also ist es ein ganz besonderes Ereignis. Aber ich werde dir keinerlei Vorwurf machen, wenn du findest, daß die Arbeit vorgeht. Es ist deine Entscheidung, und ich werde mich danach richten.«

»So wie du dich nach allem richtest, was ich sage, nicht wahr?« Morgans Stimme klang ätzend.

Amy sah sie an. »Was soll das, Morgan? Worauf willst du hinaus?«

»Ach, was soll's?« Morgan ging zu ihrem Stuhl hinüber und griff nach ihrer Tasche. »Laß uns gehen.«

»Morgan.« Amy stellte sich ihr in den Weg und sah sie an. »Ich hatte keine andere Wahl. Ich mußte unsere Kontakte auf das rein Geschäftliche beschränken. Verstehst du das denn nicht? Du stellst dir unter einer Beziehung etwas völlig anderes vor als ich.«

Morgan blickte auf sie hinunter und hob die Brauen. »Beziehung? Welche Beziehung?«

Amy schloß kurz die Augen. Morgan war so kalt wie eine Hundeschnauze. Beim Essen hatte es anders gewirkt, aber nun ... »Eben«, sagte sie. »Welche Beziehung?«

»Dann sind wir uns ja einig«, sagte Morgan. »Fahr ruhig nach Indiana, ich habe nichts dagegen. Können wir jetzt endlich gehen?«

»Ja.« Amy seufzte. »Wir können gehen.« *Es ist ja sowieso nichts mehr zu besprechen,* dachte sie. *Allem, was zu besprechen wäre, weichst du aus.*

Sie begaben sich nach draußen, wo Lou mit der Limousine schon auf Morgan wartete. Rebecca stand so nah bei ihr, daß man fast den Eindruck hätte gewinnen können, sie umarmten sich. Als Amy und Morgan näherkamen, entfernten sie sich einen Schritt voneinander.

»Hallo, Lou«, sagte Amy freundlich.

Lou lächelte. »Hallo, Amy.«

Morgan warf einen irritierten Blick auf Lou, sagte aber nichts. Sie stieg im hinteren Teil des Wagens ein.

»Fährst du mit mir, Rebecca?« fragte Amy.

Lou machte eine bedauernde Geste in Richtung der Tür, hinter der Morgan verschwunden war. »Ich bin im Dienst«, sagte sie. »Ich kann niemand mitnehmen.«

»Dann fahre ich wohl mit dir, Amy.« Rebecca unterdrückte ein Seufzen.

»Schreckliches Schicksal!« Amy lachte. »Komm schon. Im Büro wartet noch Arbeit auf uns. Und danach –«, sie schmunzelte, »ist Lou sicherlich mit ihrem Dienst fertig.«

»Du mußt mich für einen Schmetterling halten, der von Blüte zu Blüte flattert«, sagte Rebecca schuldbewußt, als sie im Auto saßen und losfuhren. »Erst du, jetzt Lou ...«

»So schlimm ist es auch wieder nicht«, sagte Amy lächelnd und sah kurz zu Rebecca hinüber. »Schließlich waren wir nicht –«

Rebecca seufzte. »Wenn es nach mir gegangen wäre, wären wir's gewesen«, sagte sie. »Was war ...« Sie räusperte sich. »Was war eigentlich wieder los mit *ihr*?«

»Was meinst du?« Amy tat, als wüßte sie nicht, wovon Rebecca sprach.

»Amy.« Rebecca schaute sie von der Seite her an. »Tu nicht so. Sie war doch schon wieder auf hundertachtzig, als ich gegangen bin. Ihre gute Stimmung hat nicht lange angehalten. Und nur, weil du zur Hochzeit deines Bruders fahren willst.«

»Sie hat keine Familie«, sagte Amy. »Das ist ungewohnt für sie.«

Rebecca rollte die Augen. »Ihr zwei seid wirklich genial«, sagte sie.

Amy blickte sie irritiert an. »Wir zwei? Es gibt kein wir zwei.«

»Anscheinend doch«, sagte Rebecca. »Du verteidigst sie, obwohl du leidest, und sie führt sich auf wie eine Xanthippe, wenn sie dich mal nicht sehen kann. Es scheint ihr mehr an dir zu liegen, als sie zugibt. Und dir auch.«

»Das träumst du, Rebecca«, widersprach Amy. »Du bist verliebt, und deshalb glaubst du, alle anderen müßten es auch sein.«

»Ihre Augen haben geblitzt wie Feuer, als Lou dich mit dem Vornamen begrüßt hat«, sagte Rebecca. »Sie ist eifersüchtig.«

»Eifersüchtig? Morgan?« Amy lachte auf. »Sie weiß nicht einmal, was das ist. Dazu müßte sie ja –« Sie brach ab und biß sich auf die Lippe.

»Dazu müßte sie verliebt sein«, sagte Rebecca freimütig.

»Sie ist nicht –« Amy atmete tief durch. »Du siehst das falsch«, sagte sie. »Sie kann nicht –«

»Sie kann nicht verliebt sein?« Rebecca lachte. »Jeder Mensch kann das. Das ist ein Naturgesetz.«

»Ja, das schon, aber –« Amy schrammte am Bordstein entlang, weil sie sich kaum mehr aufs Lenken konzentrieren konnte.

»Oh.« Rebecca wurde schlagartig ernst. »Sie kann nicht lieben. Meinst du das?«

Amy blieb stumm.

»Das ist es«, stellte Rebecca fest. »Wie ich schon beim letzten Mal vermutet habe. Aber du willst dich nicht dazu äußern.«

»Es ist doch sinnlos, Rebecca«, sagte Amy plötzlich gequält. »Ob wir darüber reden oder nicht ... das macht keinen Unterschied.«

Rebecca stieß einen tiefen Seufzer aus. »Dann kann ich dir nur raten, was du mir damals geraten hast«, sagte sie. »Such dir eine andere.«

Amy drehte den Kopf zu ihr und lächelte sie schmerzlich an. »Nicht alle haben so viel Glück wie du«, sagte sie.

Rebecca legte eine Hand auf Amys Arm. »Es gibt Tausende von Frauen für dich«, sagte sie. »Du bist eine großartige Frau. Nicht nur ich finde das. Und das weißt du auch. Häng dich doch nicht an jemand, die ... die das nicht zu schätzen weiß. Das hast du doch gar nicht nötig.«

Habe ich nicht? dachte Amy. »Es ist nett von dir, Rebecca, daß du mich trösten willst«, sagte sie und straffte ihre Schultern, »aber das ist nicht nötig. Es ist nichts zwischen uns, und es wird nie etwas sein.«

»Ganz wie du willst.« Rebecca seufzte. »Ich habe wirklich nicht die Absicht, dir irgend etwas einzureden.«

Den Rest der Fahrt verbrachten sie schweigend, bis sie im Büro angekommen waren.

»Sie haben Besuch«, begrüßte Treadwell Morgan ernst, als sie spätabends nach Hause zurückkehrte.

Sie hatte gearbeitet, bis ihr die Augen zufielen.

»Ich will niemand sehen«, erwiderte sie bärbeißig.

»Sie wartet schon ein paar Stunden«, sagte Treadwell. »Es wäre unhöflich –«

»Sagen Sie Ms. Flanagan, wir sehen uns im Studio!« schnappte Morgan und ging mit langen Schritten in ihren Salon hinüber.

Sie stürmte hinein und nahm sich einen Scotch, trank ihn in einem Zug aus und schenkte sich den nächsten ein. Sie versuchte sich zu beruhigen. Wie konnte Amy es wagen –? Sie hatte hier nichts mehr zu suchen! Das hatte sie selbst so bestimmt. Und nun – nachdem sie sie auch noch bei der Arbeit im Stich lassen wollte wegen einer lächerlichen Hochzeit – kam sie zu ihr und wollte ... ja, was?

»Mrs. Holdsworth«, meldete Treadwell von der Tür her.

Morgan zuckte hoch. Sie konnte gar nicht so schnell reagieren.

»*Mrs.* Holdsworth?« Sie runzelte die Stirn.

»Ich bin deine Mutter, Morgan«, sagte die gutaussehende Frau mittleren Alters und trat ein. Sie lächelte etwas unsicher.

Morgan stand starr, es schien für eine Ewigkeit. Dann blickte sie immer noch erstarrt wie in Zeitlupe von Treadwell zu der Frau und zurück.

»Es stimmt«, sagte Treadwell. »Die gnädige Frau ist Ihre Mutter, Madam.«

»Danke, Treadwell.« Die Frau wandte sich mit selbstverständlicher Sicherheit an den Butler. »Ich glaube, ich sollte jetzt besser mit meiner Tochter allein sein.«

Treadwell verbeugte sich und zog sich zurück.

Morgan starrte sie entgeistert und unfähig sich zu rühren an.

Die Frau mit denselben Augen wie Morgan gab den Blick zurück. Sie atmete tief durch. »Ich weiß, das muß jetzt eine ziemliche Überraschung für dich sein«, sagte sie mit einer weich und zärtlich klingenden Stimme.

Morgan erwachte langsam. Sie musterte die Frau, die immer noch sehr nah an der Tür stand, als ob sie sich darauf vorbereiten würde, gleich wieder zu gehen.

»Was ... was soll das?« Morgans Stimme klang rauh. »Soll das ein Scherz sein?«

Die Frau verzog die Lippen zu einem nachsichtigen Lächeln, dennoch wirkte auch sie angespannt, ebenso wie Morgan. »Hast du Treadwell schon jemals einen Scherz machen sehen?«

Morgan wirkte immer noch starr, als ob sie in einen Eisblock eingefroren wäre, der nur langsam auftaute. An der Hand, die das Scotchglas hielt, traten die Knöchel weiß hervor. Jäh drehte sie sich um und goß sich noch etwas ein, obwohl sie von dem zweiten Glas noch gar nichts getrunken hatte.

Die Besucherin starrte auf ihren Rücken. »Es tut mir leid«, sagte sie, »daß ich dich so überfalle. Aber ich wußte nicht –«

Ein Ruck schien durch Morgans Körper zu gehen. Sie richtete sich auf und wandte sich ihrer Besucherin zu. »Was wußten Sie nicht?« fragte sie kalt.

Die Frau zuckte zusammen. »Ob ... ob du mich überhaupt sehen wolltest«, sagte sie dann leise.

»Sie hätten Treadwell fragen können«, sagte Morgan. »Er hätte

Ihnen mitteilen können, daß ich keinen Wert darauf lege.«

Die Frau schluckte. »Glaubst du ... glaubst du nicht, daß ich deine Mutter bin?«

Morgan musterte sie erneut von oben bis unten. »Wenn Treadwell es sagt, muß ich es wohl glauben«, sagte sie, »aber das heißt noch lange nicht, daß ich es akzeptiere. Oder glücklich darüber bin.«

»O mein Gott!« Die Frau flüsterte. »Morgan ... ich ...« Sie schwankte.

Treadwell kam schnell durch die Tür herein und stützte sie. Er führte sie zu einem Sessel und ließ sie sich setzen. Morgan hatte keinen Finger gerührt.

»Bleiben Sie ruhig hier, Treadwell«, sagte Morgan kalt. »Die Dame hat vielleicht noch ein paar schauspielerische Glanzstücke auf Lager.«

»Miss Morgan!« Treadwell blickte sie zutiefst strafend an. Dann wandte er sich wieder ihrer Mutter zu. »Möchten Sie etwas trinken, Mrs. Holdsworth? Einen Cognac?«

Morgans Mutter nickte schwach.

Treadwell ging an Morgan vorbei zur Bar und schenkte ein. Er würdigte Morgan keines weiteren Blickes. Mit dem großen Cognacschwenker in der Hand ging er zu ihrer Mutter zurück und überreichte ihr das Glas. Sie blickte einen Augenblick darauf, dann führte sie es zum Mund und trank einen winzigen Schluck. Ihre Hand zitterte.

»Was haben Sie erwartet, Sie beide?« fragte Morgan schneidend. »Daß ich vor Freude Luftsprünge mache? Wenn eine Frau, die meine Mutter ist, die ich aber nicht kenne, weil sie mich vor –«, sie warf einen fragenden Blick auf die Frau, die im Sessel zusammengesunken war, »wie lange ist es her? – Jahrzehnten verlassen hat, plötzlich wieder auftaucht?«

Morgans Mutter richtete sich auf. »Ich habe nicht dich verlassen, Morgan«, sagte sie so leise, daß man sie kaum verstehen konnte.

»Mich oder meinen Vater, das ist doch gleich«, sagte Morgan unerbittlich. »Es kommt auf dasselbe raus. Wir sind zurückgeblieben, und du bist gegangen.«

Mrs. Holdsworth blickte zu Treadwell hoch, der immer noch neben ihrem Sessel stand. »Ich habe Ihnen gesagt, daß es nicht gutgehen wird«, bemerkte sie traurig. »Ich habe es geahnt.«

»Sie ist Ihre Tochter, Madam«, sagte Treadwell mitfühlend. »Eines Tages wird sie verstehen –«

»Was werde ich verstehen?« unterbrach Morgan ihn ätzend. Sie ließ ihre Augen von ihm zu ihrer Mutter gleiten. »Daß ich eine Mutter habe, der ich immer egal war? Die sich so wenig um mich geschert hat, daß sie mich jahrzehntelang vergessen konnte? Die erst dann wieder auf der Bildfläche erscheint, wenn –« Sie brach ab. »Ja, was? Weshalb bist du wiedergekommen? Brauchst du Geld?« Ihre Stimme klang so eisig, daß man glaubte, die Luft müsse gefrieren, als ihr Klang sie berührte.

Das Cognacglas zitterte gefährlich in der Hand der Besucherin, so daß Treadwell es ihr abnahm. »Du bist genau wie dein Vater«, sagte Kathleen Holdsworth traurig und enttäuscht. Ihre Stimme klang leer, beinahe hohl. »Ich hätte es wissen müssen.« Sie stand auf. Immer noch schwankte sie leicht, aber sie zwang ihren Körper, ihr wieder zu gehorchen.

Sie wandte sich mit einem schmerzlichen Lächeln an den Butler. »Danke, Treadwell«, sagte sie. »Es war schön, Sie wiederzusehen.«

»Ich habe mich ebenfalls gefreut, Madam«, erwiderte Treadwell. Er machte eine leichte, ehrerbietige Verbeugung.

»Auf Wiedersehen, Morgan«, sagte Kathleen Holdsworth und musterte ihre Tochter mit einem traurigen Blick, der den tiefen Schmerz widerspiegelte, den sie empfand. »Es tut mir leid, daß ich dich gestört habe.«

»Mir auch«, sagte Morgan und schüttete nun endlich den doppelten Scotch hinunter, den sie immer noch in der Hand gehalten hatte. »Das kannst du mir glauben.«

Kathleen Holdsworth sagte nichts mehr, und Treadwell führte sie hinaus.

Morgan blieb zurück und fühlte, wie sie ein Zittern erfaßte, als die wahnsinnige Anspannung, die sie gefangengehalten hatte, sich löste. Sie mußte sich am Kamin abstützen. Sie war immer noch nicht in der Lage zu begreifen, was wirklich geschehen war. Als ob eine Flutwelle an ihr vorbeigerauscht wäre, ohne sie zu berühren. Aber die Begleiterscheinungen spürte sie. Einen Windstoß, der der Welle folgte, sich in einen Sturm verwandelte, alles in ihr herumwirbelte.

Sie setzte sich. Nicht in den Sessel, in dem ihre Mutter gesessen hatte. Ihre Mutter. Sie konnte es immer noch nicht glauben. Sie hatte eine Mutter. Natürlich hatte sie das immer gewußt, aber irgendwie war es ihr so vorgekommen, als wenn eine Mutter zu haben etwas war, das anderen Leuten passierte. Nicht ihr.

Sie saß eine Weile stumm da und starrte vor sich hin. Treadwell kehrte nicht zurück, und sie wollte auch nicht, daß er es tat. Sie brauchte ihn nicht, diesen ... Verräter!

Warum war ihre Mutter wirklich gekommen? fragte sie sich. Wegen Geld nicht. So sah sie nicht aus. Und Morgan hatte es auch nicht geglaubt. Das hatte sie nur gesagt, um sie zu verletzen, um ihren eigenen Schmerz zu betäuben, der plötzlich wieder in ihr hochgekommen war und sie beinah überwältigt hatte. Der sie erfaßt hatte wie eine rote, glühende Wolke und sie verbrannte mit zehrender Glut.

Diese Frau, die da plötzlich aufgetaucht war, machte alles zunichte, was sie sich mühsam erschaffen hatte. Das ganze sorgfältig konstruierte Gebäude aus Distanz und Abwehr, aus Schutz vor Verletzungen und Routine. Es wackelte und drohte einzustürzen.

Panik erfaßte sie. Sie fühlte sich von aller Welt verlassen. Amy, ihre Mutter, sogar Treadwell. Treadwell, der ein Fels in der Brandung gewesen war. Das einzige, was Bestand hatte seit ihrer Kindheit. Nun war auch er ihr keine Stütze mehr.

Sie war völlig allein.

»Wenn du mich jedes Mal mit der Limousine abholst, werden die Leute denken, ich bin ein Mädchen aus reichem Hause«, sagte Rebecca lächelnd.

»Bist du das nicht? Och, jetzt bin ich aber enttäuscht. Ich dachte, ich mache eine gute Partie mit dir.« Lou verzog ihren Mund zu einem gespielten Schmollen.

Rebecca lachte. »Du bist süß, wenn du das tust«, sagte sie zärtlich.

»Komm, steig ein, ich habe Hunger«, sagte Lou. »Ich bin heute noch nicht einmal zum Frühstücken gekommen.«

»Du arbeitest zu viel«, sagte Rebecca, nachdem sie sich neben ihr auf dem Vordersitz niedergelassen hatte.

Lou schaute sie an. »Das mußt du gerade sagen. Ihr macht euch doch seit Wochen den ganzen Tag krumm, du und Amy. Für diese Kampagne.«

»Wir müssen vorankommen«, sagte Rebecca. »Die Zeit drängt. Aber es klappt eigentlich ganz gut. So schlimm ist es auch wieder nicht mit der Arbeit.«

»Wenn du immer so viel arbeitest, wer soll dann auf die Kinder aufpassen?« fragte Lou grinsend.

»Kinder? Welche Kinder?« Rebecca starrte sie erstaunt an.

»Deine und meine«, sagte Lou vollkommen ernst.

»Deine und meine? Bist du verrückt geworden?« Rebecca fiel fast die Kinnlade herunter.

»Na ja, ich dachte ...«, sagte Lou. »Es wird doch bald mal Zeit.«

»Du nimmst mich auf den Arm«, sagte Rebecca.

»Ja.« Lou grinste jetzt wieder. »Aber beinah hättest du es geglaubt.«

Rebecca boxte sie in die Seite. »Du bist fürchterlich. Immer mußt du mich aufziehen.«

»Was sich liebt, das neckt sich«, lachte Lou.

Rebecca senkte den Kopf. »Ist das wahr?« fragte sie. »Du liebst mich?«

»Natürlich.« Lou blickte zu ihr herüber, während sie die lange Limousine um eine Ecke lenkte. »Das weißt du doch.«

»Ja, ich ... ich weiß es, aber –« Sie schluckte. »Warum ... warum willst du dann nicht ...« Sie verstummte.

Lou wurde ernst. »Das habe ich dir gesagt«, meinte sie. »Ich habe in meinen bisherigen Beziehungen immer den Fehler gemacht, daß wir zuerst zusammen ins Bett gegangen sind und uns erst danach kennengelernt haben. Und es war jedesmal eine Katastrophe, besonders das letzte Mal. Wenn die Hormone sprechen, ist der Kopf ausgeschaltet.« Sie blickte Rebecca an. »Diesmal wollte ich es richtig machen.« Sie fuhr an die Seite und hielt an. »Du bist etwas ganz Besonderes für mich, Rebecca, und ich will nicht, daß wir ... daß es wieder so endet wie das letzte Mal. Ich will mit dir zusammen sein. Für immer.«

Rebecca schaute ihr in die Augen. »Das will ich auch«, sagte sie leise. »Aber ich will auch ... Lou, bitte, ich will dir nah sein, so nah, wie man es nur sein kann.«

»Das will ich doch auch.« Lou beugte sich zu ihr, ihre Gesichter berührten sich fast. »Du kannst dir nicht vorstellen, wie schwer es mir gefallen ist, mich zurückzuhalten. Dich zu küssen und dann nach Hause zu gehen.«

»Warum tust du es dann?« fragte Rebecca flüsternd.

»Weil ich dich respektiere«, sagte Lou. »Ich will nicht, daß du denkst, ich suche nur ein Abenteuer.«

»Das denke ich nicht«, wisperte Rebecca. »Denkst du denn, ich will das: nur ein Abenteuer mit dir?«

Lou musterte lange ihr Gesicht, ihre Augen, ihren Mund. »Nein«, sagte sie dann. »Ich glaube, nicht.« Sie stieg aus, ging um den Wagen herum und öffnete Rebeccas Tür. »Komm«, sagte sie.

Rebecca blickte sie erstaunt an, dann stieg sie aus.

Lou öffnete die hintere Tür. »Bitte, Mylady«, sagte sie schmunzelnd und verbeugte sich leicht.

Rebecca starrte sie an. »Hier?«

»Das luxuriöseste Gemach, das ich kenne«, sagte Lou. »Besser können wir es nicht haben. Aber wenn du willst, kann ich dich auch nach Hause fahren.«

Rebecca schüttelte den Kopf und stieg ein. »Nein«, sagte sie. »Das ist mir zu gefährlich. Dann überlegst du es dir vielleicht wieder anders.«

Lou stieg hinter ihr ein und verriegelte mit der Fernbedienung die Türen. Die Scheiben der Limousine waren verdunkelt, so daß niemand von außen hineinschauen konnte.

Lou drückte auf einen weiteren Knopf an der Fernbedienung. Aus einem der Seitenpolster fuhr ein Bett heraus.

Rebecca starrte darauf wie auf einen Geist.

»Ich weiß, was du jetzt denkst«, sagte Lou, »aber ich habe das noch nie benutzt. Das ist nur für Kunden.«

»Für Kunden?« Rebecca stotterte beinahe.

»Ja.« Lou grinste. »Aber auch die haben es noch nie benutzt. Bislang hatte ich solche Kunden noch nicht. Es ist also ganz jungfräulich.«

Rebecca runzelte die Stirn. »Würdest du das tun?« fragte sie. »Die Leute herumfahren, während sie hier hinten . . .«

Lou schüttelte den Kopf. »Nein, das hatte ich eigentlich nicht vor. Die Limousine ist für jemand anders angefertigt worden, das sind ja alles Einzelstücke. Derjenige hat sie dann aber nicht abgeholt, deshalb habe ich sie billiger bekommen. Das war ein Schnäppchen für mich. Und da der Rest meinen Vorstellungen entsprach, habe ich da natürlich nicht nein gesagt.«

»Du könntest hier wohnen«, sagte Rebecca. »Es ist wirklich alles da.«

»Ja.« Lou setzte sich endlich zu ihr. Sie schaute Rebecca an und legte eine Hand auf ihre Wange. »Wenn ich irgendwann einmal eine zweite Limousine habe, könnten wir ja zusammen hier wohnen.«

Rebeccas Augen flackerten leicht wie Kerzen im Wind. »Mit den vielen Kindern, die du mir anhängen willst, bevorzuge ich dann doch eher ein Haus«, sagte sie.

Lou lachte. Sie beugte sich vor und berührte Rebeccas Mund leicht mit ihren Lippen. »Ich liebe dich, Rebecca«, sagte sie. »Ich liebe dich so.«

Rebecca legte ihre Arme um Lous Nacken und schaute sie an. »Ich liebe dich auch, Lou. Du ahnst nicht, wie sehr.« Sie zog Lous Gesicht zu sich heran und küßte sie innig.

»**K**ommst du wirklich zurecht?« fragte Amy Rebecca zum wiederholten Male.

Rebecca seufzte. »Wenn du mir nicht vertraust, bleib hier. Und wenn du es tust, hör auf mich zu fragen.«

»Entschuldige.« Amy schenkte ihr ein schiefes Grinsen. »Ich weiß, du schaffst es. Aber ich habe das noch nie gemacht: ein Projekt mitten in der Arbeit verlassen.«

»Es sind doch nur ein paar Tage«, sagte Rebecca. »Dann bist du wieder da, und nichts wird sich verändert haben, außer daß wir mit der Produktion etwas weiter fortgeschritten sind.«

»Das ist richtig.« Amy atmete tief durch. »Du kannst mich ja anrufen, wenn –«

»Amy!« Rebecca hob beide Hände. »Du fährst zur Hochzeit deines Bruders, ihr werdet ein großes Familienfest feiern, und ich werde den Teufel tun, dich da mit Arbeitsangelegenheiten zu belästigen.

Entspann dich. Du bist nicht die Chefin einer Regierung.« Sie grinste. »Und auch da stürzt nicht gleich der ganze Staat zusammen, wenn der Präsident mal in Urlaub geht.«

»Ich weiß.« Amy stieß einen abgrundtiefen Seufzer aus. »Aber es hängt so viel daran. Das Auftragsvolumen ...«

»Vergiß das Auftragsvolumen.« Rebecca sah aus, als würde sie gleich verzweifelt die Hände ringen. »Ich rufe Lou an und bitte sie, dich heute noch nach Indiana zu verfrachten, wenn du so weitermachst.«

»Arme Lou.« Amy schmunzelte. »Mit der Limousine würde das wohl eine Weile dauern. Ich fliege lieber, so wie ich es vorgehabt habe.«

»Wann genau fliegst du?« fragte Rebecca.

»Übermorgen.« Amy blätterte durch eine Liste. »Dann bist du mich endlich los.« Sie grinste Rebecca an.

»Ich werde drei Kreuze machen, wenn du weg bist«, erwiderte Rebecca und grinste ebenfalls.

»Dann laß uns noch ein bißchen arbeiten«, sagte Amy. »Damit ich nicht ganz so ein schlechtes Gewissen habe.«

Die Aufnahmen im Studio waren schon eine Weile abgeschlossen, doch die Nacharbeiten dauerten wesentlich länger. Wie bei jedem Film war die Auswahl der richtigen Szenen, das Schneiden und Zusammenfügen, die Entscheidung für oder gegen ein bestimmtes Bild erheblich langwieriger als das Drehen selbst.

Während Rebecca und Amy in Amys Büro saßen und die Auswahl besprachen, klingelte das Telefon. Amy nahm geistesabwesend ab, während sie noch über den Ablauf nachdachte. »Flanagan?«

»Da ist eine Ms. Holdsworth für Sie, Ms. Flanagan«, sagte die Stimme des Portiers. »Sie möchte Sie sprechen.«

»Ms. Holdsworth?« *Morgan?* Amy war erstaunt.

Morgan und sie hatten im Studio nur das nötigste miteinander gesprochen, und auch das war schon eine Weile her. Amy erschien es, als hätte Morgan keinerlei Interesse mehr an ihr. Sie hatte sich nicht einmal mehr mit ihr gestritten. Warum rief sie nicht einfach an, wenn sie eine Auskunft über das Projekt wollte? Das wäre doch viel einfacher gewesen, als gleich herzukommen.

»Gut«, sagte sie. »Schicken Sie sie rauf.«

»Okay.« Der Portier legte auf.

Amy wandte sich wieder Rebecca und den Unterlagen zu. Was immer Morgan wollte, sie würde nicht alles stehen und liegen lassen, nur weil sie plötzlich antanzte. »Wo waren wir stehengeblieben?« fragte sie Rebecca.

Die schaute zwar etwas erstaunt auf Amy, aber dann tauchten sie wieder in die Arbeit ein.

Ein leises Klopfen am Türrahmen unterbrach sie.

Amy blickte auf.

Es war wie ein Déjà-vu. Amy sah Morgan, aber eine viel ältere Morgan, und auch sonst ließ die Ähnlichkeit immer mehr nach, je länger Amy hinsah. Und doch war sie eindeutig vorhanden.

»Was ...?« Amy erhob sich verwirrt.

Die Frau lächelte sie entschuldigend an, kam auf sie zu und streckte ihr die Hand hin. »Mein Name ist Holdsworth, Kathleen Holdsworth.« Sie zögerte einen Moment. »Ich bin Morgans Mutter.«

»Ähm ...« Rebecca erhob sich ebenfalls und raffte ihre Papiere zusammen. »Ich glaube, ich lasse euch mal allein.« Sie warf noch einen erstaunten Blick auf Kathleen Holdsworth und verließ Amys Büro.

Amy brauchte einen Moment, bis sie sich von ihrer Verblüffung erholt hatte. »Setzen Sie sich doch«, sagte sie dann und wies auf einen Stuhl. »Mrs. Holdsworth.« Ihre Stimme hatte einen merkwürdigen Klang, als sie den Namen aussprach.

»Ich weiß«, Kathleen Holdsworth lächelte auf eine bezaubernde Art unsicher, »Sie müssen das jetzt sehr ungewöhnlich finden.«

Sie hat denselben Charme wie Morgan, dachte Amy und fühlte sich an Dinge erinnert, die sie eigentlich lieber vergessen wollte. »Ähm ... ja.« Sie kam langsam wieder zu sich. »So könnte man sagen. Ich dachte ... ich meine, Morgan hat mir erzählt –«

»Was hat sie erzählt?« unterbrach Kathleen Holdsworth sie bitter. »Daß ich tot bin?«

Amy sah sie an. Was war passiert? Sie konnte sich nicht vorstellen, was Morgans Mutter von ihr wollte. »Hm ... nein«, sagte sie. »Nur daß Sie –« Sie brach ab. War das nicht eine Angelegenheit zwischen Morgan und ihrer Mutter? Was hatte sie, Amy, damit zu tun?

»Daß ich nicht für sie da war«, vollendete Kathleen Holdsworth tieftraurig. »Und das stimmt.«

»Es tut mir leid, Mrs. Holdsworth«, sagte Amy, »aber ich weiß wirklich nicht –«

»Treadwell hat mich zu Ihnen geschickt«, sagte Kathleen Holdsworth.

»Treadwell?« Amy blickte sie erstaunt an.

»Ja, Sie wissen, unser Butler.«

Unser Butler? Amy schüttelte innerlich den Kopf. Bisher hatte sie Treadwell immer als Morgans Butler betrachtet. Aber natürlich, wenn das hier ihre Mutter war ... »Ich weiß, wer Treadwell ist«, sagte Amy.

»Ja ... ich ... er sagte mir, daß Sie ... und meine Tochter ...« Kathleen Holdsworth verstummte zaudernd.

O Gott! Nicht auch das noch! dachte Amy. *Die Mutter kehrt nach ewigen Zeiten zurück und ist entsetzt darüber, daß ihre Tochter lesbisch ist!*

»Ich glaube, das sollten Sie mit Ihrer ... mit Morgan besprechen, Mrs. Holdsworth«, sagte sie und erhob sich. »Sie wird Ihnen sagen, daß ich ... und sie –« *Daß nie etwas zwischen uns war außer Sex,* ergänzte sie in Gedanken sarkastisch. *Das wird jede Mutter sicherlich freuen zu hören.* Sie räusperte sich. »Bitte, sprechen Sie mit Morgan«, wiederholte sie. »Ich kann nichts dazu sagen.«

»Das habe ich versucht«, sagte Kathleen Holdsworth. Sie blickte bittend zu Amy auf. »Sie verstehen mich falsch. Ich komme nicht zu Ihnen, um Ihnen Vorwürfe zu machen. Dazu hätte ich gar kein Recht. Ich komme zu Ihnen, weil ... weil Treadwell mir gesagt hat, daß Sie der einzige Mensch sind, an dem meiner Tochter etwas liegt. Und dem etwas an ihr liegt.«

Amy setzte sich wieder. Es gab fast einen Plumps. »Ich ...« Sie räusperte sich und schluckte. »Ich glaube, was Treadwell Ihnen erzählt hat, trifft nicht ganz zu«, sagte sie und fühlte den Schmerz darüber, daß sie so etwas sagen mußte und daß es die Wahrheit war. »Er hat da wohl etwas falsch interpretiert. Morgan und ich sind ... Ich führe nur eine Werbekampagne für *Holdsworth Cosmetics* durch, als Angestellte der Agentur Bowchester, mehr nicht.«

»Bitte ...« Kathleen Holdsworth beugte sich vor und schaute sie flehend an. »Ich will Ihnen nicht zu nahe treten, und ich will auch nicht in Ihre Privatsphäre eindringen, aber Sie sind meine letzte Hoffnung. Morgan hat – Ich war bei ihr, und sie hat mich praktisch des Hauses verwiesen. Ich weiß nicht mehr, was ich tun soll.«

Amy sah die Tränen, die Kathleens Augen langsam füllten und

dann ihre Wange hinabrollten.

»Das ... das tut mir leid«, erwiderte sie schluckend. *So ist Morgan halt,* hätte sie beinahe hinzugefügt. »Aber ... da befinden wir uns quasi in derselben Situation. Ich ... ich habe auch keine Möglichkeit –«

Kathleen Holdsworth schaute sie mitfühlend an. »Ich denke trotzdem, daß es ein Unterschied ist«, sagte sie. »Sie hat den Haß auf mich ein Leben lang genährt. Bei Ihnen ist das etwas anderes.«

»Sie meinen, sie haßt mich noch nicht ganz so lange?« Amy lachte spöttisch auf.

»Nein, ich ... ich denke, sie haßt Sie überhaupt nicht. Im Gegenteil.«

Amy hob die Augenbrauen. »Hat Treadwell Ihnen das auch erzählt?«

»Er hat so etwas angedeutet«, sagte Kathleen Holdsworth. »Und ich glaube ihm. Wenn ich Sie so anschaue ... Ich finde Sie sehr sympathisch. Ich würde meiner Tochter wünschen, daß sie –« Sie brach ab und senkte den Kopf. »Nur leider habe ich da nichts zu wünschen«, fügte sie leise hinzu. »Ich habe keinerlei Recht dazu.« Sie blickte wieder auf. »Es würde mir schon reichen, wenn sie mich nicht hassen würde. Wenigstens das nicht.«

Amy stand auf und lief unruhig durch den Raum. »Ich glaube nicht, daß sie Sie haßt«, sagte sie. »Sie war ein kleines Kind, als Sie sie –« Sie biß sich auf die Zunge.

»Als ich sie verlassen habe, sprechen Sie es nur aus«, sagte Kathleen Holdsworth. »Es ist die Wahrheit. Zumindest ein Teil davon.«

Warum nur? dachte Amy. »Ich würde Ihnen sehr gern helfen«, sagte sie, »aber gerade jetzt bin ich auf dem Weg nach Indiana zur Hochzeit meines Bruders, und ich habe keine Gelegenheit mehr –«

»Ihr Bruder lebt in Indiana?« fragte Kathleen Holdsworth. »Auf dem Land?«

Amy lachte. »In Indiana gibt es eigentlich nur Land, selbst die Städte wirken so. Aber mein Bruder lebt auf unserer Farm, wie meine ganze Familie. Ich stamme von dort.«

»Das hätte ich jetzt nicht gedacht«, sagte Kathleen Holdsworth. Sie betrachtete Amy mit einem leisen Lächeln und noch mehr Sympathie. »Ich komme auch vom Land.«

»Sie?« Amy musterte Kathleen Holdsworth erstaunt.

Kathleen Holdsworth lachte leicht, und wieder bemerkte Amy die Ähnlichkeit zwischen ihr und Morgan. Beide zogen sie auf dieselbe Art die Nase zusammen, wenn sie lachten.

Sie schluckte und setzte sich wieder.

»Wir haben uns anscheinend beide sehr gut angepaßt«, sagte Kathleen Holdsworth immer noch lächelnd. »Aber manchmal vermisse ich es schon. Sie nicht auch?«

»O ja, oft«, sagte Amy. »Aber wenn man in meiner Branche arbeiten will, gibt es nicht viel zu tun in Indiana – oder sonstwo auf dem Land. Es sei denn, man wollte die *Miss Kuh* fotografieren.« Sie lachte.

»Das ist wahr«, bestätigte Kathleen Holdsworth. Sie blickte Amy freundlich an. »Am liebsten würde ich Sie begleiten. Ich war schon lange nicht mehr auf einer ländlichen Hochzeit.«

»Tun Sie es doch«, sagte Amy. *Wie bitte? Was hast du da gerade gesagt?* Amy konnte es selbst kaum glauben.

Kathleen Holdsworth starrte sie ebenso ungläubig an. »Das ... das meinen Sie nicht im Ernst«, sagte sie fast etwas scheu, wie ein junges Mädchen, das seinen ersten Antrag bekommt.

»Warum nicht?« sagte Amy. »Alle werden kommen, Verwandte, Bekannte, Nachbarn – und viele werden garantiert noch jemand mitbringen. Also tue ich das auch.« *Wenn es schon nicht Morgan sein kann, dann wenigstens ihre Mutter, oder wie meinst du das, Amy?*

»Das ... ich glaube, das kann ich nicht annehmen«, sagte Kathleen Holdsworth, »aber es ist reizend von Ihnen, es mir anzubieten.« Obwohl sie ablehnte, sah sie aus, als ob sie es bedauerte.

»Sie können es sich ja noch überlegen«, sagte Amy. »Morgen bin ich noch hier, übermorgen fliege ich. Ich würde mich sehr freuen, wenn Sie mitkämen.« *Es täte ihr sicher gut, Abstand von Morgan zu gewinnen,* dachte sie. *Genauso wie mir.* Oder vielleicht war es auch nur, weil sie Morgan so ähnlich sah. Weil Amy dadurch das Gefühl hatte, noch mit ihr verbunden zu sein, was in Wirklichkeit nie wieder der Fall sein würde. Sie seufzte.

Kathleen Holdsworth räusperte sich. »Ich ... ich würde sehr gern mitkommen«, sagte sie leise. »Wenn Sie wirklich denken, daß das geht ...«

»Auf jeden Fall«, sagte Amy. »Ich werde das mit der Fluggesellschaft klären. Es ist sicherlich kein Problem, einen Platz zu bekommen. Die Flüge nach Indiana sind selten ausgebucht, wissen Sie?« Sie schmunzelte ein wenig.

»Ist mir völlig unverständlich«, sagte Kathleen Holdsworth. Sie schmunzelte auch. »Wo es doch so schön dort ist.«

»O ja, das ist es.« Amy atmete tief durch. »Ich freue mich jetzt schon auf die gute Luft.«

»Ich ... es war mir ... ich bin froh, daß ich mich überwunden habe herzukommen«, sagte Kathleen Holdsworth. »Zuerst wollte ich nicht, aber dann sagte Treadwell, Sie wären so nett, und ich sollte es doch versuchen.« Sie stand auf und gab Amy die Hand. »Er hatte in allem recht, was er gesagt hat. Ich hätte nicht drei Wochen warten, sondern gleich herkommen sollen.«

Amy nickte etwas beschämt. »Wir sehen uns dann übermorgen«, sagte sie. »Am Flughafen. Die Maschine geht um acht Uhr früh.«

»Ja, danke, ich werde da sein.« Kathleen Holdsworth verabschiedete sich. »Bis übermorgen dann.«

War das wirklich eine gute Idee? dachte Amy, nachdem Kathleen Holdsworth durch die Tür verschwunden war. So spontan war sie sonst eigentlich nicht. Sie überlegte immer gut, was sie tat. Aber in diesem Fall hatten sich ihr die Worte einfach aufgedrängt. Die Einladung war so unvermittelt über ihre Lippen gekommen, daß sie es selbst kaum mitbekommen hatte.

Eigentlich hatte sie gedacht, zu Hause ein paar Tage nicht an Morgan denken zu müssen, endlich einmal Ruhe und Frieden, nicht ständig den Namen Holdsworth vor Augen, der auf jedem Papier stand, das sie bezüglich der Kampagne in die Hand nahm. Und Morgans Gesicht, das die Kampagne verkörperte und in Dutzenden Fotos auf ihrem Tisch lag.

Sie hatte sich daran gewöhnt, sie packte die Bilder in den Schrank, sobald die Besprechung vorbei war, aber es nützte nichts. Morgan spukte in ihrem Kopf herum, und sie fragte sich immer wieder, was sie dagegen tun konnte.

Ganz sicher war es keine probate Methode, mit ihrer Mutter nach Indiana zu fahren! Sie lachte selbstironisch.

Da hatte sie sich ja ein schönes Ei gelegt!

»Hey, Amy, altes Haus! Kommst du uns auch mal wieder besuchen aus der großen Stadt?«

Ein grinsender rothaariger Bursche kam lärmend auf Amy zu, als sie aus der Tür des Flughafens trat.

»Tommy!« Ein erfreutes Lächeln überzog Amys Gesicht. »Hättest ja auch mal nach L.A. kommen können, wie Paps, großer Bruder«, sagte sie neckend.

»Jemand muß ja hierbleiben und die Farm hüten. Die Kleinen tragen ja fast noch Windeln«, sagte ihr Bruder grinsend. Er griff nach dem Gepäckwagen, den Amy vor sich herschob. »Das ist aber 'ne Menge Zeug für die paar Tage«, sagte er.

»Ich bin nicht allein.« Amy drehte sich um. »Das ist Kathleen Holdsworth, eine Bekannte aus L.A.«, stellte sie vor. »Aber eigentlich stammt sie auch vom Land, und da dachte ich mir, sie wird sich schon nicht die Beine brechen im Kuhstall und habe sie mitgebracht.«

»Ein paar Hände, die zupacken können, können die Frauen bestimmt noch gebrauchen«, sagte Tommy und streckte Kathleen Holdsworth die Hand hin.

Kathleen Holdsworth schüttelte sie und lächelte.

»Sie ist ein Gast«, sagte Amy tadelnd zu ihrem Bruder, »sie kommt nicht, um zu arbeiten.«

»Ich helfe gern«, sagte Kathleen Holdsworth lächelnd.

»Dann kommt, Mädels!« rief Tommy Flanagan fröhlich und schob den Gepäckwagen in Rennfahrertempo, daß die Koffer beinahe herunterfielen, zu einem Truck, der vor dem Ausgang stand.

»Es tut mir leid«, sagte Amy zu Kathleen. »Das Wort Urlaub kennt man hier auf dem Lande einfach nicht.«

»Ich weiß«, sagte Kathleen und lächelte noch mehr. »Das ist schön. So kenne ich es auch von früher.«

»Mrs. Holdsworth ...« Tommy hielt Kathleen die Tür auf.

»Kathleen, bitte«, sagte Kathleen Holdsworth. »Das reicht.«

»Okay, Kathleen, dann spring rein«, sagte Tommy.

Amy lachte. »Seien Sie vorsichtig, Kathleen, wenn man Tommy den kleinen Finger gibt, nimmt er gleich die ganze Hand!«

»So sind Männer halt«, sagte Kathleen verständnisvoll lächelnd.

Ach ja, sie ist hetero, erinnerte sich Amy.

Sie fuhren in einem Affenzahn, soweit der doch schon etwas ältere Truck das hergab, eine Staubwolke hinter sich lassend über die Landstraße zur Flanagan-Farm.

»Na, erkennst du es noch wieder?« fragte Tommy seine Schwester grinsend.

»Also hör mal!« Amy tat empört. »So lange ist es ja auch noch nicht her, daß ich hier war!«

»Weihnachten lag noch Schnee, als du weggefahren bist. Jetzt steht der Weizen auf den Feldern, das ist schon eine ziemlich lange Zeit«, sagte Tommy.

»Es sieht wundervoll aus«, bemerkte Kathleen sinnend, »wie die Ähren sich im Wind wiegen.« Sie beachtete die Straße gar nicht, nur die Felder links und rechts.

»Hauptsache, es kommen keine Sturmböen«, sagte Tommy, »die alles runterdrücken. Dann ist die Ernte gelaufen.«

Amy lachte. »Bauernburschen haben halt keinen Sinn für die Schönheit der Natur«, sagte sie. »Für sie zählt nur das Ernteergebnis.«

»So muß es auch sein«, erwiderte Kathleen Holdsworth. Sie lächelte sowohl Tommy als auch Amy an.

»Sie wären eine gute Farmersfrau«, sagte Tommy. »Sie wissen, worauf's ankommt.«

»Das verlernt man nie«, meinte Kathleen. »Wenn man auf dem Land aufgewachsen ist.«

»Schön zu hören«, sagte Tommy. »Bei meiner Schwester habe ich da so meine Zweifel.« Er schaute Amy grinsend von der Seite an.

Sie holte aus, soweit das im Fahrerhaus möglich war, und boxte ihn mit aller Kraft in den Arm. »Ich werde dir gleich zeigen, daß ich noch immer jede Kuh melken kann, wenn es sein muß«, sagte sie.

»Gern«, entgegnete Tommy noch mehr grinsend. Der Schlag hatte ihm kaum etwas ausgemacht. »Wir haben noch ein paar dazugekauft. Du wirst dich wundern, wie viele es jetzt sind.«

»Wie sieht's denn zu Hause aus?« fragte Amy. »Wegen der Hochzeit, meine ich.«

»Bei uns sieht es eigentlich aus wie immer, da hat sich nicht viel verändert«, meinte Tommy. »Aber bei den Jeffersons ist der Teufel los. Mußte Jamie ausgerechnet eine aus der Sippe schwängern?« Er blickte schnell zu Kathleen Holdsworth. »Oh, Entschuldigung, heiraten meinte ich natürlich.«

Kathleen Holdsworth schmunzelte. »Ich habe schon verstanden«, sagte sie.

»Du bist immer noch sauer auf Barbara?« fragte Amy.

Tommy brummelte irgend etwas Unverständliches vor sich hin.

Amy lachte. »Aber sie mag dich doch! Du bist selbst schuld. Sei nett zu ihr, mach ihr einen Antrag, umwirb sie ein bißchen. Sie sagt bestimmt ja. Aber wenn du die Zähne nicht auseinanderbekommst, was soll sie da machen?«

Tommy verzog das Gesicht.

»Du bist ein Depp, Tommy«, sagte Amy. »Nur weil sie gesagt hat, sie will nichts mehr von dir wissen, heißt das noch lange nicht, daß sie das auch so meint.«

Kathleen Holdsworth lachte leicht. »Das ist das uralte Mißverständnis zwischen Männern und Frauen«, sagte sie. »Männer denken immer, daß das, was man sagt, und das, was man meint, dasselbe ist.«

»Was soll es denn sonst sein?« brummte Tommy. Er fühlte sich den beiden Frauen gegenüber im Nachteil.

»Sie mag dich«, wiederholte Amy. »Und sie will, daß du ihr zeigst, daß du sie auch magst. Du kannst nicht einfach hingehen, sie anstarren und erwarten, daß sie das für einen Heiratsantrag hält.«

»Sie sollte es wissen«, brummte Tommy.

»Sie weiß es«, grinste Amy, »aber sie will, daß du es ihr auch sagst. Also mach es einfach. Du wirst sehen, dann seid ihr schneller verheiratet, als du gucken kannst.«

»Hm-hm.« Tommy brummelte weiter vor sich hin.

Amy und Kathleen grinsten sich an.

Als sie auf der Farm ankamen, empfing sie ein leeres Farmhaus. Auch auf dem Hof davor war kein Mensch zu sehen.

»Sind alle auf den Feldern«, sagte Tommy. »Muß noch viel gemacht werden.«

»Ist klar«, sagte Amy. Sie wandte sich an Kathleen. »Sie können in meinem Zimmer schlafen. Ich werde mich in das Nest über dem Stall verziehen.«

»Oh, ich wollte nicht –«, begann Kathleen.

»Nichts da.« Amy unterbrach sie. »Ich liebe das Nest über dem Stall. Wir nennen es so, weil dort früher immer Vögel genistet haben. Irgendwann hat mein Vater die Einflugschneisen abgedichtet und eine Art Refugium daraus gemacht. Es ist sehr schön dort. Man liegt im Stroh und kann träumen. Das habe ich als Kind oft getan.«

»Na gut«, sagte Kathleen Holdsworth. »Wenn Sie meinen.«

»Ja«, sagte Amy. »Kommen Sie, ich zeige Ihnen mein Zimmer, dann können Sie auspacken und sich umziehen, wenn Sie wollen.«

Kathleen lächelte. »Das will ich«, sagte sie. »Mit den Stadtkleidern kommt man sich hier doch etwas deplaziert vor.«

»Das ist wahr«, lachte Amy. »Ich werde auch als erstes meine Latzhose anziehen!«

Später schlug Amy gerade ein paar Eier in die Pfanne, als Kathleen Holdsworth herunterkam. Sie trug Jeans und eine lockere Bluse, eher angemessen für einen Aufenthalt auf dem Land als das Kostüm, das sie auf dem Flug getragen hatte.

»Sie sehen toll aus«, sagte Amy. *So wie Morgan aussehen würde, wenn sie dasselbe trüge,* dachte sie. *Verdammt!*

»Oh ... ähm ... danke«, erwiderte Kathleen Holdsworth unsicher.

Sie ist Komplimente von Frauen nicht gewöhnt, dachte Amy. »Rührei?« fragte sie. »Oder lieber etwas anderes?«

Kathleen schüttelte lächelnd den Kopf. »Rührei ist wunderbar. Richtige Eier vom Land. Sicher von Ihren eigenen Hühnern, oder?«

»Selbstverständlich«, sagte Amy. »Etwas anderes haben wir gar nicht.«

Kathleen setzte sich an den Tisch, wo Amy schon zwei Teller für sich und sie hingestellt hatte. Amy verteilte das Rührei und schnitt dann noch jeweils eine kräftige Scheibe Brot von einem großen Laib, der auf der Anrichte lag.

Kathleen seufzte. »Mein Gott, ist das schön hier«, sagte sie.

In diesem Moment öffnete sich die Tür.

»Tochter!« Patrick Flanagan trat lachend ein. Seine schmutzigen Stiefel hinterließen lehmige Flecken auf dem Boden.

»Paps!« Amy deutete auf die Stiefel.

Patrick blickte schuldbewußt hinunter, ging wieder vor die Tür und zog die Stiefel aus. Dann trat er erneut ein, ging schnell auf seine Tochter zu und umarmte sie heftig. »Schön, daß du da bist.«

Er drehte sich um. Einen Moment starrte er Kathleen an. »Kennen wir uns nicht?« fragte er irritiert.

Kathleen schüttelte ebenso irritiert den Kopf.

»Du kennst ...« Amy räusperte sich. »Du kennst Kathleens Tochter, Morgan Holdsworth. Wir waren damals in L.A. zusammen essen«, sagte sie mühsam beherrscht.

»Sie sehen sich verdammt ähnlich«, sagte Patrick beeindruckt, ging auf Kathleen zu und gab ihr die Hand. »Willkommen, Mrs. Holdsworth.«

»Kathleen.« Kathleen lächelte und wurde von Patricks Händedruck etwas durchgeschüttelt.

»Wie geht's Ihrer Tochter?« fragte Patrick.

»Ähm ... willst du Rührei, Paps?« unterbrach Amy schnell.

»Klar. Und Schinken dazu. Müßte noch welcher in der Speisekammer sein«, erwiderte ihr Vater.

»Sie auch, Kathleen?« fragte Amy.

»Nein, danke«, sagte Kathleen lächelnd. »Das Ei reicht mir. Später vielleicht.«

Amy ging in die Speisekammer und schnitt ein paar Scheiben von einem großen Schinken ab, der von der Decke hing. Sie kehrte zurück und warf die Scheiben in die Pfanne, schlug noch ein paar Eier hinein. »Gleich fertig, Paps«, sagte sie.

Patrick ging zum Schrank und nahm sich einen Teller. Seine Blikke schienen sich dabei nicht von Kathleen Holdsworth lösen zu wollen.

Amy grinste innerlich. *Sie gefällt ihm,* dachte sie.

»Sie müssen entschuldigen, wenn ich Sie so überfalle, Mr. Flanagan«, sagte Kathleen.

»Oh-oh, Mr. Flanagan!« Patrick lachte. »Patrick heiße ich.«

Kathleen nickte mit einem so bezaubernden Lächeln, daß Amy dachte, ihr Vater würde gleich vom Stuhl fallen, auf dem er gerade Platz genommen hatte. Sie rührte die Eier noch einmal durch und brachte sie hinüber an den Tisch. »So, Paps«, sagte sie. »Hau rein.«

Sie setzte sich und beobachtete, wie ihr Vater sich kaum auf das Essen konzentrieren konnte, was ansonsten nicht seine Art war. *Wie die Tochter, so der Vater,* dachte sie. *Die Frauen der Familie Holdsworth ziehen uns an.* Warum konnte Morgan jetzt nicht hier sein? Warum mußte sie sich so verflucht störrisch benehmen? Ihrer Mutter gegenüber, Amy gegenüber.

Sicher, Kathleen hatte Morgan verlassen, das war eine tiefsitzende Verletzung. Aber so, wie Amy Kathleen erlebt hatte, hatte Kathleen das nicht leichten Herzens getan. Sie war kein leichtlebiger Typ. Sie wirkte sehr ernsthaft. Es mußte einen anderen Grund gegeben haben, warum sie nicht bei ihrem Kind hatte bleiben können.

Die Tage flogen dahin, die Hochzeit vereinte Menschen, die sich lange nicht gesehen hatten ebenso wie die, die sich jeden Tag sahen.

Kathleen und Amy packten überall mit an, und Amy beobachtete, wie ihr Vater sich bemühte, so oft wie möglich in Kathleens Nähe zu sein.

Kathleen schien es nicht zu bemerken.

Darin sind die Holdsworth-Frauen gut, dachte Amy.

Am Tag nach der Hochzeit bereitete Amy sich darauf vor, wieder abzureisen. Im ›Nest‹ packte sie ihre Sachen. Als sie ein Geräusch hinter sich hörte, drehte sie sich um. »Paps?« sagte sie lächelnd.

Patrick wirkte etwas unbehaglich. »Du mußt wieder zurück?« fragte er.

Amy runzelte die Stirn. »Natürlich, Paps«, sagte sie. »Das weißt du doch. Meine Arbeit wartet.«

»Ja. Ja, sicher.« Patrick schlenderte angespannt durch den Raum. Wenn er einen Hut gehabt hätte, hätte er ihn sicher in den Händen gedreht.

Ah, daher weht der Wind, erkannte Amy. *Es geht nicht um mich.* Sie schmunzelte. »Sie gefällt dir, nicht wahr, Paps?«

Patrick drehte sich zu ihr um. »Was meinst du?« fragte er so durchschaubar wie ein kleiner Junge.

»Kathleen«, sagte Amy. »Du magst sie.«

»Du darfst mir nicht böse sein«, sagte Patrick erschrocken. »Es ist nicht so, daß ich deine Mutter nicht mehr liebe.«

»Mutter ist tot«, sagte Amy feinfühlig. »Schon lange. Ich mache dir keinen Vorwurf.«

»Sie ... ich meine, Kathleen ... sie ist nicht verheiratet?« fragte Patrick unsicher.

»Soweit ich weiß, nicht«, sagte Amy. »Morgans Vater ist tot.«

»Sie ist Witwe?« Patrick schaute Amy hoffnungsvoll an.

»Besprich das doch mit ihr selbst, Paps«, sagte Amy lächelnd.

»Ich ...« Wieder zögerte Patrick. »Ich weiß nicht«, sagte er.

Amy lächelte noch mehr. »Soll ich es für dich tun?« fragte sie verständnisvoll.

»Würdest du?« fragte ihr Vater mit schiefgelegtem Kopf. »Ich weiß, es ist viel verlangt, aber ... aber ihr Frauen habt da doch einen besseren Draht zueinander.«

So etwas können auch nur Männer meinen, dachte Amy. *Wenn du wüßtest, welche Art von Draht ich zu ihr habe ...*

»Ist gut, Paps«, sagte sie. »Aber ich habe nicht mehr viel Zeit. Und Kathleen wird sich auch auf den Abflug vorbereiten. Ich gehe mal zu ihr rüber.«

»Vielleicht ... vielleicht lieber doch nicht ...«, stammelte ihr Vater.

»Doch, Paps, jetzt tu ich's«, sagte Amy entschlossen. »Bleib einfach hier.«

Ein paar Minuten später klopfte sie bei Kathleen an. »Kathleen?«

»Ja?« Kathleen blickte auf und lächelte.

Kein Wunder, dachte Amy. *Dieses Lächeln macht Paps zu Butter in ihren Händen. Und mich auch. Wenn Morgan es lächelt.*

Sie räusperte sich. »Ich ...« Jetzt wußte sie auch nicht, was sie sagen sollte. »Es geht um ... meinen Vater«, sagte sie zögernd.

Kathleens Lächeln wurde tiefer. »Ja?« wiederholte sie.

Sie weiß es, dachte Amy. *Natürlich weiß sie es.* Sie grinste. »Ich glaube, ich brauche nicht mehr viel zu sagen«, sagte sie.

»Oh.« Kathleen ließ die Bluse fallen, die sie gerade gefaltet hatte.

»Magst du ihn?« fragte Amy.

»Ich ... ich ...« Kathleen setzte sich aufs Bett. »Das ist ...« Sie hob den Blick. »Bist du böse?« fragte sie.

Amy schmunzelte. »Aber nein. Warum denn? Warum sollte ich böse sein? Wenn ihr euch mögt, freue ich mich. *Er* mag dich sehr.«

»Ich weiß«, sagte Kathleen schüchtern.

»Und du?« fragte Amy. »Hat er eine Chance? Wenn nicht, sag ich es ihm lieber gleich. Dann ist die Sache erledigt.«

»So einfach ist das nicht«, sagte Kathleen.

»Du bist ...« Amy räusperte sich. »Du bist anderweitig gebunden?«

»O nein, nein.« Kathleen sprang auf und ging nervös durch den Raum. »Nein, das bin ich nicht.«

»Ich will dich zu nichts drängen«, sagte Amy. »Es kommt jetzt vielleicht auch etwas plötzlich. Ich wollte es dir nur sagen«, fügte sie hinzu. »Damit du Bescheid weißt.« Sie drehte sich um und wollte gehen.

»Amy?« Kathleens Stimme hielt sie zurück.

»Ja?« Amy drehte sich um und sah sie an.

»Soll ich dir die Wahrheit sagen?« fragte Kathleen, wartete jedoch die Antwort nicht ab, sondern fuhr gleich darauf fort: »Ich würde am liebsten hierbleiben.«

Amy blickte sie erstaunt an. »Hast du denn gar keine Verpflichtungen in L.A.?« fragte sie.

Kathleen seufzte tief auf. »Nur eine«, sagte sie. »Morgan.«

»Hm.« Amy räusperte sich.

»Ich weiß«, sagte Kathleen. »Eben deshalb meinte ich, es sei nicht so einfach.« Tränen stiegen in ihre Augen.

Amy ging zu ihr und setzte sich neben sie aufs Bett. »Sch, sch«, sagte sie. »Ganz ruhig.« Sie legte tröstend einen Arm um Kathleens Schultern.

Kathleen schluchzte. »Es tut mir leid«, sagte sie. »Du hast deine eigenen Probleme mit Morgan, und ich bürde dir noch meine auf.«

»Das tust du nicht«, sagte Amy. Sie nahm Kathleen behutsam in den Arm. »Du bist ihre Mutter. Ich kann verstehen, daß du –«

»Kannst du das wirklich?« Kathleen blickte auf und sah sie an. »Was denkst du von einer Mutter, die ihr Kind im Stich läßt?«

»Das –« Amy zog sich vorsichtig zurück. »Das kann ich nicht beurteilen«, sagte sie.

»Aber du hast eine Meinung dazu, ganz offensichtlich«, sagte Kathleen. Jetzt klang sie ein wenig wie Morgan, wenn sie sich abschottete.

»Du wirst deine Gründe gehabt haben«, sagte Amy. »Das geht mich nichts an.«

»Vielleicht doch«, sagte Kathleen bitter. »Denn du hast darunter zu leiden. Meinst du nicht, daß Morgan anders wäre, wenn sie eine Mutter gehabt hätte, die sich um sie kümmert? Wenn ich dagewesen wäre?«

Amy schaute sie etwas unglücklich an. »Ich weiß nicht«, sagte sie.

»Manche Menschen sind – Es ist nicht alles Erziehung.«

»Aber viel«, sagte Kathleen. »Davon bin ich überzeugt.« Sie sah Amy an. »Hast du Morgans Vater gekannt?«

Amy schüttelte den Kopf. »Ich kenne Morgan ...« O Gott, war das alles schwierig! Sie hatte sich den Tag ihres Abfluges etwas einfacher vorgestellt. »Ich kenne Morgan noch nicht lange«, sagte sie. Und doch erschien es ihr wie eine Ewigkeit.

»Dann weißt du nicht, wie ihr Vater war«, sagte Kathleen. »Oder du weißt es doch. Morgan ist genau wie er.«

»Kathleen, ich –« Amy stand auf.

»Er war hart«, fuhr Kathleen fort, ohne auf sie zu achten, so als ob sie in die Vergangenheit eingetaucht wäre und Amy gar nicht hier wäre. »Hart und unerbittlich.« Ihre Stimme klang traurig, hilflos und verzweifelt.

Morgan ist nicht wirklich so, dachte Amy. *Ich habe sie auch anders erlebt.*

Kathleen stand auf. »Es tut mir leid«, sagte sie, nun wieder gefaßt. »Ich will dich nicht länger mit meinen Erinnerungen belästigen. Das ist ja alles schon lange vorbei.«

»Vielleicht –« Amy schluckte. »Vielleicht wäre es gut, wenn du einmal mit Morgan darüber reden würdest«, sagte sie.

Kathleen lachte trocken auf. »Und wie soll ich das? Sie wird mich vermutlich nicht einmal mehr ins Haus lassen, wenn ich noch einmal ankomme.«

Amy seufzte. »Vermutlich hast du recht«, sagte sie, ihrer eigenen Erfahrungen eingedenk. Sie überlegte. »Es gibt nur eine Möglichkeit«, sagte sie dann. »Treadwell.«

Kathleen schaute sie mitleidig an. »Treadwell hat es versucht. Es hat nicht geklappt. Morgan läßt sich nicht so leicht überzeugen.«

»Das ist wohl wahr«, sagte Amy seufzend.

»Ich frage jetzt lieber nicht«, sagte Kathleen traurig lächelnd.

Amy blickte sie an und atmete tief durch. »Unser Flug geht bald. Hast du dich schon entschieden? Was soll ich meinem Vater sagen?«

Kathleen straffte die Schultern. »Ich rede selbst mit ihm«, sagte sie.

»Er ist drüben im ›Nest‹«, sagte Amy.

Kathleen nickte und verließ den Raum.

Amy wußte nicht genau, was sie tun sollte. Sie konnte nicht hinübergehen und weiterpacken, und hier blieb ihr nichts zu tun als zu warten.

Sie setzte sich aufs Bett.

Was für ein Schlamassel! dachte sie. *Und alles nur wegen Morgan! – Nein.* Sie korrigierte sich. *Nicht nur wegen Morgan. Wegen Morgan und Kathleen und Paps und – nicht zuletzt – mir selbst.* Es war schon ein Kreuz. Hätte sie sich das träumen lassen, als sie damals versuchte, den Auftrag von *Holdsworth Cosmetics* einzufahren?

Sie seufzte. *Sicher nicht.*

Sie legte die Bluse zusammen, die Kathleen vorhin hatte fallenlassen, und verstaute sie vorsichtig in Kathleens Koffer. Viel mehr schien es nicht zu sein, was Kathleen noch zu packen hatte. Sie war so gut wie fertig.

Amy ging hinunter in die Küche und goß sich einen Kaffee ein. Sie setzte sich an den Tisch. Nach einer Weile hörte sie draußen Stimmen. Sie sprang auf und ging zur Tür.

»Hey, Schwesterherz!« Ihr Bruder Barry faßte sie um die Taille und schwenkte sie herum. »Du willst uns schon wieder verlassen?«

»Laß mich runter, Barry!« Sie schlug ihm auf den Kopf.

»Hey, hey!« Barry lachte und ließ ihre Beine den Boden wieder berühren. »Wer wird denn so kratzbürstig sein?«

»Ich bin doch kein Kind mehr«, sagte Amy. Sie grinste ihn an.

»Du bist immer noch meine kleine Schwester«, grinste Barry zurück. »Und das wirst du auch immer bleiben.« Er ging zur Kaffeekanne hinüber und goß sich ebenfalls einen Becher voll ein. »Ich wollte mich nur verabschieden«, sagte er. »Und euch zum Flugplatz bringen. Langsam wird das zur Manie mit dem Wegfliegen. Gestern sind Jamie und Miranda in die Flitterwochen an die Niagarafälle geflogen, heute du und Kathleen – Es wird mir leer vorkommen, wenn ihr alle nicht mehr da seid.« Er nahm einen Schluck Kaffee.

Die Tür schwang auf. Amy zuckte herum. »Richard!« sagte sie beinahe erleichtert.

»Ja.« Ihr jüngerer Bruder grinste. »Ich bin's nur. Siehst aus, als hättest du 'nen Geist erwartet.« Er wandte sich an Barry. »Hab die Koppel fertiggemacht. War gar nicht so einfach mit dem Brummen im Kopf.« Er griff nach der Kaffeekanne.

»Was mußtet ihr euch auch die Köpfe vollsaufen gestern bei der Hochzeit?« sagte Amy ohne Mitleid.

»Wozu ist 'ne Hochzeit denn sonst da?« fragte Richard verständnislos.

»Tja, wenn du das nicht weißt ...«, grinste Barry.

Amy nahm ihren Kaffee und ging hinaus. Noch einmal, ein letztes Mal, ließ sie ihre Blicke über die weiten Felder schweifen, die das Haus umgaben. Sie atmete tief durch. *Wie werde ich das wieder vermissen,* dachte sie.

Auf einmal klang ein leises Lachen aus der Höhe über dem Stall herunter.

Kathleen, dachte Amy. Sie drehte sich um und versuchte den Ursprung des Lachens zu entdecken. Es war nichts zu sehen. Kurz darauf traten Kathleen und Patrick aus der Stalltür, die gleichzeitig auch der Zugang zum ›Nest‹ war. Kathleen hielt den Kopf gesenkt und schien sanft errötet, Patrick schaute sie an und lächelte.

Wie zwei Teenager, dachte Amy. Sie wartete, bis die beiden herangekommen waren. »Na, Paps? Alles in Ordnung?« fragte sie schmunzelnd.

Kathleen blickte auf, und ihre Augen beantworteten die Frage bereits.

»Kathleen kommt wieder«, sagte Patrick. Er blickte Kathleen an. »Wenn sie möchte.«

»Ich muß nur –« Der Glanz aus Kathleens Augen verschwand etwas. »Ich muß nur noch etwas erledigen in L.A.«, sagte sie, offensichtlich bemüht, ihrer Stimme einen festen Klang zu verleihen.

Amy nickte. »Dann fliegen wir also heute zusammen zurück?«

»Ja.« Kathleen blickte sie an. Es lag ein solcher Ausdruck in ihren Augen, daß Amy schlucken mußte.

»Es wird alles gut«, sagte Amy.

Wenn ich nur selbst daran glauben könnte, dachte sie.

Amy und Kathleen nahmen ihre Plätze ein und ließen sich erschöpft in die Sitze der Maschine fallen.

»Jetzt kommt es mir schon fast wie ein Traum vor, daß ich überhaupt hier war«, lachte Amy. »So ist es jedes Mal. Es geht immer viel zu schnell vorbei.«

»Ja, ein Traum, das ist es.« Kathleen sprach leise und sah sie dann an. »Deine ganze Familie ist ein Traum, die Farm, die Felder, die Tiere.« Sie wandte sich ab. »So einen Traum habe ich auch mal geträumt«, sagte sie mit belegter Stimme. »Aber leider hat er sich nicht erfüllt.«

Amy schwieg betroffen. Kathleen sprach von ihrer Ehe mit Morgans Vater, die wohl das Gegenteil von einem Traum gewesen war.

»Tut mir leid«, sagte Kathleen. Sie lächelte wieder. »Es war einfach zu schön, um wahr zu sein. Ich bin dir sehr dankbar, daß du mich mitgenommen hast. Auch wenn ich kaum noch weiß, wie es dazu gekommen ist.«

»Ich auch nicht.« Amy lachte. »Aber seien wir froh, daß es geklappt hat.«

Kathleen schwieg eine Weile. Sie starteten, und kurz darauf brachte die Stewardess Getränke. Als Kathleen versuchte, den Saft, den sie bestellt hatte, in ihr Glas einzufüllen, klirrte es gefährlich.

Amy blickte auf Kathleens Hand und sah, daß es keine Turbulenzen in der Luft waren, die dieses Klirren verursacht hatten. Kathleens Hand zitterte. Sie nahm Kathleen die Flasche ab und füllte den Saft ins Glas.

»Danke«, sagte Kathleen. Sie trank und stellte das Glas wieder ab.

»Wir werden einen Weg finden«, sagte Amy eindringlich.

Kathleen schluckte hörbar. »Ich habe Angst«, sagte sie. »Fürchterliche Angst.« Sie blickte über Amys Kopf aus dem Fenster hinaus auf die Wolken. »Die ganzen letzten Jahre hatte ich Angst, aber es war anders. Ich hatte Angst, Morgan wiederzusehen; ich hatte Angst zu versagen; ich hatte Angst, überhaupt irgend etwas zu tun. Aber irgendwie hatte ich auch immer die Hoffnung, daß es gutgehen könnte, daß alles wieder in Ordnung käme, wenn ich nur mit ihr sprechen könnte.« Sie holte tief Luft und stieß sie wieder aus. »Und nun habe ich mit ihr gesprochen, und jetzt habe ich selbst diese Hoffnung verloren. Sie wird nie wieder mit mir reden. Ich werde ihr nie erklären können –«

»Sie wird mit dir reden. Sie ist deine Tochter«, sagte Amy. Obwohl sie nicht davon überzeugt war. Gerade sie, Amy, konnte nun wahrlich keine Erfolgsgarantie auf dieses Versprechen abgeben. Sie hatte es ja noch nicht einmal selbst geschafft.

»Du bist so nett«, sagte Kathleen und lächelte sie an. »Warum hat Morgan dich nur –« Sie brach ab. »Ich weiß es«, sagte sie dann bitter.

»Ihr Vater hätte das auch getan.«

»Ihr Vater muß ein Monster gewesen sein«, sagte Amy wütend. Sie erinnerte sich wieder an das, was Morgan ihr erzählt hatte. Sie legte eine Hand auf Kathleens Arm. »Aber Morgan ist nicht wie er«, sagte sie sanft. *Zumindest hoffe ich das,* dachte sie.

»Du hättest ihre Augen sehen sollen«, sagte Kathleen zitternd. »Wie sie mich angesehen hat. Ich dachte, ich sehe ihn vor mir.«

Amy schaute sie an. »Aber Morgan hat nicht seine Augen, sie hat deine«, sagte sie.

Als Kathleen sich ihr zuwandte, bestätigte sich ihre Aussage noch einmal. Es waren Morgans Augen, die sie ansahen, allerdings ohne die unerbittliche Härte darin, die sie manchmal an den Tag legen konnte. Das war wohl tatsächlich das Erbe ihres Vaters.

»Das wird nicht reichen«, sagte Kathleen erschöpft. Sie lehnte sich in den Sitz zurück.

»Nein, das allein nicht«, sagte Amy. »Aber es gibt ja auch noch andere Gemeinsamkeiten.«

»Welche?« fragte Kathleen mit geschlossenen Augen. Es schien, als hätte sie alle Kraft verloren.

»Ihr seid beide Frauen«, sagte Amy. »Das zum ersten.«

Kathleen lachte auf. »Wir sind zwei sehr verschiedene Arten von Frauen«, sagte sie.

Amy räusperte sich. »Stört es dich, daß –« Sie brach ab. Konnte sie eine Mutter das fragen?

Kathleen öffnete die Augen und drehte den Kopf im Sitz. »Glaubst du, daß ich dann jetzt hier neben dir säße?«

Amy zuckte die Schultern. »Es war sicher eine Überraschung für dich«, sagte sie.

»Nicht wirklich«, sagte Kathleen. »Ich dachte schon, als sie noch ein kleines Mädchen war, manchmal –« Sie lächelte. »Sie war so süß«, sagte sie leise. »Als man sie mir in den Arm legte nach der Geburt, hatte sie bereits ganz viele schwarze Haare, sie sah aus wie ein Zigeunerkind.« Ihre Züge wurden weich. »Sie war so lebhaft. Immer stürmte sie im Haus herum und suchte nach Verstecken. Wenn ich vorbeikam, rief sie *Buh!* und lachte.« Eine Träne rollte ihre Wange hinunter, aber es schien eine Freudenträne zu sein, eine Träne freudiger, wunderbarer Erinnerung.

»Was ist passiert?« fragte Amy. Einmal mußte es ja sein.

Kathleens Gesicht, das eben noch vor Mutterstolz gestrahlt hatte, verschloß sich. »Das willst du nicht wissen«, sagte sie.

»Aber Morgan sollte es wissen«, entgegnete Amy. »Ich verstehe, wenn du es mir nicht erzählen willst, einer Fremden, aber Morgan ist deine Tochter, dein Kind. Sie muß es wissen. Sie weiß gar nichts. Das ist nicht gut.«

»Treadwell hat vieles mitbekommen«, sagte Kathleen. »Hat er ihr nichts erzählt?«

»Anscheinend nicht«, sagte Amy.

»Ja, natürlich.« Kathleen lächelte. »Der gute alte Treadwell. Er kann ein Geheimnis bewahren.«

»Als Kind war es für Morgan vielleicht besser«, sagte Amy. »Aber jetzt ist sie erwachsen. Ihr könnt ihr die Wahrheit nicht länger vorenthalten. So schlimm sie auch sein mag. Sie hat genug Schlimmes durchgemacht – mit ihrem Vater.«

»Mit ihrem Vater?« Kathleen schreckte hoch. »Was hat er ihr angetan?«

»Nicht das, was du denkst«, sagte Amy, selbst ein wenig erschrocken über die panische Angst, die aus Kathleens Stimme geklungen hatte. »Eher im Gegenteil. Er hat sie einfach nicht beachtet, sich nicht um sie gekümmert. Treadwell hat das getan. Und als sie dann größer war, hat er sie zwar als Erbin eingesetzt, ihr aber anscheinend immer das Gefühl vermittelt, ein Sohn wäre ihm lieber, sie wäre nur eine Notlösung.« Amys Stimme klang zunehmend wütend. »Warum hat er dann keinen gezeugt?« fügte sie hinzu. »Was konnte sie denn dafür?«

»O mein Gott!« Kathleen schlug die Hände vors Gesicht. »Mein Gott«, wiederholte sie. »Dann wäre es vielleicht besser gewesen –« Sie brach ab.

»Was wäre besser gewesen?« fragte Amy.

Doch Kathleen antwortete nicht.

»Na, wie war die Hochzeit?«

Als Amy am nächsten Tag den Gang vor ihrem Büro betrat, lief ihr Billy über den Weg und grinste sie an.

»Großartig«, sagte sie. »Und wie lief's hier?« Sie ging weiter in ihr Büro und stellte ihren Aktenkoffer ab.

»Gut, gut«, sagte Billy. »Ich konnte Rebecca ein wenig unter die Arme greifen. Du warst ja nicht da, und da brauchte sie ein bißchen Hilfe.«

Das glaube ich kaum, dachte Amy innerlich schmunzelnd. »Tatsächlich?« fragte sie harmlos und nahm die Briefe hoch, die auf ihrem Schreibtisch einen kleinen Stapel gebildet hatten. Sie sah sie durch.

»O ja«, sagte Billy überzeugt. »Technisch sind Frauen ja nicht so begabt.«

»Was du nicht sagst.« Amy hätte beinahe laut gelacht. Wenn sie sich an Billys Ungeschick erinnerte, als er einmal versucht hatte, die Espressomaschine zu reinigen ... Danach hatten sie einen Handwerker rufen müssen, der die Maschine reparierte.

Billy drückte sich noch immer in ihrer Tür herum. »Du, Amy ...«

»Ja?« Amy blickte nur kurz auf, begab sich hinter ihren Schreibtisch und schaltete den PC an.

»Ist Rebecca eigentlich in festen Händen?«

Amy schüttelte innerlich den Kopf. *Stand Billy denn ausschließlich auf Lesben? Erst sie selbst, jetzt Rebecca ...*

»Soviel ich weiß, ja«, sagte sie.

Billy zog einen Flunsch. »Schade«, sagte er. »Immer habe ich Pech.«

In doppelter Hinsicht, dachte Amy. »Tut mir leid, Billy«, sagte sie geistesabwesend, während sie abwartete, wie ihr Monitor eines nach dem anderen die Programme anzeigte, die geladen wurden.

»Bist du denn wenigstens immer noch frei?« fragte Billy hoffnungsvoll.

Amy seufzte. »Nein, Billy, das bin ich nicht«, sagte sie.

»Hast du auf der Hochzeit jemanden kennengelernt, bei dir zu Hause?« Billys Augen öffneten sich neugierig.

Amy antwortete nicht sofort. Eigentlich hatte sie das nur gesagt, um sich Billy vom Leib zu halten, aber je länger sie darüber nachdachte, desto klarer wurde ihr, daß ihre Aussage stimmte. Ihr Herz war nicht mehr frei, es gehörte Morgan. Auch wenn die äußeren Umstände dagegensprachen.

»So ungefähr«, sagte sie zu Billy. Sie stand auf. »Könntest du mich jetzt bitte in Ruhe lassen? Ich habe zu arbeiten.« Sie ging zum Schrank hinüber und nahm einen Ordner heraus.

Billy verzog sich, und während Amy noch mit dem Ordner in der Hand dastand, wanderten ihre Gedanken zurück zu Kathleen, wie sie im Flugzeug gesessen hatte, wie sehr sie Amy an Morgan erinnert hatte, an das unglückliche Kind in Morgan, das nur einmal kurz zum Vorschein gekommen war.

Kathleen war sehr schweigsam gewesen auf dem Rückflug, sie hatten sich über die Hochzeit unterhalten, und Amy hatte von Patrick erzählt, aus ihren Kindheitserinnerungen. Kathleen hatte sogar ein paar Mal gelacht, es war offensichtlich, daß sie alles, was Amys Vater tat, sympathisch fand.

Die beiden passen wirklich gut zueinander, dachte Amy lächelnd.

»Amy?« Rebecca stand strahlend in der Tür.

»Du bist schon da?« Amy blickte überrascht auf die Uhr.

»Lou hat mich gebracht«, sagte Rebecca, und eine leichte Röte überzog ihr Gesicht.

Amy schmunzelte. »So, Lou hat dich gebracht«, bemerkte sie.

»Ja . . .« Rebeccas Gesicht schien in ferne Höhen zu entschweben.

»Was macht die Kampagne?« fragte Amy.

»Die Kampagne?« Rebecca blickte sie an, als wüßte sie gar nicht, wovon Amy sprach.

Amy lächelte. »Ich freue mich, daß du mit Lou so glücklich bist«, sagte sie, »aber ein bißchen Arbeit sollten wir auch noch erledigen. Bring mich auf den aktuellen Stand. Was hat sich getan, in der Zeit, in der ich weg war?«

»Oh. O ja, natürlich, sicher . . .« Rebecca stammelte unkonzentriert herum.

»Weißt du was?« schlug Amy vor. »Jetzt trinken wir erst einmal einen Kaffee zusammen, und du erzählst mir von Lou. Und danach arbeiten wir.«

»Ja.« Rebecca wirkte schon wieder etwas entrückt.

Ob das heute noch etwas wird mit der Arbeit, dachte Amy, *das bezweifle ich.* Sie lächelte. *Ich gönne es ihr ja. Wenigstens ein Mensch, der glücklich ist.*

»Da seid ihr ja gut vorankommen«, sagte sie später, nachdem Rebecca ihr Bericht erstattet hatte. Es hatte zwar mehrere Kaffees und einige »Oh, sie ist so romantisch!« gedauert, bis sie das tun konnte, aber nun hatte Amy wieder den Überblick.

»Das bedeutet, wir können *Holdsworth Cosmetics* das Ergebnis bald vorlegen«, sagte sie. Sie vermied es bewußt, Morgans Namen zu erwähnen.

»Ja, das können wir«, erwiderte Rebecca. »Anfang nächster Woche, würde ich sagen.«

»Das ist gut«, sagte Amy nachdenklich.

»Ist noch was, Amy?« fragte Rebecca. Sie lächelte. »Du hast mir noch gar nichts von der Hochzeit erzählt«, fügte sie hinzu.

»Oh, die Hochzeit war wunderschön.« Amy lächelte auch. »Alle waren da, es war ein Riesenfest, wir haben getanzt und gefeiert. Ich glaube, Jamie und Miranda sind ein gutes Paar.« Sie sammelte ein paar Unterlagen ein, die Rebecca ihr vorgelegt hatte. »Ich kann dir ja beim Mittagessen davon erzählen«, sagte sie.

»Ich bin schon mit Lawrence verabredet«, sagte Rebecca.

Amy runzelte die Stirn. »Allein?«

»Ja, irgendwie gehen wir immer allein«, erwiderte Rebecca, und sie sah so aus, als ob ihr das erst jetzt auffallen würde.

Amy fand das merkwürdig. So ein Verhalten hatte Lawrence noch nie an den Tag gelegt. »Was ist das mit Lawrence?« fragte sie etwas konsterniert.

»Ich weiß nicht«, erwiderte Rebecca harmlos. »Er lädt mich öfter mal ein. Wahrscheinlich will er mich kennenlernen, weil ich neu bin. Will überprüfen, ob er etwas Gutes oder etwas Schlechtes mit mir eingekauft hat.«

Das war eine Erklärung, aber keine sehr befriedigende. Wenn Lawrence das einmal getan hätte, ganz am Anfang, wäre es nachvollziehbar gewesen. Aber nun war Rebecca doch schon eine ganze Weile in der Agentur, und Lawrence wußte, daß sie gut war. Amy hatte es ihm mehrmals bestätigt, und Nadine auch. Alle, die mit Rebecca zu tun hatten.

»Vermutlich«, sagte Amy. Sie lächelte Rebecca an. »Dann erzähle ich dir ein andermal von der Hochzeit. Es gibt auch Fotos. Die kann ich dir zeigen.«

»Ich freu mich schon drauf«, sagte Rebecca. »Dann mache ich jetzt mit der Schlußsequenz weiter.« Sie nahm die Unterlagen mit und verschwand.

Amy stand noch einen Augenblick sinnend da, dann ging sie zu

Lawrence.

Auch er fragte zuerst nach der Hochzeit. Amy erzählte kurz davon, und Lawrence seufzte.

»Es muß schön sein, eine so große Familie zu haben«, sagte er.

»Ja, es ist toll«, bestätigte Amy. »Besonders als wir noch Kinder waren. Wir hatten immer jemand zum Spielen.«

»Kinder«, seufzte Lawrence wieder.

Amy betrachtete ihn nachdenklich. »Was ist los, Lawrence?« fragte sie.

Lawrence blickte sie mit unschuldig hochgezogenen Augenbrauen an. »Was soll sein?«

Amy zögerte, bevor sie antwortete. »Hat es mit Rebecca zu tun?« fragte sie.

Sie bemerkte, wie Lawrence zusammenzuckte.

Es hat mit Rebecca zu tun! dachte sie. *O mein Gott, nicht Lawrence!* Sie wußte, Männer kamen in ein sogenanntes ›gefährliches Alter‹, dann bedauerten sie den Verlust ihrer Jugend und versuchten alles nachzuholen, was sie glaubten, versäumt zu haben. Und eine junge Geliebte gehörte dazu.

»Das kannst du Mary nicht antun«, sagte Amy.

Auch wenn Rebecca für solche Spielchen sicherlich nicht zur Verfügung stand, wußte sie nicht, ob Lawrence das schon mitbekommen hatte. Eine Frau wie Mary aber würde merken, wenn ihr Mann sich anderweitig orientierte. Und es würde ihr wehtun. Nach dreißig Jahren glücklicher Ehe, in der sie mehr für ihren Mann getan hatte, als er wahrscheinlich wußte, hatte sie das nicht verdient.

Lawrence stand auf und lief umher. »Du hast recht«, sagte er. »Das wollte ich nie. Deshalb ... deshalb habe ich es ja so lange verschwiegen.«

So lange? Amy runzelte innerlich die Stirn. So lange war Rebecca doch noch gar nicht in der Agentur. Oder hatte er sie vorher schon gekannt? Sein Verhalten war von Anfang an merkwürdig gewesen, als ob Rebecca ihm nicht fremd wäre. Aber Rebecca hatte nie etwas davon erwähnt. Sie wirkte sehr glaubwürdig. Oder fuhr sie zweigleisig?

Nein. Amy schüttelte den Kopf. Nein, das konnte sie sich nicht vorstellen.

»Was willst du jetzt tun?« fragte Amy.

»Ich muß es ihr sagen«, bemerkte Lawrence unglücklich. Er sah Amy an.

»Wem? Rebecca?« fragte Amy.

»Nein.« Lawrence starrte ihr ganz erstaunt ins Gesicht. »Mary natürlich. Sie muß es zuerst wissen.«

»Du willst Mary für Rebecca verlassen?« fragte Amy fassungslos. Vielleicht hatte Rebecca ihr doch nicht alles erzählt.

»Mary verlassen?« Lawrence starrte sie noch erstaunter an. »Wie kommst du denn darauf?«

Amy verstand die Welt nicht mehr. Lawrence wollte Mary mit Rebecca betrügen und es Mary auch noch sagen?

»Aber ... aber ... Rebecca ist ...« Amy stammelte herum und wußte nicht mehr weiter.

»Rebecca ist meine Tochter«, sagte Lawrence. »Und dazu muß ich stehen.«

Amy blieb der Mund offenstehen.

Lawrence sah sie an, und langsam stieg Verstehen in seinen Blick. »Oh, du dachtest ... Nein, nein, so etwas ist es nicht. Hat dir Patsy denn nichts erzählt?«

Amy schüttelte den Kopf, immer noch unfähig zu sprechen. Nein, in dieser Hinsicht war ihr Vater ausgesprochen verschwiegen gewesen.

»Es ... es tut mir leid, Lawrence«, sagte sie. »Da war ich wohl auf dem Holzweg. Aber Rebecca ... deine Tochter ... ich meine ... sie ist doch erst ...« Sie brach ab, weil sie erkannte, was das bedeutete.

»Ja«, sagte Lawrence. Er lachte unfroh auf. »Ich war schon lange mit Mary verheiratet, als sie auf die Welt kam.«

Amy atmete tief durch. Das Leben war wirklich voller Überraschungen. Lawrence und Mary waren für sie immer das ideale Paar gewesen, das einzige ideale Paar, das sie außer ihren Eltern kannte. Und jetzt so etwas.

»Wa-Warum, Lawrence?« fragte sie zögernd. »Mary und du, ihr wart doch immer so glücklich.«

»Ja. Ja, das waren wir.« Lawrence seufzte. »Am Anfang unserer Ehe ... die ersten paar Jahre ... haben wir verzweifelt versucht, Kinder zu bekommen«, sagte er traurig. »Mary wollte so gern welche. Aber es klappte einfach nicht. Dann haben wir uns untersuchen lassen, beide, und es stellte sich heraus, daß Mary niemals Mutter werden konnte.« Er atmete tief durch. »Sie ist zusammengebrochen damals. Sie litt unter Depressionen, dachte, sie wäre keine vollwertige Frau mehr, es war alles so schrecklich. Du kannst dir das nicht vorstellen. Sie hat mir sogar angeboten, sich von mir scheiden zu lassen, damit ich mit einer anderen Frau Kinder haben könnte. Sie hat ...«, er schluckte, »sie hat damals einen Selbstmordversuch gemacht.«

Amy starrte ihn an. »Oh, Lawrence ...«, sagte sie hilflos.

Lawrence setzte sich. »Das ist lange vorbei«, sagte er. »Aber damals ... damals war ich so ... ich weiß nicht ... bar jeder Hoffnung. Ich sah keine Zukunft mehr. Ich wollte Mary nicht verlieren, aber ich konnte ihr auch nicht helfen. Ich wußte nicht, was ich tun sollte. Und da ... da traf ich Rebeccas Mutter.«

»Und hast mit ihr eine Affäre begonnen?« Das war wohl die logische Konsequenz.

»Nein.« Lawrence fuhr sich durch die Haare. »Nein, so war es nicht. Es war nur eine Nacht. Wir waren zu einem Atelierfest eingeladen, Mary und ich, ein alter Kumpel von mir aus der Militärzeit war ein ziemlich verrückter Kerl, und zu dem Zeitpunkt hatte er gerade beschlossen, Dichter zu werden. Also lebte er in Künstlerkreisen, nahm sich eine Wohnung im Künstlerviertel und veranstaltete rauschende Feste, die er für künstlerisch hielt. Dazu waren wir eingeladen, aber Mary überredete mich, allein zu gehen. Ich wollte zuerst nicht, aber dann meinte sie, ich müßte doch mal rauskommen, und sie könnte so viele fröhliche Menschen nicht ertragen, aber ich sollte ihr davon erzählen, wenn ich wiederkäme, das würde sie aufmuntern. Na ja, kurz und gut, ich ließ mich überreden, obwohl ich nicht überzeugt war und mir Sorgen um Mary machte.« Er machte eine lange Pause und blickte zum Fenster hinaus. »Rebeccas Mutter war auch auf dem Fest, sie war Malerin«, fuhr er fort.

Daher hatte Rebecca also ihre künstlerische Ader, dachte Amy. Das erklärte einiges.

»Sie war eine wunderschöne Frau, genauso wie Rebecca«, seufzte Lawrence. »Aber das allein hätte nicht genügt. Ich dachte die ganze Zeit an Mary, und ich trank zu viel.« Er machte eine ratlose Geste. »Sie hatte wohl irgendwie Mitleid mit mir. Sie kümmerte sich um mich, tröstete mich. Ich habe nur von Mary gesprochen, und sie hörte mir zu. Irgendwann war ich zu müde und zu betrunken, um nach Hause zu fahren. Da sind wir dann zusammen im Bett gelandet.« Er lachte etwas beschämt. »Es ist peinlich, so etwas zu sagen, aber ich kann mich kaum noch daran erinnern. Obwohl sie eine Frau war, an die zu erinnern sich gelohnt hätte.«

»Und als Rebecca dann geboren wurde, hast du es Mary verheimlicht«, sagte Amy. »Die ganzen Jahre.«

»Nein, ich wußte gar nichts von Rebecca«, sagte Lawrence. »Ihre Mutter hat mir nicht gesagt, daß sie von dem einen Mal mit mir schwanger geworden war, wir hatten nie mehr Kontakt zueinander.«

»Aber wieso ... wieso weißt du es denn jetzt?« Amy runzelte die Stirn.

»Sie ist gestorben. Vor drei Jahren«, sagte Lawrence. »Und sie hat testamentarisch verfügt, daß ich nach ihrem Tod von Rebecca erfahren soll. Sie hat mich in einem Brief, der mir nach der Testamentseröffnung zugestellt wurde, darum gebeten, Rebecca eine Ausbildung zu ermöglichen, die ihren Fähigkeiten entspricht.«

»Und das hast du getan?«

»Ja. Aber es wäre gar nicht nötig gewesen. Rebecca hätte auch auf andere Art sicherlich ein Stipendium erhalten, so begabt, wie sie ist. Aber so war es natürlich einfacher. Sie denkt, das Studium wurde aus dem Erbe ihrer Mutter bezahlt. Allerdings war da nicht viel zu erben, aber das wußte Rebecca nicht.«

»Meine Güte!« sagte Amy.

»Ja.« Lawrence seufzte. »Deshalb habe ich Rebecca gefördert, wo ich konnte. Deshalb habe ich versucht, sie kennenzulernen. Man kann Versäumtes nicht nachholen, ich habe sie nicht aufwachsen sehen, aber ich kann immer noch etwas für sie tun.«

»Ja, das ist richtig«, sagte Amy. »Aber Mary ...«

Lawrence blickte bekümmert vor sich hin. »Ja, Mary ...«, sagte er. »Was wird sie denken, wenn ich es ihr sage? Was wird sie tun?«

»Es ist lange her«, sagte Amy.

»Kannst du dir vorstellen, wieviel Angst ich habe?« fragte Lawrence. »Daß sie wieder zusammenbricht? Daß sie sich etwas antut?«

»Ja«, sagte Amy. »Das kann ich.« Sie sah Lawrence an. »Vielleicht ist es das beste, wenn sie gar nichts davon erfährt«, sagte sie. »Die Wahrheit ist ein teures Gut, und man sollte es schätzen, aber hat das, was damals passiert ist, heute wirklich noch eine Bedeutung?« Sie schüttelte den Kopf. »Ich denke, nicht.«

Lawrence blickte sie erstaunt an. »Ich hätte nicht gedacht, daß ausgerechnet du mir so etwas rätst«, sagte er.

»Das hätte ich auch nicht gedacht«, sagte Amy, »bevor ich hergekommen bin, aber irgendwie ... es erscheint mir falsch, Mary etwas zuzumuten, das nicht nötig ist. Und das nichts bringt. Außer daß es vielleicht böse Erinnerungen weckt.« Sie sah Lawrence an. »Aber entscheiden mußt natürlich du.«

Lawrence musterte sie eine Weile. »Würdest du es wollen?« fragte er. »Würdest du wollen, daß ich dir die Wahrheit sage, wenn du an Marys Stelle wärst?«

Amy lehnte sich zurück. *Als Lesbe komme ich gar nicht in die Situation,* dachte sie. *Selbst wenn ich verheiratet wäre, könnte meine Frau wohl kaum ein Kind mit einer anderen Frau zeugen.*

»Ich weiß es nicht«, sagte sie. »Es ist ein schwerer Vertrauensbruch, aber wenn es schon so lange zurückliegt ... wenn ich gar nichts davon wüßte ...«

Sie versuchte sich vorzustellen, wie sie sich fühlen würde, wenn Morgan – Aber nein, das war ja hirnrissig! Morgan war weit davon entfernt, einem Mann auch nur ähnlich zu sehen, und noch weiter davon entfernt, daß Amy ihre Frau ... Amy seufzte. An so etwas durfte sie gar nicht erst denken. Die einzige Möglichkeit, die Situation von Lawrence und Mary nachzuempfinden, wäre gewesen, daß Morgan oder Amy mit einem Mann ... und dann schwanger ...

O nein, so etwas lag außerhalb jeder Vorstellung! Nicht einmal in ihren wildesten Träumen konnte sie dazu eine Verbindung sehen.

»Du mußt entscheiden, Lawrence«, wiederholte sie. »Aber ich bin froh, daß du es mir gesagt hast, denn Rebecca –« Sie holte tief Luft. »Ich mag sie sehr.« Sie lächelte. »Es ist wohl das Große-Schwester-Syndrom«, schloß sie.

»Das ist nett von dir«, sagte Lawrence. »Es schadet niemandem, eine große Schwester wie dich zu haben.«

Amy lachte. »Da frag mal meine kleinen Brüder! Die werden das Gegenteil behaupten!«

»Das glaube ich nicht«, sagte Lawrence lächelnd.

»Wirst du es Rebecca sagen?« fragte Amy ernst. »Sie ist ja schließlich auch betroffen, in erster Linie.« Neben den ganzen Überlegungen bezüglich Mary hatten sie Rebecca fast vergessen.

»Ja, Rebecca muß es erfahren«, sagte Lawrence nachdenklich. Er stand auf. »Du hast mir sehr geholfen, Amy, ich danke dir.«

»Gern geschehen«, sagte Amy, auch wenn sie nicht viel an Hilfe sehen konnte, die sie Lawrence hatte angedeihen lassen. »Ach, übrigens ...« Sie lachte ein wenig. »Um auch noch etwas Geschäftliches in diese Besprechung einzubringen ... Die Kampagne für *Holdsworth* steht. Rebecca macht nur noch ein paar Korrekturen. Anfang nächster Woche können wir das Ergebnis vorlegen.«

»Dann leg doch einen Termin fest«, sagte Lawrence, jetzt wieder ganz Agenturchef, »hier in unserem Konferenzraum. Dort könnt ihr die Sache ja dann vorführen. Hast du Ms. Holdsworth schon Bescheid gesagt?«

»Nein.« Amy zögerte. Aber sie mußte, es blieb ihr gar nichts anderes übrig. »Ich werde sie gleich anrufen«, sagte sie, »sobald ich den Raum gebucht habe.«

»Okay.« Lawrence nickte. Er blickte sie lächelnd an. »Du bist mein bestes Pferd im Stall, Amy«, sagte er. »Ich wüßte nicht, was ich ohne dich täte.«

»Eine andere einstellen«, sagte Amy.

»Du bist wohl kaum zu ersetzen«, sagte Lawrence. »Danke.«

Amy nickte und verließ den Raum.

Nachdem sie in ihr Büro zurückgekehrt war, ließ sie sich alles noch einmal durch den Kopf gehen. Rebecca Lawrence' Tochter – das war wirklich eine Überraschung. Wer hätte das ahnen können?

Sie schüttelte den Kopf. Nichts von alldem, was in den vergangenen Monaten passiert war, hätte sie sich träumen lassen. Aber so kompliziert die Geschichte mit Lawrence' Vaterschaft auch war, ganz zu schweigen von den Konsequenzen, die sich daraus ergeben würden, wenn Rebecca es erfuhr, das alles war nicht ihr Problem.

Ihr Problem war – und es kam ihr so vor, als hätte sie das schon vom ersten Augenblick an gewußt, in dem sie sie sah – Morgan.

Morgan ... Morgan und Kathleen ... Treadwell ... Morgans Vater ... in Amys Kopf drehte sich alles. *So kann es nicht weitergehen!* Sie rief sich zur Ordnung. *Eins nach dem anderen.*

Sie rief über das interne Netz den Belegungsplan für den Besprechungsraum auf. Es gab mehrere freie Termine, also konnte sie Morgan sogar verschiedene zur Auswahl anbieten.

Sie seufzte. Länger konnte sie es nicht aufschieben. Sie nahm den

Hörer ab und wählte die Nummer von Morgans Büro.

Mrs. Carmichael meldete sich.

»Wir sind Anfang nächster Woche soweit, daß wir Ms. Holdsworth die Kampagne präsentieren können«, sagte Amy. »Ich würde gern einen Termin dafür vereinbaren.«

»Ich verbinde Sie«, sagte Mrs. Carmichael.

»Nein, nein!« Amy unterbrach sie schnell. »Sie führen doch sicher ihren Terminkalender. Es reicht, wenn wir beide da etwas ausmachen. Sie müssen Ms. Holdsworth nicht damit belästigen. Ich wollte nur wissen, wann sie Zeit hat.«

Eine längere Pause zeigte an, daß Barbara Carmichael irritiert war. »Nächste Woche?« sagte sie dann. Wieder eine kleine Pause, offenbar suchte sie nach einem Termin. »Dienstag vormittag ginge es.«

Amy schaute auf den Belegungsplan. »Das geht in Ordnung«, sagte sie, »allerdings etwas später, weil davor unser Konferenzraum noch belegt ist. Elf Uhr?«

»Ja, kein Problem«, sagte Barbara Carmichael. »Ich trage es ein. Allerdings hat sie dann eine Verabredung zum Mittagessen mit den Vertretern einer Investorengruppe um dreizehn Uhr dreißig. Reicht Ihnen die Zeit für die Präsentation?«

»Uh, das wird knapp«, sagte Amy. »Was ist mit Mittwoch? Nachmittag?«

»Da ist sie frei«, sagte Barbara Carmichael.

»Gut.« Amy kontrollierte noch einmal den Plan. »Unser Raum auch. Dann sagen wir fünfzehn Uhr am Mittwoch.«

»Ja, in Ordnung, ich werde ihr Bescheid sagen«, bestätigte Barbara Carmichael.

»Ja.« Amy atmete tief durch. »Tun Sie das. Vielen Dank.«

Sie verabschiedete sich und legte auf.

Erleichtert lehnte sie sich zurück.

Der erste Schritt war getan.

»Ms. Flanagan hat gerade angerufen«, sagte Barbara Carmichael, als sie zu Morgan ins Büro trat, um ihr die Unterschriftenmappe zu bringen.

»Welche Leitung?« fragte Morgan und griff bereits nach dem Hörer.

»Keine«, sagte Barbara Carmichael. »Sie wollte nur einen Termin vereinbaren. Für die Präsentation der Kampagne. Das haben wir getan.«

Morgan ließ ihre Hand wieder sinken. »Sie beide?« fragte sie.

»Ja. Ms. Flanagan meinte, ich solle Sie nicht damit belästigen.« Sie legte die Unterschriftenmappe aufgeschlagen vor Morgan auf den Tisch. »Die Präsentation ist am Mittwoch nachmittag. Ich habe den Termin eingetragen. Sie brauchen nur Ihren Terminkalender im System aufzurufen.«

»Warum?« fragte Morgan bissig. »Wenn Sie beide das schon so gut geregelt haben?«

Barbara Carmichael seufzte innerlich. Es war ihr klar gewesen, daß diese Vorgehensweise ihrer Chefin nicht gefallen würde. »Ich konnte es nicht verhindern«, sagte sie. »Ms. Flanagan wollte es so.«

»Ms. Flanagan wollte es so.« Morgan wiederholte den Satz, als ob er eine ganz andere Bedeutung hätte. Sie sah ihre Sekretärin an. »Ist schon in Ordnung«, sagte sie. »Dann sind sie also mit der Kampagne soweit«, fügte sie hinzu.

»Anscheinend«, sagte Mrs. Carmichael. »Ich bin gespannt auf das Ergebnis. Nach dem ganzen Aufstand, den die Fotografen hier veranstaltet haben. Tagelang konnte man nirgendwo hintreten, ohne ein Kabel zu treffen. Ein Wunder, daß sich niemand ein Bein gebrochen hat.«

»Hm«, sagte Morgan, als ob sie an etwas ganz anderes denken würde. »Sagen Sie Elliott Spradlin Bescheid. Er soll mich zur Präsentation begleiten. Und Thomas Quinlan auch. Er soll sich die Geschichte mal ansehen.«

»Ist gut.« Barbara Carmichael nickte. »Sonst noch jemand?«

»Nein, ich glaube, das reicht. Wir wollen die Agentur Bowchester ja nicht besetzen.«

Erstaunt über den unerwarteten Scherz blickte Barbara Carmichael ihre Chefin an. Aber Morgan schien ganz ernst.

»Soll ich Ms. Flanagan zurückrufen und ihr sagen, daß Sie sie sprechen wollen?« fragte sie.

»Nein.« Morgan schüttelte den Kopf. »Wir sehen uns dann ja sowieso am ... wann sagten Sie?«

»Mittwoch«, erwiderte Mrs. Carmichael.

»Mittwoch«, wiederholte Morgan. »Wenn sie noch Fragen hat, wird sie sicher noch einmal anrufen, und wenn nicht, werden wir am Mittwoch sehen, wie die Sache läuft.« Sie wandte sich der Unterschriftenmappe zu. »Macht sich eigentlich irgend jemand Gedanken darüber, wie viele Bäume für das ganze sinnlose Papier hier sterben müssen?« fragte sie, während sie ihren Blick über die weißen Blätter schweifen ließ.

»Ähm ...« Barbara Carmichael war sprachlos. Es war das erste Mal in der ganzen Zeit, in der sie für sie arbeitete, daß ihre Chefin sich für einen Aspekt des Umweltschutzes interessierte. »Vermutlich nicht«, sagte sie.

»Sollte man aber«, sagte Morgan.

Sie entließ ihre Sekretärin mit einem Nicken, und die ging verwirrt hinaus.

Amy, verdammt!

Als die Tür sich hinter Barbara Carmichael geschlossen hatte, ließ Morgan ihren eleganten Füllfederhalter fallen, mit dem sie üblicherweise Briefe unterschrieb.

Die letzten Wochen waren der absolute Horror für sie gewesen. Nur mühsam hatte sie sich zusammenreißen können. Am liebsten wäre sie auf die Bermudas geflogen oder sonstwohin, wo nichts sie an Los Angeles erinnerte, und nie wieder zurückgekommen.

Was hatte das alles noch für einen Sinn? Mehr als einmal hatte sie diesen Satz gedacht. Sie lebte vor sich hin, versuchte von Tag zu Tag zu kommen, nicht weiter zu denken als bis zur nächsten Minute oder der nächsten Viertelstunde. Alles, was darüber hinausging, brachte Erinnerungen zurück, mit denen sie nicht konfrontiert werden wollte.

Amy hatte sie im Stich gelassen. Dafür war ihre Mutter zurückgekehrt, die sie schon vor langer Zeit im Stich gelassen hatte. Treadwell sah sie seither des öfteren so an, als ob auch er kündigen wollte.

Sollte er doch!

Morgan sprang auf und versuchte sich mit wilden Schritten kreuz und quer durchs Zimmer zu beruhigen. Endlich blieb sie stehen und blickte zum Fenster hinaus. Schade, daß sich die Fenster nicht öffnen ließen. Es wäre ein Leichtes gewesen, hier aus dem obersten Stock –

Sie stützte sich mit einer Hand am Glas der Fensterscheibe ab. Wozu, wozu, wozu? Wozu dieses sinnlose Leben, wozu diese sinnlosen Gedanken, die zu nichts führten als zu weiterer Sinnlosigkeit? Sie war verzweifelt, auch wenn sie es nicht so genannt hätte. Niemals hätte sie zugegeben, daß sie die Bedeutung dieses Wortes überhaupt kannte.

Diesen Tag zu überstehen, und dann den nächsten, und den nächsten – das war das einzige, woran sie denken sollte. Mehr nicht.

Sie fühlte sich wie in einen Kokon eingesponnen. Die Welt zog an ihr vorbei, aber berührte sie nicht. Nicht einmal mehr ihre Wut berührte sie. Die Wut auf alles und jeden. Das hatte sie zeitweise am Leben gehalten, aber jetzt nützte auch das nichts mehr. Gefühle waren doch sowieso –

»Gefühle!« Sie spuckte das Wort aus wie einen Fluch. »Gefühle«, wiederholte sie leiser. *Ich kann sie nicht zulassen, sie würden mich umbringen.*

Das Bild ihrer Mutter erschien vor ihrem inneren Auge. Sie hatte sich an sie erinnert. Nachdem sie weggewesen war an jenem Abend, hatte sie sich daran erinnert, wie ihr Duft den Raum durchzogen hatte. Wie er ihr gefolgt war, wenn sie durchs Haus ging, als Morgan noch ein Kind gewesen war. Wie sie manchmal ihrer Mutter hinterhergegangen war, nur um diesen Duft einzuatmen, sich zu vergewissern, daß sie da war.

Und auf einmal war sie nicht mehr dagewesen. Der Duft hatte sich verflüchtigt, war aufgebraucht nach kurzer Zeit, hatte keine Erinnerung hinterlassen, keinen Trost.

Auf einmal war sie wieder dagewesen, die Sehnsucht, die Morgan als Kind verspürt hatte, wenn sie ihre Mutter sah, wenn sie in ihre Arme fliegen konnte und hochgehoben wurde, wenn ihre Mutter lachte.

Es war ihr bewußt, daß sie nicht oft gelacht hatte. Als Kind hatte sie sich keine Gedanken darüber gemacht, aber sie hatte gespürt, daß ihre Mutter nicht glücklich war. Sie hatte sie sogar einmal weinen sehen.

»Was hast du, Mami?« hatte sie gefragt, und ihre Mutter hatte ein Lächeln in ihr Gesicht gezwungen, die Tränen weggewischt und geantwortet:

»Nichts, meine Süße, gar nichts. Laß uns spielen gehen.«

Keine Frau hätte mit ihrem Vater glücklich sein können, das gestand Morgan sich ein, wenn sie darüber nachdachte. Er war ein zu harter Mann gewesen. Lange Zeit hatte sie das verdrängt. Aber Amys Empörung, damals, als sie ihr von ihrem Vater erzählt hatte, hatte es ihr zu Bewußtsein gebracht.

Wie alle Kinder hatte sie die Schuld bei sich gesucht, hatte gedacht, er wäre nur zu ihr so hart. Aus einem Grund, den sie nicht kannte, von dem er aber wohl meinte, daß sie es dafür verdient hätte, so behandelt zu werden.

Sie konnte sich vorstellen, daß es ihrer Mutter genauso gegangen war. Aber mußte sie sie deshalb gleich verlassen?

»Ich habe nicht dich verlassen, Morgan«, hatte sie gesagt.

Morgan stieß ein höhnisches Lachen aus. Warum hatte sie es dann überhaupt getan? Wenn sie nicht hierbleiben konnte, bei ihrem Mann, warum hatte sie ihre kleine Tochter dann nicht mitgenommen? Statt sie bei einem Vater zu lassen, der doch nichts mit ihr anfangen konnte?

Morgan verstand es einfach nicht. Sie war wieder ein kleines Kind, und sie verstand nicht, wie so etwas geschehen konnte. Wie der einzige Schutz und Trost, den sie hatte, einfach so verschwinden konnte.

Treadwell war an die Stelle ihrer Mutter getreten, und mit der Zeit hatte sie sie vergessen. Nur selten hatte sie an sie gedacht, und dann mit Haß und Verachtung. Keine Mutter tat ihrem Kind so etwas an, wenn sie es liebte. Das konnte gar nicht sein. Also hatte ihre Mutter sie wohl nicht geliebt. So mußte es sein.

Morgans Verzweiflung wuchs, auch wenn sie immer noch namenlos war.

»Amy ...«, flüsterte sie. Sie legte den Kopf in die Hände.

»Amy ...«, flüsterte sie erneut.

Sie hätte so gern mit ihr gesprochen, sie gespürt und im Arm gehalten, sich von ihr halten lassen. Es hätte ihr Kraft gegeben. Kraft, die sie langsam nicht mehr hatte, immer mehr entschwinden sah.

Als sie Amy das nächste Mal gesehen hatte, nach dem Besuch ihrer Mutter, war ihr zum ersten Mal aufgefallen, daß Amy eine ähnlich tröstende Ausstrahlung hatte wie die ihrer Mutter, an die sie sich aus ihrer Kinderzeit erinnerte. Amy hatte überhaupt eine gewisse Ähnlichkeit mit ihr.

Nicht äußerlich, natürlich, aber innerlich. Ihre Augen strahlten warm, wenn sie redete, sie blitzten, wenn sie lachte. Es war diese tröstende Nähe und Wärme, gegen die Morgan sich die ganze Zeit gewehrt hatte. Das wollte sie nicht an sich heranlassen, es hätte sie ihre letzte Beherrschung gekostet, die Mauer niedergerissen, die sie seit ihrer Kindheit um sich herum aufgebaut hatte.

Nur einmal hatte sie ein winziges Törchen in dieser Mauer geöffnet und Caro hereingelassen. Und dann hatte Caro sie auch verlassen. Wieder gab sie sich die Schuld, wie sie es schon als Kind getan hatte, und damit war die Mauer endgültig zu.

Aber Amy ... Amy war gegen diese Mauer angerannt, immer und immer wieder, hatte Steine herausgebrochen und Morgan dazu gezwungen, sie ständig zu reparieren. Jedes Mal, wenn sie Amy zurückstieß, setzte sie wieder einen Stein ein, fügte noch einen Quader hinzu. Die Mauer war nun fester als zuvor.

Und da – da erschien ihre Mutter.

Morgan schlug auf das Glas der Fensterscheibe ein und spürte die Vibration unter ihrer Hand. Das war auch keine Lösung. Es war so sinnlos wie alles andere, was sie tun konnte.

Sie drehte sich um und setzte sich wieder in ihren Sessel. Entschlossen nahm sie ihren Stift auf.

Sie hatte einen Konzern zu leiten, private Dinge mußten zurückstehen.

Und die Konzernchefin prüfte und unterschrieb sorgfältig und kühl einen Brief nach dem anderen.

Amy sah sich im Konferenzraum um. Es war alles vorbereitet. Der Film war da, die Präsentationsfolien, die Mappen für die Auftraggeber, ihre eigenen Notizen, nach denen sie das Konzept noch einmal erläutern wollte.

Sie setzte sich.

Bis jetzt hatte sie den entscheidenden Punkt von sich ferngehalten: Morgan würde kommen.

Morgan würde kommen und eventuell nicht mit ihr reden, wie sie es auch die letzten Male gehalten hatte, als sie sich sahen. Es mußte – ja, es mußte nach Kathleens Besuch bei Morgan gewesen sein, daß sie jeglichen Kontakt verweigerte. Das kam zeitlich ungefähr hin.

Es war anders gewesen als zuvor, wenn sie sich ähnlich verhalten hatte. Seit Kathleens Besuch wirkte Morgan ständig, als stehee sie neben sich. Auch wenn Amy damals noch nicht gewußt hatte, daß es damit zusammenhing, aber sie hatte den Unterschied bemerkt. Die Wut und die Kraft, die Leidenschaft, die Morgan sonst immer ausgestrahlt hatte, waren verschwunden. Was übriggeblieben war, hatte zwar äußerlich Ähnlichkeit mit Morgan, aber das war auch alles.

Die Rückkehr ihrer Mutter belastete sie schwer, das war offensichtlich – und auch verständlich. Aber so, wie Morgan gestrickt war, würde sie sich nicht damit beschäftigen, sondern es einfach verdrängen. Und dadurch würde es immer schlimmer werden.

Amy fühlte sich zunehmend hilflos. Es gab keine Möglichkeit, Morgan und Kathleen zusammenzubringen und damit das Trauma aus der Welt zu schaffen, das sie beide gefangenhielt. Wenn das aber nicht gelang, würde Morgan nie mehr dieselbe sein, sie würde sich immer mehr zurückziehen, wie sie es seit Jahren getan hatte, würde die Kontakte zu anderen Menschen noch mehr auf Oberflächliches beschränken.

Ihren Sexkonsum kann sie ja kaum noch steigern, dachte Amy sarkastisch. Aber es würde ihr auch nicht daran gelegen sein, irgendwelche Beziehungen zu vertiefen. Amy seufzte. Es war hoffnungslos.

Nadine und Billy betraten den Raum. »Aufgeregt?« fragte Nadine lächelnd und kam auf Amy zu.

Amy verabschiedete sich innerlich von ihren Gedanken und tauchte wieder in die Geschäftswelt ein. »Ja«, sagte sie. »Wie immer bei der Abnahme.«

»Es wird schon gutgehen«, sagte Nadine zuversichtlich. »Wir haben gute Arbeit geleistet, besonders Rebecca und du.«

»Ja, das denke ich auch.« Amy ging nervös nach vorn zu dem kleinen Rednerpult, das dort aufgestellt war. Das war ihr Platz.

Lawrence erschien in der Tür, gemeinsam mit Rebecca.

Ob er es ihr schon gesagt hat? dachte Amy kurz.

Rebecca hatte nichts erzählt, und sie sah auch nicht so aus, als hätte sich ihr Verhältnis zu Lawrence in irgendeiner Form verändert. Amy beobachtete sie, wie sie neben ihm stand, und wenn man es wußte, sah man die Ähnlichkeit. Nicht viel, das meiste hatte sie wohl von ihrer Mutter, aber der Mund und die Nase, das war eindeutig.

Hinter Lawrence erschienen noch zwei weitere leitende Mitarbeiter der Firma. Sie setzten sich an den Tisch, während Lawrence mit Rebecca auf Amy zukam.

»Der große Tag«, sagte er lächelnd.

Das kannst du wohl sagen, dachte Amy. Auch wenn Lawrence nicht wußte, daß dieser Tag mehr als eine Bedeutung für sie hatte.

Sie nickte.

»Wird schon schiefgehen«, sagte Lawrence beruhigend. »Bisher hast du noch nie ein Projekt in den Sand gesetzt.«

»Am Anfang schon«, korrigierte Amy.

»Ach das ...« Lawrence winkte ab. »Das war doch ein Versehen. Dafür konntest du nichts. Und außerdem warst du Anfängerin.«

»Wie ich jetzt«, warf Rebecca ein.

»Du wirst deinen Weg schon machen«, sagte Lawrence, und es sprach eindeutig Vaterstolz aus seiner Stimme.

Aber Rebecca wußte davon offenbar nichts. Sie wandte sich ab und setzte sich neben Nadine an den Tisch.

Jetzt fehlt nur noch die Hauptperson, dachte Amy und wurde immer nervöser.

Eine Bewegung an der Tür kündigte die letzten Besprechungsteilnehmer an. Lawrence ging zum Eingang zurück. Morgan trat ein. Lawrence begrüßte sie und ebenfalls ihre beiden Begleiter, die hinter ihr den Raum betreten hatten und die sie Lawrence vorstellte.

Amy hörte ihr Herz schlagen und spürte, wie es verzweifelt Blut durch ihre Adern pumpte, um sie vor einem Ohnmachtsanfall zu bewahren.

Lawrence führte die drei an den Tisch.

»Hallo, Elliott«, sagte Rebecca lächelnd.

Elliott Spradlin schüttelte ihr die Hand. »Schön, daß Sie auch da sind, Rebecca«, sagte er ehrlich. »Wenn das Ergebnis so gut ist wie Ihre Vorbereitung, haben wir ja etwas Tolles zu erwarten.« Er lächelte und setzte sich ihr gegenüber.

»Keine Vorschußlorbeeren«, sagte Rebecca. »Warten Sie erst einmal ab.« Aber ihre Stimme klang, als ob sie Elliott zustimmen wollte.

Morgan enthielt sich jeglichen Kommentars und setzte sich neben ihn. Sie begrüßte Rebecca mit einem kurzen Nicken. Amy, die vorn stand, ignorierte sie.

Amy schluckte. Das war ja zu erwarten gewesen.

Lawrence ging ans Rednerpult und eröffnete die Sitzung. »Ich begrüße die Vertreter von *Holdsworth Cosmetics*«, sagte er. Er neigte leicht den Kopf. »Ms. Holdsworth, meine Herren ... und natürlich auch alle anderen Anwesenden, die an diesem Projekt beteiligt sind. Ich denke, wir haben gute Arbeit geleistet. Ich hoffe, Sie sind der gleichen Meinung.« Er blickte speziell Morgan an und lächelte. »Ich übergebe das Wort der Leiterin der Kampagne, die Ihnen das Resultat präsentieren wird.« Er wandte sich an Amy. »Bitte, Ms. Flanagan.«

Amy trat vor, und Lawrence setzte sich an den Tisch.

Amy versuchte ruhig zu bleiben und Morgan nicht anzusehen. Das war nicht einfach, denn sie sehnte sich danach, in ihre Augen zu schauen. Als sie einen kurzen Blick auf Morgan warf, bemerkte sie, daß Morgan auf den Tisch starrte.

So wird sie nicht viel von der Präsentation mitbekommen, dachte Amy. *Aber vielleicht ist es ihr auch egal. Meine Arbeit interessiert sie genausowenig wie ich.* Sie unterdrückte ein Seufzen und griff nach ihren Notizen. »Ich würde Ihnen gern noch einmal kurz erläutern, was der Ansatz unseres Konzeptes war«, begann sie. Sie sprach noch ein paar Sätze, und je länger sie redete, desto sicherer wurde sie.

Am Ende verdunkelte sie vom Rednerpult aus den Raum, ließ das Pult in die Konsole einfahren, und der Werbefilm startete im Hintergrund.

Sie hatte ihn schon so oft gesehen, daß sie ihn nicht noch einmal betrachten mußte. Statt dessen nutzte sie die Gelegenheit, Morgan zu beobachten, deren Gesicht im flackernden Licht der laufenden Bilder endlich nach vorn gerichtet war, nun, da Amy dort nicht mehr stand.

Sie sieht müde aus, dachte Amy. Morgan war perfekt geschminkt wie immer, aber alles Make-up und alles Styling reichte nicht aus, die graue Aura zu überdecken, die sie umgab. *Wie sehr muß sie leiden,* dachte Amy. *Wenn ich nur irgend etwas tun könnte.*

Das Licht flammte auf. Wie lange die Produktion auch gedauert hatte, der Film, der das Resultat darstellte, war sehr kurz. Gerade so lang, wie die Aufmerksamkeit der Kunden erfahrungsgemäß gehalten werden konnte.

Amy trat wieder nach vorn, stellte den Filmprojektor ab und startete den Beamer. »In Ihren Unterlagen sehen Sie«, die erste Folie erschien, »wie wir uns die Printkampagne vorstellen. Dort können wir ja nicht mit so vielen unterschiedlichen Bildern arbeiten wie im Film, wir mußten uns auf einige beschränken. Ms. Holdsworths Gesicht«, sie neigte sich kurz zu Morgan, die sie jetzt ansah, »steht im Mittelpunkt.«

Blätter raschelten, als Mappen geöffnet und Bilder herausgezogen wurden.

Amy mußte kurz die Augen schließen. Morgans Blick, als er für einen Sekundenbruchteil ihren gestreift hatte, war so erschreckend gewesen, daß Angst in ihr hochkroch. Nicht wütend, nicht kalt und auch nicht leidenschaftlich – letzteres war ja auch nicht zu erwarten gewesen – hatten Morgans Augen geblickt, noch nicht einmal spöttisch oder abschätzig. Sie waren einfach nur leer. Leer wie eine ausgestorbene Geisterstadt, nachdem der Goldrausch vorbei war.

Elliott Spradlin inspizierte den Inhalt der Mappe und nickte anerkennend. »Toll gemacht«, sagte er. »Ihre Leistung, Rebecca?« Er sah sie an.

»Die Leistung aller«, sagte Rebecca bescheiden.

»Nein, nein, schon ihre!« Nadine lachte. »Keiner von uns könnte das so gut.«

»Das ist wahr«, sagte Amy. »Wir sind ein Team, aber für die Bilder ist hauptsächlich Ms. Bernstein verantwortlich.« Sie atmete kurz durch und richtete ihren Blick auf Morgan. »Wie gefällt es Ihnen,

Ms. Holdsworth? Haben wir Ihre Erwartungen erfüllt? Das, was wir Ihnen am Anfang versprochen haben?«

Morgan sah sie an, aber es stieg kein Leben in ihren Blick. »Das, was Sie mir am Anfang versprochen haben«, wiederholte sie. Amy wußte, daß Morgan mit ihren Worten etwas ganz anderes meinte als die Kampagne. »Der Film war gut«, fuhr Morgan nüchtern fort. »Sie haben die Atmosphäre in unserem Hause überzeugend eingefangen. Und die Studioaufnahmen sind geschickt integriert. Man merkt gar nicht, daß sie woanders gemacht wurden.« Sie hatte die Mappe, die vor ihr lag, nicht geöffnet. Sie faltete ihre Hände und legte sie darauf. »Technisch ist alles perfekt«, sagte sie.

»Keine Einwände?« Lawrence stand auf. »Das haben wir selten.« Er lächelte zufrieden.

»Ich hätte doch noch einen kleinen Einwand«, sagte Elliott. Rebecca sah ihn an, und er wirkte verlegen. »Es soll keine Kritik sein«, sagte er, »aber unser Logo sollte mehr in der Mitte plaziert werden. Es ist nicht gut, wenn den Kunden der Film gefallen hat, sie aber nicht wissen, welches Produkt sie nun kaufen sollen.« Er lachte.

»Das ist richtig«, sagte Amy. »Nur haben wir ja in dieser Kampagne kein Produkt«, sie blickte in Morgans Richtung, »wenn man nicht Ms. Holdsworths Gesicht als solches bezeichnen will.« Sie nahm eines der vergrößerten Fotos auf, die für die Printkampagne verwendet werden sollten. *Damals hat sie noch besser ausgesehen,* dachte sie. *Der Unterschied ist beängstigend.* »Aber Sie haben recht«, sagte sie, »das Logo könnte etwas mehr im Vordergrund stehen. Was meinen Sie, Ms. Bernstein?«

»Ja.« Rebecca nickte. »Ich habe verschiedene Entwürfe gemacht, bei denen das so war, die werde ich noch einmal hervorholen.«

»Ist gut«, sagte Lawrence, und wieder blitzte Stolz in seinem Gesicht auf, daß Rebecca bei ihrem ersten Auftrag schon so gut mit Kritik umgehen konnte. »Dann passen wir das noch an. Sonst nichts?«

Nun, da die Jagd eröffnet war, kam doch noch einiges zusammen. Elliott Spradlin und Thomas Quinlan wiesen auf verschiedenes hin, das ihnen nicht gefallen hatte. Im großen und ganzen waren es nur Details, nichts Schwerwiegendes.

Morgan beteiligte sich nicht an der Diskussion. Es schien, als wäre sie gar nicht anwesend.

Ich kann sie doch so nicht gehen lassen, dachte Amy. *Was soll ich nur tun?* Sie erinnerte sich mit Schrecken an ihren letzten Versuch, mit Morgan hier im Foyer zu sprechen. Das war gründlich in die Hose gegangen.

Würde sie sie heute wieder so abblitzen lassen? Die Leidenschaft, die Morgan damals noch beherrscht hatte, war verschwunden, die Wut und der Ärger. Früher hatte Amy sich gewünscht, daß es einmal so wäre, daß Morgan nicht immer reagierte wie eine geladene Granate, bei der man nie wußte, wann man den Zünder aktiviert hatte, wann sie explodieren würde.

Aber nun, da Morgan so still war und so teilnahmslos schien, wünschte sie sich den alten Zustand zurück. Wut oder Ärger war immerhin noch etwas Lebendiges, so unangenehm es auch sein mochte, aber diese Totenstille ließ ihr das Blut in den Adern gefrieren.

Die Sitzung neigte sich dem Ende zu. Alle Einwände waren notiert, neue Vorschläge aufgenommen und diskutiert worden. Die Änderungen würden eine Weile in Anspruch nehmen, aber Amy war zufrieden. Soweit es die Arbeit betraf.

Als Morgan sich erhob, um mit den anderen zu gehen, faßte Amy sich ein Herz.

»Ms. Holdsworth?« sprach sie Morgan an.

Morgan blickte sie an – nein, eher blickte sie an ihr vorbei –, als ob sie nicht damit gerechnet hätte und es lieber auch nicht wahrnehmen würde.

»Wegen der zweiten Kampagne«, sagte Amy, »sollten wir da nicht einmal einen Termin vereinbaren, um alles zu besprechen? Was Sie sich vorgestellt haben?«

»Zweite Kampagne?« Morgan runzelte die Stirn.

Sie hat es vergessen, dachte Amy. *Sie hat jetzt andere Sorgen.* »Ja«, sagte sie. »Sie wollten ein neues Produkt vermarkten, eine neue Entwicklung.«

»Ja, das wäre jetzt soweit«, erwiderte Elliott anstelle von Morgan. Er sah Morgan an. »Ich wußte nicht, daß da bereits etwas geplant war.«

»War es auch nicht«, sagte Amy. »Wir hatten nur einmal kurz darüber gesprochen.«

»Ja.« Morgan schien aus ihrem Tiefschlaf zu erwachen. »Ja, das stimmt«, bestätigte sie. »Ich hatte mit Ms. Flanagan darüber gesprochen.«

»Aber noch nichts Konkretes«, sagte Amy. »Sollen wir uns damit nicht einmal beschäftigen?« *Das ist meine letzte Chance,* dachte sie. *Wenn sie jetzt nein sagt ...*

»Ja. Ja, sicher«, sagte Morgan teilnahmslos, als ob sie das alles nichts anginge. »Rufen Sie meine Sekretärin an. Ich kenne meine Termine nicht.« Sie drehte sich um und ging.

Wenigstens etwas, dachte Amy. Auch wenn Morgan nicht besonders interessiert schien, hatte sie zumindest einen Fuß in der Tür.

»Ich schon wieder, Mrs. Carmichael«, sagte Amy etwas humorig, als sie später am Tag Morgans Büro anrief. Ihre Laune hatte sich merklich gehoben, auch wenn der Ausgang des Treffens mit Morgan mehr als ungewiß war. »Ich habe vorhin nach der Sitzung mit Ms. Holdsworth besprochen, daß wir eine zweite Kampagne planen«, fuhr sie fort. »Sie hat mich an Sie verwiesen wegen eines Termins.«

»Ja«, sagte Barbara Carmichael. Diesmal brauchte sie wohl keinen Anpfiff zu befürchten, wenn ihre Chefin das selbst so bestimmt hatte. »Wieviel Zeit brauchen Sie denn?« fragte sie.

Alle Zeit der Welt, dachte Amy. *Am liebsten bis ans Ende meiner Tage.* »Eine Stunde sollte genügen«, sagte sie. »Oder vielleicht besser zwei, man weiß ja nie.« Wenn sie an das letzte Treffen in Morgans Büro dachte ... Aber so etwas stand diesmal wohl nicht zur Debatte. Sie wollte nur mit ihr reden. Wenigstens das.

»Also zwei Stunden«, sagte Barbara Carmichael. »Diese Woche noch?«

Normalerweise hätte Amy nein gesagt, weil sie so schnell gar kein Konzept für eine so umfangreiche Kampagne erstellen konnte, aber das Konzept war diesmal ja nicht das wichtigste. »Ja, wenn das geht«, sagte sie.

»Wenn Ms. Holdsworth einverstanden ist, könnten Sie am Freitag nachmittag kommen«, sagte Barbara Carmichael. »Ich werde sie fragen, wenn sie wieder im Büro ist. Die Herren und sie sind noch nicht von der Sitzung zurück.«

»Ich halte mir den Termin frei«, sagte Amy. »Rufen Sie mich dann an?«

»Ja«, sagte Barbara Carmichael. »Ich notiere siebzehn Uhr. Falls es nicht klappen sollte, rufe ich Sie an. Ansonsten können Sie davon ausgehen, daß der Termin steht.«

»Danke«, sagte Amy. »Schönen Abend noch.« Sie legte auf, nachdem Barbara Carmichael ihr dasselbe gewünscht hatte.

Amy lehnte sich zurück und verschränkte die Hände hinter dem Kopf. *So,* dachte sie. *Was jetzt kommt, hängt von Morgan ab.*

Sie dachte an Morgans Gesicht, an die Diskrepanz zwischen den Fotos und der lebenden Person. Es schien so viel mehr Leben in den Bildern zu stecken als in dem Menschen aus Fleisch und Blut, der dafür Modell gestanden hatte.

Morgan war immer kühl, dachte Amy, *immer auf Distanz bedacht – außer im Bett. Aber sie war nie leblos.* Im Gegenteil. Sie strahlte sehr viel Energie aus. Nicht unbedingt immer positive Energie, aber Energie. Diese Energie schien sie vollkommen verlassen zu haben.

Wie kann sie überhaupt noch ihren Konzern führen? dachte sie. *Das ist doch äußerst kräftezehrend.* Und wenn sie sich daran erinnerte, wie Morgan heute in der Sitzung gewesen war, wie sie nur dabeigesessen hatte, ohne richtig anwesend zu sein ... Gut, auf Fragen hatte sie geantwortet, desinteressiert und emotionslos, aber das war nicht genug für eine Unternehmerin. So konnte sich höchstens ein Angestellter in den alleruntersten Rängen benehmen, der einen Chef hatte, der für ihn die Entscheidungen traf. Als oberster Boss mußte man schon ein bißchen mehr Engagement aufbringen.

Sie kann nicht mehr, dachte Amy. *Sie sieht aus, als ob sie jeden Moment zusammenbricht.*

Ein ungutes Gefühl kroch in ihr hoch, kribbelte ihr Rückgrat entlang und lief als Schauder wieder an ihren Seiten hinab, bevor es sich in ihrem Magen festsetzte.

Hoffentlich ist Freitag nicht zu spät, dachte sie.

Als sie am Freitag das Konzerngebäude von *Holdsworth Cosmetics* betrat, leerte es sich gerade zusehends. Für die meisten war um fünf Uhr Schluß. Jetzt begannen die *Thank-God-it's-Friday*-Feiern.

Sie wartete am Fahrstuhl, bis er die nächste Ladung Mitarbeiter ausspie, und Barbara Carmichael lief fast in sie hinein, als sie ihn verlassen wollte.

»Ach du meine Güte, Ms. Flanagan, Sie habe ich ja ganz vergessen!« rief sie aufgeregt, als sie Amy sah.

Amy hob die Augenbrauen. »Findet der Termin nicht statt?«

»Nein, ja, nein, es geht nicht. Ms. Holdsworth hat einen Unfall gehabt.«

Amys Herz umfing eine kalte Hand. »Einen Unfall? Ist sie – ?«

»Sie liegt im Krankenhaus«, sagte Barbara Carmichael. »Auf der Intensivstation.«

»So schlimm ist es?« Amy konnte kaum sprechen, so sehr lähmte sie die Angst. »Was ist denn passiert?«

»Das weiß man noch nicht so genau. Man hat sie bewußtlos im Park gefunden. Vielleicht ist sie überfallen worden. Sie ist noch nicht wieder aufgewacht. Ich wollte gerade hinfahren, um die Sache mit der Versicherung zu klären. Anscheinend hatte sie nichts bei sich. Jemand hat sie nach einem Bild in der Zeitung erkannt, als letztens über sie berichtet wurde.«

»O Gott!« Amy schwankte.

»Wollen Sie mitfahren?« fragte Barbara Carmichael. »Es ist nicht weit.«

»Ja.« Amy versuchte den Boden unter ihren Füßen zum Stillstehen zu zwingen. »Ja, ich fahre mit.«

Es dauerte nur ein paar Minuten, bis sie im Krankenhaus ankamen. Barbara Carmichael fuhr einen flotten Reifen, den man ihr gar nicht zutraute. Sie begab sich an die Rezeption und legte dort die Versicherungsunterlagen vor.

Währenddessen hielt Amy nach einem Arzt Ausschau. Als einer an ihr vorbeihuschen wollte, hielt sie ihn auf. »Ms. Holdsworth«, sagte sie. »Morgan Holdsworth. Sie ist vor kurzem eingeliefert worden. Überfall im Park.« Auch wenn sie nicht wußte, ob das stimmte, aber vielleicht konnte er etwas damit anfangen.

»Intensiv«, sagte er kurzangebunden. »Da hinten.« Er wies nach rechts und ließ Amy stehen.

Amy trat zu Barbara Carmichael an die Rezeption. »Ich gehe zur Intensivstation. Ist soweit alles geklärt?«

»Versicherungstechnisch ja«, sagte Barbara Carmichael. »Über ihren Zustand weiß man hier auch nichts.« Sie blickte auf die Uhr. »Es tut mir leid, aber ich muß meine Kinder abholen. Ich kann nicht bleiben. Ich werde später anrufen und mich erkundigen.«

Amy nickte, und Barbara Carmichael verschwand mit wehendem Mantel aus der Eingangshalle.

Amy wandte sich in die Richtung, die ihr der Arzt angezeigt hatte. Sie fand einen Eingang mit der Beschriftung *Intensivstation*, der jedoch verschlossen war. Es gab eine Klingel, die man bei Bedarf drücken sollte. Amy tat es.

Nach kurzer Zeit schwang die Tür auf, und eine Schwester erschien. »Ja, bitte?«

»Ich möchte zu Ms. Holdsworth, Morgan Holdsworth. Sie ist vor kurzem eingeliefert worden«, sagte Amy erneut.

»Sind Sie eine Verwandte?« fragte die Schwester.

»Nein, nur ... wir kennen uns«, erwiderte Amy.

»Dann kann ich Sie leider nicht hereinlassen«, sagte die Schwester. »Nur Verwandte. Sie ist in einem Zustand, der eigentlich keinen Besuch erlaubt, aber wenn, dann –«

»Nur Verwandte«, vollendete Amy resigniert. »Können Sie mir denn wenigstens sagen, wie es ihr geht?« fragte sie. »Ist sie schwer verletzt?«

»Auch das –« Die Schwester hob die Hände und zuckte mit den Schultern.

»Nur Verwandte«, vermutete Amy.

Die Schwester nickte.

Amy biß sich auf die Lippe. Die Sorge fraß sie auf. Sie mußte Morgan sehen. Und wenn sie schwer verletzt war ... wenn sie vielleicht starb? Ohne daß Amy sie noch einmal sehen konnte? Sie spürte, wie der Eisesgriff um ihr Herz sich noch mehr zusammenzog. Sie durfte nicht sterben! Das durfte sie einfach nicht! Schon gar nicht, bevor Amy ihr gesagt hatte ...

Amy atmete mehrmals tief durch. Sie mußte ihr sagen, daß sie sie liebte. Sie wußte, daß es so war, schon lange wußte sie das, aber sie hatte es Morgan noch nie gesagt. Morgan hatte ihr keine Gelegenheit dazu gegeben. Und Amy war zu verletzt gewesen, um es ihr trotzdem zu sagen.

Aber das alles hatte jetzt keine Bedeutung mehr. Sie mußte mit ihr reden!

Kathleen! Sie hatte Kathleens Nummer! Und Kathleen war Morgans Mutter! Die mußten sie zu ihr lassen.

Sie überlegte einen Moment. Kathleen würde einen fürchterlichen Schreck kriegen. Aber das ließ sich nicht vermeiden. Auch wenn sie ihre Tochter kaum wiedergesehen hatte und jetzt in Gefahr war, sie erneut zu verlieren, es gab keine andere Möglichkeit.

Amy kramte in ihrer Tasche und zog ihren Organizer heraus. Ach nein, Kathleens Nummer stand ja auf einem Zettel, den Kathleen ihr gegeben und den sie einfach so eingesteckt hatte.

Sie zückte ihr Handy und wählte Kathleens Nummer.

»Amy! Schön, daß du anrufst!« Kathleens Stimme klang erfreut.

Gleich würde sie das nicht mehr sein.

»Es ... es ist etwas passiert, Kathleen«, sagte Amy.

Kathleen spürte sofort den Ernst der Situation. »Was ... was ist passiert?« fragte sie stockend.

»Morgan ...«, sagte Amy.

»Morgan? Was ist mit Morgan?« Kathleens Stimme wurde panisch. »Nun sag doch schon! Was ist?«

»Sie ... sie hatte einen Unfall«, sagte Amy. »Sie liegt im Krankenhaus.«

Tödliche Stille antwortete ihr. »Ist –« Entsetzte Pause. »Lebt sie?«

»Ja, aber sie ist auf der Intensivstation«, sagte Amy. »Und sie lassen mich nicht zu ihr, weil ich nicht mit ihr verwandt bin.«

»Welches Krankenhaus?« fragte Kathleen. Sie schien sich soweit gefangen zu haben, daß sie reagieren konnte.

Amy gab ihr Namen und Adresse des Krankenhauses.

»Ich bin sofort da«, sagte Kathleen und legte auf.

Amy lief in der Halle auf und ab, je länger es dauerte, um so nervöser. Jede Sekunde dehnte sich endlos. Wahrscheinlich dauerte es kaum eine Viertelstunde, bis Kathleen da war, aber Amy erschien es wie eine Ewigkeit.

Kathleen kam auf sie zu und blickte sie besorgt an. Amy schluckte. Sie konnte nicht sprechen. In ihr hatte sich eine beklemmende Angst angestaut.

Kathleen ging zur Rezeption. »Mein Name ist Holdsworth«, sagte sie. »Meine Tochter liegt hier auf der Intensivstation. Ich will zu ihr.«

Die Schwester blickte sie an. »Sicher, Mrs. Holdsworth«, sagte sie. »Kommen Sie.« Sie kam hinter dem Tresen hervor und führte Kathleen nach hinten.

Amy folgte ihr. Die Szene, die sie schon einmal erlebt hatte, wiederholte sich in gewisser Weise. Die Schwester drückte auf den Knopf, eine andere Schwester erschien hinter der sich öffnenden breiten Tür.

»Mrs. Holdsworth«, sagte die Empfangsschwester. »Sie will zu ihrer Tochter.«

Die Schwester aus der Intensivstation nickte.

»Wie geht es ihr?« fragte Kathleen höchst alarmiert.

»Sie ist noch nicht wieder aufgewacht«, erwiderte die Schwester.

Kathleen trat einen Schritt vor, dann drehte sie sich um. »Willst du deine Schwester nicht sehen?« fragte sie Amy.

»Meine ...?« Amy brach ab und nickte. »Doch, natürlich.« Sie folgte Kathleen in die Intensivstation.

Die Schwester, es war eine andere als die, die Amy den Zutritt verweigert hatte, führte sie zu einem Raum, in den man von außen durch eine Glasscheibe hineinsehen konnte.

Morgan lag in weißen Kissen und Laken. Ihr dunkles Haar bildete einen merkwürdigen Kontrast zu all dem Weiß, das selbst ihr Gesicht einschloß, das sich kaum von der Farbe der Umgebung abzuheben schien. Schläuche führten zu Morgans Arm, ein Sauerstoffschlauch steckte in ihrer Nase, links und rechts des Bettes und am Kopfende standen Apparate, von denen Amy nicht einmal ahnen konnte, was für eine Funktion sie hatten.

Sie sieht so friedlich aus, dachte Amy. *Kalkweiß, aber friedlich. So wie ich sie noch nie erlebt habe.*

»Was ... was ist geschehen?« fragte Kathleen stockend. »Was hat man ihr angetan?«

Die Schwester zuckte die Schultern. »Wir wissen noch gar nichts. Wir hoffen, sie kann es uns sagen, wenn sie aufwacht.«

»Wann wird das sein?« fragte Kathleen.

»Auch das wissen wir nicht.« Die Schwester machte ein ratloses Gesicht. »Ich hole einen Arzt, er kann Ihnen mehr über ihren Zustand sagen.«

»Ja. Danke.« Kathleen nickte erschüttert, und die Schwester verschwand hinter der nächsten Ecke.

Kathleen blickte Amy angsterfüllt an. »Du weißt auch nichts?«

»Nein.« Amy schüttelte den Kopf. »Wenn ich nicht zufällig einen Termin mit ihr gehabt hätte und mir auf dem Weg dahin ihre Sekretärin über den Weg gelaufen wäre, wüßte ich noch nicht einmal, daß sie hier ist.«

»Was ... was kann denn nur vorgefallen sein?« fragte Kathleen mit zitternder Stimme.

Sie drückte die Klinke herunter und betrat das Zimmer. Langsam ging sie auf das Bett zu und blieb daneben stehen.

Wie in Zeitlupe hob sie eine Hand und berührte sanft und vorsichtig Morgans Wange. Sie drehte sich zu Amy um. Amy sah die Tränen, die in Kathleens Augen glitzerten.

»Das habe ich mir seit Jahren gewünscht«, flüsterte Kathleen tonlos. »Sie einmal so berühren zu können.«

Und nun liegt sie da und merkt es nicht einmal, dachte Amy. Sie trat zu Kathleen ans Bett. Ihr Herz krampfte sich zusammen. Morgans Atem ging regelmäßig, aber flach. Sie war weiß wie die Wand. Selbst ihre Lippen hatten keinerlei Farbe.

»Morgan ...«, flüsterte Amy hilflos.

Kathleen sah sie an. »Du liebst sie«, sagte sie.

Amy nickte stumm, denn die Tränen, die durch ihre Kehle aufsteigen wollten, drückten ihr die Luft ab. »Ja«, preßte sie dann zwischen mühsam geöffneten Lippen hervor. »Das tue ich.«

Kathleen griff nach ihrer Hand und drückte sie. »Alles wird gut«, sagte sie leise. »Weißt du noch, wie du mir das versprochen hast?«

Amy starrte immer noch auf das Bett, auf die kaum sichtbare Atembewegung unter Decke. *Hoffentlich kann ich dieses Versprechen einhalten,* dachte sie.

»Sie sind ihre Familie?« fragte da plötzlich eine Stimme hinter ihnen.

Der Arzt trat ein, während Amy und Kathleen sich umdrehten.

»Ja«, sagte Kathleen. »Ich bin die Mutter.« Sie machte eine Bewegung zu Amy hin. »Und das ist meine Tochter Amy.«

Amy bewunderte Kathleens Kaltblütigkeit in dieser doch so erschütternden Situation. Daß Kathleen sie mit einem Schlag zu ihrer Tochter und Morgans Schwester gemacht hatte, rauschte nur so an ihr vorbei.

Der Arzt warf einen Blick auf einige der Instrumente, die um Morgan herumstanden. »Ihr Zustand hat sich etwas gebessert«, sagte er. »Ich denke, es dauert nicht mehr lange, bis sie aufwacht.«

»Sie haben sie untersucht?« fragte Kathleen.

»Ja.« Der Arzt nickte. »Als sie eingeliefert wurde.«

»Was ist denn mit ihr?« fragte Kathleen mit zitternder Stimme.

»Sie hat Kratzer und Schürfwunden, auch ein paar Schnittwunden, viele Blutergüsse, eine schwere Gehirnerschütterung. Außerdem ist ihr Arm gebrochen.«

Jetzt erst sah Amy, daß Morgans anderer Arm eingegipst war. In dem vielen Weiß war das gar nicht aufgefallen.

»Wir nehmen an, sie ist überfallen worden, man hat ihr einen Schlag auf den Kopf versetzt, ihr vielleicht den Arm gebrochen, um ihr ihre Tasche zu entreißen. Sie hatte keine, als sie gefunden wurde. Keine Papiere, kein Geld.« Er zuckte die Schultern. »Das kommt jeden Tag vor. Die sehen schon von weitem, wenn jemand außergewöhnlich gut angezogen ist, einen wohlhabenden Eindruck macht. Dann schlagen sie zu, weil sie sich fette Beute versprechen.« Er wandte sich an Kathleen. »Ist sie öfter allein im Park spazierengegangen?«

Kathleen sah ihn an, als hätte sie seine Frage nicht verstanden. »Ich weiß es nicht«, sagte sie dann schluckend. »Ich habe meine Tochter lange nicht gesehen.«

Den Arzt schien das nicht weiter zu interessieren. »Sie wird bald aufwachen«, sagte er mit einem weiteren Blick auf die Apparate. Er sah erst Kathleen an, dann Amy. »Erschrecken Sie nicht«, fuhr er fort. »Bei dem schweren Schlag, den sie auf den Kopf bekommen hat, könnte es sein, daß sie Sie zuerst nicht wiedererkennt.«

Kathleen sah ihn an, dann senkte sie ihren Blick wieder auf Morgans bewegungslos daliegende Gestalt. »Das ist das beste, was mir passieren könnte«, sagte sie leise.

»Bitte?« Der Arzt runzelte die Stirn.

»Nichts«, sagte Amy schnell. »Können wir hierbleiben, bis sie aufwacht?«

»Selbstverständlich«, entgegnete der Arzt. »Allerdings kann es schon noch ein Weilchen dauern.«

»Das macht nichts«, sagte Amy. »Wir warten.«

Der Arzt nickte und ging.

Amy betrachtete Kathleen, die neben dem Bett stand und Morgans Hand streichelte, als ob sie sie damit zum Aufwachen bewegen könnte.

»Soll ich dir einen Kaffee holen?« fragte Amy. »Ich könnte auch einen vertragen.«

Kathleen reagierte verzögert. Erst nach einer Weile drehte sie den Kopf zu Amy. »Sie ist mein Kind«, sagte sie. »Als sie klein war ... wenn sie Fieber hatte ... habe ich an ihrem Bett gesessen und darauf gewartet, daß es ihr bessergehen würde. Und jetzt ... es ist fast wie damals, obwohl es schon so lange her ist.« Sie schaute wieder auf Morgan hinunter, betrachtete mit zärtlichem Ausdruck ihr Gesicht. »Wenn es doch nur damals wäre und nicht heute«, sagte sie leise.

Amy legte ihre Hand auf Morgans Stirn. »Fieber scheint sie nicht zu haben«, sagte sie. Sie hielt inne. Die Berührung hatte sie erschüttert. Morgans Haut war so kalt und klamm, fast wie – Nein, es würde alles gut werden. Der Arzt hatte es gesagt. Sie strich Morgan eine Haarsträhne aus dem Gesicht. »Komm zurück«, flüsterte sie. Selbst wenn Morgan aufwachen und sie gleich wieder beschimpfen würde, würde sie sich freuen.

Kathleen legte ihre andere Hand auf Amys Arm. »Wir lieben sie beide«, sagte sie tröstend. »Das wird helfen.«

Amy verzog skeptisch das Gesicht. »Woher nimmst du diesen Optimismus?« fragte sie.

»Ich bin ihre Mutter«, sagte Kathleen leise lächelnd. »Irgendwann wird sie das begreifen.«

Amy mußte ein wenig schmunzeln. »Im Moment bist du ja sogar meine«, sagte sie.

Kathleen hakte sich bei Amy ein. »Es entspricht doch der Wahrheit«, sagte sie. »Du könntest meine Schwiegertochter sein.«

Amy starrte sie an. »Wie bitte?«

Kathleen warf einen erneuten Blick auf Morgan. »Vielleicht haben wir ja Glück«, sagte sie, »und sie erinnert sich wirklich nicht. Dann erzählen wir ihr einfach, ihr wärt verheiratet.«

Amy konnte gar nicht mehr aufhören, sie anzustarren. »Du bist verrückt«, sagte sie.

»Vielleicht ein bißchen«, sagte Kathleen, »aber eigentlich versuche ich nur, meine Angst zu betäuben. Das ist Galgenhumor.« Sie zog Amy aus dem Zimmer. »Und jetzt holst du mir den Kaffee, den du mir versprochen hast«, sagte sie. »Es könnte eine lange Nacht werden.«

Als Amy sich im Sessel umdrehte, um ihre schmerzenden Glieder in eine andere Position zu bringen, hörte sie ein Geräusch.

Sie schlug die Augen auf. Ein Stöhnen entrang sich ihr, als sie versuchte, ihre Arme und Beine zu entwirren. Langsam nahm sie ihre Umgebung wahr.

Der Morgen dämmerte schon, es herrschte Zwielicht im Zimmer, trotz der vielen Apparate, die blinkten und piepten, war es ungewöhnlich still.

Amy richtete sich auf. Sie warf einen Blick auf den zweiten Sessel, in dem Kathleen geschlafen hatte. Er war leer. Sie ließ ihren Blick weiterwandern. Kathleen stand neben dem Bett und hielt Morgans Hand, wie schon so oft seit gestern abend.

»Sie wacht auf«, flüsterte sie, als sie merkte, daß Amy wach war. »Sie kommt zu sich.« Ihre Augen glitzerten feucht.

Amy sprang aus dem Sessel und fiel gleich wieder zurück. Ihr Bein kribbelte. Es war eingeschlafen und trug sie nicht.

»Langsam«, sagte Kathleen. »So schnell geht es auch nicht.«

Amy wartete, bis das unangenehme Kribbeln abgeklungen war, und beim zweiten Versuch aufzustehen hatte sie Erfolg. Sie ging zu Kathleen hinüber.

»Wie lange bist du schon wach?« fragte sie leise.

»Ich habe kaum geschlafen«, sagte Kathleen. »Ich konnte nicht.«

»Ich auch nicht«, sagte Amy, »aber jetzt zum Schluß muß ich wohl tatsächlich eingeschlafen sein.«

Kathleen lächelte. »Du schläfst schon eine ganze Weile«, sagte sie.

Morgans Hand zuckte, und schlagartig wandte Kathleen ihre Aufmerksamkeit wieder Morgans Gesicht zu. »Wach auf, mein Schatz«, flüsterte sie.

Einige der Anzeigen auf den Instrumenten veränderten sich, Ausschläge wurden intensiver, Töne lauter. Morgans Augenlider flatterten, als hätte sie einen lebhaften Traum.

Amy beobachtete ihr Gesicht und mußte die aufkommenden Gefühle unterdrücken. Am liebsten hätte sie Morgan in den Arm genommen, sie darin erwachen lassen, direkt in ihre Augen geblickt, wenn sie sie aufschlug.

»Komm«, sagte Kathleen, die sie kurz beobachtet hatte, »nimm du sie.« Sie drückte Amy Morgans Hand in ihre eigene. Gleichzeitig legte sie einen Arm um Amys Schultern.

So standen sie und warteten.

Endlich zeigte sich eine weitere Bewegung. Morgans Augenlider flatterten nicht nur, sondern es bildete sich ein schmaler Schlitz zwischen ihnen. Es dauerte eine Weile, bis er sich verbreiterte. Die kleine Lampe über dem Bett erhellte Morgans Gesicht nur schwach.

Quälend langsam hoben sich die Lider Millimeter um Millimeter, fielen wieder zu, versuchten es erneut. Endlich blieben sie halb offen. Morgans Gesicht belebte sich ein wenig. Sie blinzelte, ihre Augen öffneten sich noch etwas weiter.

»Endlich«, flüsterte Amy. Sie streichelte Morgans Hand, die plötzlich fester wurde, ihre einen Moment drückte.

»Kathleen«, sagte Amy leise. »Komm.« Sie trat einen Schritt zur Seite.

Kathleen legte ihre Hand auf Morgans Arm, streichelte ihn, dann beugte sie sich hinunter und küßte Morgan leicht auf den Mund, mütterlich und erleichtert. »Guten Morgen, mein Liebling«, sagte sie lächelnd.

Als sie sich aufrichtete, rollte langsam eine Träne ihre Wange hinunter.

Auch Amy spürte, daß sie die Tränen nicht mehr zurückhalten konnte. Heiß bildete sich eine Spur, erst rechts, dann links. Sie wischte sie weg, aber es folgten andere nach.

»Laß sie doch ruhig«, sagte Kathleen. »Weinen wir doch beide.«

»Ja.« Amy sah sie an und dann wieder Morgan. »Du hast recht.«

Morgans Lippen zitterten. Sie trennten sich nur schwer voneinander. »Durst«, flüsterte sie so leise, daß man sie kaum verstehen konnte.

Amy griff nach einem Becher, der auf dem Nachttisch stand. »Hier«, sagte sie und hielt ihn Morgan an die Lippen.

Morgan stöhnte. Sie konnte nicht trinken, weil sie sich nicht aufrichten konnte. Amy tauchte einen Finger ins Wasser und betupfte Morgans trockene Lippen damit. Sie sah Kathleen kurz an, dann nahm sie einen Schluck von dem Wasser, beugte sich zu Morgan hinunter und legte ihre Lippen auf Morgans. Sie ließ das Wasser in ihren Mund hineinfließen.

Morgan schluckte. »Mehr«, flüsterte sie, als Amy sich von ihr löste.

Amy hörte Kathleen leise hinter sich lachen. »Ich kann auch eine Schnabeltasse holen«, sagte sie. »Aber nur, wenn du willst. Mach ruhig weiter.«

Amy richtete sich auf. »Eine Schnabeltasse wäre gut«, sagte sie etwas beschämt.

Kathleen strich liebevoll über ihre Wange. »Gib ihr noch etwas Wasser«, sagte sie, »bis ich zurückkomme.« Sie verließ das Zimmer.

Amy wandte sich wieder Morgan zu. *Warum eigentlich nicht?* dachte sie. Sie nahm einen weiteren Schluck und ließ Morgan von ihren Lippen trinken.

Danach schluckte Morgan noch ein paar Mal und versuchte dann zu sprechen. »Wo ... wo bin ich?« Ihre Stimme klang krächzend. »Was ...?«

»Du bist im Krankenhaus«, sagte Amy.

»Kranken ... haus?« Morgan setzte das Wort mühsam zusammen.

Amy erinnerte sich daran, was der Arzt gesagt hatte. »Weißt du, was ein Krankenhaus ist?« fragte sie.

Morgan kniff die Augenbrauen zusammen. Anscheinend mußte sie überlegen. »Ja«, sagte sie dann.

»Weißt du, wer du bist?« fragte Amy weiter.

Wieder die zusammengekniffenen Augenbrauen. Dann ein kaum sichtbares Kopfschütteln.

»Dein Name ist Morgan. Morgan Holdsworth. Erinnerst du dich?« Amy blickte sie besorgt an. Es war schon beängstigend, eine kraftvolle Frau wie Morgan, die immer alles im Griff zu haben schien, so hilflos zu sehen.

Das Kopfschütteln wiederholte sich.

»Ich bin Amy«, sagte Amy.

Morgan blickte sie verständnislos an.

Kathleen trat mit der Schnabeltasse ein.

»Das ist deine Mutter«, sagte Amy vorsichtig. Sie erwartete, daß Morgan trotz ihres Zustandes spätestens jetzt explodieren würde.

»Mutter«, wiederholte Morgan.

Kathleen blieb wie vom Blitz getroffen stehen. Die Schnabeltasse in ihrer Hand zitterte.

Amy ging auf sie zu und nahm sie ihr ab. »Sie erinnert sich an gar nichts«, sagte sie. Sie ging zum Nachttisch hinüber und füllte die Schnabeltasse mit Wasser. »Kannst du daraus trinken?« fragte sie und reichte sie Morgan.

Morgan griff nach dem merkwürdig aussehenden Trinkgefäß und setzte es an ihre Lippen. Sie trank gierig.

»Da ist jemand aufgewacht, habe ich gehört?«

Das Licht ging an und der Arzt trat ein. Er ging zum Bett hinüber und musterte Morgan aufmerksam. »Wie geht es Ihnen?« fragte er.

Morgan setzte die Schnabeltasse ab. »Tut weh«, sagte sie. Sie wollte mit ihrem gebrochenen Arm anscheinend auf ihren Kopf weisen, bemerkte dabei den Gips und hielt den Arm erstaunt vor ihre Augen.

»Das wird wohl noch eine Weile so bleiben«, sagte der Arzt. »Wir werden die Schmerzmitteldosis im Tropf ein wenig erhöhen.« Er griff an das Rädchen neben der Infusionsflasche und drehte daran. »So«, sagte er, »das wirkt gleich.«

»Sie erinnert sich an nichts«, wiederholte Amy. »Wie Sie gesagt haben.«

»Das gibt sich«, sagte der Arzt. »Meistens.«

»Meistens?« Kathleen starrte ihn an.

»Na ja, genau kann man es nie sagen. Es kommt darauf an, wie schwer der Schlag war«, sagte der Arzt. »Es kann Stunden, Tage oder auch Wochen dauern. In einigen Fällen Jahre. Aber das ist äußerst selten. Dann müssen schon eine Menge ungünstiger Umstände zusammenkommen.«

»Jahre«, wiederholte Kathleen leise.

Amy hatte den Eindruck, daß Kathleen sich vorstellte, wie schön es wäre, Jahre mit einer Morgan zu verbringen, die sie als Mutter akzeptierte und nicht haßte.

Kathleen atmete tief durch. »Im günstigsten Fall ...«, sie zögerte,

»kann ihr Gedächtnis heute noch zurückkehren?«

»Kann es.« Der Arzt nickte. »Geben Sie die Hoffnung nicht auf. Sie wird sich bald wieder an Sie erinnern, davon bin ich überzeugt.« Er lächelte sie an und verließ das Zimmer.

»Er denkt, das wäre positiv«, sagte Kathleen leise seufzend.

»Kathleen ...«, sagte Amy. Als Kathleen sie anblickte, deutete Amy auf Morgan.

Morgan hatte das Gespräch mit dem Arzt verständnislos verfolgt. Jetzt lag sie da und beobachtete Amy und Kathleen genauso verständnislos.

Kathleen begann zu lächeln. Sie trat ans Bett. »Bald bist du wieder gesund, mein Schatz«, sagte sie. »Hast du gehört?« Sie beugte sich hinunter und gab Morgan einen mütterlichen Kuß.

»Was ... was ist passiert?« fragte Morgan. Langsam normalisierte sich ihre Sprechweise.

»Du weißt es nicht?« fragte Amy und trat ebenfalls ans Bett.

Morgan schüttelte den Kopf. »Nein«, sagte sie. »Ich kann mich an nichts erinnern.«

»Anscheinend warst du im Park«, sagte Amy. »Hast du einen Spaziergang gemacht?«

Morgan runzelte die Stirn. »Ich habe keine Ahnung.«

»Was ist das letzte, woran du dich erinnerst?« fragte Amy.

Wieder zog Morgan die Augenbrauen zusammen. »Es ist alles verschwommen«, sagte sie. »Ein Haus, Leute ... ich weiß nicht.«

»Mach dir keine Sorgen«, sagte Kathleen. »Jetzt werd erst einmal gesund.« Sie strich Morgan beruhigend über den Arm.

»Ja.« Morgans Augenlider schienen ihr zu schwer zu werden. Sie senkten sich unaufhaltsam. »Ja«, murmelte sie noch einmal und schlief wieder ein.

Kathleen betrachtete sie noch eine Weile. »Es ist komisch«, sagte sie, »daß sie mich nicht anfaucht.«

Amy lachte leicht. »Dasselbe dachte ich auch gerade.« Sie streckte die Arme über den Kopf und gähnte. »Vielleicht sollten wir kurz nach Hause gehen und duschen. Jetzt müssen wir uns ja keine Sorgen mehr machen«, sagte sie.

»Du nicht«, sagte Kathleen mit gerunzelter Stirn.

»Ich weiß.« Amy legte einen Arm um sie.

Kathleen schluckte. »Ich habe Angst, daß, wenn ich wiederkomme –« Sie blickte auf Morgans im Schlaf entspanntes Gesicht. »Sie sieht so friedlich aus«, sagte sie. »Ganz anders als –«

»Wenn du hierbleiben willst, tu es doch«, sagte Amy. »Ich werde eine Dusche nehmen und später wiederkommen.« *Etwas Abstand tut mir gut,* dachte sie. »Und ich werde Treadwell anrufen. Er weiß ja noch gar nichts.«

»Laß mich das tun«, sagte Kathleen. »Ich würde gern mit ihm reden.«

»Ist gut.« Amy nickte. »Dann gehe ich jetzt. In ein paar Stunden bin ich wieder da.«

»In ein paar Stunden ...«, sagte Kathleen nachdenklich.

Amy wußte, was sie dachte. In ein paar Stunden konnte Morgans Gedächtnis zurückgekehrt sein.

Als sie das Krankenhaus gegen Mittag wieder betrat, war ihr schon etwas merkwürdig zumute. *Wie würde ich mich fühlen,* dachte sie, *wenn ich wie aus einem bösen Traum erwachte und genau das, was ich von mir fernhalten wollte, vor mir steht? Und das auch noch im Doppelpack?*

Sie seufzte. Es war wohl nicht zu ändern. Sie hatte ein paar Stunden geschlafen und dann sehr kalt geduscht, um die letzten Reste der Nacht zu vertreiben. Und sie hatte an Morgan gedacht. Wie sie dort gelegen hatte in den weißen Laken, so hilflos und so ... süß.

Alle Gefühle, die sie mühsam unter Kontrolle zu halten versucht hatte, kamen auf einmal in ihr hoch. *Eine Affäre,* hatte sie zu ihrem Vater gesagt? *Nur eine Affäre?* Für einen kurzen Moment hatte sie gehofft, daß sie selbst daran glauben würde, wenn sie es sich nur oft genug sagte. Aber im Grunde genommen hatte sie gewußt, daß es nicht funktionieren würde. Sie hatte sich in Morgan verliebt, gleich das erste Mal, als sie sie sah. Damals hatte sie geglaubt, es wäre nur Sex gewesen, hatte es sich zumindest einzureden versucht, aber wie ihr Herz geklopft hatte, wenn sie an Morgan dachte, wie alles in ihr zerschmolzen war, wenn Morgan sie nur ansah, geschweige denn, wenn sie sie berührte – das hatte nichts mit Sex zu tun. Das war Liebe.

Aber Morgan ... wie sah Morgan das? Sie hatte das Gefühl tief in sich vergraben, sie wollte nichts davon wissen. Sie betäubte sich mit Sex, um nicht zu erkennen, daß sie auch noch andere Bedürfnisse hatte. Würde es anders sein, wenn sie sich von dem Überfall erholt hatte? Amy konnte nicht umhin, das zu bezweifeln.

Sie war an Morgans Zimmer angekommen. Kathleen saß neben Morgan am Bett und fütterte sie mit ein wenig Suppe. *Jetzt kann sie endlich einmal wieder ihre Mutter sein,* dachte Amy. *Sie hat es sehr vermißt, das ist deutlich zu sehen. Aber warum hat sie dann –?* Sie brach ihren Gedankenfluß ab. Das war jetzt nicht wichtig. Das einzig wichtige war, daß Morgan wieder gesund wurde.

»Na, ihr zwei?« sagte sie lächelnd, als sie eintrat. »Geht's euch gut?«

»Besser«, sagte Kathleen und lächelte zurück. »Sie kann schon etwas essen.«

Aber offensichtlich erinnerte sie sich immer noch nicht, dachte Amy. Sonst hätte Kathleen wohl kaum so ruhig an ihrem Bett sitzen können.

»Freut mich«, sagte sie. »Ich habe ein paar Früchte mitgebracht. Vielleicht hast du später Lust darauf.« Sie legte die Tüte neben Morgan aufs Bett.

Morgan sah sie an. »Amy«, sagte sie.

Amy lächelte. »Ja«, sagte sie. Sie beugte sich zu Morgan und gab ihr einen Kuß auf die Wange. Mehr traute sie sich nicht.

»Noch Suppe?« fragte Kathleen.

Morgan schüttelte leicht den Kopf. »Im Moment nicht, danke.«

Kathleen stellte den Suppenteller zur Seite. »Ich hole mir einen Kaffee«, sagte sie. Sie lächelte Morgan an. »Du hast ja jetzt Amy zur Gesellschaft.« Sie ging an Amy vorbei.

»Mutter«, sagte Morgan.

Kathleen erstarrte. Sie drehte sich langsam um, fast als würde ein hakendes Rädchen sie bewegen. »Ja?« Ihre Augen blickten furchtsam. Sie erwartete jeden Moment, daß Morgan sich erinnern würde.

»Bringst du mir auch einen mit?« fragte Morgan.

»Lieber nicht«, sagte Amy. »Kaffee schlägt ihr auf den Magen.«

Morgan blickte irritiert auf sie.

»Bring ihr einen Tee«, sagte Amy.

Kathleen lächelte. »Sehr wohl«, sagte sie und ging nun endgültig.

»Was ist mit den Schmerzen?« fragte Amy, als sie sich neben Morgan ans Bett setzte. »Immer noch so schlimm?«

»Wahrscheinlich schon«, sagte Morgan, »aber sie pumpen so viel Schmerzmittel durch den Tropf, daß ich es nicht merke.« Sie hob den Arm. »Wie kann man sich den Arm brechen, ohne sich daran zu erinnern?« Sie blickte auf Amy. »Warum erinnere ich mich nicht an dich? Und an Mutter?«

Dieses Wort aus ihrem Mund, das war merkwürdig. Amy sah sie an. »Du wirst dich wieder an uns erinnern«, sagte sie. *Leider,* dachte sie.

»Ihr seid meine Familie«, sagte Morgan. »Es kommt mir komisch vor, daß man so etwas vergessen kann.«

Oh. Morgan dachte, sie wäre ihre Schwester. Daran mußte sie sich erst gewöhnen. »Der Überfall und das alles«, sagte sie, »das hat dich einfach furchtbar geschockt. Das ist doch verständlich.«

Kathleen kam zurück. Sie reichte Morgan den Tee. »Trink langsam«, sagte sie. »Es ist heiß.«

Morgan sah sie an. »Das hast du schon als kleines Kind zu mir gesagt«, erwiderte sie. »Und trotzdem habe ich mir die Zunge verbrannt.«

Kathleen schwankte. Sie griff nach einem Stuhl und setzte sich. »Du erinnerst dich daran?« fragte sie wispernd.

»Ja«, sagte Morgan. »Es war, glaube ich, heiße Zitrone. Die hast du mir immer gegeben, wenn ich erkältet war.«

»Das stimmt«, sagte Kathleen erschüttert.

Amy sah sie an. Kathleens Gefühle schwankten jetzt sicher zwischen Freude und Furcht. Freude, daß Morgan sich an die Zeit erinnerte, als Kathleen noch bei ihr gewesen war, und Furcht, daß sie sich auch noch an den Rest erinnern würde. Was wohl unvermeidlich war ...

Morgan hingegen freute sich uneingeschränkt, als sie erkannte, daß ihr Gedächtnis zurückkehrte. »Das ist doch mal ein Anfang«, sagte sie lächelnd, und ihr Lächeln war vollkommen ungetrübt.

Und – Amy schluckte – es stieg in ihre Augen. Zum ersten Mal sah sie aus wie die Bilder, die Rebecca von ihr gemalt hatte. »Morgan ...«, sagte sie.

»Ja?« Morgan sah sie an, mit einem so offenen Gesichtsausdruck, wie sie ihn noch nie bei ihr erlebt hatte.

»Ich wollte nur ...« Amy stand auf. »Eine Orange vielleicht? Zum Tee?«

Morgan nickte. »Warum nicht?«

Amy nahm eine Orange aus der Tüte und schälte sie. Sie hielt Morgan ein geschältes Stück hin und erwartete, daß sie es nehmen würde. Aber Morgan schnappte mit ihren Lippen danach und aß die Orangenscheibe aus Amys Fingern.

»Gibst du mir noch eins?« fragte Morgan. Sie nahm einen Schluck Tee, den sie weiterhin in Händen hielt.

»J-ja . . .« Amy schluckte erneut. Sie löste eine weitere Scheibe von der Orange und hielt sie Morgan hin. Morgans Lippen berührten ihre Finger, als sie die Scheibe zu greifen versuchten.

»Ich –« Amy reichte den Rest der Orange Kathleen. »Ich muß mir mal die Hände waschen«, sagte sie und flüchtete schnell aus dem Raum.

Im Waschraum stützte sie sich auf dem Becken ab. Sie blickte in den Spiegel. Ihre Wangen wirkten gerötet. *O mein Gott,* dachte sie. *Sie hält mich für ihre Schwester. Ich kann ihr doch nicht sagen, daß –*

Sie hatte Morgans Lippen an ihren Fingern wie eine intime Berührung empfunden. Es war ihr durch und durch gegangen. Sie sehnte sich danach, Morgan zu berühren, und das nicht nur schwesterlich.

Dann erinnerte sie sich an Morgans Augen. An das Lächeln, das sie so selbstverständlich erfüllt hatte. *Sie kann es doch,* dachte sie. *Warum tut sie es nicht, wenn sie sie selbst ist?*

Aber sie kannte die Antwort. Im Moment fühlte Morgan sich vielleicht desorientiert, aber nicht bedroht. Sie konnte offen mit allem umgehen, denn sie wußte von nichts.

Es wurde später und später am Tag, und langsam verflog die Angst, daß Morgan sich erinnern könnte, aus Amys und besonders Kathleens Gedanken. Morgan war noch schwach und schlief immer wieder ein, aber gegen Abend spielten sie dann sogar zusammen *Monopoly*. Morgan gewann.

Natürlich, dachte Amy. *Von Geld versteht sie wirklich etwas.*

Erst als die Schlafenszeit kam, schlich sich erneut ein besorgter Ausdruck in Kathleens Gesicht. Amy wußte, was sie dachte. Es wäre ungewöhnlich gewesen, wenn sie noch einmal hier übernachtet hätte, aber wenn sie ging, hatte Morgans Gedächtnis die ganze lange Nacht Zeit, sich wieder zusammenzusetzen, und morgen konnte dann schon –

Amy seufzte. Es war unvermeidlich, aber für Kathleen mußte es eine noch weit größere Qual sein als für sie selbst. Auch wenn Morgan sie für ihre Schwester hielt, das war leicht zu erklären mit den Krankenhausbestimmungen, aber daß Kathleen sich einfach so wieder in ihr Leben eingeschlichen hatte, während sie sich nicht wehren konnte – das würde Morgan nicht gefallen ... vorsichtig ausgedrückt.

So gingen Amy und Kathleen etwas bedrückt nach Hause, jede in eine andere Richtung.

Der Sonntag begann mit strahlendem Sonnenschein, und Amy fühlte sich wie neugeboren, nachdem sie ihr Frühstück verzehrt hatte. Sie dachte daran, wie schön es sein könnte, wenn alles immer so bliebe. Sie, Morgan und Kathleen eine richtige kleine Familie.

Nein. Sie lächelte. *Noch besser.* Kathleen und Patrick und Morgan und sie und ihre Brüder und Schwägerinnen.

Soweit sind wir noch lange nicht. Sie stand auf und räumte die Frühstücksutensilien weg. *Wollen wir mal sehen, was der Tag uns heute bringt.*

Als sie im Krankenhaus ankam, kam ihr Kathleen auf dem Gang entgegen.

»Wie geht es ihr?« fragte Amy lächelnd.

»Gut«, sagte Kathleen mit Grabesmiene. »Sehr gut.«

Jetzt erst bemerkte Amy, daß ihre Augen gerötet waren. »Sie erinnert sich?« fragte sie. Ihr Lächeln erstarb.

»O ja«, erwiderte Kathleen. »Bestens.«

»Was ... was hat sie gesagt?« Amy hätte es am liebsten gar nicht gefragt.

»Daß ich verschwinden soll und daß sie mich nie wieder sehen will«, sagte Kathleen. Jetzt konnte sie die Tränen nicht mehr zurückhalten. Ein leiser Schluchzer entrang sich ihrer Kehle. »Ich war gerade dabei, ihr einen Tee zu bringen. Ich kam zurück, und da starrte sie mich an, als ich hereinkam – mit einem Blick ... es war unbeschreiblich. So haßerfüllt, so abweisend. Ich hätte ihre Situation ausgenutzt, sagte sie, aber jetzt wäre damit Schluß. Ich sollte bloß nicht wagen, ihr näherzukommen.«

»O mein Gott!« flüsterte Amy, obwohl sie ja eigentlich schon so etwas erwartet hatte.

»Wenn du möchtest ...«, sagte Kathleen und wies hinter sich, »kannst du dir ja deine Portion abholen.«

Das ist nicht gerade das, was ich mir wünsche, aber – »Ich werde versuchen mit ihr zu reden«, sagte Amy.

»Nimm Ohrenschützer mit«, warnte Kathleen.

Amy strich Kathleen tröstend über den Arm und ging weiter auf Morgans Zimmer zu. Kurz vor der Tür blieb sie noch einmal stehen und wappnete sich. Sie atmete tief durch. Es mußte sein.

Sie betrat den Raum und sah Morgan an, die im Bett saß.

»Ah, meine ... Schwester!« sagte Morgan beißend mit hämischem Gesichtsausdruck.

Amy tat so, als würde es ihr gar nichts ausmachen. »Sonst hätten sie mich nicht reingelassen«, sagte sie und zuckte die Schultern. Sie ging auf Morgan zu.

»Bleib mir vom Leib!« fauchte Morgan. »Glaub ja nicht, daß ich irgend etwas von dem vergessen habe, was ihr beide, diese Frau und du, mir angetan habt!«

»Sie ist deine Mutter, Morgan«, sagte Amy. »Sprich nicht so über sie.«

»Sie ist nicht meine Mutter«, sagte Morgan widerspenstig. »Sie ist nur ein Flittchen, das meinen Vater gevögelt hat.«

Amy trat ans Bett. »Du weißt, daß das nicht stimmt«, sagte sie. »Das weißt du ganz genau. Du hast dich an Dinge aus deiner Kindheit erinnert, als sie hier war.«

»Aus meiner Kindheit«, sagte Morgan und sah sie mit Augen an, die Feuer sprühten. »Aus meiner frühesten Kindheit«, ergänzte sie. »Weil sie danach nämlich nicht mehr da war.« Sie wandte sich ab.

»Warum bist du so hart und zynisch?« fragte Amy.

Morgans Blick kehrte zu ihr zurück. »Es ist eine harte, zynische Welt«, sagte sie kalt.

»Vielleicht«, sagte Amy. »Aber du machst sie nicht dadurch besser, daß du dich ihr anschließt.« Sie musterte Morgan einen Moment. »Du kannst dich jetzt an alles erinnern?«

Morgan nickte widerstrebend.

»Auch an das, was sie getan hat, nachdem du aufgewacht bist?«

Morgan weigerte sich zu nicken. Sie starrte Amy nur an.

»Natürlich erinnerst du dich daran«, sagte Amy. »Sie hat dich versorgt. Sie hat hier im Sessel geschlafen, um dich zu bewachen und zu beschützen. Sie hat alles für dich getan, was sie nur tun konnte. Sie hat sich fürchterliche Sorgen um dich gemacht.«

»Ein bißchen spät«, quetschte Morgan zwischen zusammengepreßten Lippen hervor.

»Hast du sie gefragt?« fragte Amy. »Warum sie damals –«

»Das interessiert mich nicht!« fauchte Morgan. »Sie hätte mich mitnehmen können, aber sie hat es nicht getan. Das ist eine Tatsache.«

»Auch Tatsachen geben manchmal nicht die ganze Wahrheit wieder«, sagte Amy. »Das weißt du genauso gut wie ich.«

»Vielleicht bei euch in der Werbebranche«, sagte Morgan unwillig.

»Ach, und in der Kosmetikindustrie nicht?« entgegnete Amy. »Jede Frau wird schön, wenn sie nur diese oder jene Creme benutzt?«

»Darum geht es doch jetzt gar nicht«, brummelte Morgan.

»Morgan ...« Amy hätte Morgan am liebsten berührt, aber sie hatte Angst, daß sie dann wie von der Tarantel gestochen aus dem Bett sprang und sich auch noch den anderen Arm brach.

»Was willst du?« fragte Morgan spitz. »Was geht sie dich an? Was gehe *ich* dich an?«

Amy schaute sie an, und sie sah die tiefe Verzweiflung, die hinter Morgans Verhalten steckte – auch wenn sie das nie zugeben würde. »Ich liebe dich, Morgan«, sagte sie. »Das geht mich an.«

»Du – Was?« Morgan lachte hohl auf und starrte sie ungläubig an.

»Ich liebe dich«, wiederholte Amy. »Als du hier lagst und wir nicht wußten, was werden würde, habe ich mich geschämt, weil ich es dir noch nie gesagt habe. Und ich habe mir vorgenommen, es dir zu sagen, wenn du aufwachst.«

»Das hast du ja jetzt getan«, sagte Morgan übellaunig.

»Ja, habe ich«, sagte Amy. Sie seufzte. Von Morgan würde sie dasselbe wohl nie hören, das war aussichtslos. »Und deine Mutter liebt dich auch«, fuhr sie fort. »Sie ist eine wunderbare Frau. Du solltest wirklich versuchen, sie einmal kennenzulernen.«

Morgans Augen schlugen Funken, als sie Amy ansah. »Sie ist eine wunderbare Frau? Sehr wunderbar, sein Kind im Stich zu lassen, es zwanzig Jahre nicht zu sehen und dann einfach wieder aufzutauchen, als ob nichts gewesen wäre.«

»Es ist verständlich, daß du verletzt bist –«, sagte Amy. Sie wollte weitersprechen, da fiel Morgan ihr ins Wort.

»Verletzt? Wer ist hier verletzt? Ich bin nicht verletzt.« Sie verschränkte die Arme vor der Brust.

»Warum legst du deine Gefühle so auf Eis?« fragte Amy.

Morgan warf nur einen kurzen Blick auf sie. »Das tun wir doch alle«, erwiderte sie.

Nicht alle, dachte Amy. *Noch lange nicht alle.* »Du gibst es also zu?« fragte sie. »Du gibst zu, daß du Gefühle hast?« Sie lächelte leicht.

»Ich gebe gar nichts zu«, brummelte Morgan.

»Nein, das tust du nie, nicht wahr?« Amy lächelte noch mehr. »Du willst es einfach nicht wahrhaben.«

Sie setzte sich zu Morgan aufs Bett. Morgan starrte sie an, rückte aber nicht ab.

»Du bist ein Mensch«, sagte Amy. Sie lachte leicht. »Auch wenn dir das unangenehm ist!« Sie legte eine Hand oberhalb der Decke auf Morgans Bein. »Du bist nicht nur ein Mensch, du bist eine Frau«, sagte sie leise. »Eine Frau mit Gefühlen, eine Frau mit einem Herzen, das warm in deiner Brust schlägt, so sehr du es auch von außen versuchst abzukühlen. Es wird deinem Wunsch nicht folgen. Nie. Dann müßte es nämlich aufhören zu schlagen.«

»Willst du mir hier jetzt anatomische Vorträge halten?« fragte Morgan bissig.

»Nein, will ich nicht.« Amy sah sie an und beugte sich vor. »Ich will dich küssen.«

Sie sah in Morgans Augen, die unruhig von der Decke zum Fenster wanderten, dann zum Boden und wieder zurück. Sie schrie nicht, sie protestierte nicht, und sie versuchte auch nicht wegzulaufen.

Ein gutes Zeichen, dachte Amy. »Morgan ...«, flüsterte sie. Sie hob eine Hand und strich sehr sanft mit ihren Fingerspitzen über Morgans Gesicht. Sie beugte sich noch mehr vor und berührte Morgans immer noch trockene Lippen leicht mit ihren.

Morgan saß einfach nur starr da und rührte sich nicht.

Amy fuhr mit ihrer Zunge sanft über Morgans geschlossene Lippen, küßte die Trockenheit hinweg, bis Morgan die Hände hob und sie wegschob.

»Nicht«, flüsterte sie.

»Warum nicht?« flüsterte Amy und blickte sie zärtlich an.

»Ich ... ich kann nicht«, sagte Morgan.

»Was kannst du nicht?« fragte Amy. »Küssen?« Sie lachte. »Das kannst du eigentlich ganz gut!«

»Das ... das ...« Morgan wirkte unsicher wie selten. »Wir können unsere ...«, sie räusperte sich, »Treffen ja wieder aufnehmen, wenn ich gesund bin. Aber nicht jetzt.«

Amy sah sie an. *Der Schlag auf den Kopf hätte sie ruhig ein bißchen verändern können,* dachte sie. »Du meinst, wenn du aus dem Krankenhaus kommst, machen wir einfach da weiter, wo wir vor einiger Zeit aufgehört haben?« fragte sie.

»Warum nicht?« Morgan nickte. »Du hattest dich damals ja dagegen ausgesprochen, aber das scheint nun nicht mehr der Fall zu sein. Also steht dem doch nichts mehr im Wege.«

Nein, gar nichts, dachte Amy. *Außer deiner Sturheit.* »Du hast Glück, daß du im Bett liegst und verletzt bist«, sagte sie, »sonst –«

»Sonst?« Morgan sah sie mit Unschuldsblick an.

»Sonst hättest du bald noch ein paar mehr Blutergüsse«, sagte Amy. »Oder vielleicht sollte ich es auch noch einmal mit einem Schlag auf den Kopf versuchen. Beim zweiten Mal bist du vielleicht kooperativer, wenn du aufwachst.« Auf einmal meldete sich wieder die Besorgnis in ihr. »Was ist eigentlich im Park passiert?« fragte sie. »Daran kannst du dich doch auch wieder erinnern.«

Morgan atmete tief durch. »Sie wollten meine Uhr und mein Geld, und ich wollte es ihnen nicht geben.«

»Das bringst auch nur du fertig«, sagte Amy. »Spazierst mit einer 30.000-Dollar-Rolex am Arm allein durch den Park!«

»Eine Uhr ist eine Uhr«, sagte Morgan verstimmt. »Ich habe mich nie dafür interessiert, was sie kostet.«

»Andere schon«, sagte Amy.

»Das nächste Mal werde ich mir eine bei *Woolworth* besorgen«, sagte Morgan sarkastisch. »Nur damit ich nicht überfallen werde.«

»Eine gute Idee«, sagte Amy. »Oder vielleicht nicht in der Dämmerung irgendwelche dunklen Ecken des Parks ausloten, allein.« Sie sah sie an. »Warst du aus einem speziellen Grund allein im Park? Warum hast du dich nicht von Lou fahren lassen, wenn du irgendwo hinwolltest?«

Morgan verspannte sich. »Ich wollte allein sein«, sagte sie. »Und ich brauchte frische Luft.«

Amy merkte, daß sie nicht mehr sagen wollte. »Morgan«, sagte sie leise. »Bitte, sprich mit Kathleen. Sie weint sich die Augen aus wegen dir.«

Morgan erstarrte. »Das kann ich auch nicht ändern«, sagte sie.

»Doch, kannst du.« Amy berührte Morgans Haar und strich sanft darüber. »Du bist ihre Tochter, sie ist deine Mutter. Du mußt ihr wenigstens die Chance geben zu erklären, was sie getan hat. Das bist du ihr schuldig.«

»Ich bin ihr gar nichts schuldig!« schnappte Morgan störrisch.

»Morgan.« Amy versuchte Morgans Blick einzufangen, obwohl Morgan sich dagegen wehrte. »Meine Mutter ist tot. Ich würde alles tun, wenn ich sie noch einmal wiedersehen könnte. Wenn sie jetzt hier zur Tür hereinkäme, würde ich an die Decke springen vor Freude. Und du hast die Chance –«

»Meine Mutter ist auch tot«, sagte Morgan. »Für mich. Sie war es die letzten zwanzig Jahre. Ich sehe keinen Grund, warum ich sie jetzt auferstehen lassen sollte.«

»Kathleen ist nicht tot«, sagte Amy. »Sie war hier, als es dir schlecht ging. Daran erinnerst du dich doch.«

Morgan blickte weiter störrisch.

»Erinnerst du dich nicht, wie liebevoll sie dich versorgt hat in den letzten Tagen? Hätte irgendeine Mutter das besser machen können?«

»Hm.« Morgan brummte trotzig.

»Und sie hat es auch in deiner Kindheit getan«, sagte Amy. »Du hast selbst von der heißen Zitrone erzählt. Sicherlich gab es auch noch viele andere Gelegenheiten.«

Morgan erinnerte sich erneut an Kathleen, wie sie geweint hatte. Damals war sie vielleicht so alt gewesen wie Morgan jetzt. Ein Gefühl, das sie nicht benennen konnte, stieg in ihr auf. »Sie … sie …« Morgan blickte gegen die Wand. »Wo war sie die ganze Zeit?« Ihre Stimme klang sehr dünn.

Amy atmete innerlich auf. Die erste Klippe war genommen. »Das muß sie dir selbst erzählen«, sagte sie. »Ich weiß es nicht.« Sie sah Morgan an. »Ich hole sie«, sagte sie. »Bitte, sprich mit ihr.« Sie ging schnell hinaus.

Kathleen saß zusammengesunken auf dem Flur. Sie war nicht viel weiter gekommen als bis zu einem Stuhl, der an der Wand stand.

»Kathleen.« Amy ging zu ihr und sprach sie an.

Kathleen hob den Blick. Er war so verzweifelt, daß Amy schlukken mußte. »Ich gehe schon«, sagte Kathleen. »Sie muß mich nicht sehen, wenn sie herauskommt.«

Amy ergriff ihre Hand. »Sie will dich aber sehen«, sagte sie weich. »Sie will mit dir reden.«

Kathleen starrte sie an. »Nur, um mich wieder zu beschimpfen«, sagte sie dann. »Das ertrage ich nicht noch einmal.«

»Nein.« Amy lächelte sie an. »Ich werde ihr den Mund zuhalten, wenn sie irgendwelche unflätigen Wörter benutzt. Das wollte ich schon lange mal.« Sie zog Kathleen hoch. »Sie ... sie hat gefragt, wo du die ganze Zeit warst. Du hast ihr einiges zu erklären.«

Kathleen blickte sie immer noch ungläubig an. »Das würde ich gern«, flüsterte sie tonlos. »Wenn sie mich läßt ...«

»Ich werde dafür sorgen«, sagte Amy fest. »Und wenn ich sie dafür am Bett festbinden muß.«

Sie nahm Kathleen an der Hand und ging mit ihr in Morgans Zimmer zurück.

Morgan hatte sich kaum gerührt. Sie saß im Bett und starrte die Wand an.

»Morgan ...«, sagte Kathleen leise. Sie schluckte. »Morgan ...«, wiederholte sie. »Mimi ...«

Morgans Kopf schwenkte wie in Zeitlupe zu ihr herum.

»Mimi ...«, wiederholte Kathleen unter Tränen lächelnd. »Erinnerst du dich?«

Morgan starrte sie nur an.

Kathleen trat einen Schritt auf das Bett zu. »Meine kleine Mimi«, sagte sie zärtlich. »Du hast mir so gefehlt.«

Morgan öffnete den Mund, sprach aber erst nach einer Weile. »Meine Mutter hat mir auch gefehlt«, sagte sie. »Ich hätte gern eine gehabt.«

Kathleen schluckte. Die Tränen flossen nun unaufhaltsam über ihr Gesicht. »Es tut mir so leid, mein Liebling«, sagte sie.

Da Morgan unfähig schien, noch einmal zu fragen, fragte Amy: »Wo warst du, Kathleen? Kannst du ihr das erklären?«

Kathleen blickte zu ihr und dann zu Morgan. »Das ist so schwierig«, sagte sie schluckend. Sie ging auf Morgan zu. »Wirst du mir glauben?« fragte sie. »Oder wirst du mich wieder hinauswerfen?«

Morgan sah sie mit einem undefinierbaren Gesichtsausdruck an. »Das kommt darauf an«, sagte sie.

»Morgan!« Amy entfuhr ein Ausruf. »Sie ist deine Mutter, verdammt!« schimpfte sie Morgan aus. »Vergiß einmal deinen verfluchten Stolz und gib ihr eine Chance!«

Morgan sah sie an, dann wanderte ihr Blick zu Kathleen. »Ist gut«, sagte sie endlich.

Kathleen schien ein wenig aufzuatmen. »Ich war die ganze Zeit hier«, sagte sie. »In Los Angeles. Ganz in deiner Nähe.«

»W-?« Morgan versuchte etwas zu sagen, aber es kam nichts dabei heraus.

»Du warst hier?« fragte statt dessen Amy, als sie sich von ihrer Überraschung erholt hatte.

Kathleen schwankte. Amy ergriff ihren Arm und führte sie zu einem Stuhl. Kathleen setzte sich.

»Dein Vater – Ich hätte ihn niemals heiraten sollen«, sagte Kathleen leise. »Ich war ein einfaches Mädchen vom Lande, und er war – wir paßten einfach nicht zusammen. Das konnte nicht gutgehen. Philip war ...« Sie brach ab. »Er war eigentlich gar nicht an mir interessiert«, fuhr sie nach einer Weile fort. »Ich sollte ihm nur einen Sohn gebären. Deshalb hat er mich geheiratet. Er meinte wohl, ein Mädel vom Lande wäre robuster und hätte nicht so hohe Ansprüche. Die Frauen aus seinem Umfeld waren ihm zu anstrengend und zu anspruchsvoll. Ich sollte nur Kinder kriegen und ansonsten den Mund halten.« Sie lachte hohl auf. »Wie eine Dienstmagd habe ich mich gefühlt – oder Schlimmeres.«

Morgan starrte Kathleen an. Amy wußte nicht, was sie dachte, aber sie hatte gesehen, wie Morgan bei dem Wort Sohn zusammengezuckt war. Kathleens Worte rissen die alte Wunde wieder auf.

»Nachdem du geboren worden warst«, sie blickte zu Morgan, »teilte er mir als erstes mit, daß ich versagt hätte. Wie ich es wagen könnte, ihm als erstes Kind eine Tochter zu präsentieren. Und daß er erwarten – nein: verlangen – würde, daß ich das nächste Mal besser funktionierte.«

»O mein Gott!« Amy schlug die Hände vor den Mund. Sie konnte es einfach nicht fassen, wie jemand so grausam sein konnte.

Kathleen hob den Blick und sah Morgan zärtlich an. »Und dabei warst du so süß. Ich war so stolz auf dich. Ich habe dich vom ersten Augenblick an mehr geliebt als mein Leben.«

Amy beobachtete Morgans Reaktion. Oder vielmehr, sie wartete auf eine. Bis jetzt saß Morgan nur starr da und hörte zu. *Warum weint sie nicht?* dachte Amy. Sie selbst spürte, daß sie die Tränen bald nicht mehr würde zurückhalten können.

»Aber –« Kathleen schluckte. »Aber ich habe nicht ganz so gut funktioniert, wie er dachte«, sagte sie. »Als ich ein Jahr später immer noch nicht wieder schwanger war, begann er ...« Ihre Stimme setzte aus. »Immer, wenn er zu mir kam, schlug er mich erst einmal so lange, bis ich fast bewußtlos war«, fuhr sie tonlos flüsternd fort. »Ein paarmal bin ich es auch geworden. Vielleicht würde mich das gefügiger machen, sagte er, und mich endlich dazu bringen, seinen Wünschen zu gehorchen ... schwanger zu werden und einen Sohn zur Welt zu bringen.«

Vom Bett kam ein undefinierbares Geräusch. Amy blickte hin und sah Morgan immer noch wie erstarrt dasitzen. Hatte sie etwas gesagt?

»Immer, wenn er mich danach vergewaltigt hatte«, fuhr Kathleen mit emotionsloser Stimme fort, »habe ich gebetet, daß ich endlich schwanger wäre, daß ich für eine Weile Ruhe hätte. Aber jedesmal vergebens.« Sie lachte erneut hohl auf. »Ich habe nach einer Weile sogar gehofft, daß er mich jedesmal bewußtlos schlagen würde, nicht nur manchmal. Damit ich vom Rest nichts mehr mitbekam. Ihm war es egal, ob ich bewußtlos war oder nicht. Er hat mich auch dann –« Sie atmete tief durch. »Nicht daß ihm an Sex mit mir irgend etwas gelegen hätte. Er wollte einfach nur seinen Samen plazieren«, sagte sie kühl.

Sie muß sich auch heute noch vor den Verletzungen, die sie damals erfahren hat, schützen, dachte Amy.

»Für Sex«, fuhr Kathleen fort, »hatte er andere, Dutzende, Hunderte, vielleicht Tausende. Huren, Geliebte, was auch immer.« Kathleen holte sich noch einmal Kraft aus einem tiefen Atemzug. »Das war auch der Grund, warum ich nicht mehr schwanger wurde«, sagte sie, »aber das wußte ich damals natürlich noch nicht. Sie schluckte. »Ich habe alles ertragen, weil ich dich hatte.« Sie sah Morgan zärtlich an. »Weil ich mich auf dein Lachen freuen konnte, wenn du morgens aufstandest und mir in die Arme liefst. Das hat mich für alles entschädigt. Du warst das Wichtigste in meinem Leben. Das einzige, was mich nicht weglaufen ließ.«

Sie konzentrierte sich wieder und erzählte weiter. »Mit der Zeit wurde ich krank. Es ging mir immer schlechter. Ich war schon fast tot, als Treadwell mich zum Arzt brachte. Ich nehme an, das hat er gegen Philips Willen getan. Philip wäre es sicher egal gewesen, ob ich lebte oder starb. Da ich keinerlei Nutzen hatte, weil ich als Gebärmaschine nicht funktionierte, hatte ich für ihn auch keinerlei Wert.«

Amy lief es kalt den Rücken herunter. Was hatte Kathleen nur alles mitgemacht...

»Der Arzt stellte bei seiner Untersuchung fest, daß ich geschlechtskrank war. Die Krankheit war schon ziemlich weit fortgeschritten. Philip hatte sie wohl von irgendeiner seiner Huren mitgebracht«, fuhr Kathleen fort. »Er war gar nicht mehr zeugungsfähig, schon lange nicht mehr. Alles, was er mir antat, war vollkommen sinnlos.« Kathleens Stimme klang jetzt, als würde sie einen bedeutungslosen Bericht abliefern.

»Ich mußte in ein Sanatorium«, sagte sie. »Monatelang. Sonst hätte ich nicht überlebt. Ich weiß nicht, wer Philip dazu gezwungen hat, das zu bezahlen«, bemerkte sie. »Treadwell wahrscheinlich. Von selbst hätte Philip sicherlich keinen Finger für mich gerührt.« Wieder wanderte ihr Blick zu Morgan. »Die ganzen langen Monate im Sanatorium hat mich nur der Gedanke an dich aufrechtgehalten«, sagte sie mit belegter Stimme. »Daß ich für mein kleines Mädchen leben mußte, daß ich zu dir zurückkehren wollte, dich wiedersehen. Ich habe dir jeden Tag geschrieben. Seitenlange Briefe.«

Morgan machte eine kaum sichtbare Bewegung. »Ich habe nichts bekommen«, sagte sie. »Keinen einzigen Brief.« Ihre Stimme klang tonlos.

Kathleen nickte traurig. »Ja, das dachte ich mir. Philip hat dafür gesorgt, daß du nichts mehr von mir hörst.« Sie straffte ihre Schultern. »Als ich zurückkehrte –« Sie schluckte und sah Morgan an. »Ich hatte mich so auf dich gefreut. Nur für diesen Tag hatte ich gelebt.« Sie verstummte. Dann fuhr sie fort: »Als ich zurückkehrte, durfte ich das Haus nicht mehr betreten. Philip hatte verboten, mich hereinzulassen.« Sie musterte Morgans Gesicht. »Ich bat und flehte, daß ich wenigstens dich sehen könnte, einmal nur. Aber man sagte mir, du wärst nicht da, man hätte dich weggebracht.«

»Ja, das stimmt«, sagte Morgan plötzlich. Sie runzelte die Stirn. »Ich war eine Weile in einem Ferienlager.«

»Ich ging in ein Hotel«, sagte Kathleen. »Tagelang habe ich versucht, Philip zu sprechen, ohne Erfolg, dann kam einer seiner Anwälte zu mir ins Hotel. Er brachte ein Schreiben mit, das ich unterzeichnen sollte. Philip wollte keine Scheidung, er wollte den Namen Holdsworth keinem solchen Skandal aussetzen, sagte mir sein Anwalt. Ich sollte unterschreiben, daß ich nie mehr versuchen würde, dich wiederzusehen und ihn, Philip, nie mehr mit meiner Anwesenheit belästigen würde.«

»Wie konnte er so etwas verlangen?« fragte Amy entsetzt.

Kathleen sah sie an. »Du kanntest ihn nicht«, sagte sie. »Glaub mir, er konnte.«

»Was hätte er schon tun können, wenn du mich einfach mitgenommen hättest?« fragte Morgan. »Als ich aus dem Ferienlager zurück war.« Ihre Stimme klang nicht sehr freundlich.

»Ja.« Kathleens Hände zitterten. »Vielleicht war das ein Fehler. Ich hätte dich einfach mitnehmen sollen. Wenn ich gewußt hätte . . .« Sie sah Morgan an. »Ich hätte es wissen müssen«, sagte sie. »Ich hätte wissen müssen, daß er dich nicht viel besser behandelt als er mich behandelt hat. Ich hätte dich dem nie aussetzen dürfen.« Sie holte tief Luft. »Er hatte recht – und du auch. Ich bin eine schlechte Mutter.«

Amy musterte Kathleens Gesicht von der Seite. Da war noch etwas, das sie zurückhielt. Das sie bis jetzt nicht gesagt hatte. »Das glaube ich nicht, Kathleen«, sagte sie sanft. »Du hättest dein Kind nie aus freien Stücken alleingelassen. Wie hat er dich dazu gebracht?«

»Er . . .« Kathleen schluckte. »Er hat damit gedroht, daß er Morgan nicht als sein Kind anerkennen würde, daß er sie enterben würde, wenn ich es je wieder wagen sollte, sie wiederzusehen. Er würde mir mit seinen teuren Anwälten den Prozeß machen und nachweisen lassen, daß ich ihn mit einem anderen Mann betrogen hätte, daß Morgan nicht seine Tochter ist. Er würde mich als Ehebrecherin hinstellen.«

»Damit hat er dich erpreßt?« fragte Amy.

»Ja.« Kathleen nickte. »Vermutlich hätte er Dutzende Männer aufgefahren, die gegen Bezahlung vor Gericht behauptet hätten, mit mir geschlafen zu haben.« Sie lachte bitter. »Da wäre ihm der Skandal dann egal gewesen!« Sie atmete tief durch. »Heute wäre das kein so großes Problem. Es gibt DNS-Analysen, die hätten beweisen können, daß Morgan sein Kind ist. Aber damals gab es das noch nicht. Und außerdem: Wir leben in Amerika. Mit unserem Gerichtssystem kann man alles beweisen, auch die dreisteste Lüge. Es kommt nur darauf an, wieviel Geld man seinen Anwälten bezahlen kann. Da hat die Wahrheit keine Chance.«

Kathleen schüttelte traurig den Kopf. »Den Skandal, die Demütigungen – das alles hätte ich auf mich genommen, aber ich konnte doch nicht –« Sie sah Morgan an. »Ich konnte dich doch nicht der Gefahr aussetzen, daß du dann alles verloren hättest. Deine Zukunft, das Erbe deiner Familie. Du bist mein einziges Kind. Ich hatte kein Recht dazu.« Sie senkte den Kopf. »Also habe ich eingewilligt und alles unterschrieben, was sie mir vorgelegt haben.«

»Aber ... aber Vater ist schon seit Jahren tot«, sagte Morgan. »Und ich habe das Erbe schon lange angetreten.« *Warum bist du nicht früher zurückgekommen?* lautete die unausgesprochene Frage.

»Ja.« Kathleen musterte Morgans Gesicht, das sich wieder verschlossen hatte. Sie atmete erneut tief durch. »Auch dafür hatten Philip und seine Anwälte vorgesorgt. Wie gesagt, ich habe ja alles unterschrieben, was sie mir vorgelegt haben. Ich habe den Inhalt nicht überprüft. Dazu war ich damals gar nicht in der Lage. Aber nach Philips Tod erhielt ich einen weiteren Brief seiner Anwälte, der mich daran erinnerte, was ich unterschrieben hatte. Wovon ich gar nichts wußte.«

»Und was war das?« fragte Amy.

Kathleen sah sie an. »Morgan hätte auch dann noch alles verloren, wenn ich sie wiedergesehen hätte. Das hatte Philip so verfügt. Sie hätte die Konzernleitung verloren, der Konzern und aller Besitz wären verkauft worden, das Geld wäre in ein gemeinnütziges Projekt geflossen, sie hätte keinen Cent mehr gehabt. Und zudem hätte er ihr den Namen genommen. Sie hätte nicht mehr Holdsworth heißen dürfen. Er hätte ihr die Vaterschaft aberkannt und jedes Anrecht, zur Familie zu gehören oder sich darauf zu berufen.«

Amy starrte sie fassungslos an. Eine solche Gemeinheit und Bösartigkeit ließ sich mit Worten gar nicht mehr beschreiben. Sie schluckte. »Das ... das kann doch nicht legal sein«, sagte sie. »Gegen so etwas muß man doch vorgehen können.«

»O ja«, sagte Kathleen bitter. »Das kann man. Wenn man Geld hat und jahrelang Zeit. Aber erst einmal wäre alles verkauft worden, und woher hätte Morgan das Geld für den Prozeß, für all die teuren Anwälte, dann nehmen sollen? Wovon hätte sie leben sollen? Sie wäre arm wie eine Kirchenmaus gewesen.«

Eine Minute herrschte betroffene Stille im Raum.

»Du unterschätzt mich«, erklang dann Morgans Stimme vom Bett her. Sie sah ihre Mutter mit klaren Augen an. »Ich hätte mir schon zurückgeholt, was mir gehört.«

Kathleen betrachtete sie mit einem gewissen Stolz. »Wahrscheinlich hättest du das«, sagte sie warm. »Ich habe vergessen, wie es ist, wenn –« Sie brach ab. »Ich hätte auch jetzt nicht zu dir kommen dürfen«, sagte sie mit gesenktem Kopf. »Die Vereinbarung ist immer noch in Kraft.« Sie hob den Kopf. »Aber ich habe es einfach nicht mehr ausgehalten. Ich lebte hier in dieser Stadt, ich habe dich von weitem beobachtet.« Ihre Stimme wurde leiser. »Ich war bei deinem High-School- und bei deinem College-Abschluß. Ich habe Fotos davon. Als du den Konzern übernahmst, habe ich alles dazu aus der Zeitung ausgeschnitten, auf Video aufgenommen, was im Fernsehen lief. Ich habe ständig verfolgt, was du getan hast.«

Nicht alles, dachte Amy. *Ganz sicher, nicht alles.*

Kathleen sah Morgan mit tränenerfüllten Augen an. »Ich habe mich so nach dir gesehnt. Ich habe dein Gesicht auf den Fotos gestreichelt, aber das konnte mir nicht ersetzen, mein Kind in den Armen zu halten, zu erleben, wie sie aufwächst und größer wird. Irgendwann konnte ich dann einfach nicht mehr. Ich habe Treadwell angerufen.«

»Und dann kamst du zu mir«, sagte Morgan.

»Ja.« Kathleen musterte wieder ihr Gesicht. »Die ganzen Jahre hatte ich schreckliche Angst, daß du mich nicht mehr kennen würdest, daß du mich ablehnen würdest.« Sie schluckte. »Und das hast du dann ja auch getan. Gründlich.«

Morgan schwieg.

Amy spürte die Spannung in sich, wie sie sich immer mehr aufbaute, bis sie fast zum Zerreißen war. »Morgan«, sagte sie mühsam.

»Findest du nicht, langsam wäre mal ein *Es tut mir leid* angebracht?«

Morgan blickte auf sie wie auf einen fernen Stern. »Ich kann nicht«, sagte sie, als ob sie sich mühsam zurückhalten müßte. »Bitte geht jetzt. Alle beide.«

Kathleen stand auf. »Ich verstehe dich«, sagte sie. »Es ist zu lange her.« Sie drehte sich mit letzter Kraft um und ging zur Tür.

»Mu-« Morgans Stimme hielt sie auf. »Kathleen«, sagte sie, das Wort Mutter war ihr wohl noch zu fremd. »Komm morgen wieder. Ich brauche etwas Zeit.«

Kathleen stützte sich am Türrahmen ab. Es sah aus, als würde sie gleich umfallen. Sie drehte sich um. Ihre Wangen glänzten feucht, aber sie lächelte. »Ich komme morgen wieder«, sagte sie glücklich. »Ganz bestimmt.«

Amy sah Morgan an und fühlte sich ganz merkwürdig berührt von ihrem Gesichtsausdruck. *Sie hat Angst zu weinen,* dachte sie plötzlich. *Wer weiß, wie lange sie das nicht mehr getan hat?*

Sie stützte Kathleen am Arm und führte sie hinaus.

War das ein Wochenende ...! dachte Amy, als sie am Montagmorgen wieder in ihrem Büro saß.

Sie hatte schwer mit sich gekämpft, ob sie zu Morgan zurückkehren sollte, nachdem sie Kathleen nach Hause gebracht hatte. Sie hatte noch eine Weile mit Kathleen zusammengesessen, und Kathleen hatte ununterbrochen aus Morgans Kindertagen erzählt. Sie konnte gar nicht aufhören, so glücklich war sie gewesen. Jede Sekunde, die sie mit ihrem Kind verbracht hatte, hatte sich unauslöschlich in ihr Gedächtnis eingebrannt.

Endlich hatte die Erschöpfung der vergangenen Tage – oder vielleicht auch der vergangenen Jahre – jedoch ihren Preis gefordert, Kathleen hatte nur noch gegähnt und mußte schlafengehen, und auch Amy fühlte sich müde. Nachdem sie jedoch Kathleens Wohnung verlassen hatte und auf der Straße stand, hatte sie sich kaum beherrschen können, nicht zum Krankenhaus zu fahren.

Hatte Morgan wirklich geweint? Bei all den erschütternden Neuigkeiten wäre das verständlich gewesen, aber Amy konnte sich Morgan nicht weinend vorstellen. Das paßte einfach nicht zu ihr. Aber wenn sie es getan hatte, wenn sie es vielleicht immer noch tat, denn wäre Amy gern bei ihr gewesen, hätte sie gern in den Arm genommen und getröstet.

Aber genau das hatte Morgan nicht gewollt. Deshalb hatte sie Kathleen und Amy weggeschickt. Sie konnte es nicht ertragen, Schwäche zu zeigen, nicht vor sich selbst und schon gar nicht vor anderen.

Amy seufzte. Kathleen und Morgan hatten ihre Schwierigkeiten vielleicht jetzt geklärt, aber Amy und Morgan? Was war mit denen?

Sie gab sich nicht der Illusion hin, daß Morgan sich von Grund auf geändert hatte. Sie hatte etwas erfahren, das einige Dinge in ihrem Umfeld in einem anderen Licht erscheinen ließ, aber Amy gehörte nicht dazu. Amy hatte mit der ganzen Mutter-Tochter-Geschichte nichts zu tun. Ihr Problem mit Morgan stand auf einem anderen Blatt.

Sie seufzte erneut. War das alles nicht schon anstrengend genug gewesen? Mußte sie noch einmal von vorn anfangen?

»Na, wie war dein Wochenende?« Rebecca stand in der Tür und grinste.

Amy zog die Augenbrauen hoch. »Deins war sicher toll, so wie du aussiehst. Wie ein Honigkuchenpferd«, sagte sie neckend.

Wie üblich wurde Rebecca rot. »Ja«, sagte sie etwas verlegen. »Lou und ich sind aufs Land gefahren.«

»War sicher schön«, sagte Amy. »Ich war im Krankenhaus.«

»Im Krankenhaus?« Sofort verwandelte sich Rebeccas Gesichtsausdruck in eine besorgte Miene. »Du bist krank?«

»Nein«, sagte Amy. »Morgan ... Ms. Holdsworth ...« *Ach Quatsch, was soll der Mist?* »Morgan ist am Freitag nachmittag im Park überfallen worden.«

»Überfallen?« Rebecca kam zu ihr an den Tisch und setzte sich ihr gegenüber. »Was – Wie geht es ihr?«

»Mittlerweile wieder ganz gut«, sagte Amy. »Sie hat sich den Arm gebrochen, ein paar blaue Flecke – sie sieht schlimm aus, aber sie wird sich erholen.«

»Und du warst das ganze Wochenende bei ihr?« fragte Rebecca.

»So fast«, sagte Amy. »Ihre Mutter und ich«, fügte sie hinzu.

»Ihre Mutter?« Rebecca schüttelte leicht belustigt den Kopf. »Irgendwie denkt man nie, daß jemand wie sie überhaupt eine Mutter haben kann.«

»Das dachte sie auch nicht«, sagte Amy seufzend.

Rebecca blickte sie verständnislos an.

Amy hob die Hand. »Das ist eine längere Geschichte«, sagte sie. »Eigentlich wollte ich mit ihr am Freitagnachmittag die Verhandlung wegen der neuen Kampagne führen. Aber das muß wohl jetzt eine Weile warten.«

»Wir haben mit der alten noch genug zu tun«, sagte Rebecca. »Die läuft ja das ganze Jahr. In immer wieder neuen Modifikationen. Das wird uns ganz schön auf Trab halten.«

»Ja, die Arbeit geht uns sicher nicht aus«, sagte Amy.

Lawrence blickte zur Tür herein. »Kommst du, Rebecca?« fragte er. Er warf einen kurzen Blick auf Amy.

Sie schaute ihn fragend an.

Er schüttelte leicht den Kopf.

Er hat es ihr immer noch nicht gesagt, dachte Amy. »Denkst du daran, worüber wir gesprochen haben, Lawrence?« sagte sie.

»Ich denke daran«, sagte Lawrence ernst. »Verlaß dich darauf.«

Amy sah ihn an und nickte. Sie hoffte, Lawrence würde einen Weg finden, es Rebecca schonend beizubringen – und Mary auch.

Rebecca erhob sich und ging mit Lawrence hinaus. »Bis später, Amy«, sagte sie.

O Gott! Amy brummte der Kopf. Sie legte ihn kurz in ihre Hände. Diese ganzen Eltern-Kind-Geschichten! Mutter und Tochter, Vater und Tochter ... Dabei hatte sie selbst ganz andere Sorgen.

Sie griff nach dem Telefon und ließ sich mit dem Krankenhaus verbinden.

»Ms. Holdsworth, bitte«, sagte sie, als die Schwester abnahm.

Sie wurde sofort weitergeleitet. Da fragten sie wenigstens nicht nach der Verwandtschaft.

»Ja?« Morgan meldete sich.

Amy mußte schlucken. Der gestrige Tag saß ihr noch ganz schön in den Knochen – und im Gemüt. »Ich bin's, Amy«, sagte sie.

»Ja?« fragte Morgan wieder. Sie schien nicht sehr gesprächig zu sein heute.

»Ist deine – Ist Kathleen schon da?« fragte Amy.

»Sie ist gerade hinausgegangen. Sie kommt gleich wieder«, sagte Morgan. »Wolltest du sie sprechen?«

Ja, klar, deshalb rufe ich dich im Krankenhaus an, weil ich Kathleen sprechen will! Morgan würde sich wohl nie ändern. »Nein«, sagte Amy. »Dann will ich nicht weiter stören. Ihr habt euch sicher viel zu sagen.«

»Amy?« Morgans Stimme hielt sie davon ab aufzulegen.

»Ja?« erwiderte sie, nun genauso wortkarg wie Morgan.

»Weshalb rufst du an?« fragte Morgan.

Weshalb wohl? »Das hat Zeit«, sagte sie. »Bestell Kathleen einen Gruß von mir.« Wieder wollte sie auflegen.

»Kommst du auch nachher?« fragte Morgan. »Ins Krankenhaus?«

Amy atmete aus. Morgan hatte genug mit Kathleen zu tun, sie würde nicht auch noch Amy sehen wollen. Außerdem ging es ihr besser. Amy brauchte sich keine Sorgen mehr um ihre Gesundheit zu machen. »Nein, ich denke nicht«, sagte sie. »Wenn du wieder gesund bist, können wir unsere Besprechung ja nachholen. Vielleicht kann mich deine Sekretärin dann anrufen.«

»Oh, sicher tut sie das gern«, sagte Morgan. Ein merkwürdiger Ton klang in ihrer Stimme mit.

»Ja, dann ...«, sagte Amy. »Erhol dich gut.«

»Amy ...« Morgans Stimme unterbrach auch den dritten von Amys Auflegeversuchen.

»Ich ... Morgan ...« Amy wand sich. »Du hast so viel mit Kathleen zu besprechen. Ich würde da nur stören.«

»Wir haben auch einiges zu besprechen«, sagte Morgan. »Du und ich.«

»Aber ...« Amy wollte Morgan nicht überfordern. Und ein wenig hatte sie auch Angst vor dem, was Morgan eventuell mit ihr besprechen wollte. Vielleicht war jetzt, da ihre Mutter zurückgekehrt war, kein Platz mehr in ihrem Leben für eine weitere Person. Vielleicht würde sie sich erst einmal auf das Familienleben konzentrieren. Mutter und Tochter hatten viel nachzuholen.

»Ich ...« Morgan räusperte sich. »Ich hätte gern, daß du kommst«, sagte sie. »Heute nachmittag?«

»Ist ... ist gut«, stotterte Amy. »Heute nachmittag.« Sie legte auf, ohne sich noch einmal von Morgans Stimme zurückhalten zu lassen.

Was war nur mit ihr los? fragte sie sich. Das hatte sie doch gewollt: Morgan sprechen, sie sehen.

Aber es war eben ein zweischneidiges Schwert, das sie da über sich schweben sah. Morgan hatte Entscheidungen zu treffen, sie war gezwungen, um ihren Besitz zu kämpfen, um alles, was ihr bisher selbstverständlich gewesen war. Und sie mußte sich ein Leben mit ihrer Mutter aufbauen.

Das war eine ganze Menge. Dinge, die sich nicht verschieben ließen, die existentielle Bedeutung hatten, finanziell, aber auch seelisch.

Wohingegen ihre Beziehung zu Amy sehr ... einseitig gewesen war. Sie hatte sich ja sogar geweigert, es überhaupt eine Beziehung zu nennen. Aber wie man es auch nannte, es konnte in der momentanen Situation keine Bedeutung für Morgan haben. Es war zweitrangig. Also würde Morgan – pragmatisch, wie sie war – diesen Kontakt zu Amy beenden wollen. Sie würde sich auf das konzentrieren wollen, was jetzt in ihrem Leben wichtig war.

Und das war nicht Amy.

Amy beschloß, nicht ins Krankenhaus zu gehen, obwohl sie es Morgan versprochen hatte. Bis zum Nachmittag würde Morgan das schon längst wieder vergessen haben. Sie hatte ja Kathleen.

Die nächsten Tage gestalteten sich äußerst turbulent, denn Lawrence hatte es tatsächlich geschafft, Rebecca die Wahrheit zu sagen.

Rebecca, einigermaßen verstört, war verschwunden, und erst durch intensivste Überredungskünste konnte Amy Lou dazu bewegen, ein weiteres Treffen mit Lawrence zu arrangieren. Langsam näherten sie sich einander an, und endlich rang sich Lawrence dazu durch, auch Mary einzuweihen.

Die reagierte völlig anders als erwartet und lud Rebecca in ihr Haus ein.

Auf einmal hatte nicht nur Lawrence, sondern auch Mary eine Tochter. Etwas, das sie sich immer gewünscht hatte. Und Rebecca, die ihrer Ansicht nach seit drei Jahren Waise gewesen war, war überraschend mit einer Familie ausgestattet, von der sie gar nichts gewußt hatte.

Lawrence konnte sein Glück kaum fassen, endlich eine Erbin für seine Firma zu haben, sein eigen Fleisch und Blut, und Mary blühte auf, als sie das erste Mal mit ihrer Quasi-Stieftochter zusammen einkaufen ging.

»Jetzt sind wir wirklich eine große Familie!« sagte Lawrence lachend, als er eine Woche später ins Büro trat.

Amy ging neben ihm her in ihr eigenes Büro zurück.

»Das freut mich für dich, Lawrence«, sagte sie lächelnd. »Nun ist doch noch alles gut geworden.«

»O ja«, sagte Lawrence. »Mary und Rebecca verstehen sich prächtig, Rebecca ist eine große Begabung, die die Firma vorantreiben wird, und ich kann mich jetzt zufrieden zurücklehnen und den Nachwuchs machen lassen.« Er grinste.

»Was du kaum tun wirst«, sagte Amy schmunzelnd. »Aber es ist sicherlich ein gutes Gefühl, daß du es tun könntest.«

»Das ist es.« Lawrence atmete tief durch. »Ich fühle mich dermaßen befreit. Die letzten drei Jahre – na ja, es war schwierig. Ich hätte es Mary eher sagen sollen. Sie hat sich ganz anders verhalten, als ich erwartet hatte.«

»Ja, manchmal ist das so«, sagte Amy. Sie hielt an der Tür vor ihrem Büro. *Leider nicht immer,* dachte sie. »Ich wünsche euch alles Gute«, sagte sie. »Allen dreien. Solange du mir Rebecca noch ein bißchen für die Arbeit überläßt.«

Lawrence lachte. »Daran wird sich nichts ändern. Sie liebt ihre Arbeit. Sie wird kaum darauf verzichten wollen.« Er sah Amy an. »Und besonders gern arbeitet sie mit dir.« Er überlegte. »Weißt du, Amy, Rebecca ist doch noch sehr jung, sie wird die Firma eines Tages übernehmen, natürlich, aber vielleicht – ich habe schon eine ganze Weile darüber nachgedacht ... ich würde dich gern zur Partnerin machen.«

»Mich?« Amy starrte ihn an.

»So eine große Überraschung kann das für dich nicht sein«, sagte Lawrence lächelnd. »Ich habe dir oft genug gesagt, daß du mein bestes Pferd im Stall bist.«

»Ja. Ja, schon ...«, stotterte Amy. »Aber jetzt, wo Rebecca da ist ...«

»Sie muß noch viel lernen«, sagte Lawrence. »Und das kann sie von dir. Du kannst sie unterstützen, bis sie soweit ist. Und das kannst du am besten, wenn du Mitglied der Geschäftsleitung bist.«

Amy konnte es immer noch nicht fassen. »Wenn … wenn du meinst«, sagte sie. »Ich habe natürlich nichts dagegen. Ich helfe Rebecca gern.«

»Dann ist ja alles klar«, sagte Lawrence. »Ich werde das mal in die Wege leiten. Der ganze juristische Kram dauert ja immer eine Weile.«

»Ja, ist gut.« Amy stand immer noch perplex da, während Lawrence fröhlich pfeifend den Gang hinunter verschwand.

Amy ging in ihr Büro hinein und stellte ihren Aktenkoffer auf den Tisch.

»Schön, daß du endlich da bist«, sagte eine Stimme hinter ihr.

Amy fuhr herum.

»Ich warte schon eine ganze Weile«, sagte Morgan und erhob sich aus dem Sessel, in dem sie gesessen hatte. Ihr Arm war noch in Gips, aber sonst sah sie aus wie immer. Da der Gipsarm nicht in die Kostümjacke paßte, hatte sie sich die Jacke locker um die Schultern gelegt. Sie sah äußerst attraktiv in diesem etwas legeren Outfit aus.

»M-Morgan«, stotterte Amy. Heute kam sie aus dem Stottern wirklich gar nicht mehr heraus.

»Erstaunlich, daß du mich noch kennst«, sagte Morgan. »Es ist eine Woche her, daß du vorbeikommen wolltest.«

»Ja.« Amy senkte beschämt den Kopf. »Ich weiß, ich hatte es versprochen.«

»Ich habe auf dich gewartet«, sagte Morgan.

»Ich … du … Kathleen und du, ihr hattet doch bestimmt genug miteinander zu tun«, sagte sie. »Da hätte ich nur gestört.«

»Wir waren durchaus beschäftigt«, sagte Morgan, »aber das heißt nicht, daß du nicht hättest dazukommen können.« Ihre Augen musterten Amys Gesicht, als suchten sie etwas ganz Bestimmtes darin.

»Ich … Morgan …« Amy hatte das Gefühl, Morgan sprengte ihr Büro mit ihrer Gegenwart, groß und dunkel, wie sie dastand.

Amy ging um ihren Schreibtisch herum und setzte sich. Sie konnte nicht mehr stehen. Ihre Knie zitterten.

»Warum bist du nicht gekommen?« fragte Morgan. »Du hältst doch sonst Termine immer ein.«

»Termine, ja«, sagte Amy. Sie blickte zu Morgan auf. »Sollen wir einen Termin machen für eine Besprechung? Jetzt, wo du wieder aus dem Krankenhaus bist?« Sie sah an Morgan vorbei und fixierte die Tür.

»Du weichst aus«, sagte Morgan. »Wir können gern einen Termin für eine geschäftliche Besprechung vereinbaren, wenn es soweit ist, aber letzte Woche, das war keine geschäftliche Besprechung, zu der wir verabredet waren.«

»Nein, war es nicht.« Amy seufzte. »Morgan ...« Sie blickte erneut auf. »Du hast jetzt wirklich andere Sorgen, als dich um mich zu kümmern. Das, was Kathleen erzählt hat ... dein Konzern ...«

»Meinem Konzern geht es gut«, sagte Morgan. »Eine solche Vereinbarung, wie Kathleen sie unterschrieben hat, kann nie und nimmer so einfach umgesetzt werden. Niemand wird mir mein Geburtsrecht nehmen. Das ist sittenwidrig.«

»Also ist die Vereinbarung null und nichtig?« fragte Amy.

»Leider nicht«, sagte Morgan. »Es würde ein paar Jahre dauern, das durchzusetzen, wenn wir vor Gericht gingen. Vielleicht ließe sich das eine oder andere auch gar nicht verhindern, nur –«, sie lächelte etwas diabolisch, »die Anwälte meines Vaters sind auch meine Anwälte, zumindest die, die noch leben, und ich habe ihnen klargemacht, was es für sie bedeuten würde, wenn sie auf den Gedanken kommen sollten, auf der Vereinbarung zu bestehen.«

Amy starrte sie an. Selbst mit einem gebrochenen Arm und gequetschten Rippen – sie konnte sich sehr gut vorstellen, wie Morgan die Anwälte in ihre Schranken verwiesen hatte.

»D-Dann ist es gar nicht so schlimm?« fragte sie.

»Es ist schlimm genug – alles«, sagte Morgan. »Aber mein Vater hat wohl nicht berücksichtigt, daß ich auch seine Gene habe. Auch wenn ich nur eine Frau bin.« Sie grinste wieder dämonisch.

»Das ... das scheint so.« Amy lächelte unsicher. »Ist ... Kathleen auch da? Ist sie mitgekommen?« fragte sie und blickte erneut zur Tür.

»Nein«, sagte Morgan. »Sie ist zu Hause.« Sie machte eine kleine Pause. »Sie kämpft mit Annie um die Vorherrschaft in der Küche, sagte Treadwell.«

»Treadwell?« Amy starrte sie an. »Sie ist ... bei dir?«

»Bei uns«, sagte Morgan, »im Holdsworth-Haus. Da, wo alle Leute, die den Namen Holdsworth tragen, auch hingehören.«

»O Morgan ...« Amy schluckte. »Es muß wunderbar für sie sein, endlich nach Hause kommen zu dürfen.«

»Ich glaube, das ist es«, sagte Morgan.

»Und du? Wie ist es für dich?« fragte Amy. »Es ist doch sicher eine große Umstellung für dich.«

»Das Haus ist riesig, wie du weißt«, sagte Morgan. »Wir könnten uns beide darin verlaufen und nie sehen.« Sie zögerte einen Moment. »Es ist ... ungewohnt für mich«, sagte sie. »Alles ist ungewohnt. Aber wir werden es schon schaffen. Wir haben beide schon so viel hinter uns, da sollte das eine Kleinigkeit sein.«

»Das freut mich für dich, Morgan«, sagte Amy. »Es freut mich so sehr, daß du endlich –«

»Daß ich endlich was?« fragte Morgan nach, als Amy nicht weitersprach.

»Daß deine Mutter und du, daß ihr beide euch gefunden habt«, fuhr Amy unbehaglich fort.

»Das war es aber nicht, was du sagen wolltest«, erwiderte Morgan.

Daß du endlich glücklich bist – das hatte Amy sagen wollen. Aber dieses Glück hatte nichts mit ihr, Amy, zu tun, wie sie es sich so sehr gewünscht hätte.

»Doch, das wollte ich sagen«, widersprach sie.

Morgan trat einen Schritt auf ihren Schreibtisch zu. »Kannst du mir mal mit der Jacke helfen? Ich bin so ungeschickt mit einem Arm.« Die Jacke begann von ihrer Schulter zu gleiten.

Amy sprang auf, war mit zwei Schritten bei ihr und hielt die Jacke fest. »Bitte«, sagte sie.

Es ging so schnell, daß Amy es kaum mitbekam. Morgans gesunder Arm schloß sich um ihre Taille, zog sie zu sich heran, Morgan beugte sich zu ihr hinunter und küßte sie.

Amy spürte Morgans Lippen, Morgans warmen Körper, alles, wonach sie sich schon so lange gesehnt hatte. »Morgan ...«, flüsterte sie, als Morgans Lippen sie wieder freiließen.

»Was ist los mit dir?« fragte Morgan leise. »Haben wir die Rollen getauscht? Ich baggere und baggere, und du kommst mir kein bißchen entgegen?«

»Ich bin dir immer entgegengekommen«, protestierte Amy. »Du warst diejenige, die –«

»Ich weiß«, sagte Morgan. »Ich war furchtbar garstig zu dir.« Sie grinste. »Du hättest dir längst eine andere nehmen können.«

Ich will keine andere, dachte Amy. »Vielleicht hätte ich das tun sollen«, sagte sie neckend. »Vielleicht habe ich es getan.«

»Das ist nicht dein Stil«, sagte Morgan. »Dann würdest du jetzt nicht hier so mit mir stehen.«

»Ein bißchen Geheimnis könntest du mir ruhig noch lassen«, beklagte sich Amy.

»Alles, was du willst«, flüsterte Morgan, während sie sich schon wieder hinabbeugte. »Aber jetzt will ich dich zuerst einmal küssen.«

Sie versanken so tief in diesem Kuß, daß sie alles um sich vergaßen.

»Oh.« Ein Räuspern von der Tür unterbrach sie. »Verzeihung«, sagte Rebecca, als Morgan sich umdrehte und Amy den Blick auf sie freigab. »Ich wollte nicht stören.« Ihre Mundwinkel zuckten.

Amy versuchte sich loszumachen, aber Morgan hielt sie fest.

»Kann ich irgend etwas für dich tun?« fragte Amy, als ob sie eine ganz normale Unterhaltung führen würde und nicht im Arm einer großen, starken, geliebten Frau läge, die sanft ihren Po streichelte.

»Nichts Besonderes«, sagte Rebecca, »ich wollte dir nur zu deiner Beförderung gratulieren. Lawrence hat mir davon erzählt.«

»Oh ... ähm ... danke«, sagte Amy. »Können wir später darüber reden?«

»Aber sicher«, sagte Rebecca. Jetzt konnte sie das Grinsen nicht mehr zurückhalten. Sie drehte sich halb um, dann wandte sie sich noch einmal zurück, blinzelte, kniff ein Auge zusammen und hob bestätigend ihren Daumen. »Nimm sie«, formten ihre Lippen lautlos. Dann verschwand sie schnell.

Morgan stand mit dem Rücken zur Tür und hatte die stumme Unterhaltung nicht mitbekommen. »Du bist befördert worden?« fragte sie.

»Ich ... ähm ... Lawrence will mich zur Partnerin machen«, sagte Amy. »Ich habe es heute erst erfahren.«

»Herzlichen Glückwunsch«, sagte Morgan. »Dann kann ich ja das nächste Mal gleich alles mit dir besprechen, ohne Lawrence.«

»Kein Problem«, sagte Amy, »aber könntest du ... könntest du mich bitte jetzt loslassen? Es könnte noch jemand anderer vorbeikommen außer Rebecca.«

Morgan schmunzelte und hielt sie weiter fest. »Wäre dir das peinlich?«

»Nein ... ich ... bitte, Morgan!« Amy wand sich.

Morgan schnappte nach ihr wie eine Löwin nach ihrer Beute und machte auch ein ebensolches Geräusch. »Ich könnte dich fressen«, sagte sie.

Endlich ließ sie Amy los.

»Und was machen wir jetzt?« fragte sie. »Ehrlich gesagt ...« Sie blinzelte zum Schreibtisch hinüber.

»O nein!« Amy protestierte heftig. »Auf keinen Fall!«

Morgan drehte sich zur Tür um und wieder zurück. »Es ist ein bißchen offen hier«, sagte sie. »Das stimmt.«

»Ich ...« Amy fuhr sich verwirrt durch die Haare. »Ich kann jetzt nicht«, sagte sie. »Ich habe so viel Arbeit ...«

»Du kannst ruhig sagen, wenn du nicht willst«, sagte Morgan. »Dann gehe ich wieder.«

Ich will ja, verdammt, ich will so sehr! »Morgan, ich ...« Amy brach ab. »Ich habe dir gesagt, was ich nicht will«, fuhr sie tief durchatmend fort. »Und das gilt immer noch.«

Das würde Morgan bestimmt vertreiben. Daß sie Lust auf Amy hatte, hieß noch lange nicht, daß sie bereit war, eine Beziehung einzugehen.

»Oh«, sagte Morgan. »Das hatte ich schon fast vergessen.«

»Aber ich nicht«, sagte Amy. »Ich liebe dich, das weißt du, ich habe es dir im Krankenhaus gesagt, aber du –«

»Du liebst mich«, wiederholte Morgan. Es klang, als würde sie aus einem Buch ablesen, das nur sehr schwer zu entziffern war.

»Ja.« Amy ging hinter ihren Schreibtisch zurück und setzte sich. »Das wird auch immer so bleiben.« Sie blickte zu Morgan auf, die immer noch vor ihrem Schreibtisch stand. »Es hat nichts damit zu tun, ob wir miteinander schlafen oder nicht. Es hat nichts damit zu tun, ob wir uns sehen oder nicht. Ich liebe dich einfach. Aber wenn du nur mit mir schlafen willst ... dafür bin ich die falsche. Mit dir jedenfalls.« Sie senkte ihren Blick auf die Schreibtischplatte und tat, als ob sie dort etwas lesen müßte.

»Du warst nicht immer so wählerisch«, sagte Morgan. »Als wir uns das erste Mal trafen –«

Amy hob eine Hand und unterbrach sie. »Als wir uns das erste Mal trafen, dachte ich, es wäre nur Sex, und dabei würde es auch bleiben. Das ist richtig. Aber das hat sich geändert. Und nun kann ich es nicht mehr rückgängig machen.«

»Du kannst es nicht mehr rückgängig machen«, wiederholte Morgan wieder in der gleichen zögernden Art. Sie sah Amy an. »Würdest du das gern: es rückgängig machen?«

»Manchmal hätte ich mir das gewünscht«, erwiderte Amy ehrlich. »Du hast ausreichend Gründe dafür geschaffen.«

Morgan stand stumm da.

»Wenn du es akzeptieren kannst, daß wir nur Geschäftspartnerinnen sind, ist das für mich in Ordnung«, sagte Amy. »Wenn du etwas anderes willst, solltest du dir eine neue Werbeagentur suchen. Vielleicht sind die Mitarbeiterinnen dort entgegenkommender.«

Morgan blieb immer noch stumm. »Ihr macht mich noch wahnsinnig«, sagte sie nach einer Weile. »Kathleen und du – ihr seid euch so ähnlich.«

»Kathleen und ich?« Amy starrte sie an. Das war nicht die Reaktion, die sie erwartet hatte. »Was hat das mit Kathleen zu tun?«

»Muß es denn immer gleich die große Liebe sein?« fragte Morgan. »Reicht es nicht, wenn man sich mag?« Sie beugte sich vor und stützte sich mit der gesunden Hand auf Amys Schreibtisch ab. »Du und ich, wir sind nicht nur Geschäftspartnerinnen, Amy, das weißt du ganz genau. Ich glaube, das war vom ersten Augenblick an so.«

Amy schaute ihr direkt in die Augen. »Caro war deine große Liebe, nicht wahr? An sie reicht niemand heran.« Obwohl es ihr wehtat, sprach sie es aus.

Morgan zuckte zurück. Sie richtete sich auf. »Wie kommst du denn jetzt auf Caro?« Ihr Gesicht verschloß sich, wie Amy es so gut von ihr kannte.

»Weil du ihr garantiert das gesagt hast, was du mir nicht sagst«, erklärte Amy. Sie sah Morgan fest an. »Hast du?«

»Das ist nicht der Punkt.« Morgan drehte sich mürrisch um.

»Das ist genau der Punkt«, beharrte Amy, während sie auf Morgans Rücken starrte. »Genau das ist der Punkt.«

»Das hat nichts mit Caro zu tun«, behauptete Morgan ärgerlich.

»O doch, ich glaube, es hat sehr viel mit Caro zu tun«, sagte Amy und stand auf. »Alles hat mit Caro zu tun. Mit Caro und deiner Mutter. Deine Mutter ist wieder da. Wünschst du dir, daß Caro auch wiederkommt?« Sie trat vor Morgan hin und sah sie an.

Morgan starrte in ihr Gesicht. Ihre Backenzähne mahlten. »Das ...« Sie brach ab. »Nein, ich wünsche mir nicht, daß sie wiederkommt!« stieß sie dann hervor. »Nie mehr!«

Das geht dich nichts an – das war das erste, was Morgan hatte sagen wollen, genau wie früher, dachte Amy.

»Du bist immer noch nicht von ihr los. Du bist nicht frei«, sagte Amy schmerzlich. »Und solange das so ist, wirst du nie eine andere Frau so lieben können wie sie. Das ist nicht das, was ich möchte.«

»Dann laß es doch!« schnappte Morgan und verließ mit wehenden Ärmeln den Raum.

»Es ist Scheiße, Janet, einfach ganz große Scheiße!« Amy saß mit Janet bei einem der Essen zwischen ihren Ausflügen in die große, weite Welt.

»Was genau?« Janet stieß mit nachlässiger Eleganz den Rauch ihrer Zigarette in die Luft.

»Daß du recht gehabt hast.« Amy hatte sich keinen anderen Ausweg mehr gewußt, als mit Janet zu reden. Sie war die einzige, die Morgan schon länger kannte, die Caro gekannt hatte, die wußte, worum es ging.

»Ich habe immer recht.« Janet lächelte süffisant.

»Das ist ja das Ätzende daran.« Amy stocherte in ihrem Salat herum.

»Ich hätte dir gleich sagen können, daß es nicht einfach wird. Habe ich das nicht sogar gesagt?« Janet runzelte angestrengt die Stirn.

»Du hast gesagt, sie ist eine romantische Natur.« Amy schaute sie vorwurfsvoll an.

»Ist sie auch. Hat Caro gesagt. Und daß sie so lange um Caro trauert, spricht auch dafür«, erwiderte Janet, mit Genuß an ihrer Zigarettenspitze ziehend.

»Aber nicht, was ich mit ihr erlebt habe«, sagte Amy. *Leider,* dachte sie. Wie oft hatte sie gedacht, jetzt ist es soweit, jetzt springt Morgan über ihren Schatten. Aber immer war es nur ein frommer Wunsch gewesen.

»Du sagtest, sie ist phantastisch im Bett«, erinnerte sie Janet.

»Ja, aber ...« Amy setzte sich ärgerlich im Stuhl zurück. »Darauf kommt es doch nicht an!«

»Nicht?« Janet zog die Augenbrauen hoch. »Also ich finde das sehr wichtig.«

»Ja, du …« Amy bereute es schon, mit Janet essen gegangen zu sein.

»Ein guter Fick hat noch niemand geschadet«, sagte Janet grinsend.

»Du bist ordinär, Janet«, sagte Amy.

Janet zuckte die Schultern. »Ich habe mein Geld nicht von Geburt an. Ich habe es durch meine Heirat.«

»Ach ja, richtig, du warst ja verheiratet«, sagte Amy. »Das war mir vollkommen entfallen.«

»Es ging ja auch nicht lange.« Janet lachte. »Er war ganz nett für seine achtundneunzig Jahre.« Sie nahm einen langen Zug aus ihrer Zigarettenspitze. »Und jetzt habe ich seine Aktien und sein Geld.«

»Hast du ihn nur deshalb geheiratet?« fragte Amy.

»Ja«, erwiderte Janet. »Warum sonst?« Sie lachte. »Wegen Sex bestimmt nicht. Wir haben kein einziges Mal miteinander geschlafen. Mit achtundneunzig hilft dann auch kein Viagra mehr.«

»Du bist eine Goldgräberin, Janet«, sagte Amy erstaunt.

»Natürlich. Das habe ich nie abgestritten. Caroline und ich –«

»Caroline und du?« Amy starrte sie an. »Welche Caroline?«

»Caro. Morgans Caro«, sagte Janet, während sie gelangweilt den Rauch ausstieß. »Wer sonst?«

»Caro war auch –?« Amy konnte es nicht fassen.

»Eine Goldgräberin, ja.« Janet lachte. »Sie hat dasselbe mit Morgan gemacht, was ich mit meinem Mann gemacht habe. Sie wollte nur ihr Geld, ein schönes Leben, Luxus, Liebhaber und Liebhaberinnen, soviel sie wollte. Morgan hat ja immer gearbeitet. Caro hatte das Riesenhaus für sich tagsüber. Da war es nicht schwierig. Sie hatte alles zur Verfügung, was sie sich nur wünschen konnte. Und Morgan hat sie auch noch geliebt. Wie wahnsinnig.«

Es versetzte Amy einen Stich, der ihr fast die Luft abdrückte.

»Sogar das Parfüm hat sie für sie kreiert!« Janet gluckste. »SEVEN. Sieben. Wie die sieben Weltwunder – oder die sieben Todsünden. Sieben ist eine magische Zahl. Morgan dachte, ihre Beziehung zu Caro hätte etwas Magisches.«

Amy versetzten Janets Worte einen schmerzhaften Schlag nach dem anderen. Aber sie hatte sich mit ihr getroffen, um mehr über die Vergangenheit zu erfahren. Sie schluckte und räusperte sich.

»Warum hat Caro sie dann verlassen, wenn sie doch alles hatte, was sie wollte?«

»Pft!« Janet gab ein abschätziges Geräusch von sich. »Weil sie dumm ist. Ich habe ihr von Anfang an gesagt, daß es ein Unterschied ist. Bei jemand, der achtundneunzig ist, weiß man, daß es nicht lange dauern wird. Morgan war viel zu jung. Und dann hat Caro sich auch noch verliebt. Oder jedenfalls dachte sie das. In diese Architektin. Dabei hatte sie es so gut. Sie hätte wahrscheinlich ewig so weitermachen können, bevor Morgan ihr draufgekommen wäre. Morgan hatte ja so eine rosarote Brille auf, dadurch konnte sie schon gar nichts mehr sehen. Alles, was Caro machte, war für Morgan gut, großartig, einmalig. Aber nein, Caro mußte ja mit dieser anderen abhauen!« Janet stieß den Rauch ihrer Zigarette voller Verachtung in die Luft.

Amy starrte vor sich hin. »Wenn man ihr das sagen würde, Morgan, meine ich«, überlegte sie.

»Das versuch mal!« Janet lachte genüßlich auf. »Viel Spaß! Glaub mir, als ich so etwas einmal auch nur angedeutet habe, hätte Morgan mich fast umgebracht!«

»Aber sie muß doch –« Amys Stimme klang verzweifelt.

»Sie muß gar nichts!« Janet lachte erneut. »Das schmink dir ab.« Sie steckte eine neue Zigarette in die Spitze. »Sagtest du nicht, ihre Mutter ist zurückgekommen?«

»Ja«, sagte Amy. Aber sie hörte nicht richtig zu.

»Wer hätte das gedacht?« sagte Janet. »Und Morgan hat sie wieder aufgenommen?«

»Ja«, bestätigte Amy wieder. »Sie verstehen sich sehr gut. Kathleen wohnt sogar mit im Haus.«

»Erstaunlich«, sagte Janet, »aber das gibt doch zumindest Anlaß zu Hoffnung. Findest du nicht?«

»Kathleen ist nicht Caro«, sagte Amy unwillig. »Das hat doch überhaupt nichts miteinander zu tun.«

»Kathleen ist die erste Caro«, sagte Janet. »Die erste Frau, die Morgan verlassen hat. Auch wenn sie ihre Mutter ist, die Parallelen sind eindeutig.«

»Denkst du wirklich?« Amy sah Janet stirnrunzelnd an. »Aber Kathleen ist eine sehr nette Frau, freundlich, zuvorkommend, liebevoll –«

Janet unterbrach sie mit einem Lachen. »Das konnte Caro auch sein, wenn sie wollte! Zumindest nach außen hin. Wenn sie etwas erreichen wollte, konnte sie die netteste, charmanteste, liebenswürdigste Person der Welt sein.« Sie lachte erneut. »Du hättest ihren Schmuckkasten sehen sollen! Für jedes Mal, wenn sie so war, hat ihr Morgan ein Stück aus einer Auswahl erlesenster Juwelen geschenkt. Caro wußte schon, wie sie es machen mußte.« Sie verzog das Gesicht. »Wenn sie nur nicht mit dieser Architektin ...«

Mir hat sie noch nie etwas geschenkt, dachte Amy. *Aber ist das nicht eigentlich ein gutes Zeichen? Sie hält mich nicht für eine Frau wie Caro.* Sie lachte innerlich über sich selbst. *Toll gemacht, Amy! Sie hält dich nicht für Caro. Caro hat sie geliebt, und dich eben nicht.*

»Es ist aussichtslos«, sagte sie resigniert. »Sie wird nie dasselbe für mich empfinden, was sie für Caro empfunden hat. Ich liebe sie, aber sie kennt das Wort Liebe nur in Zusammenhang mit Caro.«

»Und mit ihrer Mutter«, sagte Janet. »Sprich mit ihr. Die Mutter ist öfter mal der Schlüssel zur Tochter.«

»Sie sind gerade dabei, sich kennenzulernen«, sagte Amy. »Ich glaube nicht, daß Kathleen viel Einfluß auf Morgan hat.«

»Täusch dich nicht«, sagte Janet. »Sie könnte mehr Einfluß haben, als du denkst. Sprich mit ihr, das ist mein Rat.«

»Ich wollte sie sowieso anrufen«, sagte Amy. »Vielleicht hast du recht, aber ich glaube es kaum. Sie kämpft selbst noch um Morgans Liebe.«

»Tu's einfach«, sagte Janet.

»**D**u weißt, daß ich nichts lieber täte«, sagte Kathleen, »aber wie soll das gehen? Du kennst doch Morgans Sturkopf.«

Treadwell kam herein.

»Sie kannten diese Caro, nicht wahr?« fragte Kathleen.

»Ja.« Treadwell nickte. »Miss Caroline war eine Weile Gast in diesem Hause.«

»Gast?« Amy lachte schmerzlich. »Sie war wohl etwas mehr.«

»Ich habe sie nie als etwas anderes betrachtet«, sagte Treadwell würdevoll. Er stellte ein Glas mit Mineralwasser vor Amy hin, das sie bei ihm bestellt hatte.

»Das ist nett von Ihnen, Treadwell«, sagte Amy dankbar, und sie meinte nicht das Wasser.

Treadwell zog sich zurück. Man hörte, wie er die Außentür öffnete, und kurz darauf trat Morgan in den Salon, in dem Kathleen und Amy saßen.

Sie zögerte kurz. »Treadwell hat mir schon gesagt, daß du hier bist«, sagte sie dann zu Amy. Sie blieb in einiger Entfernung stehen.

»Amy kommt mich besuchen«, sagte Kathleen. »Wir wollten ein bißchen zusammen plaudern.«

Morgan verzog das Gesicht. »Ein Frauengespräch?«

»Ja, genau«, sagte Kathleen. »Nichts, was dich angeht.«

Amy mußte innerlich schmunzeln. In gewisser Weise waren Kathleen und sie sich tatsächlich ähnlich, das hatte Morgan richtig erkannt.

»Ich gehe mich umziehen«, sagte Morgan. »In drei Tagen kommt der Gips ab, dann kann ich mich endlich wieder frei bewegen.«

Was auch immer du darunter verstehst, dachte Amy.

»Geh nur hinauf, Schatz«, sagte Kathleen. »Wir zwei sind beschäftigt.«

Morgan verließ den Salon anscheinend nur ungern, denn sie warf noch einen unruhigen Blick auf ihre Mutter und Amy, die zurückblieben.

»Sie ist in ihrem Schlafzimmer, allein«, sagte Kathleen. »Ich würde sagen, ergreif deine Chance.«

Amy verzog das Gesicht. »Das ist es doch genau, was sie will«, sagte sie. »Im Schlafzimmer sind wir immer gut miteinander ausgekommen.« Sie sah Kathleen an. »Oh, entschuldige«, sagte sie verlegen. Ihr war jetzt erst wieder eingefallen, daß Kathleen Morgans Mutter war.

»Ich bin nicht davon ausgegangen, daß ihr nur Händchen gehalten habt«, sagte Kathleen lächelnd. »Dann hätten wir diese ganze Situation jetzt nicht.«

»Das ist wahr.« Amy seufzte. Hätte sie sich doch nur am Anfang etwas mehr zurückgehalten, dann hätte sie sich das alles ersparen können. *Und ich hätte Morgan nie kennengelernt,* dachte sie. *Nicht kennen und nicht lieben.* Es war eine vertrackte Situation.

»Geh hinauf«, sagte Kathleen noch einmal. »Einen Vorteil hat das Ganze: Du weißt, wo ihr Schlafzimmer ist. Das ist in diesem riesigen Haus ganz nützlich.«

Amy wurde rot.

»Nun mach schon«, drängte Kathleen. »So lange braucht sie auch nicht zum Umziehen.«

Amy stand auf. »Soll ich wirklich?« Sie blickte unsicher auf Kathleen hinunter.

»Ich kann dich nicht hinauftragen«, sagte Kathleen. »Entweder du tust es oder niemand.«

Amy atmete tief durch. »Du hast recht«, sagte sie.

Sie drehte sich schnell um und ging die Treppe hinauf. Vor Morgans Schlafzimmer angekommen zögerte sie. Sollte sie klopfen? Oder einfach hineingehen? Bisher war das noch nie die Frage gewesen.

Sie dachte daran, was sie bereits alles in diesem Schlafzimmer erlebt hatte. Es trieb ihr jetzt noch die Schamesröte ins Gesicht. Morgan war einfach unersättlich im Ausprobieren neuer Stellungen, neuer ... hm ... Hilfsmittel, im Aufstellen neuer Höchstleistungen, was die Anzahl der Orgasmen betraf. Manchmal hatte Amy das Gefühl gehabt, sie trainierte für das *Guiness-Buch der Rekorde.* Aber nicht nur sich selbst. Auch Amy.

Wenn sie nur in anderen Dingen auch so einsatzbereit wäre, dachte Amy. *Da, wo es darauf ankommt.* Sie drückte die Klinke herunter und trat schnell ein.

Morgan stand halbnackt mitten im Raum. Sie hatte gerade ihren BH ausgezogen und hielt ihn noch in der Hand. Sie starrte Amy an, als sähe sie einen Geist. »Was ... was willst du denn hier?« stammelte sie überrumpelt.

Interessanterweise hielt sie den BH vor ihre Brüste, um sie notdürftig zu bedecken.

Oh, auf einmal so schamhaft? dachte Amy. Das war doch eine etwas unerwartete Entwicklung. Vor noch gar nicht allzulanger Zeit hatte sie Amy gleich über den Schreibtisch legen wollen.

»Kathleen meinte, ich sollte mit dir reden«, sagte sie.

»Kathleen meinte ...?« Morgan starrte sie entgeistert an. »Ihr habt also doch über mich gesprochen«, sagte sie dann. Langsam faßte sie sich und fand zu ihrer alten Form zurück.

»In diesem Hause kommt man kaum an dir vorbei«, sagte Amy. »Es ist deins.«

»Das ist wahr«, sagte Morgan. »Und deshalb würde ich dich jetzt bitten, mein Schlafzimmer zu verlassen.« Sie schaute Amy an. »Es sei denn, du bist gekommen, um –« Sie ließ den Rest des Satzes im Raum stehen.

»Nein, deshalb bin ich nicht gekommen«, sagte Amy. »Das sollte dir eigentlich klar sein.«

»Ich dachte, das wäre es«, sagte Morgan. Sie ließ den BH fallen und zog ein T-Shirt über. »Du wirst zugeben, daß ein Schlafzimmer ein ungewöhnlicher, um nicht zu sagen ungeeigneter Ort ist, um zu ... reden.«

Das muß sie von ihrem Vater haben, dachte Amy. *Sie denkt immer nur an das eine.* »Das gebe ich zu«, sagte Amy. »Aber ich muß nehmen, was ich kriegen kann.«

»Wir hätten zusammen essen gehen können, wenn du unbedingt mit mir reden wolltest«, sagte Morgan unwillig.

»Hättest du dem zugestimmt?« Amy hob die Augenbrauen.

»Natürlich«, sagte Morgan. »Warum nicht?«

»Dann war es vielleicht mein Fehler, daß ich das nicht vorgeschlagen habe«, sagte Amy. Sie sah sich um. »War das immer schon dein Schlafzimmer?« fragte sie.

»Ja«, sagte Morgan. »Seit ich erwachsen bin. Vorher habe ich im Kinderzimmer geschlafen.«

Dann hatte sie es also hier mit all ihren Frauen getrieben, einschließlich Caro, dachte Amy. Das waren heftige Erinnerungen. Erinnerungen, die nicht so leicht wegzuwischen waren.

Amy machte ein paar Schritte, dann verschränkte sie ihre Finger. Sie bewegte sie unruhig ineinander. »Kannst du dir vorstellen, wie schwer es für mich ist, hier zu sein?« fragte sie. »Jetzt, wo ich von Caro weiß?«

Morgan starrte sie an. »Ich habe dich nicht eingeladen«, sagte sie. »Diesmal nicht.«

Sie weigert sich zu verstehen, was ich ihr sagen will, dachte Amy. *Durch die Blume geht es offensichtlich nicht.* »Ich hasse es, hier zu sein und an Caro denken zu müssen«, sagte sie. »Wenn sie jetzt hier wäre, würde ich sie am liebsten umbringen.«

»Amy!« Morgan starrte sie mit offenem Mund an. »So ... so etwas denkst du?«

»Ich denke noch viel mehr«, sagte Amy. »Ich denke, daß sie deiner Liebe nicht wert war, ich denke, daß sie dich mir weggenommen hat, bevor ich dich überhaupt kannte. Ich denke, daß sie das größte Unglück in meinem Leben ist, obwohl ich sie nie gesehen habe.«

Morgan bekam den Mund gar nicht mehr zu. Endlich schloß sie ihn wieder. »Ich ... ich denke, das kannst du nicht beurteilen«, sagte sie. Aber ihre Stimme klang unsicher.

»Doch, das kann ich, Morgan«, sagte Amy fest. »Denn ich weiß, was Liebe ist. Ich weiß, daß ich dich liebe, und ich weiß, wie es sich anfühlen würde, wenn du mich zurückliebtest. Und ich weiß, daß ich dieses Gefühl jetzt nicht habe.«

Morgan wandte sich ab.

»Morgan«, sagte Amy. »Das ist das letzte Mal, das ich es versuche. Es frißt mich auf, um deine Liebe zu kämpfen. Nicht deshalb, weil du es nicht wert bist. Ich denke, du bist es wert. Aber weil es so aussichtslos ist. Weil der Platz in deinem Herzen von jemand besetzt ist, gegen den ich nicht kämpfen kann. Von einem Geist, von einer Erinnerung, von falschen Vorstellungen.«

Morgan drehte sich ruckartig um. »Falsche Vorstellungen? Was meinst du damit?«

»Du weißt sehr genau, was ich damit meine«, sagte Amy. »Du weißt es vermutlich sehr viel besser als ich. Ich brauche dir nicht zu sagen, was du ohnehin nicht hören willst.«

»Du bist eifersüchtig auf etwas, das du nicht kennst«, sagte Morgan leise.

»Ich bin eifersüchtig auf etwas, das ich nicht kenne?« Amy explodierte. Einmal war es genug! Sie stupste ihren Finger mitten in das Tal zwischen Morgans Brüsten, die sich unter dem T-Shirt abzeichneten. »Willst du etwa behaupten, Caro hätte dich geliebt und ich tue es nicht?« Sie wußte, daß sie Morgan jetzt verletzen würde, aber einmal mußte es ja sein. »Weißt du, was Caro wirklich war?« fragte sie schneidend. »Sie war eine Goldgräberin. Sie war nur wegen deines Geldes mit dir zusammen. Jedes Schmuckstück, das du ihr geschenkt hast, mußte sie sich hart erarbeiten, denn die Zuneigung, die sie dir gezeigt hat, war nicht echt. Das war sie, deine geliebte Caro: eine –«

Morgan hob die Hand. »Sprich es nicht aus«, zischte sie kalt. »Wag nicht, es auszusprechen!«

»Was würdest du dann tun, Morgan?« fragte Amy. »Mich schlagen? So wie dein Vater deine Mutter geschlagen hat? Willst du das sein: so wie er?« Sie fuhr alle Geschütze auf, die ihr nur einfielen. Jetzt war ja sowieso alles egal.

Morgan erstarrte. Für eine Sekunde war es im Zimmer so ruhig wie am Nordpol – und genauso kalt.

Dann ging alles blitzschnell. Morgan griff nach ihr und wirbelte sie herum, warf sie aufs Bett und stürzte sich auf sie.

»Wenn du mich jetzt vergewaltigst, Morgan, dann bist du genauso wie er«, sagte Amy. Sie versuchte den letzten Rest Ruhe aus sich herauszupressen, denn eigentlich war sie in Panik. Morgans Augen schrien Mord.

Amy lag unter ihr wie ein Opferlamm. Morgans Körper hatte sie völlig bedeckt und drückte sie mit seinem ganzen Gewicht in die Matratze. Sie starrte Amy mit wilden Augen an, die kaum mehr menschlich zu nennen waren.

»Ich werde mich nicht wehren«, sagte Amy. »Mach ruhig, wenn du meinst, es bringt dir etwas. Wenn du meinst, es könnte irgend etwas an der Vergangenheit ändern – oder an der Wahrheit.«

Sie wartete auf Morgans Reaktion. Sie konnte sie vergewaltigen, grün und blau schlagen oder sogar umbringen, das alles lag im Bereich des Möglichen. Morgans Körper auf ihr fühlte sich hart und angespannt an, bis zur letzten Faser, wie eine Rakete kurz vor dem Abschuß.

Plötzlich erschlaffte er, und Morgan rollte sich von Amy herunter. Sie legte den Arm mit dem Gips vor ihr Gesicht, so daß nicht mehr viel davon zu sehen war. »Oh Amy«, flüsterte sie. »So etwas könnte ich dir doch nie antun.«

Amy atmete erleichtert aus. Es war vorbei. Hoffentlich für immer.

Sie richtete sich auf. Vorsichtig legte sie eine Hand auf Morgans Gips. Es war seltsam. Eigentlich wollte sie ihre Haut berühren, und dann ertasteten ihre Fingerspitzen nur diese grobe Oberfläche ohne jede Wärme. »Ich wußte es«, flüsterte sie. »Ich wußte, daß du mir nichts tun würdest.« Sie hatte es tatsächlich gewußt, auch wenn die Panik dieses Bewußtsein für einen kurzen Zeitraum überdeckt hatte.

Vorsichtig hob sie den Gips an und legte Morgans Arm über ihrem Kopf wieder ab. »Du bist nicht wie dein Vater«, sagte sie leise und suchte Morgans Augen, die dunkel und leer waren. »Nicht in dieser Beziehung. Du hast seine Durchsetzungskraft geerbt, aber nicht seine Gemeinheit, das könntest du gar nicht.«

»Ich war . . .« Morgan schluckte. »Ich war so wütend . . .«

»Es war meine Schuld«, sagte Amy. »Ich habe dich so wütend gemacht. Aber ich wußte mir keinen Rat mehr. Immer hast du dich wieder zurückgezogen. Manchmal dachte ich schon, wir kämen uns näher, und *Plop!* warst du wieder weg, als ob Scotty dich hochgebeamt hätte.«

»Ja.« Morgan lächelte schmerzlich. »So habe ich mich auch gefühlt.«

»Und jetzt?« fragte Amy. »Fühlst du dich jetzt besser?«

»Ich fühle mich furchtbar!« Morgan zog die Stirn kraus. »Beinahe hätte ich dich –«

»Nein, hättest du nicht«, sagte Amy. »Ich habe dich nur so gereizt, daß du dachtest, du könntest es tun. Aber du kannst es nicht. Das liegt nicht in deinem Charakter.«

»Du bist mehr davon überzeugt als ich«, sagte Morgan zweifelnd.

»Ich bin davon überzeugt, weil ich dich liebe«, sagte Amy. Sie beugte sich hinunter und hauchte einen sanften Kuß auf Morgans Lippen. »Weil ich dich so unendlich liebe, daß ich alles dafür tun würde, damit du mich endlich auch liebst.«

Morgan sah sie an. Ihre Augen glitzerten.

Das kann nicht sein. Sie weint? dachte Amy überrascht. »Nicht, Morgan«, sagte sie leise und strich zärtlich über Morgans Haar. »Es ist doch nichts passiert.«

»Ich . . .« Morgan schluckte und versuchte die Tränen zurückzudrängen. »Ich will nicht«, wisperte sie.

»Kämpf nicht dagegen an«, sagte Amy. »Wenn sie kommen wollen, laß sie kommen. Das ist doch nicht schlimm.«

»Für dich vielleicht nicht«, sagte Morgan mühsam. Immer noch kämpfte sie, doch ihre Tränen waren stärker. Langsam liefen sie an ihren Schläfen hinunter und hinterließen feuchte Flecke auf dem Bettuch.

Amy beugte sich hinunter und küßte Morgans Augenlider, die sie geschlossen hatte und unter denen die Tränen hervorquollen.

Morgan griff nach ihr und zog ihren Mund zu sich herunter, küßte sie. In ihrem Kuß lag so viel Verzweiflung, daß Amy beinahe selbst die Tränen gekommen wären.

»Morgan«, flüsterte sie. »O Morgan ...« Sie küßte ihren Mund und wanderte dann tiefer zu ihrem Hals.

Morgan seufzte und legte ihren Kopf zur Seite, ließ Amy ihre Haut bis hinunter zum Dekolleté erkunden.

Amys Hände glitten unter ihr T-Shirt und wollten es ihr ausziehen.

Morgan legte schnell eine Hand darauf. »Das geht nicht«, flüsterte sie.

»Warum?« Amy sah sie an.

»Kathleen sitzt unten«, flüsterte Morgan wieder, als ob sie schon jetzt vermeiden wollte, daß Kathleen sie hörte.

»Na und?« fragte Amy.

»Sie ist meine Mutter!« flüsterte Morgan entgeistert.

»Sie hat mich selbst hier heraufgeschickt«, sagte Amy. »Sie wird diese Entwicklung nicht ausgeschlossen haben. Und bei Treadwell hat es dich doch auch nie gestört.«

»Treadwell ist ganz etwas anderes«, sagte Morgan.

Amy schmunzelte. »Wie ist es, plötzlich seine Mutter im Haus zu haben, wenn man gewisse ... hm ... Dinge tun will?« fragte sie. »Nach so vielen Jahren, in denen du tun und lassen konntest, was du wolltest?«

»Laß das«, sagte Morgan, denn Amy knabberte an ihrem Ohrläppchen. »Es ist ungewohnt«, sagte sie dann. »Aber ich will auf keinen Fall –«

»Daß sie dich schreien hört?« Amy schmunzelte immer mehr. »Dann mußt du eben leise sein. Eine ganz neue Variante für dich.«

»Ich ... Amy ... wirklich. Ich kann nicht«, sagte Morgan. Sie wollte aufstehen.

Amy hielt sie zurück. »Dieses eine Mal bin ich diejenige, die darauf besteht«, sagte sie. »Ich will dich. Und zwar jetzt und sofort.« Sie beugte sich hinunter und küßte Morgan heftig.

Morgan legte ihren gesunden Arm um Amys Nacken. Sie küßte Amy zurück, und Amys Hand wanderte wieder unter ihr T-Shirt. Sie berührte die Brustwarze.

»Amy«, flüsterte Morgan. »Bitte nicht ...« Sie stöhnte leise.

Amy nahm die Brustwarze zwischen Daumen und Zeigefinger und zwirbelte sie. »Du mußtest noch nie ausprobieren, wie gut du dich beherrschen kannst – hierbei«, sagte sie ein wenig schadenfroh. »Jetzt kannst du es einmal üben.«

»Darauf war ich schon immer scharf«, sagte Morgan sarkastisch.

»Das hoffe ich«, sagte Amy, »daß du scharf bist.«

Morgan blickte ihr in die Augen. »Das bin ich«, flüsterte sie. »Darauf kannst du wetten.« Sie verzog den Mund. »Können wir nicht in ein Hotel gehen oder so etwas?« Sie biß sich auf die Lippen, um nicht laut aufzustöhnen, denn Amy hatte sich auch der anderen Brustwarze bemächtigt.

Sie schob das T-Shirt nach oben und legte Morgans Brüste frei. »Ein Hotel?« fragte sie. »Das könnte dir so passen. Wir werden es hier tun. Damit du mal siehst, wie das ist, wenn man auf andere Rücksicht nehmen muß.«

»Das ist doch nicht dein Ernst!« flüsterte Morgan. »Du willst mich erziehen?«

»Nur einmal, Morgan, bitte«, sagte Amy. »Einmal sei ein braves Mädchen und tu, was ich sage.«

»O Gott!« Morgan schloß die Augen. »Du bringst mich noch um den Verstand mit deinen Ideen!«

»Und?« fragte Amy. »Bist du jetzt brav? Tust du, was ich sage?«

Morgan seufzte. »Meinetwegen«, sagte sie, »aber mach schnell. Ich weiß nicht, wie lange ich mein Versprechen halten kann.«

Amy beugte sich hinab und nahm Morgans Brustwarze in den Mund. Schon jetzt hätte Morgan normalerweise laut gestöhnt. Aber sie beherrschte sich. Ihr Atem ging abgehackt, und ihre gesunde Hand krallte sich ins Laken. Der Gipsarm begann zu zucken.

»Bitte, erschlag mich nicht damit«, sagte Amy. »Sei so gut.«

»Wir könnten warten, bis der Gips ab ist«, quetschte Morgan mühsam hervor.

»Zu spät«, sagte Amy. Sie wechselte zur anderen Brustwarze.

Morgans Rücken hob sich vom Bett ab, als sie verzweifelt versuchte, alle Laute zu unterdrücken.

Amy fühlte, wie Morgans Brustwarzen in ihrem Mund anschwollen, eine nach der anderen. Sie wechselte ein paar Mal, bis Morgans Brüste von ihrer Zunge ganz naß waren.

Morgans Hüften hoben sich an. »Amy, bitte, schnell«, flüsterte sie.

Amy öffnete Morgans Hose und glitt hinein. »Ich mach es dir ganz schnell, mein Liebling«, flüsterte sie, »damit du dich entspannen kannst.«

Sie glitt in Morgans Slip, der ihre Hand naß bedeckte, mit einem Finger zwischen Morgans Schamlippen, die noch nasser waren und ganz angeschwollen.

Morgan riß ihren gesunden Arm nach oben und biß sich in die Faust. Ihr Stöhnen drang nur leise dahinter hervor.

Amy suchte Morgans Perle und nahm sie zwischen Daumen und Zeigefinger wie zuvor die Brustwarzen, sie war auch beinahe so groß.

»Nicht!« flüsterte Morgan entsetzt. »Nicht so. Dann kann ich nicht – Ooh . . .« Sie stöhnte auf.

Amy zwirbelte die Knospe. Morgan warf ihre Hüften herum, versuchte ihr zu entkommen.

»Bleib schön hier«, schmunzelte Amy. Sie folgte jeder von Morgans Bewegungen mit Leichtigkeit.

»Amy . . . Amy . . .«, flüsterte Morgan hinter ihrer Hand hervor. Dann preßte sie ihre Faust wieder so fest auf ihren Mund, daß sie kaum noch atmen konnte.

Amy spürte, wie angespannt Morgan war, wie sehr sie nach Erlösung lechzte. Sie schob Morgan Hose und Slip von den Hüften, bis sie ihre Beine spreizen und dazwischentauchen konnte. Sie leckte mit ihrer Zunge zwischen den Schamlippen hindurch, und Morgan stöhnte hinter ihrer Faust mit gewaltsam unterdrückter Leidenschaft.

»Bitte, Amy . . .«, hörte sie Morgan leise flehen. »Bitte, laß mich . . .«

Amy nahm die angeschwollene Murmel zwischen ihre Lippen und fuhr mit ihrer Zunge über die Erhöhung in der Mitte.

Morgans Hüften hoben sich weit in die Luft. Ihr Stöhnen wurde lauter, so sehr sie es auch unterdrückte.

Amys Zungenspitze führte einen wilden Tanz auf dem winzigen Zentrum von Morgans Lust auf, bewegte sich immer schneller und schneller, Morgans Hüften fanden keinen Halt mehr, sie stieß und stieß, stöhnte und stöhnte, wand sich unter Amys heißen Berührungen.

Endlich preßte Morgan ihre Faust so sehr in ihren Mund, daß Amy meinte, sie müßte daran ersticken. Amy fühlte Morgans Schrei, der nicht nach außen drang, aber ihren ganzen Körper erschütterte.

Morgans Schamlippen zuckten und pulsierten mit der kleinen

Knospe in der Mitte um die Wette. Amy spürte die wunderbaren Bewegungen an ihren Lippen, die immer noch zwischen Morgans Beinen lagen. Sie genoß Morgans Erschöpfung und Entspannung und den einzigartigen Geschmack ihrer nassen Erregung.

»Amy ...«, flüsterte Morgan nach einer Weile schwach.

Amy löste sich bedauernd von Morgans Mitte und glitt an ihr nach oben. Sie schaute in halbgeöffnete Augen, die Befriedigung und Wärme ausstrahlten. Und –

Nein, Amy wollte ihren Augen lieber nicht trauen. Da war noch etwas, das sie noch nie in Morgans Augen gesehen hatte, aber sie scheute sich, es zu benennen.

»Amy ...«, wiederholte Morgan, immer noch schwach von der Anstrengung. Sie hob ihre gesunde Hand und strich über Amys Haar. »Amy ...«, sagte sie wieder. »Es ist dir doch klar, daß es nicht einfach wird mit mir, nicht wahr?« fragte sie dann. Ihre Augen suchten Amys Gesicht ab, als ob sie es nicht kennen würden, zum ersten Mal erforschen müßten.

»Es war noch nie einfach mit dir.« Amy lachte ein wenig. »Wenn es anders gewesen wäre, hätte ich dich wahrscheinlich gar nicht ausgesucht«, sagte sie. »Ich stehe auf schwierige Fälle.«

»Ich bin nur ein Fall für dich?« fragte Morgan.

»Nein.« Amy beugte sich zu ihr und küßte sie sanft auf den Mund. »Du bist die Liebe meines Lebens, das weiß ich schon lange.« Sie lächelte Morgan zärtlich an.

Morgan drehte ihren Kopf zur Seite. »Es tut mir so leid, Amy«, sagte sie. Amy sah, wie sie schluckte.

»Nicht weinen, Morgan«, flüsterte Amy. »Du brauchst nicht zu weinen. Es ist alles gut. Es ist nicht schlimm, wenn du es nicht sagen kannst. Ich werde warten.«

»Ich denke es«, sagte Morgan. »Ich denke es die ganze Zeit.« Ihr Blick kehrte zu Amy zurück.

Amys Lächeln wurde noch liebevoller. »Laß es gut sein«, sagte sie. »Für den Moment reicht das.«

»Nein, es reicht nicht«, flüsterte Morgan. »Ich ... ich liebe dich, Amy«, brachte sie mühsam über die Lippen. »Ich spüre es ganz tief in mir drin, daß ich dich liebe und immer geliebt habe – auch wenn ich das nicht wahrhaben wollte.«

Amy ließ sich auf das Bett zurückfallen. Sie nahm den Kloß in ihrem Hals wahr und die Tränen, die sich daran vorbeidrängen wollten.

Morgan richtete sich neben ihr auf und blickte auf sie hinunter. »Jetzt muß ich dich aber bitten, nicht zu weinen«, sagte sie lächelnd. »Sonst müßte ich annehmen, es gibt nichts Schrecklicheres, als mit mir zusammenzusein.«

»Es gibt auch nichts Schrecklicheres«, sagte Amy. Sie lächelte unter Tränen. »Ich bin schrecklich ... glücklich.«

Morgan beugte sich zu ihr hinunter und blickte ihr ganz tief in die Augen. »Und das sollst du immer bleiben«, sagte sie. »Dafür werde ich sorgen.«

Sie küßte Amys Lippen, bis sie beide eins wurden und ihre Liebe sie wie ein goldener Kokon umhüllte, auf dem sie davonschweben und die ganze Welt besiegen konnten.

ENDE

WEITERE TITEL DER ÉDITION EL!ES

Ruth Gogoll: Eine Insel für zwei

Erotischer Liebesroman

Neunzehn Jahre alt und auf der Suche nach der großen Liebe: Das ist Andy, als sie Danielle kennenlernt, Besitzerin einer Werbeagentur. Danielle hält Liebe für eine Illusion. Sie lädt Andy zu einer Reise durch die Ägäis ein, doch fordert dafür einen hohen Preis.
Andy läßt sich darauf ein, weil sie Danielle liebt und hofft, daß Danielle auch lernen wird zu lieben. Fast scheint es, als hätte Andys Liebe eine Chance, doch da geschieht etwas Unvorhergesehenes ...

Victoria Pearl: Sonnenaufgang in deinen Armen

Erotischer Liebesroman

Luisa lernt in der Firma, in der sie arbeitet, Ingeborg kennen und fühlt sich sofort zu ihr hingezogen. Sie verläßt den Mann, mit dem sie seit sechs Jahren zusammenlebt, und versucht sich Ingeborg vorsichtig zu nähern. Ingeborg jedoch lehnt dies stets schroff ab. Als das Chorsingen sie beide ins Schweizerische Bergell verschlägt – gemeinsames Hotelzimmer mit Doppelbett – schlägt Luisas Stunde: Kann sie Ingeborgs Zuneigung gewinnen?

Trix Niederhauser: Halt mich fest

Liebesroman

Wie sag ich's meinen Eltern? Früher oder später kommt jede Lesbe an diesen Punkt, auch Chris, die rockende Gitarristin mit Hang zu Unfällen. Tina tritt in ihr Leben, und alles ist anders: Das Coming-out, die verschollen geglaubte Großmutter, die Ex mit dem dritten Auge und vieles mehr machen der Heldin das Leben schwer. Tapfer erträgt sie die putzende Mutter, den pubertierenden Neffen und den schweigenden Vater. Nur daß Tina rothaarige Frauen küßt, macht ihr zu schaffen ...

Ruth Gogoll: Tizianrot

Erotischer Liebesroman

Tanita schwärmt unsterblich für ihre Mathematiklehrerin Diana. Nach Tanitas Abitur verlieren sie sich aus den Augen. Zufällig treffen sie sich Monate später wieder, und die Überraschung ist perfekt, als sich herausstellt, daß auch Diana Interesse an Tanita hat. Schnell kommen sie sich näher, die Erfüllung aller Träume scheint nah, doch da tauchen unerwartete Schwierigkeiten auf.

Julia Arden: Das Lächeln in deinen Augen

Roman

Beate sieht in Cornelia Mertens, ihrer neuen Chefin, zunächst nur das, was alle sehen: die kühle, distanzierte Geschäftsfrau. Liebe ist etwas für Träumer – aus dieser ihrer Meinung macht Cornelia kein Geheimnis.
Nach und nach lernt Beate aber eine ganz andere Seite an Cornelia kennen. Cornelia überrascht sie mit unerwarteter Fürsorge, Verständnis und einer seltsamen Mischung aus Heiterkeit und Ernst. Also doch harte Schale, weicher Kern? fragt sich Beate. Ist das äußere Erscheinungsbild nur Fassade für all die, die sich nicht die Mühe machen dahinterzuschauen? Oder sind Sanftmut und Charme nur Trick, Teil eines Planes? Nämlich dem, sie zu verführen? Letzteres wäre fatal für Beate, denn so oder so – sie hat sich in Cornelia verliebt.

Julia Arden: Laß mich in dein Herz

Liebesroman

Vor vier Jahren verlor Andrea ihre Lebensgefährtin Maren durch einen Autounfall. Seitdem lebt sie ausschließlich für ihren Beruf als Richterin, bis Gina in ihr Leben tritt und ihre Gefühle durcheinanderbringt. Aber sie will keine Beziehung eingehen, ihr Herz hängt nach wie vor an Maren. Also versucht sie Gina zu vergessen, doch dann kommt es zu einem unverhofften Wiedersehen – und Andrea braucht Ginas Hilfe, weil der Beruf sie in Gefahr bringt . . .

Alexandra Liebert: Der Schlüssel zum Glück

Liebesgeschichten

Geschichten rund um das Verlieben: Ob gewollt oder ungewollt, überraschend oder nicht – Alexandra Liebert versteht es, ihre Heldinnen in kleinen, unbeschwerten Geschichten auf spannende Art zusammenzubringen. Da sucht Cathy nur nach einem Job und findet die Liebe, Lisa sucht erholsame Ferien in San Francisco – und findet die Liebe, Carmen und Maria haben sich mit dem Auto verfahren, suchen den richtigen Weg und finden: die Liebe.
Sie wollen jetzt wissen, wer noch alles die Liebe findet? Und welche Hürden dabei zu überwinden sind? Wir haben da einen kleinen Tip für Sie: Kaufen Sie doch einfach dieses Buch . . .

Augenblicke der Liebe

Erotische Geschichten

Bereits seit dem Jahre 2001 besteht auf der Internetseite der édition el!es die Möglichkeit, jeden Monat eine neue »Erotische Geschichte des Monats« zu lesen. Diese Geschichten werden in der Reihe »Augenblicke der Liebe« in loser Folge veröffentlicht.

Kay Rivers: Küsse voller Zärtlichkeit

Roman

Michelle Carver hat als Managerin von Disney World in Florida einen anstrengenden Job. Für ein Privatleben hat sie kaum Zeit, deshalb beschränkt sie sich auf gelegentliche Affären. Liebe kommt in ihrem Wortschatz nicht vor.
Cindy Claybourne ist Studentin und hat einen Ferienjob in Disney World. Sie merkt, daß sie sich zu Michelle hingezogen fühlt, daß sie hinter ihre harte Schale schauen möchte. Aber Michelle läßt das nicht so einfach zu. Doch Cindy gibt nicht auf und kämpft für ihre Liebe zu Michelle. Wird Michelle endlich einsehen, daß Cindy die richtige für sie ist?

Melissa Good: Sturm im Paradies

Liebesroman

Melissa Good, Drehbuchautorin verschiedener Episoden der beliebten TV-Serie »Xena – Die Kriegerprinzessin«, bei el!es!
Firmen aufkaufen und ohne Rücksicht auf Verluste sanieren – Dar Roberts, Vizepräsidentin einer großen Gesellschaft, liebt ihren Job und erledigt ihn gründlich. Bei einem kleinen Unternehmen trifft sie jedoch auf unerwarteten Widerstand: Kerry Stuart, die junge Leiterin der Supportabteilung, kämpft engagiert für die Erhaltung der Arbeitsplätze. Gleichzeitig fühlt Kerry sich angezogen von dieser großen, starken, dunkelhaarigen Frau, in der mehr zu schlummern scheint als kalter Geschäftssinn. Zaghaft kommen sich die beiden näher ...

Ruth Gogoll: Ich liebe dich

Erotischer Liebesroman

Ira ist eigentlich viel zu schön, um Bankmanagerin zu sein, und Elisabeth will nur eine Hypothek von ihr: Da schlägt die Liebe zu wie ein Blitz. Zuerst einmal erscheint Elisabeths Liebe aussichtslos, doch dann ergibt sich eine unverhoffte Begegnung, und bald sind die beiden ein Paar. Doch das Schicksal hält noch etliche Schläge für sie bereit. Piet, Iras ehemalige Lebensgefährtin, taucht plötzlich wieder auf. Und Ira erhält unerwartet eine berufliche Chance, die sie nicht ablehnen will. Die räumliche Entfernung schürt die ohnehin vorhandene Eifersucht noch.

Kingsley Stevens: Sündige Episoden (Band 1)

Erotische Geschichten

Der *Reigen* von Arthur Schnitzler wurde schon oft adaptiert, und nun liefert die Autorin Kingsley Stevens eine lesbische Variante: Ineinander verwobene Geschichten, leidenschaftlich und lustvoll, in denen es nur um »das Eine« geht. Die **Sündigen Episoden** sind das wohl frivolste el!es-Buch, das es je gab.

Hat Ihnen das Buch gefallen?
Schreiben Sie vielleicht selbst Romane oder Geschichten?
Dann senden Sie sie uns zu, an folgende Adresse:

el!es-Verlag
Postfach 1405
D – 79504 Lörrach

Oder über unsere Internetseite:
www.elles.de ⇨ Verlag ⇨ Manuskripte einreichen

Wenn Sie in Zukunft regelmäßig über Neuerscheinungen des el!es-Verlages informiert werden wollen, lassen Sie sich in unseren Verteiler eintragen:
www.elles.de ⇨ Verlag ⇨ Verteiler

www.elles.de